Dear Reader ♡
I'm excited to
be published in
Korea, and I hope
you enjoy this book!
Sending warmest
wishes from Helsinki;

[signature]

친애하는 한국 독자 여러분께
한국에서 책이 나와서 매우 기쁩니다.
즐겁게 읽어주셨으면 좋겠습니다!
헬싱키에서 따뜻한 인사를 보냅니다.

안티 투오마이넨

토끼 귀 살인사건

토끼 귀 살인사건

안티 투오마이넨 장편소설 _ 김지원 옮김

은행나무

나와 반말하는 사이인 모든 친구들에게,
고마워.

차례
——

현재

내가 토끼의 눈을 쳐다보고 있을 때 갑자기 불이 나갔다.

왼손으로 공업용 본드 튜브를 꾹 누르고 오른손으로는 드라이버를 든 채 귀를 기울였다.

어둠 속에서 토끼는 점점 커지는 것 같았다. 머리가 부풀고, 눈이 튀어나오고, 귀 끝은 위로 뻗어나가 흐릿하게 사라지는 것처럼 보이고, 앞니는 코끼리의 엄니처럼 휘어졌다. 3미터 높이의 모형이 순간적으로 두 배는 더 높고, 두 배쯤 더 크고, 훨씬 더 위협적으로 보였다. 마치 자기 안에 있는 어둠을 지키는 것처럼. 입맛 당기는 당근인 양 나를 쳐다보는 것 같았다.

물론 이건 전혀 사실이 아니다. 단단한 플라스틱과 철제 보강재로 만들어진 대형 토끼일 뿐이다.

홀은 넓고 천장이 높고 텅 빈 공간이었다. 너랑나랑공원. 여전히 아이들의 난폭한 놀이와 패스트푸드 냄새가 났다. 빵에서 나는 지나치게 달콤한 냄새가 옷에 달라붙는 것 같았다.

나는 빅디퍼와 코모도 열차 사이에 선 채 계속 기다렸다. 옆의 사다리가 바닥으로 긴 그림자를 드리웠다. 정문 위에 켜진 전등과 기계에 달린 크고 작은 다양한 조명에서 스며 나온 빛이 홀 전체를 따라 이어졌다. 결과적으로 비상구 표시등의 초록색, 대기등의 오렌지색, 전원 버튼의 빨간색이 섞여 흐릿하고 감상적인 빛이 되었다.

불과 얼마 전이었으면 이런 상황에서 나는 빛이 갑자기 없어진 건 분명히 정전이나 전등 문제라고 추측했을 거다. 하지만 최근의 사건들 때문에 전에는 확률적으로 그럴 만하다고 생각했던 것들이 이제는 대체로 불가능의 세계에 있다는 것을 깨닫게 되었다. 반대도 마찬가지다. 확률과 위험분석이라는 단순한 계산을 통해서 무시했을 것들이 이제는 사실상 내 인생 전부였다.

발소리. 왜 좀 더 빨리 저 소리를 못 들었을까.

마지막 고객들은 이미 한 시간 전에 홀에서 나갔다. 마지막까지 남아 있던 직원들도 30분 전에 퇴근했다.

그러고 나서 나는 혼자 놀이기구와 기계를 점검하고 일을 했다. 심지어는 손에 고무장갑을 끼고 딸기 미로 정원까지 돌아다녔다. 아이들은 음식부터 옷, 기저귀 안의 내용물에 이르기까지 온갖 것들을 미로 안에 남겨놓는다. 수많은 플랫폼과 테라스, 출입구를 올라가고, 유령 터널과 거북이 트럭들을 청소하고, 케이퍼캐슬*의 덩굴이 꼬이지 않고 전부 제대로 작동되는지, 기둥에 잘 붙어 있고 내일도 손가락이 끈끈한 꼬마 타잔들이 갖고 놀 준비가 됐는지 점검했다. 그런 다음 망가진 토끼를 수선하기 시작했다. 어떻게 이 토끼의 오른쪽 귀를 떨어뜨렸는지 이해가 가지 않았다. 귀는 2.5미터 높이에 있고, 우리 고객의 평균 키는 약 1.2미터 정도이니 중앙값은 그보다 더 작다.

나는 조금 더 주의를 기울여서 발소리가 컬리케이크 카페 근처에서 다가오고 있다는 걸 파악했다. 가능한 한 조용하게 움직이려고 하지만 몸무게 때문에 불가능한 사람의 발소리다.

몇 미터쯤 옆으로 가서 케이퍼캐슬 쪽으로 잰걸음으로 조금 더 물러났다. 그때 방문객을 처음 보게 되었다. 짙은 옷을 입은 다부진 남자가 최대한 조심스럽게 걸어오고 있었다. 토끼 발치에서 나를 찾는 것 같았으나 나는 이미 거북이 트럭을 넣어둔 차고의 안전한 그림자 속에 있었다. 나는 계속 뒤로 물러나서 케이퍼캐슬 입구로 향했다. 거기서 길은 비밀의 폭포 뒤로 이어진다. 물론 진짜 폭포는 아니다. 파란색 밧줄로 만들어진 클라이밍용 벽이다. 안에 들어간 다음에는 케이퍼캐슬 밖으로 나가는 게 또 다른 문제일 것이다. 다시 말해서 나는 최고 속도가 시속 10킬로미터인 거

---

* 나무 집, 흔들 다리, 미끄럼틀 등이 붙어 있는 놀이기구.

북이 트럭을 타고 도망칠 계획은 없다.

남자는 토끼 바로 앞에서 멈춰 섰다. 남자의 옆얼굴이 보였는데, 앞문 위의 비상등이 뒤쪽에서 그를 비춰서 빡빡 깎은 머리 주위로 유독 물질 같은 초록색 후광을 드리우고 있었다. 그는 오른손에 뭔가 들고 있었다. 남자와 토끼는 나에게서 대각선으로 20미터쯤 떨어져서 서 있다. 케이퍼캐슬 출입구는 10시 방향으로 7미터 정도 거리에 있었다. 나는 소리 없이 몇 걸음 움직였다. 거기까지 반쯤 갔을 때 남자가 갑자기 돌아섰다. 나를 발견하자 그의 손이 허공으로 올라갔다.

칼.

칼은 총보다 낫다. 당연하다. 하지만 각각의 확률을 계산하면서 꾸물거릴 생각은 없었다.

나는 케이퍼캐슬 안으로 뛰어들었다. 흔들거리는 계단이라는 첫 번째 구역을 지날 때 남자가 쫓아오는 소리가 들렸다. 남자는 나에게 멈추라고 외치지도 고함을 지르지도 않는다. 남자는 나를 죽이러 온 거다. 바닥이 기울어진 방에는 지나가는 걸 도와줄 난간이 있었다. 탈출은 예상한 것보다 더 힘들고 훨씬 느렸다. 두 개의 플라스틱 창문으로 빛이 들어왔다. 남자가 방 입구에 나타났다. 아마도 상황을 파악하기 위해서인 듯 멈췄다가 다시 나를 쫓았다. 그는 속도를 내기 위해 한 손으로는 바벨을 잡듯이 난간을 잡고 움직였고, 효과가 좋았다. 내 계획에 슬슬 회의가 들기 시작했다.

나는 문에 도착해서 저절로 빙빙 도는 1미터 길이의 회전 터널로 들어갔다가 곧바로 오른쪽으로 쓰러졌다. 터널을 이루는 원통이 독립적으로 작동하는 듯이 혼자 돌았다. 몇 번 넘어지다가 간신히 손과 무릎을 짚고 일어났다. 그리고 반대편 출구를 향해 기어갔다. 커다란 남자가 회전 터널로 들어오자, 내 균형 감각이 모두 사라졌다. 네 발로 기고 있는데도 몸을 똑바로 하는 게 아예 불가능했다. 남자가 벽과 원통 아래쪽에 부딪히는 소리가 났다. 남자는 소리치지 않았다. 남자가 내는 소리는 커다란 쿵쿵 소리, 거의 으르렁거리는 소리에 가까웠다. 우리는 술에 취해 다리가 풀린 두 친구처럼 통 안에서 빙빙 굴렀다.

남자는 점점 나에게 가까워지고 있었다.

나는 회전 터널 끝에 도착해서 1미터, 다시 1미터를 기어가서야 겨우 두 발로 일어섰다. 세상이 빙빙 돌고 흔들거렸다. 돌풍 속을 걷는 것 같았다. 나는 그냥 계단이라고 부르는 부분으로 다가갔다. 내 발보다 훨씬 작은 발을 위해서 설계된 이 기둥 끝부분이 내 계획의 일부였다. 그래서 강력 본드를 계속 갖고 있었던 거다. 나는 뚜껑을 열고 본드를 내 뒤 계단 위에 길게 짰다. 남자는 균형을 잡느라 이제 좀 느려진 상태였고, 그러니까 구두 밑창에 본드가 더 효과적으로 작용할 것이다.

나는 비틀비틀 앞으로 걸어가며 뒤로 계속 본드를 뿌렸다. 계단은 현관홀의 1층과 2층 사이의 허공에서 끝나는 것처럼 보인다. 그쪽에는 조명이 더 있었다. 내가 막힘없이 걸어올 수 있도록 방 안의 모든 스포트라이트가 힘을 합친 것만 같았다. 별이 가득한 밝은 밤하늘 아래에서 외줄 타기를 하는 느낌이었다. 나는 계단에 간신히 서 있었다. 아래에는 부드러운 스펀지의 심해 외에 위험한 거라곤 없다. 하지만 지금 떨어지면 나의 여정이 치명적으로 늦어 질 것이다. 나는 어깨 너머를 보았다가……

……칼을 발견했다.

그 순간, 남자의 팔 움직임을 보고 칼이 근접전을 위해서만 만 들어진 게 아니었음을 떠올렸다. 칼은……

……던질 수도 있다.

칼이 허공을 갈랐다. 나는 그게 심장을 찌르지 않을 정도로만 몸을 숙였다. 칼이 내 왼팔을 스쳤지만 실제로 나를 찌르진 못했 다. 나는 본드 튜브를 떨어뜨렸다. 남자가 재킷 안쪽에서 또 다른 칼을 꺼냈다. 나는 핀볼의 방 쪽으로 달렸다. 그때 남자가 처음으 로 말을 했다.

"멈춰. 경고야. 보여줄……."

남자의 주장은 내 마음을 움직이지 못했다. 나는 계속해서 핀볼 의 방으로 달려 들어갔다. 어둠 속에서 부드러운 고무 기둥에, 그 리고 또 다른 기둥에 부딪혔다. 그러다가 상처 난 팔이 또 다른 기 둥에 부딪혔다. 통증이 온몸을 타고 흘러서 무릎을 꿇고 주저앉을 것만 같았다. 나는 어둡고 커다란 핀볼 기계 안에 들어간 인간 핀볼이었다. 방 안의 유일한 빛은 문에서 들어오는 것뿐이었다. 방 한가운데는 완전히 어두웠다. 장점이라면 시야 확보가 안 되니 또 다른 칼을 던지는 건 불가능하다는 점이었다. 플리퍼*가 기둥과 고무 벽 사이로 나를 밀어 보내는 동안 오른팔을 쭉 뻗고 있었다. 남자가 플리퍼 사이에서 이쪽저쪽으로 팅기는 소리가 들렸고 그의 신발 바닥에 붙은 본드 때문에 따라오는 속도가 느려지기만을 바라며 나는 빛을 향해 갔다.

나는 폭포에 도착해서 밧줄을 헤치고 창고로 이어지는 문이 있는 공간으로 들어갔다. 바지 주머니에서 열쇠를 꺼내 자물쇠에 넣고 돌렸지만, 문이 열리지 않았다. 손잡이를 당기다가 어떻게 된 일인지 깨달았다. 자물쇠가 전부 재설정된 거다. 하지만 왜 하필 오늘 바꿔놨고, 왜 나한테는 이야기를 안 했지?

나는 폭포로 돌아와 폭포를 통과했다. 남자가 반대편 플랫폼 위에서 신발 바닥에 붙은 카펫 조각을 잡아당기는 게 보였다. 나는 할 수 있는 건 다 했다. 달리고 점프했다. 공중으로 몸을 날렸다. 그러다 양철 미끄럼틀에 부딪히는 바람에 지독하게 아파서 비명을 지르고 말았다. 이쪽저쪽으로 구불구불한 미끄럼틀을 타고 내려가기 시작했다. 팔의 상처 때문에 중력이 만들어내는 요동이 더

*　핀볼 기계에서 공을 쳐서 위쪽으로 보내는 막대.

욱 과장되게 느껴졌다. 미끄럼틀과 통증은 안장 없는 자전거처럼 불가능한 조합이었다. 목적지까지 어떻게든 갈 수는 있겠지만, 절대 앉아서 갈 수는 없었다.

미끄럼틀에서 바닥의 부드러운 매트 위로 떨어졌다가 일어선 다음 깜짝 놀랐다. 미끄럼틀에서 아무 소리도 들리지 않았다. 남자는 그 안에 없는 모양이다. 위쪽 플랫폼은 안 보이지만, 분명히 거기 있을 것이다.

나는 다시 한번 케이퍼캐슬 주위를 빙 돈 다음에 토끼를 향해서, 그리고 그 뒤에 있는 앞문을 향해서 달렸다. 시간은 걸리겠지만 다른 선택지가 없었다. 내 열쇠로는 다른 문들 역시 열리지 않을 텐데, 앞문만 안쪽에서 열쇠 없이 열린다. 마지막 모퉁이에서 멈춰서 바깥쪽을 힐끔 내다보고 소리에 귀를 기울였다. 아무것도 보이지도 들리지도 않았다.

나는 곧장 토끼를 향해서 달리기 시작했다. 달리고, 달려서, 거의 토끼에 다다를 즈음, 어깨가 넓고 커다란 남자가 그 뒤에서 불쑥 나왔다. 눈앞에 펼쳐진 모습을 이해하는 데는 얼마 걸리지 않았다. 남자의 빠르고 조용한 등장에는 아주 훌륭한 이유가 있었다. 고의이든 우연이든 신발 바닥이 작은 사각형 스펀지로 덮인 것이다. 그는 플랫폼에서 뛰어내렸고, 스펀지 덕분에 발소리가 사라졌다.

가슴속에서 분노가 끓어올랐다.

나는 규칙에 따른 것이다. 또다시.

나는 계속 달렸다. 머릿속에 떠오르는 건 토끼뿐이었다. 나는 토끼에 몸을 부딪혔고, 토끼는 남자의 위로 고꾸라졌다. 우리는 다 함께 쓰러져서 콘크리트 바닥에 나뒹굴었다. 남자는 내가 옆에 있는 걸 보았고, 동시에 나도 남자를 보았다. 그가 먼저 움직였다. 내가 겨우 몸을 조금 빼냈을 때 그가 칼을 휘둘렀다. 칼날이 내 허벅지를 베고 래미네이트 바닥에 박혔다. 그 바람에 내 바지도 바닥에 고정되었다. 나는 꼼짝할 수가 없었다. 소리를 지르며 팔을 퍼덕거리다가 손에 닿는 첫 번째 물건을 잡았다.

토끼의 귀.

또 떨어졌다.

나는 커다란 귀를 남자 쪽으로 휘둘렀고 뭔가가 맞았다. 내가 일어서자 바지가 찢어졌다. 남자는 재킷 주머니에 손을 넣었다. 세 번째 칼을 꺼내려고? 아니, 그건 너무 심하다. 나는 그가 칼을 던지거나 나를 찌르기 전에 움직였다. 그를 때리고, 때리고, 또 때렸다.

그런 다음 귀를 떨어뜨렸다. 현관홀은 텅 비어 있었고 조용했다. 귀에 들리는 건 헐떡거리는 내 숨소리뿐이었다. 주위를 둘러보았다.

홀이 달라 보였다.

가족 모두를 위한 모험의 나라.

내가 이 모든 것을 책임지게 만든 일들이 갑자기 하나도 생각나지 않았다. 이곳과 그 외의 다른 수많은 것들…… 모든 것이 갑자기 통제 불가능하고, 예측 불가능해졌다.

나는 보험계리사다.

원칙적으로 나는 탐험공원을 운영하지 않고, 절대로 거대한 플라스틱 토끼 귀로 사람을 죽도록 내리치지도 않는다.

하지만 이미 말했듯이 내 인생은 벌써 한참이나 확률론을 따르지 않았다.

3주 하고도 5일 전

1

9월의 칸넬매키*. 이보다 아름다운 건 없다. 반짝이는 새빨간 나뭇잎과 헬싱키 내에서 제일 경쟁력 있는 집값.

가을 향기가 교외의 이른 아침 공기 속에 흘렀다. 도시에서 가장 산뜻하다고 과학적으로 증명된 공기다. 빨간색과 노란색이 섞인 커다란 나뭇잎 표면에 이슬이 맺혀 있고, 떠오르는 태양을 받아 아주 가벼운 거울처럼 반짝인다. 나는 4층 발코니에 서서 또한 번 내가 딱 올바른 곳에 있다는 걸 깨닫는다. 그 무엇도 내 마음을 바꿀 수는 없을 것이다.

칸넬매키역 주위는 헬싱키에서 도시계획이 가장 효과적으로 이루어진 지역이었다. 우리 집 문에서 역까지는 빠른 걸음으로

* 핀란드의 수도 헬싱키 서북부 지역.

2분 30초밖에 걸리지 않았다. 열차를 타면 파실라에 있는 직장까지 9분이 걸리고, 한 달에 한 번 시내의 극장에 가는 데는 13분이 걸렸다. 도심에서 아주 가까운 걸 고려하면 칸넬매키의 아파트는 가성비가 아주 뛰어난 데다, 기능도 훌륭하고 용적률 또한 낭비 없는, 잘 설계된 집이었다. 장식적인 부분이나 쓸데없는 부분도 없었다.

이 지역 주택들은 최적의 합리적 사고를 우선으로 여겼던 1980년대 중반에 지어졌다. 특징 없고 심지어 우울하다고까지 하는 사람들도 있지만, 그건 정육면체가 반복되고 전체적으로 회색빛인 동네의 겉모습만 봐서 그렇다. 그런 모습 자체가 놀라운 단일성이라는 성과를 보이고 있는데 말이다. 그들은 흔한 실수를 했다. 상세한 계산을 하지 않은 것이다.

경험적으로 내가 아는 건, 뭐가 아름답고 뭐가 아름답지 않은지를 가르쳐주는 것은 계산이라는 사실이다.

칸넬매키는 아름다웠다.

나는 다시 한번 깊게 숨을 들이쉬고 안으로 돌아갔다. 복도를 걸어가며 신발을 신고 재킷을 걸쳤다. 윗부분은 약간 열린 채로 남겨두고 지퍼를 올렸다. 넥타이는 반짝이고, 매듭은 깔끔하고 균형이 딱 맞았다. 거울 속에서 나를 마주 보는 남자를 나는 잘 알았다. 마흔두 살인 내가 가슴 깊이 간직한 소원은 딱 하나였다.

모든 게 합리적이면 좋겠다.

보험수리학은 보험업자의 시각에서 '경제적으로 적당한' 보험료를 책정하기 위해 만일의 상황이 일어날 가능성이나 위험을 평가하는, 수학과 통계분석을 합쳐놓은 학문이다. 이게 공식적인 정의다. 공식적이라서 지루하기 마련인 다른 많은 정의들처럼 이 설명도 사람들의 머리를 빙빙 돌게 만든다. 그리고 설령 머리를 빙빙 돌게 만들지 않는다 해도, 이 정의의 작은따옴표 부분에 주의를 기울이는 사람은 별로 없고, 이 문맥에서 '경제적으로 적당한'이라는 말이 실제로 어떤 의미인지 물어보는 사람은 더더욱 없다.

보험회사는 이윤을 내기 위해 존재한다. 사고보험은 이윤이 거의 30퍼센트이다. 한 가지 상품만으로 그런 엄청난 수익에 도달하는 회사는 거의 없다. 하지만 사람들에게 다른 선택지가 없다는 것을 알기 때문에 보험회사는 이런 이윤을 얻는다. 보험을 들지 않을 수도 있다. 누구에게나 선택권이 있으니까. 하지만 모든 걸 감안할 때 대부분의 사람들은 최소한 자기 집이라도 보험에 들어야겠다고 결정한다. 보험회사는 인간이 연약한 데다, 문제에 얽힐 가능성은 다른 생명체보다 훨씬 높다는 걸 잘 안다. 그래서 현재 전 세계 보험회사들은 내년에 사람들이 얼마나 자주 자기 집 마당에서 미끄러지고 넘어질지, 몸에 있는 다양한 구멍에 다양한 모양과 크기의 물체를 집어넣을지, 타오르는 바비큐 숯을 쓰레기통에 쓸어 넣을지, 신상 제트스키를 타다가 서로 부딪힐지, 줄 세워놓은 유리 화병 뒤에 있는 물건을 찾으려고 제일 위 선반으로 손을 뻗을지, 술에 취한 채 회칼을 쓸지, 자신과 다른 사람들의 눈에 폭죽을 쏘아댈지를 계산하고 있다.

그러므로 보험회사는 두 가지를 안다. 첫째로 사람들은 기본적으로 보험에 가입해야만 한다. 둘째로 특정한 수의 사람들은 그러지 말라는 충고에도 불구하고 꼭 자기 몸에 불을 붙인다. 보험계리사는 이런 두 가지 요인 사이에서, 간단히 말해서 펜과 성냥 사이에서 활동한다. 보험계리사의 임무는 자발적 제물이 스스로 저지른 문제를 배상하고 나서도 보험회사가 여전히 그와 기타 많은 사람들이 미리 정해둔 이윤을 유지하도록 만드는 것이다.

그리고 그 날카롭게 깎은 연필과 타오르는 불길 바로 사이에, 내가 있다.

내 직장은 발릴라 지구에 있다. 테올리수스카투의 새 사무실 건물이 지난봄에 완공되었고, 우리 회사는 페인트도 덜 말랐을 때 입주했다. 매일 아침 우리의 오픈플랜식 사무실에 도착할 때마다, 꼭 녹지 않는 얼음덩어리가 내 안에 박혀 있는 것처럼 늘 똑같은 짜증과 실망감을 느낀다. 나는 내 사무실을 잃었다. 나만의 사무실 대신 이제 나에게는 워크스테이션이 있다.

'스테이션'이라는 말이 내가 알아야 하는 모든 것을 알려준다. 나의 '스테이션'은 창문을 마주 보는 긴 책상 끝에 위치한 좁고 갑

갑한 일부분에 불과하다. 우리의 긴 책상 앞에는 똑같은 공용 책
상이 하나 더 있다. 맞은편에는 바비큐 이야기를 끝없이 늘어놓는
후배 수학자 미카 레히코이넨이 앉았다. 왼쪽에는 별다른 이유도
없이 혼자 낄낄거리는 습관이 있는 후배 위험분석사 카리 할리코
가 있다. 아무래도 이들이 신세대 보험계리 전문가들을 대표하는
모양이었다.

나는 그들을 좋아하지 않았고 오픈플랜식 사무실도 질색이었
다. 시끄럽고 정신 산만해지는 것들과 방햇거리, 따분함으로 가득
했다. 하지만 무엇보다도 사람이 가득했다. 대부분의 사람들이 좋
아하는 것 같은 즉흥적인 대화, 계속되는 질문과 조언, 끊임없고
시시한 농담이 나는 딱 질색이었다. 정신을 집중해야 하는 확률
계산과 그게 무슨 상관이 있는지 모르겠다. 새로운 공간으로 이사
하기 전에 나는 우리 사무실이 디즈니랜드가 아니라 위험관리부
라는 걸 설명하려고 했지만, 내 주장은 결정권자들에게 아무 영향
도 끼치지 못했던 것 같다.

내 생산성 레벨은 뚝 떨어졌다. 대부분의 사람들과 다르게 여
전히 실수는 절대 하지 않지만, 할리코의 워크스테이션을 중심으
로 끊임없이 일어나는 의미 없는 잡담으로 인해 굉장히 방해를
받았다.

할리코는 모든 일에 웃어대고, 대부분의 시간을 높이뛰기 선수
의 엉덩이나 어처구니없는 노래 경연대회, 이상한 애완동물 관련

영상을 보는 데 쓰는 것 같았다. 사람들이 모여서 웃고, 동영상에서 동영상으로 이어졌다. 할리코는 낄낄거리고 깔깔거렸다. 나는 그게 위험분석사로서는 부적절한 행동이라고 생각했다.

또 다른 소란의 원인은 쉬지 않고 이야기하는 레히코이넨이었다. 월요일이면 주말 동안 무슨 일이 있었는지 이야기했고, 가을에는 여름휴가에 대해 이야기했으며, 1월에는 크리스마스에 대한 모든 걸 들어야만 했다. 레히코이넨에게는 항상 무슨 일이 일어나는 모양이었다. 그는 이미 결혼과 이혼을 두 번씩 했는데, 내가 보기엔 원인과 결과라는 개념을 똑바로 이해하지 못하고 있다는 증거였다. 후배 수학자라면 더 분별이 있어야지.

오늘 아침에는 둘 다 내 앞의 자기 워크스테이션에 앉아 있었다. 할리코는 짧게 박박 민 머리를 긁적거렸고, 레히코이넨은 입술을 오므리고 화면의 뭔가를 응시하며 의자 팔걸이를 손가락으로 두드렸다. 각자 자기 일에만 열중하고 있는 것 같았고, 그 자체만으로도 놀라웠다. 나는 책상에 놓인 시계를 보았다. 자율 출근 시간이 끝나는 9시 정각이었다.

새로운 지역으로 이사한 이래로, 매일 일하기 전에 나누는 무의미한 잡담을 피하기 위해 나는 아침마다 집에서 정확히 30초 늦게 출발했다. 그러면 결과적으로 이렇게 아슬아슬하게 시간에 맞춰 도착한다. 이건 내 성격에 맞지 않는 일이었다. 나는 의자 옆에 서류 가방을 내려놓고 책상 아래에서 의자를 당겼다. 단단한 플라스틱 바퀴가 카펫 위로 굴러가는 소리를 들은 건 이번이 처음이었다. 그 소리에는 등뼈를 차가운 손톱으로 긁는 것처럼 몸이 부르르 떨리게 만드는 구석이 있었다.

컴퓨터를 켜고 오늘 일을 시작하기 위해 책상 위에 모든 게 다 있는지 확인했다. 나는 계속해서 변화하는 경제 상황에서 이자 지급 주기의 변화가 지불금 최적화에 미치는 영향에 관해 개인적인 연구를 하는 중이었다. 오늘은 2주짜리 조사를 마무리할 수 있기를 바랐다.

고요함은 유리컵의 물처럼 투명하면서도 확고하게 실재했다.

나는 아이디와 비밀번호를 쳐서 시스템에 접속했다. 화면의 입력 상자가 떨렸다. 상자 아래의 빨간 글자가 아이디와 비밀번호가 유효하지 않다고 알려주었다. 나는 다시, 이번에는 좀 더 천천히 입력했다. 대문자는 대문자로, 소문자는 소문자로, 모든 글자가 정확하도록 유의해서 쳤지만, 상자는 다시금 떨렸다. 이제는 상자 아래에 빨간 글자가 두 줄 떴다. 아이디와 비밀번호가 유효하지 않다고. 그 아래에는 두꺼운 대문자로, 올바른 아이디와 비밀번호를 입력할 기회가 딱 한 번 남아 있다고 쓰여 있었다. 나는 화면 너머로 레히코이넨을 쳐다보았다. 그는 여전히 의자 팔걸이를 두드리면서 창문 밖 길 건너편의 맥도날드를 바라보고 있었다. 나는 그를 쳐다보면서 내 아이디와 비밀번호를 다시 한번 떠올려보았다. 당연히 나는 둘 다 잘 알고 있고, 내가 두 번 모두 제대로 입력했다는 것도 알았다.

레히코이넨이 갑자기 고개를 돌렸고, 우리는 눈이 마주쳤다. 그러다 그가 빠르게 다시 자기 화면으로 눈길을 돌렸다. 팔걸이를 두드리던 것도 멈췄다. 사무실에서 웅웅 소리가 났다. 그게 에어컨 소리이고 아무도 말을 하지 않아서 들린다는 걸 알면서도 갑자기 그 웅웅 소리가 어째서인지 내 머릿속으로 파고들었다. 어쩌면 이것 때문에 내가 몸을 돌려 할리코에게 오늘 아침에 시스템에 접속하는 데 문제가 있었느냐고 물어보지 않았는지도 모르겠다.

아침부터 문제가 있었다면, 그 문제는 이미 해결되었을 것이다. 할리코는 수천 개의 조그만 구슬을 손가락으로 튕기는 것처럼 마우스를 누르고 있었다. 나는 키보드에 손을 얹었고, 차가운 손톱이 다시 내 등을 긁어내리기 시작했다. 내가 누르는 키 하나하나에 집중해서 손가락을 움직였다. 딱 한 번만 누르도록 유념하면서, 그리고 적절한 힘과 결단력을 담아서 마침내 '엔터'키를 눌렀다.

나는 눈을 감는 것은 고사하고 깜박이지도 않았다. 하지만 그 키를 누르는 게 아주 중대하게 느껴졌다. 마치 방금 전까지 평범한 하루를 바라보고 있었는데 다음 순간 잠이 들거나 의식을 잃어버렸고, 정신을 차리자 눈앞의 풍경이 알아볼 수 없도록 바뀌어버린 것처럼 말이다. 눈앞의 하루는 빛과 색을 잃었고, 온 세상의 지렛목이 옮겨 가버렸다. 화면 한가운데의 상자가 세 번째로 떨렸다. 눈 깜짝할 시간이 흐른 다음, 상자가 아예 사라졌다.

친숙한 목소리가 들렸다.

"코스키넨, 잠깐 내 사무실에서 볼 수 있겠나?"

2

"얘기 좀 하자고. 의논할 게 있어서 말이야."

우리 부서의 부서장인 투오모 페르틸래가 말했다.

우리는 페르틸래의 사무실에 앉아 있었다. 유리로 된 사무실은 불쾌한 여러 특성에 더해 사생활 보호의 요소도 전혀 없는 데다가 사람들이 앉는 자리 사이에 탁자도 없었다. 나에게 이건 부자연스러웠다. 우리는 의사 대기실에서처럼 마주 앉았다. 우리 중 누가 환자고 누가 의사 역할인지 생각하고 싶지 않았다. 딱딱하고 불편한 철제 의자에는 손을 얹을 데도 없었다. 나는 손을 무릎 위에 올렸다.

"난 얘기를 듣고 싶어. 자네 이야기를 듣고 싶어."

페르틸래가 말했다.

육체적 불편도 불편이지만, 나는 페르틸래의 새로운 역할이 훨씬 더 받아들이기 힘들었다. 나도 부서장 자리에 지원했었다. 내가 더 적합하고 경험 많은 후보였다. 전 영업부장이었던 페르틸래가 어떻게, 뭘로 임원진을 설득했는지 모르겠다.

"이렇게 하면 우리가 서로를 더 잘 이해할 수 있을 거야."

그가 계속해서 말을 이었다.

"서로에게 마음을 열면 우리가 공감할 만한 걸 찾아서 결정을 내리게 될 거라고 생각해. 공통의 결정이 올바른 결정이지. 우리가 이야기를 나누는 평범한 두 사람, 쓸데없는 건 다 벗어버리고 계급도 없고 강제적인 의제도 없는 그냥 두 사람이라는 걸 깨달아야만 가능한 일이야. 캠프파이어 주위에 둘러앉아서 마음을 모으고, 감정적으로 서로 터놓고, 앞으로 나아가는 두 사람."

나는 이런 식으로 말하는 게 유행이라는 걸 알았고, 페르틸래가 이런 주제에 대해 수많은 강좌를 들은 것도 알았다. 당연하지만 우리 둘이 숲속에서 벌거벗고 앉아 있는 건 상상도 할 수 없었다. 하지만 그가 말하는 방식에는 더 크고, 더 근본적인 문제가 있었다. 아무런 정보도 전달하지 못하고, 아무것도 해결하지 못한다는 점이다.

"무슨 말인지 모르겠습니다. 그리고 왜 시스템에 접속이 안 되는지도 이해가……."

페르틸래가 상냥하게 웃었다. 그의 머리와 얼굴은 하나였다. 그는 머리카락을 전부 다 밀어서 완전히 대머리였기 때문에, 그가 웃을 때면 뒤통수에서도 그걸 볼 수 있었다.

"아, 미안하군, 가끔 내가 좀 앞서 나가곤 하지. 난 마음을 터놓는 데에 워낙 익숙해서 사람들에게 여유를 좀 줘야 한다는 걸 잊어버려."

1년 전만 해도 쓰지 않던 말투였다. 1년 전에는 그도 다른 사람들처럼 말했지만, 그런 강좌를 죄다 들은 후로 자기 전에 아이들에게 책을 읽어주는 말투와 인질 협상을 하는 말투 사이쯤의 무언가가 되었다. 내가 그에 관해 아는 사실들과는 어울리지 않았다.

"내 말 오해하지 말게. 난 자네한테 여유를 주고 싶어. 자네가 이야기하고, 나는 듣는 거야. 하지만 시작하기 전에 우선 묻고 싶은 게 있어."

나는 기다렸다. 페르틸래는 팔꿈치를 무릎에 얹고서 몸을 앞으로 기울였다.

"자네는 여기 우리의 새로운 환경과 팀워크, 개방성, 함께 일을 하고 실시간으로 지식을 나누는 이 공동체적 분위기를 어떻게 느끼고 있나?"

"이미 말씀드렸지만, 우리 일을 더 느리게 만들고 오히려 더 힘들게 만드는ㅡ"

"그래, 우리가 함께하면서 서로를 알게 되고, 서로의 존재를 느끼고, 서로에게서 새로운 걸 배우고, 우리의 잠재력을 일깨우게 되었지?"

"음―"

"사람들은 진정한 자신을 찾았다고들 해. 그저 계리사나 분석가가 아니라 인간으로서 새로운 인식 수준에 도달했다고 나한테 말하더군. 이 모든 게 우리가 장벽을 허물기로 했기 때문이야. 내부적인 장벽과 외부적인 장벽 모두 말이야. 우리는 새로운 단계로 올라섰어."

페르틸래의 눈은 움푹했고, 그 위로 눈썹이 짙어서 표정을 읽기 어려웠다. 하지만 그의 눈 안쪽 깊숙한 곳에서 불길이 열렬하게 타오르고 있는 걸 상상할 수 있었다. 불안감이 다시 내 등을 날카롭게 긁었다.

"전 그런 건 잘 모르겠습니다. 저는 이런…… 단계를 파악하는 게 좀 어렵군요."

"파악하는 게 어렵다……."

페르틸래는 내 말을 따라 하고서 의자에 몸을 기댔다.

"좋아. 자네는 어떤 종류의 업무를 할 준비가 된 것 같나?"

그 질문에 나는 멍해졌다. 손을 무릎 위에 가만히 두기가 어려웠다.

"제가 해오던 업무요. 저는 수학자이고 그러니까―"

"자네가 팀에 어떻게 맞출 수 있다고 보나?"

페르틸래가 말을 자르며 물었다.

"자네는 이 팀과 공동체, 가족에게 무엇을 제공하나? 우리에게 줄 수 있는 자네의 재능은 뭐지?"

다른 의도가 있는 질문인가? 나는 정직하게 대답하기로 했다.

"수학적인―"

"수학은 잠깐 잊자고."

그는 그렇게 말하며 방 안에 흐르는 보이지 않는 기류를 막으려는 것처럼 오른손을 들었다.

"수학을 잊어요? 이 일은 수학적 원칙을 기반으로―"

내가 어이없어하며 말하자 페르틸래는 고개를 끄덕였다.

"나도 뭘 기반으로 하는지 알아. 하지만 우리에게는 다 함께 걸어갈 수 있는 공통의 길이 필요해. 품 안에 수학을 껴안고 가든 다른 걸 껴안고 가든 간에 말이야."

"품 안에요? 잘못된 신체 부분인 것 같은데요. 이건 논리 문제입니다. 우리에게 필요한 건 맑은 머리예요."

다시금 페르틸래는 앞으로 다가와 무릎에 팔꿈치를 얹은 채 처음에는 옆으로 몸을 기울였다가 적당한 포즈를 잡았다. 그 상태로 한참 동안 가만히 있다가 마침내 말했다.

"이 부서는 내가 키를 잡았을 때 진창에 빠져 있었어. 자네도 기억할 거야. 모두가 자신의 작은 방 안에 틀어박혀서 뭔가를 할 뿐, 다른 사람이 뭘 하는지는 아무도 몰랐지. 생산적이지도 않았고, 공동체 의식이라고는 없었어. 난 이 사무원과 천체물리학자 그룹을 21세기로 데려오고 싶었어. 이제 그렇게 됐지. 우린 저 태양을 향해서 날아오르고 있어."

"그건 현명한 일이 못 됩니다. 어떤 상황에서도요. 게다가 은유적인 표현이라고 해도 그건—"

"알겠나? 그게 바로 내가 의도한 거야. 우리가 하는 모든 일에 항상 반발하는 사람이 한 명 있어. 여전히 자신의 작은 구석 자리에 앉아서 망할 놈의 아인슈타인의 먼 사촌이라도 되는 것처럼 계산만 하고 있는 사람이 있다고. 누군지 알겠나?"

"전 모든 게 합리적이고 이성적이길 바랄 뿐입니다."

내가 대답했다.

"그리고 그게 수학이 우리에게 주는 거죠. 수학은 확고하고, 수학은 지식입니다. 왜 우리에게 이런 내면의 어린아이나 이…… 기분 차트가 필요한지 모르겠습니다. 제가 보기에 그런 건 필요 없습니다. 우리에게 필요한 건 이성과 논리입니다. 그게 제가 제공하는 거고요."

"제공했었지."

그 한마디가 이전의 수천 가지 말보다 더 크게 나를 찔렀다. 나는 내 전문가적 가치를 알았다. 맥박이 빨라지고 심장이 달음박질치는 게 느껴졌다. 이건 완전히 부적절했다. 불안감이 지나가고 이제 짜증과 불쾌감이 그 자리를 차지했다.

"제 전문 기술은 최고이고, 경험이 늘면서 더 발전하고 있습니다……."

"보아하니 전부 다는 아니군."

"현재 우리에게 필요한 건—"

"현재 우리에게 필요한 건 70년대 사람들에게 필요했던 것과는 달라."

페르틸래 역시 짜증스럽게 말했다.

"그리고 내가 말하는 건 1970년대야. 아니면 그보다 더 옛날로 가야겠나?"

떨리던 비밀번호 입력창이 시작에 불과했다는 걸 깨달았다. 그리고 나는 페르틸래의 이런 면을 알고 있었다. 지금 이게 그의 진짜 말투였다.

"자, 잘 들어. 선임 계리사로서 자네는 그야말로 원하는 걸 가질 수 있어. 자넨 팀 플레이어가 될 필요가 없어. 인트라넷을 쓸 필요도 없지. 혼자 앉아서 계산만 할 수 있어. 자네만의 방도 가질 수 있지."

페르틸래가 상체를 세웠다. 그는 의자 가장자리까지 바싹 나와 앉았다.

"모든 걸 처리해놨어. 자네 사무실은 1층, 청소부 자리 뒤의 작은 방이야. 문도 닫을 수 있지. 공책과 계산기가 있어. 자네한테 인트라넷은 필요 없어. 자네 임무는 2011년부터의 인플레이션이 2012년 보험료에 미친 영향을 평가하는 거야. 자료는 전부 자네 책상에 있네. 내가 기억하기로 폴더 60개 정도일 거야."

"그건 전혀 합리적이지 않습니다. 지금은 2020년이에요. 게다가 그건 그해 보험료를 산정할 때 이미 계산했습니다……."

"그럼 다시 계산하고, 모든 게 맞게 처리됐었는지 확인해. 자넨 그런 종류의 일을 좋아하잖아. 수학 좋아하잖아."

"물론 전 수학을 좋아합니다만……."

"하지만 자네는 우리 팀, 우리의 개방성, 우리의 대화, 우리가 소통하는 방식, 마음을 여는 방식, 감정을 탐색하는 방식을 싫어하지. 자네는 자신을 터놓는 걸 원하지 않고, 지금을 믿지 않고, 우리를 믿지 않아. 자네는 내가 제공하려는 것들을 싫어하지."

"저는 그건……."

"그래. 그건 싫은 거야. 그러니까……."

페르틸래가 책상 쪽으로 손을 뻗었다.

"……다른 선택지도 있어."

그는 나에게 종이를 한 장 내밀었다. 나는 재빨리 읽어보았다. 이제는 더 이상 짜증이 나거나 불쾌하지 않았다. 나는 엄청나게 놀랐다. 격분했다. 나는 페르틸래를 쳐다보았다.

"사표를 내라고요?"

그가 다시 미소를 지었다. 그 미소는 우리가 대화를 시작할 무렵과 거의 똑같았지만, 몇 분 전까지만 해도 감지할 수 있었던 아주 약간의 희미한 온기마저도 빠져 있었다.

"문제는 **자네가** 뭘 원하느냐야. 난 자네에게 여러 가지 길을 안

내해주고 싶을 뿐이야."

"그러니까 저는 의미 없는 계산을 하든지, 최고도의 진지한 수학적 사고에 대한 주의를 흩트리는 아마추어 정신분석 시간에 참여해야 하는 겁니까? 전자는 쓸모없고, 후자는 분열과 혼란, 영원한 지옥이라는 결과만 낼 뿐입니다."

"세 번째 선택지도 있지."

페르틸래가 종이 방향으로 고개를 끄덕였다.

"정확함에는 정확함이 필요합니다."

내 목소리가 떨리는 게 내 귀에도 들렸다. 몸속에서 피가 부글거렸다.

"곤도 마리에*의 정리법으로는 상관행렬의 불가해한 정확성을 달성할 수 없어요. 전 주말에 스시 만들기를 최고의 야망으로 갖는 팀의 일원이 될 순 없습니다."

"아래층에 자네를 위한 방도 있어……."

나는 고개를 저었다.

"아뇨. 그건 전혀 합리적이지가 않아요. 전 모든 게 합리적이길 바라고, 합리적으로 행동하고 싶습니다. 이 합의서에는…… 핵심만 말하자면 제가 당연히 받아야 하는 6개월 치 퇴직금을 포기해야 하고 제 사표가 즉각 수리된다고 쓰여 있군요."

---

* 일본의 정리 수납 전문가로, 관련 도서와 넷플릭스 프로그램이 유명하다.

"이건 자발적 퇴사니까."

페르틸래의 목소리는 다시 부드러워졌다. 마치 그렇게 말하는 게 굉장히 즐거운 것처럼.

"이 층에서 우리와 함께 머물고 싶다면, 내일 아침에 초월명상에 관한 세 시간짜리 필수 세미나가 있을 거야. 강사는 정말로 훌륭한―"

"펜 좀 주시죠."

얼굴을 보니 다른 사람들은 이미 알고 있었던 모양이다. 내 워크스테이션에는 개인 소지품이 딱 하나 있다. 내 고양이 쇼펜하우어 사진이다. 나는 가죽 서류 가방에서 일과 관련된 서류들을 꺼내고 쇼펜하우어 사진을 이제는 텅 빈 가방에 넣었다. 그리고 엘리베이터를 타고 1층으로 내려와 청소부나 그들 뒤의 문은 거의 쳐다보지 않고서 길거리로 나온 다음 멈춰 섰다. 마치 뭔가에 부딪힌 것처럼, 혹은 내 발이 바닥에 딱 붙은 것처럼.

나에게 일자리가 없었다.

불가능한 일처럼 느껴졌다. 최소한 나에게는 불가능한 생각이었다. 아침에 일어나서 어디로 가야 하는지 모르는 상황이 닥친다는 건 상상조차 해본 적이 없었다. 세상을 올바르게 움직이는 거대한 기계장치가 갑자기 망가진 느낌이었다. 나는 손목의 시계를 보았지만, 생각한 것처럼 아무 쓸모가 없었다. 시계는 나에게 시간을 말해줬지만, 갑자기 시간에 아무런 의미도 없게 되었다. 오전 10시 18분이었다.

조금 전까지만 해도 나는 조건부 확률과 일반 확률의 차이에 관해 생각하고 여사건에서 수학적 독립성을 규정할 방법을 찾으려 하고 있었다.

지금 나는 혼잡한 도로 옆에, 일자리도 없고 가방 안에는 고양이 사진 하나만 달랑 든 채 서 있었다.

나는 억지로 움직였다. 햇빛이 등을 따뜻하게 데우자 기분이 조금 나아지기 시작했다. 파실라역이 시야에 들어오자 내 상황을 논리와 이성을 사용해서 좀 더 실용주의적으로 볼 수 있었다. 나는 실력 있는 계리사이고 페르틸래의 1, 2, 3도 모르는 정신분석 지망생 팀을 다 합친 것보다 보험업에 대해서 많이 알았다. 긴장이 풀리기 시작했다. 나는 곧 그의 경쟁사에서 계산을 하고 있을 것이다.

보험 그 자체와 수학을 진지하게 여기는 보험회사를 찾는 게 뭐 어렵겠는가?

그리 어려울 리 없다고 나는 생각했다. 곧 모든 게 훨씬 더 분명하게 보일 것이다.

좀 더 간단히 말해서, 모든 게 더 나아질 것이다.

3

"형님께서 사망하셨습니다."

하늘색 셔츠와 짙은 파란색 재킷은 세 번째 파란색, 즉 남자의 눈을 더 강조했다. 왼쪽으로 빗어 넘긴 그의 숱 적은 밝은 금발 머리는 피곤해 보였고, 좀 처져 보였다. 뺨이 새빨간 걸 제외하면 창백한 얼굴이었다. 그는 이름을 말하고 자신이 변호사라고 덧붙였으나 그 이름은 이 소식 때문에 기억에서 사라진 것 같았다.

"이해가 안 가는군요."

내가 솔직하게 말했다.

아침 첫 커피의 맛이 아직까지 입 안에 맴돌다가, 이제는 뭔가 새로운 것, 쇠 맛, 거의 녹 같은 뒷맛이 느껴졌다.

"선생님의 형님께서 사망하셨습니다."

변호사는 내 소파에서 좀 더 편안한 자세를 찾으려는 것처럼 움직이면서 다시 말했다. 최소한 그런 의도같이 보였다. 창밖의 가을 아침은 쌀쌀하고 화창했다. 아침을 먹고 쇼펜하우어를 녀석이 제일 좋아하는 관찰용 자리에 앉혀두고 초인종이 울리자마자 문으로 곧장 걸어갔기 때문에 알고 있다. 잠시 후에 변호사가 몸을 앞으로 좀 기울이고 무릎에 팔꿈치를 얹었다. 재킷 어깨 부분이 팽팽해지고 천이 반짝거렸다.

"그분이 선생님께 자신의 놀이공원을 남기셨습니다."

나는 생각할 새도 없이 말했다.

"탐험공원이요."

내가 정정했다.

"네?"

"놀이공원은 린난매키나 올턴타워* 같은 겁니다. 롤러코스터와 회전목마, 앉아 있으면 자동으로 사람들을 이리저리 내던지는 기계가 있는 곳이죠. 탐험공원은 반대로 사람들이 직접 움직여야 하는 곳입니다. 직접 올라가고 달리고, 점프하고 미끄러져 내려오죠. 클라이밍 벽과 밧줄, 미끄럼틀, 미로, 뭐 그런 것들이 있습니다."

"알 것 같습니다. 놀이공원에는 빛이 번쩍거리고 사람들을 공중으로 쏘아 올리는 캐터펄트가 있지만, 탐험공원에는…… 잘 생각

---

* 각각 핀란드와 영국의 대규모 놀이공원.

이 안 나는데……."

"케이퍼캐슬이요."

내가 기억을 떠올렸다.

"케이퍼캐슬. 맞아요."

변호사가 다시 고개를 끄덕였다. 그가 말을 이으려고 하다가 갑자기 생각에 잠긴 표정을 지었다.

"음, 놀이공원에도 케이퍼캐슬이 있으면 괜찮았을 텐데 말입니다. 린난매키에 있었던 옛날 베쿨라**처럼요. 균형을 유지하면서 위로 올라가야 해서, 반대편으로 나올 무렵에는 땀에 흠뻑 젖어 있었죠. 하지만 탐험공원에 캐터펄트가 있는 건 상상하기가 어렵네요. 가만히 앉아서 일시적인 중력 변화만을 느끼는 건……. 차이는 이해할 것 같지만, 명백한 경계를 찾는 건 어려워요……."

"저희 형이 죽었다고요."

내가 말했다.

변호사는 손을 내려다보면서 재빨리 깍지를 꼈다.

"네. 삼가 조의를 표합니다."

"어떻게 죽었나요?"

"그분 차에서요. 볼보 V70이었죠."

변호사가 대답했다.

** 2017년까지 린난매키에서 운영했던 일종의 유령의 집.

"제 말은, 죽은 원인이 뭐냐고요."

"아, 그렇군요. 심장마비였습니다."

변호사는 말을 조금 더듬었다.

"차에서 심장마비를 일으켰다고요?"

"문킨니에미 대로의 신호등 앞에서요. 차가 움직이지 않아서 누군가 운전석 창문을 두드렸죠. 그분은 라디오 채널을 바꾸고 있었습니다."

"죽은 채로요?"

"아뇨, 물론 아니죠."

변호사는 고개를 젓고 말을 이었다.

"라디오 채널을 바꾸던 도중에 사망하신 겁니다. 아마 클래식 방송이었던 것 같아요."

"형이 유언장을 만들어뒀다고요?"

내가 물었다.

좋게 말해서 유하니 형은 즉흥적이고 충동적이었다. 형은 현재만을 즐겼다. 유언장을 작성한다는 일종의 미래 계획은 전혀 형다운 행동으로 들리지 않았다. 형은 종종 농담으로 내가 경직으로 죽을 거라고 했다. 나는 형에게 내가 완벽하게 살아 있으며 전혀 경직되지 않았다고, 그저 세상이 훌륭하고 논리적인 방식으로 돌아가길 바라고, 합리적인 생각을 바탕으로 행동할 뿐이라고 대답했다. 왠지는 모르지만 형은 이 말이 아주 재미있다고 생각했다.

어쨌든 우리가 원의 정반대에 위치했다 해도 우리는 형제였고, 나는 형의 죽음이라는 소식을 어떻게 받아들여야 할지 잘 몰랐다.

변호사가 옅은 갈색 서류 가방에 손을 넣어 얇은 검은색 폴더를 꺼낸 다음 모서리의 밴드를 톡 풀었다. 그리 많은 서류가 들어 있는 것 같지는 않았다. 변호사는 제일 위의 서류를 한참 동안 확인하고 나서야 다시 입을 열었다.

"이 유언장은 6개월 전에 작성됐습니다. 형님께서 제 고객이 되신 때죠. 그분의 마지막 소망은 아주 명확했습니다. 선생님께서 모든 걸 다 물려받으시는 거였어요. 이름이 언급된 또 다른 한 명은 형님의 전처이고, 그분에게는 상속권이 없음을 명기하셨군요. 다른 친척분은 없습니다. 최소한 고객님께서 언급하신 분은 없어요."

"다른 사람이 없거든요."

"모든 게 선생님 겁니다."

"모든 게요?"

내가 물었다. 다시금 변호사는 자신의 서류를 응시했다.

"놀이공원이요."

그가 대답했다.

"탐험공원."

내가 정정했다.

"저는 여전히 차이를 이해하기가 어렵군요."

"그럼 탐험공원 말고는 아무것도 없는 건가요?"

내가 물었다.

"유언장에 다른 건 언급되어 있지 않습니다. 조금 조사를 해보니 형님께서는 다른 건 안 갖고 계신 것 같더군요."

변호사가 말했다. 나는 그의 마지막 문장을 제대로 이해하기 위해 머릿속에서 되풀이해보았다.

"제가 알기로 형은 부자에 성공한 사업가였는데요."

내가 말했다.

"여기 있는 정보에 따르면 그분은 임대 아파트에 사셨고 할부금이 남은 차량을 몰았습니다. 양쪽 모두 몇 달째 임대 비용이 연체되어 있고요. 그리고 이…… 공원을 운영하셨죠."

첫 번째 생각은 당연하게도 전부 말도 안 된다는 거였다. 왜냐하면, 그냥 말이 안 되니까. 형이 죽었고 사실상 땡전 한 푼 없다. 두 사실 모두 최고도의 착각 같았다. 게다가…….

"왜 형이 죽은 걸 내가 이제야 듣게 된 겁니까?"

"그분이 원하셨습니다. 무슨 일이 생기면 저에게 연락이 가길 바라셨고, 모든 일이 정리된 후에 가장 가까운 친척에게 알리라고 하셨죠. 유언장 역시 그분의 자산 조사 및 평가가 완료된 다음에 알리라고요."

"형이 아팠나요? 그러니까, 혹시 자기가 죽을 거라는 걸 미리……?"

변호사가 5센티미터쯤 몸을 앞으로 기울였다. 그는 더 이상 피곤해 보이지 않았다. 약간 열의가 생긴 것처럼 보였다.

"그러니까 누군가가 혹시 그분을…… 살해했다고 믿을 만한 근거가 있냐고요?"

변호사는 우리가 미스터리를 풀거나 퀴즈 게임에 나가서 경쟁하는 것처럼 엄청나게 흥분되는 일을 같이 하는 듯이 나를 쳐다보았다.

"네, 아니면 좀 더―"

"아뇨."

그는 고개를 저었는데, 더 이상 열의에 찬 것처럼 보이지 않았다.

"죄송하게도 그런 건 없습니다. 심장 문제였습니다. 수술이 불가능한. 직접 모든 걸 설명하셨죠. 그런 일이 생길 위험이 언제나 있었고, 그러다 결국 어느 날 일어난 겁니다. 그냥 심장이 멈춘 거죠. 중년 남자의 죽음은 보통은 별로 특이한 일이 아닙니다. 불행히도 블록버스터 소재 같은 게 전혀 아니죠."

나는 고개를 돌려 가을 아침의 풍경을 바라보았다. 까마귀 두 마리가 창문 밖을 지나갔다.

"하지만 이런 식으로 보세요. 이건 엄청난 사업적 기회입니다. 형님분의…… 공원이요."

변호사가 나를 향해 말했다.

"아뇨. 전 탐험공원에 맞는 타입의 사람이 아니에요. 전 보험계리사입니다."

"어디서 일하십니까?"

변호사의 파란 눈은 셔츠와 재킷의 정확히 중간색이었다. 거의 수학적 균형미가 느껴졌다. 다른 상황이었다면 흥미로운 특징으로 보였을 것이다. 하지만 지금은 아니었다. 오늘 아침 7시 32분, 일주일 반 동안의 성실한 일자리 찾기 끝에 마지막 보험계리업의 문이 내 면전에서 쾅 닫혔다. 나는 회사를 나온 후 지체 없이 이력서와 지원서를 모든 유명 보험회사로 보냈다. 전통적인 수학을 아주 진지하게 생각한다는 걸 강조하고, 유행어와 보드게임 같은 데에 쓸 시간은 없다고 분명히 밝혔다. 아무 회사에서도 소식이 없자 나는 직접 연락을 해보았고, 그들의 시시껄렁한 소리를 할 말을 잃은 채로 들어야 했다. 한 군데는 유연한 팀 분위기를 만들고 싶다고 말했고, 또 한 군데는 최신식 알고리즘 기반 계산 방식으로 바꾸려고 한다고 말했다. 양쪽 모두 현재는 빈자리가 없다는 이야기를 기나길게 늘어놨다. 이 말은 내가 바로잡을 수 있었다. 나는 그들에게 그쪽 회사가 현재 구인 중인 걸 안다고 말했다. 이렇게 말하면 몇 번이고 전화기 반대편에서는 침묵이 흘렀고, 그 후 그들은 좋은 가을이 되길 바란다며 갑작스럽게 전화를 끊었다.

"지금은 새 일자리를 좀 찾는 중이라서요."

내가 대답했다.

"어떻게 되어가고 있습니까?"

좋은 질문이다. 어떻게 되어가고 있지? 오늘 아침의 대차대조표는 확실하게 적자였다. 나는 내 분야에서 일자리를 찾지 못할 거고, 형은 죽었고, 이제 나는 탐험공원을 소유하게 된 모양이었다.

"상황이 합리적으로 해결될 거라고 생각합니다."

내가 말했다.

그 대답에 변호사는 만족한 것 같았다. 그의 얼굴에 이제야 뭔가 중요한 걸 떠올린 듯한 표정이 스쳤다. 다시금 그가 폴더를 넘겼다. 봉투 하나.

"형님께서 선생님께 이 메시지를 남기셨습니다. 만약의 경우에 대비해서 편지를요. 이건 제 생각이었습니다. 유언장이 준비되면, 그분의 진단을 고려해 두 가지를 즉시 처리하셔야 한다고 말했죠. 제 수임료와 선생님께 드리는 이 인사요."

"인사?"

"그분은 그렇게 부르시더군요. 저는 무슨 내용인지 모릅니다. 보시다시피 봉투는 뜯지 않았으니까요."

사실이었다. 내 전체 이름이 C5 크기의 봉투 위에 쓰여 있었다. 헨리 페카 올라비 코스키넨. 형의 글씨였다. 형을 마지막으로 본 게 언제였지?

우리는 석 달 전에 발릴라에서 가벼운 점심을 함께했다. 형이 차에 지갑을 놓고 와서 내가 페퍼로니 피자를 샀다. 물론 지금은 단순히 두고 온 것보다 지갑에 더 큰 문제가 있었던 게 아닌가 하는 생각이 들었다. 무슨 이야기를 했더라? 형이 탐험공원에 새로 추가한 기구들 얘기를 해서, 나는 형에게 새 기구 하나하나가 공원에 사람을 얼마나 끌어들이는지 평가한 후에 큰 투자는 한 번에 하나씩만 하라고 충고하느라 확률론에서의 콜모고로프*의 기본 원칙을 들려주었다. 형은 금방이라도 죽을 사람처럼 보이지는 않았다. 유언장을 쓴 후에 사람들은 대체로 어떤 모습일까? 전형적인 표정 같은 건 없는 게 분명했다. 죽은 후에 삶에 영향을 미치려는 불가능한 일을 하려는 사람들임에도 말이다.

나는 봉투를 열고 접힌 종이를 꺼냈다.

안녕, 헨리.

나 사실 안 죽었어! 하하하. 너는 안 웃고 있는 거 알지만, 난 웃고 싶어. 달리 생각나는 게 없거든. 아니, 정말로, 네가 이걸 읽고 있다면 난 아마 죽었을 거야. 의사들이 심장 문제가 굉장히 심각해서 예정보다 훨씬 빨리 죽을 수도 있다고 했거든. 어쨌든 지금쯤은 너도 무슨 일이 있었는지 들었겠지. 난 죽었고 탐험공원은 전부 네 거야. 거기에 관해 마지막 소원이 하나 있어. 난 돈에 관해서는 운이 좋았던 적이 별로 없어서 공원 재정이 그리 좋은 상태가 아니야. 나 자신의 경제 상황은 말할 것도 없고. 난 일을 올바르게 처리할 인내심이 절대 없거든. 꼼꼼하

---

* 구소련의 수학자.

게 마무리하는 그런 거 말이야. 하지만 넌 수학 천재잖아! 날 위해서 거기가 계속 돌아갈 수 있게 봐줄 수 있을까? 그게 내 마지막 소원이야. 사실, 내 유일한 소원이지. 내가 직접 말한 적은 없었던 것 같지만, 내가 그동안 해온 투자들, 그런 게 수십 개쯤 있었다는 건 너도 알지? 그중에서 공원이 제일 중요해. 난 거기가 성공하길 바라. 넌 아마 왜일까 생각하겠지? 나에게 돈을 빌려준 사람들 숫자만큼이나 성공하길 바라는 이유도 많아. 난 뭔가를 잘하고 싶고, 뭔가를 남겨두고 싶어. 그리고 네가 내 임무를 성공적으로 마치면 또 다른 이유도 알게 될 거야. 할머니 집에서 우리가 어떻게 여름을 보냈는지, 언제나 모든 게 엉망이 돼버리는 집을 어떻게 떠나 있을 수 있었는지 기억나? 나는 지금 그 여름을 생각해. 넌 안에 앉아서 무언가를 셌고, 나는 밖에서 놀았지. 하지만 낚시는 늘 같이 갔어. 내가 죽으면, 한동안은 집 안에서 계산을 하고, 공원을 구하고, 그다음에는 낚시를 가. 내가 벌레를 가져갈게.(해야만 하는 농담이었어. 미안. 참을 수가 없네. 다른 건 모두 진짜 죽을 만큼 진지해.)

유하니.

나는 짜증이 분노로 바뀌기 직전임을 깨달았다. 책임감이라고는 정말이지 단 한 점도 없는, 전형적인 형의 행동이다. 편지는 급하게, 충동적으로 쓴 게 분명했다. 합리적인 생각과 논거라곤 전혀 없다. 상세한 분석과 명확한 결론이 뚜렷하게 생략된 상태였다. 내 인생에서 수천 번째로 형에게 이건 말이 하나도 안 된다고 이야기하고 싶었다.

하지만 형은 죽었다.

그리고 나는 슬프고, 화나고, 혼란스럽고, 답답했고, 거기에 기묘하게 뭐라 말할 수 없는 방식으로 지쳐 있었다. 이 모든 감정이 다 합쳐져서 내 폐를 태우고 가슴을 할퀴었다. 모든 것이 내가 이제 정말로 탐험공원을 소유한다는 사실을 가리켰다.

"그럼 이게 전부입니까?"

내가 한숨을 쉬었다.

"그렇지는 않습니다."

변호사는 그렇게 대답하고 재빨리 서류 가방 안을 뒤져서 비교적 능숙한 태도로 좀 더 큰 봉투를 내밀었다.

"제 청구서죠."

그는 자신의 청구서가 든 봉투를 형의 편지가 든 봉투 옆에 내려놓았다. 둘 다 내 이름이 쓰여 있었다. 변호사는 서류를 마지막으로 확인한 후에 폴더를 내 쪽으로 밀었다.

"축하드립니다."

그는 그렇게 말하고 덧붙였다.

"삼가 조의를 표합니다."

4

너랑나랑공원은 화려해 보이도록 유전자 개량이라도 한 것처럼 총천연색으로 가을 풍경 속에 펼쳐져 있었다. 번쩍거리는 빨간색, 오렌지색, 노란색으로 칠했고 가로로 200미터 정도 되는 양철 상자는 대단히 흉물스러웠다. 어떤 색안경을 끼고 보든 마찬가지였다. 대담한 색깔과 거대한 글자는 아마 그 문으로 들어오는 가족들에게 땀내 나고 재미있는 놀이에 대한 즐거운 복음을 전파하기 위한 것이었으리라. 탐험공원의 높이는 측정하기 어렵지만, 아마 15미터쯤일 것이다. 안에는 스포츠 경기장과 비행기 격납고, 학교 몇 개와 트럭 주차장이 들어갈 정도의 공간이 있었다. 너랑나랑공원은 헬싱키시 경계 바로 너머에 자리했다.

변호사의 방문 이후 이틀 낮과 거의 잠 못 이룬 이틀 밤이 지났다.

나는 우연히 버스에서 한 정거장 먼저 내렸다. 가까이 갈수록 걷는 게 어려워졌다. 약간의 경사 때문도, 약한 맞바람 때문도, 혹은 새파란 하늘과 거의 새하얀 오후의 태양을 즐기고 싶어서도 아니었다. 공원에 가까워질수록 내 안에서 솟아오르는 불신과 혐오, 좌절감 때문이었다. 마치 무언가가 나에게 돌아가라고, 반대 방향으로 가서 다시는 돌아보지 말라고 강요하는 것처럼 말이다. 분명히 이성의 목소리였을 것이다. 하지만 동시에 형의 목소리도 들렸다. 내 유일한 소원이지.

탐험공원 운영에 관해서는 거의 아는 게 없었다. 다만 형이 매일매일의 운영과 아무 관련이 없다는 건 알았다. 형 없이도 문은 열렸다가 닫혔다. 여기에 형의 사무실이 있었지만, 흔히 말하듯 모호한 '출장'을 이유로 자주 자리를 비웠다. 그날그날 공원을 운영해온 사람이 누군지 나는 전혀 몰랐다. 축구 경기장 세 개 크기의 콘크리트 주차장은 반쯤 차 있었다. 차들은 대부분 가족용이었고, 몇 년 된 모델이었다. 나는 건물 지붕 위의 글자를 보았다.

너랑나랑공원

전에 왔을 때보다 더 크게 보였다. 그때가 오늘 이전의 유일한 방문이기도 했다. 놀랍게도 글자는 거의 위협적으로 보였다. '나'의 날카로운 삐침에 부딪히거나 깃발처럼 펄럭거리는 '랑'에 걸리지 않으려면 신중하게 움직여야겠다고 생각했다. 이런 생각이 대체 어디서 나왔을까? 최근에 일어난 사건들이라면 이런 비이성적인 일련의 생각을 만들어내기에 충분하고도 남을 것 같았다. 나는 입구로 걸어가서 다시 한번 지붕을 올려다보았다.

안으로 들어와서 매표소 앞에 줄을 섰다. 내부에 뭐가 있는지 입구가 힌트를 주는 것 같았다. 에너지 넘치는 아이들과 격렬한 함성, 높고 날카로운 비명 소리, 훨씬 의욕 없는 엄마와 아빠들의 낮은 대화. 10미터 정도 되는 반원형 카운터는 공원의 다른 부분들과 같은 색깔로 칠해져 있었다. 빨강-오렌지-노랑의 카운터를 따라 커다란 돔이 허공에 매달려 있었다. 마치 거대하고 사이키델릭한 우주 헬멧 안에 갇힌 것같이, 카운터와 돔 사이에 탐험공원 제복을 입은 남자가 서 있었다.

젊은 남자는 스물다섯 살쯤으로, 셔츠에 이름표가 붙어 있었다. 희고 커다랗게 '너랑나랑공원'이라 쓰여 있고 좀 더 작은 검은색 글자로 '크리스티안'이라고 되어 있다. 크리스티안은 갈색 눈에 근육질이었다. 벨트에 매달린 연장 세트로 보아 공원 보수를 맡고 있는 모양이었다. 카운터 뒤에 선 그는 반은 자기 집처럼 편해 보였고 반은 아주 엉뚱한 장소에 있는 사람 같았다.

내 차례가 되어 나는 멈췄다.

내가 왜 여기 있지? 원래는 직원들에게 형이 죽었고 공원의 소유권이 나에게로 넘어왔다는 걸 알리려 했지만, 지금은 그게 지독히 모자라게 느껴졌다. 크리스티안이나 다른 직원들을 전혀 고려

하지 않은 것이다. 그리고 고객들, 오전 이 시간부터 모여 있는 이 사람들도 고려하지 않았다.

아무리 생각해도 탐험공원을 물려받을 마음의 준비를 하게 해 줄 만한 건 이 세상에 문자 그대로 아무것도 없는 것 같았다.

나는 크리스티안에게 내가 누군지 말하고 공원 운영을 책임지 는 사람과 이야기하고 싶다고 요청했다. 그가 그냥 유하니와 이야 기하라고 대답해서, 나는 그에게 형이 예기치 못하게 죽었고 이제 내가 공원을 소유하게 되었다고 설명했다. 크리스티안의 미소가 사라지고, 그는 라우라 헬란토라는 여자가 책임자라고 알려주었 다. 나는 라우라 헬란토를 만날 수 있겠느냐고 물었다. 크리스티 안은 전화기를 귀에 댔고, 이 소식은 내가 헬란토에게 직접 전하 는 게 좋겠다고 말하기도 전에 나에게서 등을 돌렸다. 그리고 곧 장 전화기에 대고 유하니가 죽었고 그의 동생이라고 주장하는 사 람이 왔으며, 유하니와 전혀 닮지 않았는데, 나이지리아 유산상속 사기 같은 게 아닌지 신분증을 확인해봐야 할까요……. 그럼 발트 해 쪽 사기던가요……. 음…… 알겠습니다, 라고 말했다. 크리스 티안은 전화를 끊은 다음 다시 내 쪽으로 돌아섰다. 우리는 카운 터 양쪽에 서서 말없이 기다렸다. 그러다 마침내 그가 말했다.

"유하니는 정말로 좋은 사장님이었어요. 우리가 마음대로 할 수 있게 해줬죠. 항상 느긋했고, 절대로 남의 어깨 너머로 들여다보 거나 동전 한 푼까지 일일이 세지 않았어요."

실제로 그랬죠, 라고 나는 생각했다. 그러다가 카운터 뒤에 있는 크리스티안을 보고 왜 뭔가 이상하다고 생각했는지를 떠올렸다.

"왜 당신이 매표소에 있어요? 다른 일을 맡고 있는 것 같은데요."

나는 그의 벨트에 매달린 연장을 향해 고갯짓하며 물었다.

"벤라가 오늘 안 나왔거든요."

"안 나와요? 왜죠?"

"일어날 수가 없어서요."

"아픈가요?"

"무슨 뜻이죠? 벤라에 대해 뭐라도 들으셨나요?"

크리스티안은 이번에는 정말 걱정스러운 어조로 물었다.

내가 막 대답하려고 할 때 뒤에서 여자 목소리가 들렸다. 안녕하세요, 하는 소리였다. 나는 돌아서서 그녀가 내민 손을 잡았다.

라우라 헬란토는 검은 테 안경을 쓰고 덤불처럼 구불거리며 늘어져서 어깨에 닿는 갈색 머리를 갖고 있었다. 청록색 눈에는 꼬치꼬치 파고들 것 같은 경계의 빛이 어려 있었다. 나이는 딱 나처럼 마흔 살이거나 그보다 한두 살쯤 많을 것 같았다. 그녀는 나보다 정확히 25센티미터 작아서 핀란드 여성 평균 키 정도였다. 나는 192센티미터로 키가 크기 때문에 이 주제에 관해 쓸데없는 질문을 워낙 많이 받아서 사람들의 키를 가늠하는 데에 능숙했다.

라우라 헬란토는 나를 재빨리 훑어보았다. 말 그대로 나를 머리

끝부터 발끝까지 위아래로 살피고, 그다음에 조의를 표했다. 나는 이 말에 어떻게 대꾸하는 게 예의에 맞는지도 잘 몰랐고, 그녀의 표정만으로는 정말로 유감스럽게 생각하는지 아니면 계속해서 내 외모를 뜯어보고 있는지 확실히 알 수가 없었다.

곧 우리는 빠르게 걸음을 옮겼다.

라우라 헬란토는 아이들이 서로 부딪혔다가 푹신한 벽으로 나동그라지고 있는 거대하고 투명한 플라스틱 관을 가리키며 말했다.

"'도넛'은 우리의 첫 번째 기구였고 여전히 공원에서 제일 인기 있어요. 안에서 원을 그리면서 달리면 중력을 거스를 수 있죠. 이미 다 들어본 얘기라면 말씀하세요."

"전혀 들어본 적 없습니다."

내가 대답했다. 사실이었다.

공기는 구분하기 어려운 단내로 가득했다. 카페테리아와 소독약, 사람들 냄새 같은 게 뒤섞여 있었다. 사방에서 비명과 함성, 높은 고함 소리가 울렸다. 나는 계속해서 발치를 살피다가 내가 실수로 조그만 고객을 밟을까 봐 걱정하고 있다는 걸 깨달았다.

"생각나는 건 뭐든 물어보세요."

라우라 헬란토가 말했다. 그리고 오른쪽으로 홱 꺾으면서 나를 힐끗 보았다. 그 눈길에 뭔가가 담겨 있었다. 아까와 똑같은 호기심과 의심이었다. 그녀가 고개를 돌리자 숱 많은 머리가 바람을 맞은 것처럼 흔들렸다.

"이제 헨리 씨의 공원이에요. 저쪽에 있는 커다란 클라이밍 기구는 케이퍼캐슬이죠. 안을 지나가는 경로가 두 개예요. 각 구역에서 약간씩 다른 방법으로 올라가야 하고 장애물도 좀 달라요. 유지보수 차원에서 보면 공원에서 가장 중요한 기구 중 하나예요. 망가지는 게 항상 나오거든요. 케이퍼캐슬은 애칭으로 예비 부품 캐슬이라고도 불러요. 찢어지고 망가지는 게 워낙 많아서요. 겨우 30킬로그램 나가는 어린애가 그런 파괴자가 된다는 사실을 상상하기 어렵겠지만, 실제로 그래요."

"그렇군요."

나는 공포심이 커지는 것을 느끼며 말을 이었다.

"그러면 수리는 누가……?"

"크리스티안이요. 이미 만났죠? 그 애는 착실하고 기술도 있지만……."

라우라는 적당한 말을 찾으려는 듯 뜸을 들였다.

"그 애한테 뭔가를 이해시키는 게 상당히 힘들 때가 있어요. 하지만 양심적이고 일도 열심히 해요. 반면에……."

"벤라 씨 말이죠."

내가 말했다.

라우라는 놀란 얼굴이었다. 그래서 발걸음이 조금 느려졌고, 덕분에 나는 내 발치 외에 다른 걸 볼 수 있었다.

"크리스티안 말로는 벤라 씨가 오늘 아침에 잠자리에서 일어나는 게 힘들었다더군요."

"오늘 아침이라."

라우라는 코웃음을 쳤다. 그녀의 말투에는 전혀 다른 의미가 담긴 것 같았다. 그녀가 안경 위로 내려온 머리카락을 쓸어 넘겼다.

"좋아요. 여기가 거북이 트럭이 출발하는 곳이에요. 우린 트럭이 30대 있어요. 건물을 거의 빙 둘러서 가요. 이름에서 알 수 있듯이, 레이싱 코스는 아니고요. 야단스러운 애들을 진정시키는 좋은 기구죠. 애들을 카트에 앉혀서 홀을 몇 바퀴 돌게 해주면 차츰 분위기가 차분해져요. 이미 알고 있겠지만요. 자녀가 몇이나 있나요? 한 명? 아, 죄송해요. 제가 신경 쓸 일이—"

"괜찮습니다. 전 혼자 삽니다. 모든 확률 변수를 고려했을 때 그게 훨씬 더 합리적인 선택이라서요. 아까 말은 벤라 씨가 다른 날에도 잠자리에서 일어나는 걸 어려워한다는 뜻인가요? 그럼 왜 여기서 일하는 겁니까? 어째서 월급을 받는 거죠?"

우리는 걸음을 멈춰야 했다. 보닛에 13이라는 숫자가 쓰인 짙은 초록색 거북이 트럭이 움직이기 시작했다. 트럭에 탄 세 살 정도 되는 운전사가 코스 앞쪽 대신 우리를 쳐다보고 있었다. 아이 아빠는 감속을 위해 설치된 다음 급커브에서 졸 것 같은 얼굴로 뒤에 앉아 있었다. 어떤 끔찍한 일도 일어나지 않을 것이다. 트럭은 평균 보행 속도보다도 느리게 움직이니까.

"헨리 씨와 유하니 대표님은 혹시라도 우리에 관해…… 그러니까 공원의 사업적 문제에 관해 이야기한 적이 있나요?"

라우라가 머뭇머뭇 물었다.

"별로요. 가끔 트롬본캐넌이나 코모도 열차, 도넛 같은 새로운 기구에 대해서나, 가끔 다른 투자에 대해서 이야기했어요. 하지만 그 외에는……."

나는 고개를 저으며 덧붙였다.

"전혀 안 했죠."

"좋아요. 죄송해요. 전 헨리 씨가 상황 파악이 되지 않았을까 했어요, 최소한 약간이라도. 아무래도 제가 누구고 뭘 하는지부터 설명하는 편이 낫겠군요. 제 공식 직함은 공원 매니저예요. 즉 매일매일의 공원 운영을 책임지고, 모든 게 잘 작동하고 직원들이 제시간에 제자리에 있는지 확인하는 사람이죠. 공원 매니저로 일한 지 이제 2년 반 됐어요. 솔직히 인정할게요. 탐험공원 매니저가 될 계획은 없었어요. 전 예술가, 정확히는 화가인데…… 인생이라는 게 앞길을 막았죠. 어떤 건지 알죠?"

"솔직히는 잘 모르겠습니다. 제 경험상 상황의 비례성에 관해 자동 추정을 하는 건 사람을 엉뚱한 길로 빠지게 만들곤 하거든요."

이제 라우라 헬란토는 노골적으로 나를 위아래로 훑었다. 그녀의 시선은 학구적이고 표정에는 걱정이 약간 어려 있었다. 어쩌면 걱정보다는 의심에 가까울지도 모르겠다.

"난장판으로 이혼을 했고…… 딸 툴리가 있어요. 그 애는 알레르기 때문에 아주 비싼 치료를 받아야 해요."

라우라가 그렇게 말을 하다가 마침내 이야기를 돌렸다.

"하지만 헨리 씨는 벤라에 대해 물었죠. 유하니 대표님이 벤라를 채용했어요."

주제가 바뀌면서 그녀의 목소리도 순식간에 달라진 것 같았다. 나는 은근슬쩍 암시된, 인생이 앞길 막은 이야기는 이제 끝났다고 추측했다. 뭐, 나도 상관없었다.

"제가 알게 된 벤라 씨의 행동을 바탕으로 할 때, 별로 합리적인 계약 같지 않네요."

내가 대꾸했다. 라우라는 미끄럼틀의 반짝이는 철제 부분을 응시했다.

"헨리 씨의 형님은 항상 사람들에게 기회를 주고 싶어 했어요."

어린아이 한 무리가 우리를 재빠른 종종걸음으로 스쳐 지나갔다. 데시벨 수치가 록 콘서트 수준까지 올라갔다. 고함 소리가 조금 잦아든 다음에야 나는 겨우 말을 할 수 있었다.

"이해합니다."

사실 잘 이해되지 않았지만 그냥 그렇게 대답했다.

"직원은 전부 몇 명이나 되죠?"

우리는 다시 걷기 시작했다. 라우라 헬란토가 앞장섰다. 나란히 걷고 있긴 해도 나는 그녀를 따라가는 입장이었다. 그녀는 밑창이 두껍고 여러 색이 섞인 러닝화를 신고 있었다. 걷는 데 익숙한 걸음걸이였다. 머리카락에서는 굉장히 기분 좋은 향기가 났다. 하지만 내 관심은 그녀의 눈이 움직이는 방식에 집중되어 있었다. 그녀는 눈이 마주치는 것을 완벽하게 피하면서도 나를 관찰하는 특이한 행동 방식을 갖고 있었다.

"상근직은 일곱 명이에요. 다른 사람들은 금방 소개해드릴게요. 그리고 계약직이 있어요. 대부분 컬리케이크 카페에서 일해요. 계약직 직원 숫자는 계속 바뀌고, 날짜나 주에 따라서 아예 없거나 열다섯 명까지도 늘어요. 9월과 2월의 중간 방학이 우리 성수기예요. 여름방학은 그만큼 꽉 차는 건 아니지만, 확실히 바쁜 기간이고요. 모두가 말이죠. 가끔 전 툴리를 데리고 와요. 어린애들이 다 그렇지만 금방 친구를 사귀거든요. 아마 헨리 씨도 기억하시겠죠."

물론 기억은 하지만, 내용은 정반대였다. 어릴 때 나는 혼자 있는 게 좋았다. 내 어린 시절의 경험은 사람이 많을수록 문제도 많아지고, 문제의 규모도 커진다는 근본적인 진실을 뒷받침해주었다.

"형은 여기 자주 나왔나요?"

"솔직히 말하자면 아니에요. 제가 여기서 일하는 동안 유하니 대표님이 오는 횟수는 점점 줄었어요. 제 입으로 말하긴 좀 그렇지만, 제가 공원을 운영하는 방식에 만족하는 것 같았어요. 제가 일을 처리하는 방식을 보니 자신이 여기 있을 필요가 없겠다고 했죠."

"공원의 재정 상황에 대해서도 라우라 씨에게 말한 적이 있나요?"

"네."

라우라가 재빨리 대답했다.

"방문객 수가 차츰 증가하고 있어요. 대표님은 상황이 그야말로 훌륭하다고 계속 말했죠. 특히 최근에요. 손뼉을 치면서 격려하는 농담을 던졌어요. 얼마 전에는 모두에게 보너스를 지급할 거라고도 했죠."

"보너스요?"

그녀의 머리카락이 다시 흔들렸고, 그녀가 나를 돌아보았다. 이제 그 청록색 눈에는 신중함 이상의 빛이 떠올랐다.

"고객 수가 목표치에 도달하고 고객 만족도 조사 결과가 좋게 나오면요. 가능성은 상당히 높아요. 보너스는 크리스마스 선물로 연말에 지급될 예정이에요."

"이번 크리스마스요?"

"크리스마스까지 겨우 87일 남았죠. 크리스마스까지 며칠이나 남았는지 매주 글을 올리는 페이스북 친구가 있어서 잘 알아요.

전 정말이지 그 보너스가 필요해요. 안 그러면 저와 툴리에게는 우울한 연말이 될 거예요."

전혀 다른 현실을 살면서, 머릿속에서 떠오르는 대로 말하고 행동하던 형의 모습이 그려졌다. 우리는 걸음을 멈췄다. 라우라는 여러 가지 기구를 가리키며 하나씩 뭔지 설명했다. 빠르고 열정적인 말투였다. 공원의 크기와 규모는 나에게 어떤 육체적인 감각을 느끼게 만들었는데, 절대로 기분 좋은 감각은 아니었다. 라우라가 미끄럼틀을 가리켰다.

"한번 타보시겠어요?"

나는 그녀를 쳐다보았다. 그녀가 미소를 지었다.

"농담이었어요."

그리고 그녀가 진지하게 다시 말했다.

"죄송해요. 그럴 기분이 아니시겠죠. 가까운 사람이 갑자기……."

"우리는 그렇게 가깝지는 않았던 것 같아요."

입을 열었다는 것을 깨닫기도 전에 나는 말을 하고 있었다.

"형에 대해 몰랐던 게 아주 많거든요. 실은 전부 다인 것 같군요. 형이 여길 갖고 있다는 건 알았지만……."

나는 거꾸로 된 죽 냄비를 젓는 것처럼 허공에 오른손으로 원을 그리면서 말을 이었다.

"솔직히 말하자면 이곳에 관해 아는 게 아무것도 없는 것 같군요. 좀…… 놀랍네요. 여러 가지 면에서."

라우라 헬란토는 약간 긴장하면서도 기대에 찬 표정으로 나를 보았다. 최소한 내가 보기에는 그런 표정 같았다. 카페에서 접시 부딪히는 소리가 들렸다. 한 아이가 엄마를 찾으며 소리를 질렀다. 그리고 그 소리는 끊이지 않았다.

"어떤 느낌이에요?"

"뭐가 어떤 느낌이냐는 거죠?"

내가 되물었다. 무슨 말인지 알 수가 없었기 때문이다.

"너랑나랑공원이요."

라우라가 대답했다. 그 목소리에는 거의 자부심 같은 게 담겨 있었다.

나는 재빨리 주위를 둘러보았다. 뭐라고 해야 할까? 여기서 보고 들은 모든 것이 내가 지금껏 겪은 것들 중에서 아마도 가장 기괴할 거라고? 이쪽저쪽으로 질주하는 꼬맹이들, 참을 수 없는 무질서, 어마어마한 유지보수 비용, 비생산적인 노동시간 사용, 경제적 무모함, 아무도 지킬 수 없는 약속들, 문자 그대로 거북이 속도로 움직이는 카트들? 나는 목으로 손가락을 들어 올려 넥타이 위치를 확인했다. 완벽했다.

"좋아요. 이 많은 사람들에게 이렇게 엄청난 행복을 가져다주는 일이니까 받아들여야 할 게 아주 많겠죠. 가서 다른 사람들부터 만나봐요. 가시죠?"

삼파는 30대의 전직 유치원 교사였다. 양쪽 귀에 귀걸이를 하고 팔에는 여러 종류의 문신을 했으며 목에는 두꺼운 빨간색 스카프를 둘렀다. 라우라가 삼파에게 내가 누구고 왜 왔는지를 설명하는 동안 아이들이 계속 북을 두드렸다. 삼파는 소식을 듣고 헉 소리를 막으려는 것처럼 한 손을 입으로 가져갔다. 그는 잠시 놀이의 치유력과 전체론적 영향에 대해 이야기했다. 우리는 그를 지나쳐 카페로 향했다.

요한나는 컬리케이크 카페의 책임자였다. 빨간 머리에 나보다 약간 나이가 많아 보였고, 비쩍 말랐으며, 마치 철인 경기를 준비하거나 최근에 끝낸 것 같은 외모였다. 그녀의 얼굴에는 강철 같은 구석이, 무엇에도 굴하지 않을 듯한 그런 빛이 있었다. 나의 페리틴 수치를 높여줄 스무디를 만들어주겠다고 했다. 굉장히 지쳐 보였던 모양이다. 그래서 나는 막 일자리와 형을 잃고 탐험공원을 물려받았다고 말해주었다. 하지만 그녀는 그 설명에 그리 납득하지 않는 표정이었다.

우리는 트롬본캐넌과 유령 터널 사이의 금속 문으로 향했다. 문에는 '제어실'이라고 쓰인 노란색 플라스틱 스티커가 붙어 있었다. 라우라가 마스터키로 문을 열고 들어갔고, 짧은 복도 끝에 문이 두 개 더 있는 작은 방이 있었다. 첫 번째 문은 전기 배전반이 있는 곳이었다. 두 번째 문을 열자 조절 가능한 머리 받침이 달린 사무용 의자에 50대의 어깨 넓은 남자가 앉아 있었다. 남자 앞에는 모니터가 가득한 벽이 있어서, 탐험공원을 걸으면서 본 것보다 훨씬 많은 보안 카메라가 있다는 걸 알 수 있었다. 남자의 이름은 에사, 보안 책임자였다. 그가 입은 티셔츠에는 '미국 해병대-궁지'라고 쓰여 있었다. 그가 정말로 미군에서 훈련받은 군인이라고 생각하기는 어려웠지만, 내가 지금 탐험공원 소유주인 마당에 에사가 이 제어실에 오기 전까지 뭘 했는지 누가 알겠는가. 그의 입가에는 밀리미터 단위까지 정확하게 네모꼴로 다듬은 가느다란 검은 수염이 있었다. 코는 폭이 넓고 짧았으며 눈은 파랗고 눈가는 붉었다. 우리는 인사를 나눴다. 그게 우리 대화의 전부였다.

내가 만나야 하는 마지막 인물은 또다시 복합 시설 반대편에 있었다. 민투 K는 베니션 블라인드를 꼭 닫아놓은 사무실에 앉아 있었다. 그녀는 마케팅 및 영업 책임자였다. 최소한 그녀 본인의 주장으로는 그랬다.

민투 K는 나보다 조금 젊었고, 밝은 금발을 짧게 잘랐으며, 피부는 까맣게 태웠고, 몸에 비해 최소 한두 사이즈는 작은 남색 블레이저를 입고 있었다. 나에게 굉장히 친밀한 미소를 던지며 자신은 누구에게든 뭐든 팔 수 있다고 자랑했다. 15초 동안의 사교가 끝날 무렵, 나는 그 말이 상당히 그럴듯하다고 믿게 되었다. 또한 희미한 자몽과 알코올 냄새가 공기 중에 섞여 있다고 거의 확신했다. 민투 K는 전화할 곳이 있다고 양해를 구했다. 그리고 나에게 윙크한 다음 탁자 위에 놓인 멘톨향 팰맬 담뱃갑에서 담배 한 개비를 뽑아 손가락 사이에 끼고 말했다.

"엉덩짝을 걷어차줘야 하는 조그만 머저리가 있어서요."

그녀는 그렇게 말하고, 좀 더 상냥하게 덧붙였다.

"저기요, 형님분 일은 유감이에요."

우리는 다시 복도로 나온 다음 오른쪽으로 돌아서 형의 사무실에 도착했다. 문에는 유하니라 쓰인 명패가 붙어 있었다. 그걸 보자 변호사가 왔을 때처럼 머릿속이 혼란스러워졌다. 누군가가 나타나서 되살려주기를 기다리는 것처럼 허공에 매달린 이름.

그저 머릿속으로만 탐험공원을 운영하던 사람의 사무실 같지는 않았다. 책상에는 서류 더미가 가득 쌓여 있고, 커피 테이블은 삽화가 들어간 전단지와 탑까지 있는 성 모양 놀이터를 축소해놓은 컬러풀한 미니어처로 뒤덮여 있었다. 탑에서는 다이빙대가 튀어나와 있었다. 밑에 수영장이 없는 걸 보고 나는 이 설계에 곧 문제가 발생할 거라는 생각이 들었다.

"그러고 보니 원래 무슨 일을 하는지 물어보질 않았네요."

라우라의 말에 나는 정신을 차렸다.

"보험계리사입니다. 음, 2주 전에 사직서를 냈지만요."

내가 대답했다.

"너랑나랑공원 때문에요?"

나는 고개를 저었다.

"그때는 이 공원에 대해 몰랐습니다. 사무실이 놀이터로 변하는 꼴을 도저히 보고 있을 수가 없어서 그만뒀죠. 그런 다음에 이 놀이터를 상속받았고요."

지금 라우라 헬란토가 웃는 건가? 내가 웃기는 이야기를 한 것 같지는 않은데. 그녀는 입 앞으로 한 손을 들어 올렸지만, 다시 손을 내렸을 때는 덤덤한 표정이었다.

"천천히 모든 걸 살펴보고 싶으시겠죠?"

아니, 전혀 그렇지 않았다. 하지만 다시금 형의 말이 귓가에 울렸다. 내 유일한 소원이지. 나는 서류가 산처럼 쌓인 책상을 쳐다보았다.

그때 라우라가 든 전화기가 울리기 시작했다. 주변 사람들을 모두 놀라게 하는 멍청한 CM송이나 변기 물 내려가는 소리 같은 게 아니라 평범한 전화벨 소리였다. 대단히 합리적인 선택이라고 생각했다.

"에사."

그녀는 전화를 받기 전에 말했다.

곧 그녀는 돌아서서 전화기에 대고 자기 이름을 말하며 모퉁이를 돌아 사라졌다. 그녀의 향기가 허공에 남았다.

허브와 초원의 꽃 향기였다.

5

마이너스 6만 3541유로 80센트.

해는 졌다. 서류의 극히 일부분만 살펴봤는데도 이미 미지불 청구서와 최종 통지서가 내 검지 길이만큼 쌓여 있었다. 상당한 금액이었다.

형의 컴퓨터를 켜봤지만, 비밀번호가 없어서 쓰지 못했다. 가벼운 금속 부품과 플라스틱 케이스로 만들어진 웅웅거리는 상자에 불과했다. 나는 컴퓨터를 꺼버리고 책상 위를 정리했다.

나는 형이 남긴 사무용 의자에 앉아서 모든 걸 불태워버릴지 타이태닉호의 선장처럼 공원과 함께 가라앉을지 고민하고 있었다.

처음에는 이번이 내가 이 방에, 이 의자에 앉는 마지막이라고 생각했다. 나는 내 의무를 다했다. 상황을 파악하고, 사실을 받아들이고, 괴롭지만 피할 수 없는 결정을 억지로 내려야만 했다. 최소한 그렇게 생각하려고 노력했다. 하지만 내 생각을 억제할 수가 없었다. 생각은 초조하게 한 장소와 시간에서 다른 장소와 시간으로 왔다 갔다 널뛰기를 반복했다.

가끔은 사직서에 관해 페르틸래와 다시금 의논했고, 또 어떤 때는 유하니에게 정신 차리라고 이야기하기도 했다. 전자는 멍청이고, 후자는 죽었는데.

형, 형은 차의 라디오 채널을 돌리려 했을 때 자기가 뭘 하고 있는지 정말 알았던 거야? 형이 그 길로 갔던 건 어느 정도는 형 자신의 선택이었던 거야? 8월의 공원 대로의 강렬한 초록빛 풍경과, 아마도 스피커에서 울리고 있었을 브람스 말이야. 그건 컬리케이크 카페의 도매 주문을 이해하는 것이나 망가진 바나나미러를 대체할, 더 잘 휘어지는 거울을 찾는 것보다 훨씬 흥미로운 얘기였다.

죽음.

나는 죽음에 대해 많은 걸 알았다.

직접적인 경험이 아니라, 보험계리사라는 직업을 통해서다. 보험회사나 멋진 얘기만 하는 보험 광고에서는 절대 이런 건 말해 주지 않지만, 그들은 자신들의 보험을 든 사람들 중 몇은 월 납입을 당장 중단하고 보험금이 절대로 도달하지 않을 곳으로 편도 여행을 떠날 것임을 알고 있다. 나도 똑같은 일을 시도할 수도 있다. 사무실을 뛰쳐나가 코모도 열차 아래 몸을 던지는 거다.

하지만 그러지 않을 것이다.

나는 그런 사람이 아니었다. 굳이 삶의 고난을 찾기 위해 애를 쓸 필요가 없다고 믿는 편에 가깝다. 어차피 조만간 고난이 우리를 찾아올 테니까.

넥타이를 느슨하게 하려고 손을 올렸으나 이미 몇 시간 전에 풀었다는 걸 깨달았다. 폐소공포증이 어디선가 솟구쳤다. 숫자를 들여다보는 동안 이 건물 안에 있는 물건 하나하나가 모두 공원에 딸려 오는 것들이라는 사실이 떠올랐다. 끔찍하고 어마어마한 생각이었다. 내가 앉은 의자, 책상 위의 펜, 공중그네, 세상에서 가장 느린 고카트*, 문가에 걸린 초콜릿바 스폰서 로고가 붙은 재킷.

모든 것들.

형은 죽었으니 이제 그의 물건들이 다 내 것이었다. 죽음은 추상적이고 공허하고 조용한 것이 아니다. 모양과 크기가 각기 다른 물건들 수천 가지와 관련돼 있고, 그 하나하나가 공간을 차지하며, 쓰레기통에 버리거나 임시 보관 상자에 넣을 때 소리를 낸다.

모두 불태워버릴 계획은 없었다. 다시 말하지만, 나는 그런 사람이 아니다. 건물에 불을 지른 다음 근처 숲에서 불길을 바라보며 자위를 하는 사람들이 있다는 건 알지만, 그런 행동이 내가 필요로 하는 결과를 가져올 거라고 생각하지 않는다.

---

* 어린이용 소형 자동차.

중요한 건 서류 더미가 또 있다는 사실이었다. 거의 1센티미터 높이였다. 그리고 이 더미는 청구서와 최종 통지서보다 나를 훨씬 더 불안하게 만들었다.

공원의 사업 활동은 마이너스 없이 지속 가능하고, 오히려 이윤이 날 정도였다.

하지만 형은 청구서 대부분을 지불하지 않았고 공원 이름으로 추가 대출까지 받았다.

나는 이 방정식을 이해할 수 없었다.

학교에서 나는 회계에 관한 기본을 배웠다. 지금까지 일에서는 사용할 일이 없었지만, 회계는 내가 수학에서 아주 사랑하는 원리를 똑같이 사용했다. 완벽한 명료함, 정확함, 흠잡을 데 없는 균형, 빈틈없는 제시, 완전함. 나는 그걸 좋아했다. 물론 내 앞에 놓인 자료들은 아주 수준 이하이고 오류로 가득했지만, 공원 운영이 만족스럽거나 심지어는 꽤 훌륭하다는 인상을 주었다. 공원 회계사가 작성한 재무제표를 찾아보았으나, 다른 서류 더미 속에 올해 초에 작성된 회계사 계약 종료 통지서와 청구서가 있을 뿐이었다. 이미 채권추심 대행업체에도 전달된 상태였다. 새로운 회계사무소를 고용했다는 걸 의미하는 서류는 찾을 수 없었다. 어쩌면 새 회계사무소는 없을지도 모른다.

공원 운영이 실제로 흑자였다면 왜 형은 공원을 운영하기 위해 추가 대출을 받은 걸까? 무엇 때문에 빌린 거지? 가장 최근에 구입한 크레이지코일(빅디퍼에 붙어 있고 코르크스크루 모양으로 빙빙 도는 미끄럼틀) 때문이었을 리는 없다. 이 기구에 대해 형은 계약금과 첫 달 할부금만 현금으로 냈을 뿐이다. 시간 순서를 보면 회계사 무소가 계약을 해지했을 무렵부터 청구서가 쌓이기 시작했다. 그 뒤로는 거의 모든 것이 체납되었다. 무슨 일이 일어났던 거다. 딱 하나의 예외를 제외하면 모든 은행 대출은 그 시점 이후에 받았다. 대출금과 탁자 위에 놓인 미지불 청구서를 모두 합하면 거의 20만 유로 가까운 돈이 허공으로 사라져버린 것 같았다.

20만 유로. 겨우 1년 사이에. 이 정도 돈이면 존재했었다는 증거가 분명히 어딘가 있을 거라고 누구나 생각할 것이다. 하지만 어디에?

형은 거의 2년 동안 할부금이 남은 낡은 볼보를 몰았고, 이혼 이후로 MDF* 가구만 들어간 방 하나짜리 아파트에 계속 살았다. 옷은 드레스만**에서 샀고 싸구려 동네 중식 뷔페에서 식사를 했다. 내가 아는 형은, 별로 알지 못한다고 솔직히 인정해야겠지만, 베르사체와 사보이***가 뭔지조차 몰랐다. 그러니 이 돈으로 피부 관리를 받거나 손톱을 다듬거나 사치스러운 해외여행을 가는 것

---

* 중밀도의 집성 판재로, 원목이나 합판에 비해 내구성이 약하다.
** 상대적으로 저가인 남성복 브랜드.
*** 핀란드 요식업계를 대표하는 고급 식당.

도 상상할 수 없었다. 형은 전에 탈린*에 가서 비루 호텔에서 딱 하룻밤을 보낸 다음 핀란드로 돌아온 적이 있었다. 형은 과한 걸 싫어하고, 딱히 취미라고는 없고, 열정을 가졌다고 할 분야도 전혀 없는 아주 평균적인 핀란드 중년 남자처럼 보였다. 참새보다도 적은 양의 돈을 갖고서 어떻게든 살아가는 남자. 하지만 그 많은 돈이 어디론가 가긴 갔을 것 아닌가.

　나는 다시금 그게 어딜까 하고 스스로에게 물어보았다. 그때, 문을 두드리는 소리가 났다.

---

* 　헬싱키에서 배로 세 시간 정도 거리에 있는 에스토니아의 수도.

나는 중간에 문을 닫은 적이 없었다. 가까워지다가 다시 멀어지는 발소리를 들었던 기억이 났다. 누군가 와서 문을 닫은 것이다. 왜? 다시 노크 소리가 들렸다. 뭔가 대답을 해야 했다.

"사람 있어요. 들어오세요."

나는 그렇게 말했다.

손잡이가 돌아가고, 조심스럽게 문이 열렸다. 벌써 공원이 문을 닫았나? 나는 시계를 보았다. 그래, 30분 전에 닫았다. 나는 이 건물에 혼자 있을지도 몰랐다. 음, 물론 누군가가 문을 두드렸으니 혼자는 아닐 거다. 어쨌든 아무도 사무실 안으로는 들어오지 않았다. 그때 어깨와 셔츠, 그리고 얼굴 절반이 나타났다.

"뭐라고요?"

크리스티안이 물었다.

"음, 내가…… 있다고요. 그렇게 말하려고 했는데요."

"못 들었어요."

그는 여전히 문가에 선 채로 말했다. 거기서 움직이지 않았다.

"들어와요."

나는 이번에는 거의 고함을 지르듯이 말했다.

"알겠습니다."

크리스티안이 사무실로 들어왔다.

그는 책상 맞은편에서 멈췄다. 내가 의자로 손짓하자, 그가 자리에 앉으면서 플라스틱 의자에 부딪혀 벨트의 연장들이 덜그럭거렸다. 그의 갈색 눈은 아몬드 같았고, 대흉근은 너랑나랑공원 셔츠의 솔기를 팽팽하게 당겼다.

"하루 종일 매표소에 있었어요?"

내가 물었다. 크리스티안은 고개를 끄덕였다.

"오늘은 엄청나게 팔렸어요. 도롱뇽 팔찌가 진짜 많이 팔렸죠."

그가 대답했다.

"그럼 벤라 씨는 일하러 나오지 않았다는 거군요."

크리스티안은 눈을 내리깔았다.

"네, 아마 아직도 아플 거예요."

나는 사라진 20만 유로와 라우라가 했던 말을 생각했다. 형이 벤라를 받아들인 건 그녀가 도롱뇽 팔찌를 잘 파는 것과는 아무런 상관도 없다는 것. 둘 사이에 관계가 있을까? 벤라와 이야기를 해봐야 했다. 벤라가 월급에 걸맞은 상근직으로서 일하러 언젠가 나오기나 한다면 말이지만. 어이가 없고 화가 났다.

"벤라 씨가 전화했어요? 그녀와 이야기는 자주 합니까?"

내가 물었다. 크리스티안은 더더욱 혼란스러운 표정이었고, 곧 뺨이 빨갛게 달아오르는 게 보였다.

"네. 아니, 그러니까, 아뇨."

나는 기다렸다.

"자주는 아니에요."

그가 말을 바꾸었다. 그의 얼굴은 이제 새빨갰다.

"음, 그러니까, 전혀 안 해요."

"그러면 두 사람이 전혀 이야기를 안 한다고요?"

"네."

"하지만 벤라 씨 대신 일은 해준단 말이죠."

"네."

"하지만 당신은 유지보수 담당자고요."

"네."

"벤라 씨가 자기 일은 스스로 해야 되는 거 아닙니까?"

크리스티안은 삼킬 수 없는 걸 삼켰지만 그걸 차마 뱉어낼 수 없거나 뱉어내고 싶지 않은 표정이었다.

"별거 아니에요."

"그럼 다른 사람들 일도 맡아서 해주지 그래요?"

"왜요?"

"별거 아니니까요."

"다른 사람들 일이요? 다들 어딜 가는데요?"

"모르죠. 벤라 씨와 똑같은 곳 아닐까요?"

내가 대답했다.

크리스티안의 표정을 봐서는 이 대화가 어느 정도는 괴롭다는
걸 알 수 있었다.

"누가 그런 얘기를 했어요?"

"아뇨."

나는 한숨을 내쉬고 말을 이었다.

"내가 아는 한은 아니에요. 그냥 비유법 같은 거였어요. 당신이
선택한 행동이 대단히 비합리적이라는 걸 보여주려고요."

크리스티안은 엄청나게 가파른 언덕을 오르는 사람 같은 표정
이었다.

"사무실 문을 노크했을 때는 뭔가 할 얘기가 있어서 그런 거겠
죠?"

결국 내가 물었다.

"아, 네."

그는 주제가 바뀌자 눈에 띄게 안도하면서 말했다.

"오늘이 헨리 씨의 첫날이라는 건 잘 알고 있어요. 하지만 바깥
에서 우리가 얘기를 했는데요, 그러니까 다른 사람들이 이야기를

하고 나는 듣기만 했지만요. 어쨌든, 이제 새로운 주인이 왔으니까, 헨리 씨가 새 소유주고 책임자인 셈이니까……."

"그런 것 같군요."

내가 고개를 끄덕였다.

"그러니까 말이죠, 한 달쯤 전에 유하니 대표님과 이야기를 나눴어요. 우리는 합의를 했고, 대표님은…… 음, 지금은 그 의자에 계시지 않고, 거기에 대해선 유감이지만요, 어쨌든 우리는 전부 다 합의를 봤는데요, 혹시 그게 언제쯤일지……."

나는 잠시 기다리다 물었다.

"무슨 합의 말이죠?"

"음, 우리가 이야기를 했는데요……."

크리스티안의 눈이 뭔가 집중할 것을 찾는 듯 사무실 안을 떠돌았으나 결국 발견 못 한 것 같았다.

"저기, 그러니까 말이죠……. 원래는 승진을 하려고 했어요……. 그러니까…… 그게 뭐냐 하면 말이죠……."

"크리스티안 씨가 승진할 예정이었단 말이죠……."

내가 그를 재촉하기 위해서 말했다.

"운영 책임자로요."

그가 마침내 말했다.

내가 잘못 들은 줄 알았다.

"뭐라고요?"

"사장이요. CEO. 대빵이요."

나는 마침내 이해했다. 그랬다. 형은 크리스티안을 운영 책임자로 삼으려고 했던 거다. 그러니까…… 모든 세부 사항이나 모든 서명에 주의를 기울이지 않을지도 모르는 그런 책임자 말인가? 서류상의 운영 책임자. 물론 크리스티안에게 관리자로서의 다양한 재능이 숨겨져 있을 수도 있다. 나는 그를 바라보며 방금 들은 이야기를 곱씹어보았다. 이 남자에게 숨겨진 관리자로서의 재능이 있다면, 스텔스 폭격기 정도로 신중하게 숨겨져 있는 게 분명하다.

"크리스티안, 그런 일은…… 없을 겁니다."

내가 말했다.

떠돌고 있던 크리스티안의 갈색 눈이 갑자기 멈추었다. 그가 똑바로 앞을 보았다.

"아뇨, 그렇게 돼요."

"아뇨. 당신은—"

"내가 책임자가 돼요."

"저기, 크리스티안, 알겠지만—"

"난 다른 건 알고 싶지 않아요. 난 운영 책임자가 되고 싶어요."

그가 힘주어 말했다.

우리는 잠깐 가만히 침묵에 잠겼다.

"우린 합의를 했어요."

크리스티안이 말했다. 그의 목소리는 한 옥타브 낮아졌다.

나는 책상 위에 쌓인 서류 더미를 힐끗 보았다. 이미 다 살펴본 서류들이었다. 이제는 그게 형이 경제적 재앙 말고 또 다른 무언가에 사로잡혀 있었다는 증거처럼 보였다. 크리스티안의 말이 사실이라면(그의 말을 의심할 이유가 없었고, 그는 정말이지 진실해 보였다) 겨우 한 달 전에 형은 회사 이사회에서 빠져야 하는 상황에 처했던 것이다.

"크리스티안, 이 문제는 나중에 이야기하죠."

내가 조심스럽게 말했다.

크리스티안은 의자에서 벌떡 일어나서 단호하게 책상 너머로 손을 내밀었다. 나는 일어서서 그 손을 마주 잡았다. 크리스티안은 내 손을, 문자 그대로, 흔들었다. 그의 손아귀 힘을 느낄 수 있었다. 마치 가슴을 따라 불끈거리는 대흉근마저 우리 대화를 마무리 짓는 데 일조한 것처럼, 힘이 그의 온몸을 타고 흐르는 것 같았다.

"약속한 거예요."

그가 말했다.

나는 대답을 하려다가 마지막 순간에 꾹 참았다. 그리고 조금 전에 한 말을 반복했다. 나중에 이야기하자고. 크리스티안은 만족한 얼굴로 내 손을 놓았다. 그가 돌아서서 열린 문으로 향했다. 그는 막 문을 나서려다가 멈춰서 다시 나를 돌아보고 팔을 쭉 뻗었다. 권총을 쏘는 것처럼 엄지와 검지를 들어 올리고서 나를 향해 윙크하려고 했지만, 실제로는 두 눈을 다 깜박였다.

"좋아요."

그가 말했다.

7

남자는 내 얼굴 앞에 서류 몇 장을 흔들어댔다. 랄라-랄라-라, 남자가 나를 비웃었다. 그가 조금씩 물러섰고, 나는 그를 따라갔다. 서류를 잡아채려 했지만, 팔이 너무 무거웠고 내 움직임은 끔찍하게 느렸다. 남자는 계속 나를 비웃었다. 남자의 얼굴은 제대로 알아볼 수가 없었다. 얼굴 일부, 그러니까 입과 코, 뺨, 이마가 계속 위치를 바꾸고 한곳에 가만히 있지 않았다. 서류에는 내게 필요한 정보가 담겨 있었다. 돈이 어디로 갔는지를 알려주는 서류였던 것이다. 마침내 나는 몸을 움직여 뛰어들어서 그것을 잡아…….

나는 바닥에 닿기 직전에 잠에서 깼지만, 어쨌든 쿵 소리를 내며 부딪혔다. 왼쪽으로 떨어지는 바람에 오른손 주먹이 서류를 잡으려고 하다가 침대 옆 러그를 세게 후려쳤다. 떨어진 고통이 잠시 후에 느껴지기 시작했다. 비틀비틀 일어선 다음에야 나는 머리도 부딪혔다는 걸 깨달았다. 러그 옆 래미네이트 바닥에 부딪힌 것이다. 이마 왼쪽이 욱신거리기 시작했다. 나는 겨우겨우 일어서서 상황을 파악했다.

침대 옆 탁자의 디지털시계는 새빨간 숫자로 시간을 알려주었다. 03:58.

이 소란에 쇼펜하우어도 잠에서 깼고, 침대 끄트머리에서 내가 움직이는 걸 응시했다. 나는 아무 말도 하지 않았다. 녀석의 야식을 두고 논쟁하고 싶진 않았다. 나는 잠옷 가운을 걸치고 울 양말을 신고서 부엌으로 가서 물을 한 잔 마신 다음 발코니 문을 열었다. 콘크리트 바닥이 차갑게 느껴졌지만, 공기는 신선하고 가벼웠다. 세상은 완전히 고요했다.

집에 돌아왔을 때 나는 무척 지쳐 있었다. 식은 소시지와 시큼한 사과를 재빨리 먹고 곧바로 잠자리에 들었다. 탐험공원에서의 첫날은 내게도 다른 방문객들과 똑같은 영향을 미쳤다. 최소한 라우라 헬란토가 한 말로는 그랬다. 하루 종일 공원을 뛰어다니고 나면 밤에 전등을 끈 것처럼 꼴깍 잠이 든다고. 조금도 반박할 수 없었다.

차가운 공기가 더 이상 나쁘게 느껴지지 않았다. 이마는 여전히 욱신거렸지만 아픔은 서서히 줄어들었다. 고요한 밤의 연못에 누군가가 규칙적으로 돌을 던지는 것처럼 라우라 헬란토가 했던 말들이 내 머릿속에 계속 떠올랐다. 그녀는 형이 죽고 나서 내가 얼마나 빨리 공원을 방문했는지 놀란 것 같았다. 나는 잘 이해하지 못했다. 그녀는 제대로 슬퍼할 시간이 필요하다고 했다. 혼자만의 시간을 어느 정도 가지지 않을 건가요? 그때 망가진 바나나미러에 도착하는 바람에, 그리고 뭔가 급한 일이 생겨서 나는 그녀의 질문에 답을 하지 못했다. 하지만 지금, 매일 새벽에 그러는 것처럼, 나는 여기 없는 사람들과 대화를 나누고 있다.

내가 혼자 소파에 앉아서 미래의 계획과 죽음의 본질에 대해 고민한다고 해서 상황이 달라질지 모르겠다고 머릿속으로 그녀에게 말하고 있었다. 내가 고민하는 건 전혀 중요하지 않았다.

그리고 장례식 준비 역시 이미 끝났다. 변호사는 형의 지시에 따라 모든 걸 처리했다고 전했다. 나는 관을 선택할 수 있었고, 화장을 할 예정이었다. 그리고 나는 유골함을 묻을 때가 되면 연락을 받을 것이다. 공식적인 추도식은 없을 것이다. 초대할 사람도 없었다. 아무도 출장 요리 서비스가 갖다놓은 마른 미트볼, 미지근한 감자 샐러드, 오래된 시나몬 빵을 먹고 싶어 하지 않는다. 죽은 사람에 관해서 일차적 정보가 전혀 없는 목사가 이차적 정보로 가득한 이야기만 떠드는 추도사도 듣고 싶어 하지 않는다. 아마 유골함을 어디에 묻을지는 연락을 받을 것이다. 밧줄도 빌릴 수 있을 것이다. 형을 따라 땅속으로 가기 위해서가 아니라 유골함을 묻기 위해서. 그보다, 이런 상실에 대한 애도 기간은 어느 정도가 적절한 걸까?

유하니는 내 형이었다.

우리의 어린 시절은 혼란 그 자체였다.

우리 부모님은 일상에서 맞닥뜨리는 수많은 현실 문제에 번갈아 통제력을 잃곤 했다. '여우 피하려다 호랑이 만난다'라는 말은 부모님에게 딱이었다. 두 사람은 보헤미안 스타일의 음주 문제*를 잠깐이나마 통제했던 그 주가 다 지나기도 전에 필요도 없고 금전적으로 감당도 못 할 물건을 사들이기 시작했다. 상황이 재앙 수준에 도달할 무렵, 부모님은 집을 옮기고, 덩치에 비해 너무 짧고 더러운 모직 점퍼를 입고 어린애가 보기에도 손이 닿는 모든 여자들의 침대에 뛰어드는 수염 난 남자가 수장인 더러운 공동체에 가입함으로써 통제 불가능한 소비를 겨우 막을 수 있었다. 우리의 충동적인 아버지가 마침내 사실을 알게 된 후에야 다시 이사를 했고, 아마도 수염 난 이상주의자에 대한 복수심으로 자본주의 세계에 뛰어들었다. 부모님은 잠깐 동안 밀폐 용기 전도사가 되었다가 우리의 값비싼 월세 아파트가 온갖 형태와 크기의 플라스틱 접시와 그릇으로 가득 차자 이번에는 인형극단으로 돈을 벌겠다고 나섰다. 열세 살이었던 나조차 이게 또 다른 종류의 또 다른 재앙을 낳을 뿐이라는 걸 이미 알고 있었다.

---

* 자유분방한 보헤미안들은 술과 담배를 과하게 즐겨서 알코올중독자가 많았다.

계속 그런 식이었다.

절대로 합리적인 선택 따윈 없었다.

어릴 때부터 나는 사실과 합리성, 미래 계획, 통제력, 유리한 것과 그렇지 않은 것을 파악하는 능력을 바탕으로 삶을 살아가겠다고 다짐했다. 어려서도 나는 수학이 열쇠임을 깨달았다. 사람은 배신하지만, 숫자는 배신하지 않는다. 나는 혼란으로 가득 찬 삶을 살았으나 숫자는 질서를 의미했다. 숙제를 마치고 나면 취미로 모든 것을 계산하곤 했다. 나는 수학으로는 우리 반 애들을 두 학년쯤 앞서 있었다.

형과 내가 20대 초반일 때 부모님은 돌아가셨다. 부모님의 죽음은 그다지 드라마틱하지 않았다. 부모님은 노환으로 사망했다고 할 수 있다. 곧 60세였으니 비교적 젊은 편이었지만. 무모한 생활 방식이 결국 부모님에게 해를 미치고 이른 노화를 불러왔다고 생각했다. 그들의 불가해한 행동이 스스로를 지치게 만들었다고 말이다. 두 분이 돌아가실 무렵에 빠져 있던 변덕스러운 계획은 불가리아 요구르트 페스티벌이었다. 물론 두 분은 이번에도 완전히 순서를 반대로 했다. 먼저 대량의 요구르트를 수입한 다음에 집에다 두고 페스티벌이 시작되기를 기다렸던 것이다.

하지만 이게 형의 죽음을 애도하는 것과 무슨 상관일까?

발코니의 금속 난간에 기댄 채, 어떤 면에서는 오래전부터, 부모님을 애도하던 때부터 이미 형을 애도하고 있었다고 생각했다.

형과 부모님은 굉장히 닮았다. 형은 이 사실에 별로 신경 쓰지 않았던 것 같다. 형은 엉망진창인 상황에서 또 다른 엉망인 상황으로 넘어갔다. 무너져가는 잔해를 남겨두고 깔깔 웃으면서 자신이 일으킨 파괴의 현장에서 몇 번이고 도망쳤다. 그래서 내가 형에게 이렇게 화가 난 것 같다. 물론 나에게 수십만 유로에 달하는 수수께끼의 빚을 떠안은 탐험공원을 남겼다는 사실 때문이기도 하고.

차가운 난간을 손으로 꼭 쥐고 싸늘한 밤공기를 가슴 가득 들이마시면서 마침내 깨달았다. 이건 우리 가족의 이야기였다.

너랑나랑공원은 형이었다. 엄마와 아빠였다.

너랑나랑공원은 우리 가족이었다.

바로 그 사실이 모든 걸 이렇게 어렵게 만들었다.

나는 가족들과 나누었던 대화를 하나도 잊지 않았다. 그들이 자기 행동의 모순을 깨닫게 하고, 그들이 하는 모든 일을 물들인 장밋빛 환상, 자유방임주의적 태도의 위험을 지적하려고 나는 애를 썼다. 나는 매번 현실을, 얼마나 많은 돈(그들이 생각하는 금액과는 전혀 다른)이 들지, 하나의 결정이 어떻게 다음 결정에 영향을 미치는지를 설명했고, 가장 가능성 높은 결과가 무엇일지도 설명했다. 이런 대화는 항상 똑같이 끝났다. 말다툼, 모욕, 분노, 침묵시위, 긴장, 그리고 새로운 말다툼.

그들이 모두 죽을 때까지 말이다.

콘크리트 바닥은 냉기를 뿜어냈고, 발바닥이 욱신거리기 시작했다. 별은 밝은 LED등으로 만든 조그만 핀 조명 같았다.

생각은 오래전에 탄생한 파도, 점점 빨라지는 기차 같았고, 나를 향해 똑바로 달려오고 있다는 걸 알았다. 나는 그걸 말로 조합하기 훨씬 전부터 이미 알고 있었다. 내가 결국 어떤 결정을 내릴지도 알았다. 아주 잠깐 동안 생각, 결론, 거기 담긴 함축적 의미, 감수해야만 하는 책임 등 그 모든 걸 피하고 싶은 충동이 들었지만 말이다.

8

라우라 헬란토는 탐험공원 뒤쪽 야외 배달 구역에 혼자 앉아서 점심을 먹고 있었다. 직원들을 위해 정원용 가구가 놓여 있었다. 나는 적재 구역에 설치된 철커덕거리는 금속 계단을 내려가서 그녀와 탁자, 의자가 있는 쪽으로 걸어갔다. 이 시기에 걸맞게 날씨는 온화했고 새파란 하늘에는 구름 한 점 없었다. 세상은 밝고 환하고 아주 고요했다.

나는 깊게 숨을 들이마셨다.

어제저녁과 오늘 새벽 내내 형의 서류를 살펴보았다. 내 좌절감은 오히려 더욱 깊어졌다. 솔직히 나는 이 혼란 속에서 재정적 희망의 빛을 약간이나마 찾을 수 있을 거라고 생각했던 것이다.

라우라는 오른손에 포크를 들고 왼손으로는 핸드폰을 들고 들여다보고 있었다. 내가 탁자에서 세 걸음 떨어진 곳까지 갔을 때에야 고개를 들었다. 그녀의 안경이 햇빛을 반사했지만 눈에 당혹스러운 빛이 스치는 걸 볼 수 있었다. 그러나 곧 얼굴에 미소가 번졌다.

"아, 안녕하세요."

그녀가 말했다.

"소액현금출납 회계 자료가 좀 눈에 띄더군요. 누가 담당합니까?"

나는 그녀 맞은편에 앉으며 물었다.

라우라는 처음에는 아무 말도 하지 않고 플라스틱 통에 담긴 정육면체 모양의 오이 조각을 포크로 찔렀다. 미소는 이미 사라졌다.

"유하니 대표님이 나에게 맡겼어요."

그녀가 대답했다.

"왜죠?"

"회계 자료에 문제가 있나요? 난 항상 전날의 매상 보고서를 우리가 협의한 대로 매일 아침 제출했어요. 매주 월요일에는 주간 보고서, 매달 말에는 월간 보고서를 냈고요. 인쇄해서, 대표님 책상 위에요. 그분이 요청한 대로요."

"그렇군요. 확실해 보이네요. 그러니까, 소액현금출납 자료 말이에요. 책상에서 최근 보고서는 대부분 찾았고, 이전 보고서도 수십 장 찾았어요. 하지만 그러니까 왜……? 형이 혹시 뭔가 말을 했나요……? 아니면 과거에는 다른 방식으로 했어요?"

오이 조각은 허공에 뜬 채로 멈췄다. 포크는 그녀의 입과 통 사이에 대각선으로 딱 중간쯤에 있었다.

"내가 제대로 이해했다면, 전에는 모든 게 첨부 자료 하나로 컴퓨터에서 바로 회계사에게 넘어갔어요. 하지만 대표님은 회계사를 해고하고 새로운 사람을 찾는 중이라고, 그러니 그사이에는 내가 금전등록기를 관리하고 자신에게 바로 보고서를 제출하라고 하더군요."

그녀가 대답했다.

그때 라우라의 표정에 머뭇거리는 기색이, 약간 반신반의하는 빛이 스쳤다. 그녀는 포크를 도로 통 쪽으로 내렸다.

"뭔가 문제라도 있나요?"

그녀가 물었다.

간단히 대답하면, 문제가 있었다. 상당히 많은 돈이 계좌로 들어갔는데, 그보다 훨씬 많은 돈이 다시 빠져나갔다. 그리고 내 아파트에 방문한 변호사, 운영 책임자가 되는 꿈을 가진 크리스티안, 두 개의 회계 보고서(그중 하나는 화가가 작성한 것이었다), 거기에 형의 최근 대출과 공원의 다른 빚까지, 이 모든 걸 다 합쳐서 보면 볼수록 전부 다 점점 더 이상하게 보였다. 내가 아직 대답하지 않고 있는데 라우라 헬란토가 다시 말했다.

"내가 아는 건 그저 공원이 잘 굴러가고 있고, 우리가 합의했던 대로 내가 모든 걸 다 관리하고 있다는 것뿐이에요."

라우라 헬란토는 솔직하게 말하는 것 같았다. 이것도 문제였다. 크리스티안도 솔직해 보였고, 변호사도 나름대로는 그래 보였다. 모두가 솔직한데, 여전히 엄청난 돈을 아무 데서도 찾을 수 없다는 사실은 설명되지 않았다.

"이런 문제에 관해서 경험이 좀 있나요?"

내가 물었다.

"어떤 문제요?"

그녀의 대답은 빨랐고, 그녀의 안경에서 다시 빛이 번쩍 반사되었다.

"기업 재정에 관련된 경험이요. 너랑나랑공원은 작은 스타트업보다는 중소기업에 가깝고—"

"헨리 씨는요? 이런 종류의 경험이 있나요?"

그녀가 물었다. 완벽하게 합리적인 질문이었지만, 그래도 나는 깜짝 놀랐다. 아마 라우라도 눈치챘을 것이다.

"아뇨. 전혀 없습니다."

나는 솔직하게 대답했다.

우리는 서로를 쳐다보았다. 라우라 헬란토는 아무 말도 하지 않았다. 나 역시 덧붙일 말이 전혀 없었고, 불완전하고 섣부른 결론을 입 밖으로 내고 싶지도 않았다. 그건 나에게도, 당장의 상황에도 어울리지 않으니까.

"그저 여기서 모든 게 어떤 식으로 돌아가는지 정리해보려는 겁니다."

내가 결국에 말했다. 그건 사실이었다.

"이 모든 게 나한테는 새로워요. 고객이 대단히 많은데, 그건 좋은 일이죠. 라우라 씨 말대로 공원은 잘 굴러가고 있고……."

다시금 나는 머릿속으로만 그 말을 정정했다. **모든 것들을 고려할 때** 공원은 잘 굴러가고 있다. 라우라는 잠깐 나를 쳐다보았고, 곧 긴장을 푸는 것 같았다. 그녀가 다시 포크를 들고 음식을 입 안에 넣으려다가 물었다.

"점심은 벌써 드셨나요?"

"아니요."

나는 점심이나 그 밖의 식사에 관해 전혀 생각하지 않고 있었음을 깨달았다. 이제는 나도 배가 고팠다.

"게다가 아침도……. 컬리케이크에서 뭔가 사 먹어야 할지도 모르겠군요."

"여기, 팔라펠하고 후무스예요."

그녀가 작은 플라스틱 통을 하나씩 탁자 맞은편으로 밀어주며 말을 이었다.

"난 벌써 먹었어요. 오이나 좀 더 먹을게요. 엄청 많이 가져왔거든요."

나는 통들을 쳐다보았다. 음식이 들어 있었지만, 누군가 벌써

먹은 것처럼 보였다. 배는 고팠지만 나중에 횡령 용의자로 마주할 수도 있는 사람이 남긴 음식을 먹고 싶은 마음은 없었다.

"아뇨, 괜찮습니다."

내가 말했다.

라우라는 계속해서 오이를 먹었다. 그녀의 핸드폰이 울렸다. 그녀는 힐끗 보더니 잠금화면을 열었다. 화면에 색색의 이미지가 떴고, 빛이 반사되고 있어도 그게 그림이라는 걸 알아볼 수 있었다. 라우라가 한숨을 쉬고 나를 쳐다보았다.

"미안해요. 그림을 사고 싶어 하는 사람이 재료비보다 낮게 값을 불러서요. 요즘은 그렇다니까요. 사람들은 모든 걸 공짜로 원해요. 아무도 예술가의 작품에 돈을 내려고 하지 않죠. 시간이 있고 마음만 먹으면 비슷한 걸 그릴 수 있을 거라고들 생각해요. 아니, 비슷한 것도 아니고 더 나은 걸."

"그림 좀 봐도 될까요?"

생각도 해보기 전에 말이 튀어나왔다.

이런 일이 벌써 두 번째였다. 어제는 놀랍게도 라우라 헬란토에게 형과 나의 관계에 대해서 이야기했다. 왜 이런 일이 벌어지는지 모르겠다.

"그럼요."

그녀가 핸드폰을 내 쪽으로 기울였다.

화면에는 강렬한 빨간색과 하얀색이 가득했다. 그림이 상당히 큰 모양이었다. 특별히 무언가를 묘사하는 것 같지는 않았으나 곧 소용돌이 모양 속에서 형태와 움직임이 인식되기 시작했다. 잠시 후 나는 그것을 멍하니 바라보고 있다는 것을 깨달았다. 억지로 눈을 떼야 할 정도였다.

"굉장하군요."

나는 직관적으로 이렇게 말을 하자마자 위험한 영역에 발을 들였다고 느꼈다. 왜 이 이야기를 계속하는지도 이해할 수 없었다.

"강렬해요. 사람의 마음속으로 점점 들어오는군요. 움직임이 보이고, 살아 숨 쉬기 때문에 항상 뭔가 새로운 걸 찾을 수 있을 것 같아요."

"고마워요. 근사한 말이네요."

라우라가 핸드폰을 도로 가져가서 화면을 잠그며 말했다.

나는 이 상황에서 빠져나가고 싶었지만, 내 몸은 여전히 거기 앉아 있었다. 순수하게 회계 문제로 이야기를 시작했는데 흐릿하고 즉흥적인 예술 이야기로 흐르고 말았다. 전혀 나답지 않았다. 나는 라우라 헬란토와 눈이 마주치는 걸 피하려고 노력하며 일어섰다.

"그러니까 헨리 씨한테도 예술적인 면이 있긴 하군요."

그녀가 말했다.

"무슨 면이요?"

질문이 제멋대로 입에서 튀어 나갔다.

"내 그림에 대해서 말한 거요. 정말 친절했어요."

뭐라고 대답해야 되지? 도대체 어디서 나온 말인지 모르겠다고?

"최근에 그림을 그리는 게 굉장히 힘들었는데, 그 말을 들어서 기뻤어요. 응원 고마워요."

그녀가 말했다.

"별말씀을요."

어쩌면 근처 고속도로에서 울리는 자동차 소리 속에서 다른 주파수의 낮은 소리 같은 걸 들었는지도 모르겠다. 라우라가 탁자 쪽으로 몸을 기울이자 그녀의 어깨가 파도처럼 솟아올랐다.

"하지만 처음에는 잡담도 안 하고, 인사도 안 하고, 기분은 어떠냐고 묻지도 않고 곧장 핵심부터 얘기했잖아요."

"전 그런 건 절대 묻지 않습니다."

그렇게 대답하자 긴장이 풀렸다. 쉬운 주제였다. 내가 잘 아는 이야기였다.

"그렇군요."

라우라가 고개를 끄덕였다.

"난 다른 사람 기분이 어떤지 알 필요가 없습니다. 무슨 생각을 하는지, 뭘 했고 어떤 걸 느꼈는지 알고 싶지도 않고요. 무슨 계획이 있는지, 바라는 거나 꿈꾸는 게 뭔지도 알고 싶지 않습니다. 그래서 묻지 않아요."

"알겠어요."

"극단적인 상황만 아니라면요."

"알겠어요."

나는 여전히 그 자리에 서 있었다. 지금 라우라 헬란토가 웃고 있는 건가? 그녀의 반응은 나 자신의 반응만큼이나 의외였다. 내가 생각한 걸 말할 계획은 없었다. 그냥 말이 나왔다. 점점 불편한 기분이 들었다. 회계와 재정상의 불일치가 나에게 가장 중요했고, 그걸 바닥까지 파헤치는 게 최우선이었지, 이런 건 아니었다……. 그런데 이게 정확하게 뭐지? 모르겠다. 구체적으로도, 전반적으로도, 심지어는 모호하게조차도. 그리고 난 왜 여전히 여기 서서 계속 라우라 헬란토의 눈을 보고 있는 거지? 입 밖으로 꺼낼 생각이 전혀 없던 뭔가를 또 한 번 말하려고 하는데 뒤에서 커다란 구원의 목소리가 들려왔다.

"저기요, 해리 씨."

크리스티안이 적재 구역에서 손을 흔들며 소리쳤다.

"남자 둘이 해리 씨를 만나러 왔다고 하는데요. 해리 씨 사무실로 보냈어요. 그 사람들 해리 씨를 알고 해리 씨가 어디 있는지도 안다고 그러던데요."

나는 크리스티안 쪽으로 한 걸음 내디뎠다가 돌아서서 다시 라우라를 쳐다보았다.

"날 해리라고 부르는 사람은 아무도 없어요. 내가 싫어하거든요."

내가 말했다.

"알겠어요."

라우라 헬란토는 그렇게 말하고서 덧붙였다.

"헨리라고 할게요."

그래, 그녀는 웃고 있었다.

9

처음에는 두 남자가 하도 안 어울려서 각자 다른 데서 파견된 것 같은 인상을 받았다.

나이가 더 많은 쪽은 내 나이 정도 되어 보였고, 파란색 셔츠에 검은 블레이저, 밝은 색깔 청바지를 입고 밝은 갈색 보트 슈즈를 신고 있었다. 그는 내가 사무실에 들어서자마자 누군지 알아본 것 같았다. 아니, 더 정확하게 말하자면, 내가 도착하기 한참 전부터 알고 있었던 것 같았다.

"조의를 표합니다. 형님은 흥미로운 사람이었어요."

얼굴은 둥글고, 피부에는 얽은 자국이 있고, 눈은 파랗고 작았다. 밝은 색깔에 짧고 깔끔하게 다듬은 머리는 왼쪽으로 가르마를 타서 빗어 넘겼다. 덩치는 보통이었지만 축구공 절반 정도로 튀어나온 배만 예외였다. 우리의 악수는 짧고 형식적이었다. 그가 이미 알고 있음에도 불구하고 나는 내 이름을 말했다. 그리고 그의 이름을 들으려고 기다렸다.

"얘기를 좀 하죠."

그는 대신 이렇게만 말할 뿐이었다.

나는 사무실 맞은편 벽에 기대선 다른 남자를 힐끗 보았다. 젊고, 대머리에, 어깨는 넓고, 껌을 씹고 있었다. 검은색 XXL 아디다스 운동복. 오른손에는 커다란 스마트폰을 들고 하얀색 헤드폰을 쓰고 있다. 10대 히피 소녀의 커다란 돌연변이 같았다.

"무슨 일입니까?"

나이 많은 남자가 자기 집인 양 사무실 문을 닫은 다음 내 책상 뒤의 의자를 가리키더니, 자신은 회의용 탁자에서 의자를 끌어당겨 앉았다. 나는 내 자리로 빙 돌아가서 앉았다. 돌연변이는 헤드폰으로 귀를 막은 채 석상처럼 구석에 서 있었다.

"선생은 수학자라고 들었어요."

자리에 앉은 다음에 남자가 말했다.

"전 보험계리사입니다. 오늘은 무슨 일로 오신 겁니까?"

남자는 잠깐 나를 쳐다보다가 대답했다.

"실은 형님 일 때문이죠. 물론 지금은 선생의 일입니다만."

물론 그렇겠지. 나는 몸을 앞으로 기울여 미지불 청구서 더미를 집어 앞에 내려놓았다.

"어떤 회사에서 나오셨습니까?"

내가 물었다.

남자는 조그만 파란 눈을 천천히 감았다 떴다. 도마뱀을 생각하고 싶지는 않았지만, 연상이 되었다. 파충류, 이구아나.

"유하니 씨가 죽을 때 빚이 20만 유로였죠. 지금은 22만 유로고요. 이유를 아십니까?"

남자가 말했다.

"무슨 빚을 이야기하는 거죠?"

내가 물었다.

"이유를 아십니까?"

남자가 반복했다.

"우선은 무슨 이야기인지부터 알아야—"

"이자가 있기 때문이에요. 이자율은 10퍼센트입니다."

남자가 말했다.

"얼마 동안에요?"

"그가 세상과 작별하고 나서부터죠. 그러니까 선생의 형님 말입니다."

"2주 4일 만에? 10퍼센트의 이자? 형이 어디서 그런 계약을 한 겁니까?"

"바로 이 사무실에서죠. 우린 합의하고 악수를 나눴어요."

남자는 내가 이미 소유하고 있는 사무실을 나에게 넘겨주려는 것처럼 양팔을 벌리며 말했다.

"합의하고 악수를 나눠요? 20만 유로에 대해서?"

이제 남자는 몸 앞쪽으로 손깍지를 끼고 내 쪽으로 내민 채 천천히 고개를 끄덕였다. 그의 이 기묘한 행동은 정도를 넘어섰다.

"말도 안 됩니다. 이만 나가달라고 해야겠군요. 나는 당신이 누군지 모르고, 당신도 말을 안 하니까요. 게다가 공식적인 합의서나 계약서도 없고요. 이건 말이 안 됩니다. 나가주세요."

남자는 움직이지 않았다. 이야기하는 내내 돌연변이는 꼼짝도 하지 않았다. 나이 많은 남자의 작고 날카로운 눈이 감겼다가 다시 천천히 뜨였다.

"필요하다면 이자율을 높일 수도 있어요."

그가 말했다. 나는 고개를 저었다.

"당신은 여기 와서 20만 유로를 요구하고―"

"22만 유로죠."

그가 내 말을 정정했다.

"그 이자율, 2주 4일 만에 10퍼센트의 이자라니. 그건 거의 연 600퍼센트잖아요."

"그걸 지금 머릿속으로 계산한 겁니까?"

"물론이죠. 간단한 계산입니다.

$$\left(\frac{220000}{200000}\right)^{\frac{365}{18}} \times 100\% - 100\% = 590.799\%"$$

"대단하네요."

남자가 말했다.

"뭐가요?"

"상당히 빨리 계산했잖습니까. 난 연이율에 대해서는 말해줄 수 있는 게 아무것도 없었는데요."

"당신이 얼마나 말도 안 되는 이야기를 하는지 알려주려고 계산했을 뿐입니다. 다음번에 남을 갈취하려면 최소한 믿을 만한 숫자를 대도록 해요."

"믿을 만한 숫자?"

"예를 들어 베르트하이머*가 아인슈타인을 속이려고 했을 때처럼 말입니다. 베르트하이머는 그에게 이런 수수께끼를 제시했어요. 낡은 차로 처음에는 오르막을, 그다음에는 내리막을 2킬로미터 달렸어요. 차가 낡아서 처음 1킬로미터는 평균 시속 15킬로미터 이상으로 갈 수 없었죠. 자, 그러면 내리막이라 더 빠르게 갈 수 있는 후반 1킬로미터를 낡은 차가 어떤 속도로 달려야 전체 여정의 평균 속도가 시속 30킬로미터가 될 수 있을까요?"

남자는 몇 번 입술을 오므렸다가 결론에 도달했다.

"쉽군요. 총 2킬로미터. 처음 1킬로미터는 시속 15킬로미터. 두 번째는 45킬로미터여야 돼요. 45 더하기 15는 60이고, 60을 2로 나누면 30이니까. 그러니까 내려갈 때는 시속 45킬로미터로 달렸

---

* 독일의 심리학자.

겠죠. 아주 간단하네요."

"그렇게 생각하기 쉽습니다. 하지만 이건 속임수예요. 정답은, 불가능하다입니다. 차가 내리막을 우주왕복선 속도로 달린다 해도 불가능해요."

남자는 아무 말도 하지 않았다.

"낡은 차가 시속 15킬로미터로 언덕 꼭대기에 도달하는 데, 즉 1킬로미터를 달리는 데 4분이 걸립니다. 하지만 평균 시속 30킬로미터로 언덕을 올라갔다가 다시 내려오는 데, 즉 총 2킬로미터를 달리는 데는 몇 분이 걸릴까요? 시속 30킬로미터로 2킬로미터를 가려면 4분이 걸립니다. 그러니까 차는 전체 여정을 진행하는데 4분밖에 없어요. 하지만 이 시간은 언덕 꼭대기에 올라가는 데이미 다 써버렸죠."

다시 이구아나의 눈이다. 눈꺼풀이 내려갔다가 다시 올라갔다.

"아인슈타인은 문제를 전체적으로 세세하게 살펴보기 시작한 다음에야 이 사실을 알았어요. 하지만 모든 사람이 다 아인슈타인 같은 건 아니죠. 당신도요. 모욕하려는 건 아닙니다. 그저 당신이 베르트하이머처럼 상황을 좀 더 자세히 들여다봐야 한다는 말이에요."

"선생은?"

"제가 뭘요?"

"선생도 처음엔 속았어요?"

"처음에는요."

나는 솔직하게 말을 이었다.

"하지만 저는 모든 걸 신중하게 계산하고 제가 하는 모든 일에 대해 철저하게 생각해보기 때문에 어떻게 된 일인지 거의 즉시 알아차렸습니다. 날 속일 순 없어요. 난 운에 맡겨둘 필요가 없는 것은 절대로 운에 맡겨두지 않아요. 난 확률론을 믿습니다."

"그럼 가망이 있을 것 같군."

"어떤 면에서 말입니까?"

굳이 알고 싶지 않았지만 그냥 물었다. 이 남자들이 나가주기를 바랄 뿐이었다.

"지금 우리 상황을 이해할 가망이 있다는 거죠."

그는 그렇게 말하고 고개를 돌렸다.

"이해 수준을 한 단계 높여보죠, 어때요? 에이-케이."

알 수 없는 마지막 단어는 돌연변이를 향한 것으로 보였다. 하지만 그는 전혀 반응하지 않았다. 아마도 헤드폰에서 뭔가 더 재미있는 게 나오는 모양이었다.

"에이-케이!"

돌연변이가 움찔하더니 오른쪽 귀에서 헤드폰을 뗐다. 낮게 쿵쿵쿵 울리는 소리가 들렸다. 돌연변이는 지금 보니 이니셜 AK에 반응하는 거였다. 그는 흥미를 드러내며 나이 든 남자를 쳐다보았다.

"AK, 좀 돕지?"

이 짧은 지시 이후 모든 일이 아주 빠르게 일어났다.

AK는 헤드폰을 다시 쓰고 전화기를 운동복 주머니에 넣은 다음 놀랄 만큼 빠르고 민첩하게 걸어와서 책상을 빙 돌아 내 바로 옆에 섰다. 그리고 똑같이 빠른 동작으로 마치 자기 몸의 일부인 것처럼 내 오른손을 잡았다.

그리고 내 몸을 의자에서 휙 들어 올려서는 자기 팔로 휘감았다. 강한 애프터셰이브와 데오도란트 냄새가 풍겼다. 고통은 폭발처럼, 그 압력파가 내 온몸을 뒤흔들고 내려가는 것처럼 느껴졌다. AK는 내 새끼손가락을 위로 비틀었다. 나는 다른 손으로 AK의 손을 잡고 떼어내려고 애를 썼다. 하지만 맨손으로 터지는 댐을 막으려는 셈이었다. AK가 다시 비틀었다. 나는 고통으로 꼼짝도 할 수 없었다. 숨도 쉴 수 없었다.

"좋아, 아인슈타인. 아니면 그 망할 놈의 친구든 누구든 간에. 여기 AK는 댁의 손가락을 뽑아버릴 수도 있어. 그렇게 하는 걸 난 봤지. 단번에 손가락을 휙 뽑아버린다고. 아주 인상적인 장면이었어. 나는 그 소리를 좋아해. 로스트치킨의 다리를 뽑는 것 같은 소리야. 흐벅진 고기의 울림 같은 소리인데, 다만 훨씬 더 크지. 지금도 그런 일이 일어날지 어떨지 모르겠군. 이 녀석은 내 말이 안 들리거든. 내 말 들리나, 헨리?"

나는 고개를 한 번, 두 번 끄덕였다.

"좋아."

남자가 말하자, AK는 다시 비틀었다.

"이 모든 일이 댁한텐 좀 놀라웠을 것 같긴 해. 그러니까 댁의 형 유하니는 포커를 좋아했어. 아주아주 좋아했지. 우린 그 친구가 계속 게임을 할 수 있게 돈을 빌려줬어. 모든 게 잘 흘러갔지. 그 친구는 계속 게임을 하고, 우리는 그 친구에게 더 많은 돈을 빌려주고. 빚을 갚고, 그다음에 좀 더 빌리고. 문제가 뭐 있었겠어? 우린 모두 다 행복했어. 그러다 갑자기 그 친구가 돈을 안 갚고 계속 게임을 하더란 말이야. 이제는 그렇게 행복하지가 않더라고. 내 말 이해하겠어?"

나는 두 번, 이번에는 훨씬 빠르게 고개를 끄덕였다. 나이 든 남자가 골을 인정하지 않는 축구 심판처럼 한 손을 흔들었다. AK가 내 손을 놓았다. 손에 불이 붙은 것만 같았다. AK는 한 번도 떠난 적 없다는 듯이 벽 근처 자기 자리로 돌아갔다. 나는 왼손으로 오른손을 만져보았다. 뭔가가 부러졌는지 어떤지는 알 수 없었다.

"댁의 손가락은 여전히 잘 붙어 있는 것 같군."

남자는 그렇게 말하고 잠깐 뜸을 들이다 덧붙였다.

"22만 유로."

"저한테는 그런 돈이 없―"

"있어. 있다는 걸 이미 알아. 소액현금출납 쪽은 상태가 좋던데."

그가 말했다.

나는 마지막 말을 두 번 들었다. 처음에 남자가 말했을 때, 그리고 내 머릿속으로 다시 한번 되뇌었을 때. 그는 알고 있었다.

"혹시 경찰을 부를 생각을 하고 있다면 말이야, 다시 생각하는 게 좋을 거야. 더 나쁜 미래라고 하면, 놀이공원이 문을 닫고 댁은 여전히 우리에게 빚을 지고 있을 수도 있어. 그러면 어떻게 빚을 갚을 거야?"

남자가 말을 멈췄다. 몇 초 동안 도마뱀이 다시 나타났다. 그가 말을 이었다.

"하지만 좋은 소식도 있어. 우린 상환 일정을 조정해줄 마음이 있거든. 당연히 이자가 더 많이 붙겠지만, 중요한 건 계속 일을 할 수 있다는 거야. 놀이공원이 멋지게 돌아가고 있으니까……."

손가락이 여전히 욱신거렸다. 나는 결정을 내렸다.

"싫어요."

그리고 덧붙였다.

"여긴 탐험공원이에요."

내가 그렇게 말했다.

"뭐?"

"여긴 놀이공원이 아니라 탐험공원이라고요."

나는 변호사에게 설명했던 것처럼 둘의 차이를 설명했다. 놀이공원은 사람들을 여기저기로 내던지지만, 탐험공원에서는 사람

들이 직접 자기 자신을 내던져야 한다, 뭐 그런 것들. 케이퍼캐슬
같은 기구들은 양쪽에 다 있을 수 있지만, 어쨌든 둘이 다르다는
것은 중요하고 꼭 알아둬야 한다고 덧붙였다. 남자는 잠깐 침묵을
지켰다.

"싫다고?"

"그렇습니다. 저는 형의 빚에 대한 책임이 없어요. 어째서 그렇
게 되는지 이해할 수 없습니다. 전 갚지 않을 겁니다."

처음으로 남자가 약간 짜증 난 기색을 드러냈다.

"AK는 댁의 손가락을 뽑아버릴 수도 있어. 내가 저 녀석에게 멈
추라고 한 거야. 내가 호의를 베푼 거라고."

나는 AK를 힐끗 보았다. 그는 우리 이야기를 안 듣고 있었다.

"이제 나가주십시오."

도마뱀이 다시 나타났고, 이번에는 남자의 눈 속에 그대로 남아
있었다. 그가 천천히 AK를 향해 고개를 돌려서 뭔가 말하려고 할
때 문 두드리는 소리가 났다. 나는 다른 사람이 입을 열 틈도 없이
"들어오세요"라고 말했다. 잠시 후 라우라가 사무실로 들어왔다.

"거북이 트럭 유지보수에 관해서 이야기를 좀 해야……."

라우라가 말을 멈추고 나에게서 나이 많은 남자 쪽으로, 그다음
에 AK에게로, 그리고 마지막으로 다시 나에게로 눈을 돌렸다.

"미안해요. 누가 계신 줄은……."

그녀가 말을 하다가 끝을 흐렸다. 자신이 굉장히 예상치 못한

일에 끼었다는 걸 알아챈 표정이었다. 그녀의 시선이 남자들에게서 나에게로 움직였다가 사무실 가운데로 향했다.

"나도 몰랐어."

나이 든 남자가 이제는 인간이라기보다 파충류에 더 가까운 모습으로 말했다.

"하지만 여기 AK가 아까처럼 활동을 시작하면 우리 모두 뭔가를 깨닫지 않을까?"

나이 든 남자는 그 도마뱀 같은 눈을 나에게서 라우라 쪽으로 옮겼다. 안 돼, 나는 즉시, 자동적으로 생각했다. 안 돼, 안 돼, 안 돼. 내 온몸의 뼈를 다 부러뜨려도 난 돈을 갚지 않을 거지만, 라우라를 건드리기라도 하면…….

내가 막 그렇게 말하려고 할 때 래미네이트 바닥을 울리는 하이힐 소리가 들렸다.

"마케팅 예산 말인데요, 잠깐 얘기 좀 할까요, 자기?"

민투 K가 사무실로 걸어 들어오면서 말했다.

그러다가 그녀도 우뚝 멈춰 섰다. 이제 작은 사무실 안에 다섯 명이 있었다.

잠깐 동안, 아마 10초 정도의 시간 동안 사무실은 실물 같은 인형들이 꼼짝 않고 서 있는 밀랍 인형 박물관 같았다. 그러다가 숫자들, 사실들이 제 역할을 해냈다. 우리는 세 명이었다. AK라 해도 우리 손가락 서른 개를 전부 다 부러뜨릴 수는 없을 것이다.

밀랍 인형들이 살아났다.

나이 든 남자가 의자에서 일어서자, 라우라는 내 책상 쪽으로 다가왔고, 민투 K는 두 남자를, 특히 AK를 의문스럽게 쳐다보며 자세를 고치고는 지나치게 짧은 블레이저 끝단을 잡아당겼다. AK가 나이 든 남자를 따라 문으로 향했다. 문가에서 나이 든 남자는 멈췄고 AK도 멈췄다.

라우라는 책상 쪽으로 반 걸음 더 다가왔는데, 왜 이것이 초조한 이 상황에서 내 마음을 이렇게 달래주는지 알 수가 없었다. 나이 든 남자가 돌아섰다가 AK가 자기 바로 앞에 있는 걸 알아채고 옆으로 비켜선 다음 지금까지 가장 온화한 목소리로 말했다.

"고맙군요, 헨리. 우린 놀이공원을 아주 좋아해요. 우린 꼭 다시 올 겁니다."

이구아나가 그렇게 말했다.

AK는 아무 말도 없었다.

10

그다음 사흘, 목요일, 금요일, 토요일까지 나는 내내 탐험공원에서 지냈다. 아침이면 쇼펜하우어가 발바닥으로 부드럽게 밀어서 잠에서 깼다. 녀석은 내 얼굴 옆에 앉아서 가르랑거리며 내 코밑을 꾹꾹 누른다. 나는 일어나서 녀석에게 밥을 준다. 새벽 5시부터 5시 15분까지는 항상 이렇게 흘러갔다. 면도를 하고, 아침을 먹고, 넥타이를 매고, 탐험공원으로 출발했다.

먼저 통근열차를 탄 다음 버스로 갈아탔다. 평균 47분이 걸렸고, 2구역 티켓이 필요했다. 나는 그 여정 동안 모든 것을 계산했다. 음, 정말 모든 건 아니었지만. 형의 소위 도박 빚은 계산에 넣지 않았다. 하루하루 지날수록 그 문제는 점점 더 말도 안 되는 일로 여겨졌다. 두 남자의 방문, 그들의 주장과 요구 사항. 내 새끼손가락은 아직도 부어 있고 만지면 아파서, 그 모든 게 진짜 일어난 일이라는 걸 알려주고 있지만, 그걸 제외하면……

나는 정확히 방금 내가 한 말처럼 생각하고 있다.

설령 형이 스스로 감당 안 될 정도로 포커를 했다고 해도 내가 신경 쓸 일이 아니다. 그로 인해서 탐험공원이 재정적 진퇴양난의 상황에 처했다는 것을 제외하면. 형이 도박을 크게 했을 수도 있다. 사실, 지금까지 밝혀진 일들을 고려할 때 그럴 가능성이 아주 높다. 확률 법칙을 비현실적으로, 몽상 속에서 접근하면, 사람들은 운과는 아무 관계도 없는 상황에서 운을 시험하려 한다. 개인적인 인간관계나 쉽게 돈을 벌려고 하는 것과 관련된 상황처럼 말이다. 그래서 나는 어떤 도박도 절대로 하지 않는다. 나에게 도박은 상어로 가득한 수영장에서 수영을 하는 것과 비슷한 일이다. 상어는 수영장의 절반만을 차지하지만, 어쨌든 그 수영장은 상어의 영역이다.

🐰

파충류의 눈을 가진 남자와 AK라는 이름에만 반응하는, 절대 작다고 할 수 없는 그의 도우미가 사무실을 떠난 후, 나는 라우라 헬란토에게 모든 게 어떤 식으로 작동하는지 알려달라고 했다. 모든 거요? 그녀가 물었다. 네, 내 공원이 어떤 방식으로 돌아가는지, 어디서 뭐가 어떻게 되는지 알고 싶고, 모든 측면을 다 숙지하고 싶어요. 나는 대답했다. 내게 선택의 여지가 없다는 건 말하지 않았다. 그 이유도, 방금 전에 일어난 일에 대해서도 말하지 않았다. 그리고 재앙 수준의 재정 상황이나 형의 소위 도박 문제도 말하지 않았다.

이후 며칠 동안은 정신없이 바빴다.

나는 공원의 모든 일을 배웠다.

드라이버로 미끄럼틀 아래 구조물을 조였다. 청소 작업의 핵심적인 부분을 익히고, 알코올, 정확히는 진 론케로* 냄새가 진동하는 방에 민투 K와 앉아서 광고 예산을 살피고, 카페테리아의 매입 예산을 줄이기 위해 굳은 얼굴의 요한나와 협상을 했으며(안 된다는 대답이 돌아왔다), 스크린 앞에만 있는 대신 업무 내용에 고객과의 활발한 소통을 포함시킬 것을 에사에게 설득하려 했으며(최대한의 고객 안전을 보장하려면 이건 불가능하다고 했다), 벤라가 언제 일하러 올지 생각했다(아직 한 번도 만나지 못했다). 그러는 한편, 기회만 있으면 운영 책임자로서 다양한 아이디어를 제시하고, 전환 전략을 이야기하고, 언제 다른 사람들에게 이 소식을 전해도 되는지 물어보는 크리스티안을 피하기 위해 애를 썼다.

일요일 아침에 나는 다시금 열차에 앉아 있었다.

해가 떠오르는 중이었다. 길거리, 들판, 공원, 자전거도로도 마

---

* 진에 자몽 소다를 넣은 칵테일.

치 함께 쉬는 것처럼 텅 비어 있었다. 가을이 깊어감에 따라 나무의 금빛과 진홍빛이 이전의 생생함을 약간 잃은 것 같다가도 버스 정거장을 하나씩 지날 때마다 해가 서서히 떠오르면서 빛은 다시 강렬해졌다. 나는 반타에서 내려 색의 바다로 들어섰다.

라우라 헬란토는 방문객 수에 있어서는 일요일이 토요일만큼이나 좋은 날이라고 했다. 나는 일요일이 탐험공원 수습 직원으로서 마지막 날이고, 지난 며칠은 업무 적응 기간이었다고 스스로에게 말했다. 새로운 한 주가 시작될 때면 준비는 끝나 있을 것이다. 앞으로 바뀔 것들의 목록과 새로운 일하는 방식, 특히 각 부서의 새로운 예산에 대해 직원들에게 이야기할 준비가 돼 있을 것이다.

나는 어느새 미소를 짓고 있었다.

"괜찮아요?"

정오에 만난 라우라 헬란토가 물었다.

"무슨 말이죠?"

"헨리 씨가 좀……. 뭐라 하는 건 아닌데, 약간 아파 보여서요. 어딘가 달라 보여요."

아마 내 표정 때문에 오해한 것 같았다. 나는 웃음을 거두었고, 라우라는 더 이상 아무것도 물어보지 않았다. 그녀는 도착하는 사람들을 반겨주는 대형 토끼의 귀가 헐거워 흔들거린다고 했다. 그런 다음 돌아서서 토끼를 가리켰다.

"애초에 저 귀는 흔들리면 안 돼요."

그녀는 그렇게 덧붙였고 이제 그녀도 미소 짓고 있었다. 그 미소가 날 향한 건지 토끼를 향한 건지 알 수 없었다.

"내가 직접 고칠게요."

내가 말했다. 크리스티안이 지금도 벤라 대신 입구 카운터에 있다는 걸 알기 때문이었다. 또. 그러다가 오늘 일정에 있던 또 다른 급박한 문제가 떠올라서 덧붙였다.

"오늘 문을 닫은 다음에요."

라우라가 다시 나를 쳐다보았다. 나는 그녀의 눈이 마음에 든다는 사실을 깨달았다. 그 밝음, 그 호기심에는 심지어 나 같은 사람도 어떤 것을 보고 거기서 기쁨과 흥분을 느끼는 게 가능하다는 사실을 깨닫게 만드는 뭔가가 있었다. 아마도. 그리고 나는 그녀의 덥수룩한 머리도 마음에 든다는 걸 깨달았다. 그 숱 많은 머리는 재미있으면서도 매력적이었다. 하지만 회의를 길게 끌고 싶지는 않았다. 일주일 내내 라우라는 그 남자들의 방문과 내가 왜 소액현금출납과 금융거래에 그렇게 관심을 쏟는지에 관해 대답하기 힘든 질문을 쏟아냈다.

"오늘 좀 일찍 퇴근해도 될까요?"

그녀가 물었다.

그 질문에 나는 깜짝 놀랐다. 그러다가 이제 내가 그런 결정을 내리는 사람임을 깨달았다.

"모든 게 다 정리가 되었다면요."

내가 대답했다. 라우라는 재빨리 옆을 둘러보았다.

"다 정리된 것 같은데요."

그녀의 말투가 좀 바뀌었나?

"좋아요, 공원을 한 번 더 둘러볼게요. 그런 다음 사람들에게 난 퇴근한다고 말할게요. 실수로 추가 근무를 하지는 말라고 상기시켜두고요."

그녀가 덧붙였다.

훌륭해요, 나는 생각했다. 일요일 추가 근무비는 공원 재정에 독이나 다름없어서 새로운 재정적 평형을 무너뜨릴 수 있었다. 일요일 추가 근무를 없던 일로 만들면 훨씬 좋을 것이다. 덜 끝난 일이 남았다면 일주일 중 가장 조용한 월요일에 하면 된다.

"괜찮아요. 내가 공원 문을 닫을게요."

내가 말했다. 그녀가 다시 한번 재빨리 옆을 둘러보았다.

"그럼 사람들에게 일 마치면 그냥 퇴근하라고 할까요?"

"그래도 될 것 같아요. 토끼 귀는 혼자 붙일 수 있으니까요."

내가 대답했다.

라우라 헬란토는 우선 나를, 그다음에는 토끼를 보았다.

"그 토끼는 가끔 예측할 수가 없어요. 조심하세요."

현재

1

독일 토끼의 커다란 귀가 죽은 사람 이마에서 불쑥 자라난 것처럼 보인다.

나는 간신히 눈을 들고 몸을 빙글 돌렸다. 다리가 후들거리고, 심장은 얼어붙은 바다를 뚫고 지나가는 쇄빙선처럼 요란하게 날뛰었다. 나는 탐험공원 한가운데, 코모도 열차와 트롬본캐넌 사이에 서 있었다. 뒤로는 거대 토끼가 있고, 발치에는 죽은 남자가 있고, 나는 피를 흘리고 있다. 잠깐 동안 이 모든 걸 이해할 것 같다가도 다음 순간에는 내 통제력을 벗어나 충격과 공포가 치솟으려고 했다. 가장 현명한 선택은 가만히 서 있는 것, 이 자리에 가만히 서서 기다리는 것임을 본능적으로 알았다.

시간이 천천히 흘러갔다.

누군가 몸속에서 내 배를 계속 쿵쿵 치는 것처럼 1초 1초 흘러

가는 게 느껴졌다. 차츰 내 몸 바깥에 있는 것들도 느껴지기 시작했다. 탐험공원의 냄새, 카페테리아에서 흘러나오는 달콤한 향과 베니어, 금속, 플라스틱 같은 건축 자재들 냄새. 작고 선명한 색의 동그란 불빛들. 순수한 고요함. 침묵. 숨소리가 천천히 차분해지고, 땀에 젖은 옷이 차갑게 느껴지며 피부에 달라붙는다. 왼쪽 어깨는 욱신거리고, 피가 탐험공원 티셔츠에 번져간다. 서서히 팔다리에서 젖산이 분해되어 사라지면서 허벅지와 종아리에 감각과 기동성이 돌아오는 느낌이 들었다. 내가 충격을 받은 상태였음을, 아드레날린이 급습한 상태였음을 깨달았고, 내가 온전히 나 자신이 아닐 수 있다는 것도 깨달았다. 하지만 어느 정도는, 나는 나였다.

그래서 사건을 하나씩 꼽아보았다.

사흘 전에 두 남자가 찾아왔고, 그중 한 명이 내 손가락을 비틀었고, 다른 한 명은 돈을 요구했다. 나는 거부했고, 그들은 다시 오겠다고 했다. 별로 복잡한 방정식은 아니다. 바닥에 누워 있는 남자가 나를 방문했던 둘 중 어느 쪽도 아니라는 부인할 수 없는 사실에도 불구하고 말이다. 어쨌든 이 남자가 누군진 몰라도 같은 조직에서 왔다는 건 확실했다. 그리고 이 조직은 은행과는 다른 방식으로 일하는 것 같았다. 은행이 계속해서 그리고 조직적으로 고객 서비스를 엉망으로 만들고 있기는 해도, 한밤중에 채무자에게 칼을 든 남자를 보내는 수준까지 떨어지지는 않았다. 남자의 고함 소리가 아직도 홀에 선명하게 울리는 것 같았다.

마지막 경고야.

내 어깨에 꽂힌 칼이 마지막 경고라면, 다음은 뭘까? 역시, 간단한 계산이다. 그리고 내가 누구를, 좀 더 정확하게는 무엇을 상대하고 있는지를 알려주었다.

형은 범죄자들에게 빚을 졌다. 그들은 돈을 받아내든지 아니면……

나는 내 문제의 범위와 본질을 깨닫기 시작했다.

몇 초 전까지, 눈 몇 번 깜짝이기 전까지만 해도 나는 경찰이나 구급차를 부르려고 했다.

하지만 그렇게 하면 그다음에는 무슨 일이 일어날까? 많은 일들이 연속적으로 일어날 게 뻔했다. 공원은 무기한으로 폐쇄되고, 평판이 땅에 떨어지고, 재정은 영원히 파탄 나고, 나는 여전히 범죄자들에게 빚을 진 상태고, 그 빚을 갚는 데 도움이 될 공원은 날아가고, 하루하루 이자가 늘어날 것이다. 방 하나짜리 내 아파트를 팔면 잠깐은 살아남을 수 있겠지만, 그러고 나면 상황은 더 끔찍해질 거다. 집도 없고, 공원도 없고, 돈도 없겠지. 그들은 그런 사람에게 과연 무슨 짓을 할까?

아니, 절대로 안 된다. 분명히 다른 해결책이 있을 것이다. 조금 전에 생각한 게 뭐였지? 전적으로 내 책임이 아닌 상황에 계속해서, 불공평하게 놓이는 데 완전히 질려버렸고, 교활함과 음모, 거짓말, 그리고 이제는 범죄가 뒤섞인 잡탕 속에 끌려 들어가는 데 질렸다는 거였다.

하지만 첫 번째로 할 일은…….

나에게는 거리가, 생각할 시간이 필요했다. 계획을 세우고, 꼭 필요한 계산을 하고, 상황을 좀 더 명확하게 보기 위한 시간이 필요했다. 최선의 선택이 뭔지 알아내기 위해서. 나에게 필요한 건…….

그래, 맞아.

나는 다시 몸을 돌렸다. 지친 다리가 아직 뻣뻣해서 처음 몇 걸음은 위태로웠다. 문으로 걸어가서 바깥을 내다보는 동안 다리가 다시 말을 듣기 시작했다. 주차장은 달 표면처럼 춥고, 아무것도 움직이지 않고, 아무도 없었다. 나는 이제 막 첫 번째 시험에서 살아남았는지도 모르겠다. 다시 홀로 돌아와서 남자에게 걸어가 옆에 무릎을 구부리고 앉았다. 그리고 시선을 돌렸다. 그러고 싶지는 않았지만, 어쨌든 남자의 주머니를 뒤졌다. 굉장히 불쾌했다. 남자는 천천히 식어가는 중이라서 아직 미지근했다. 그는 이상할 정도로 몸통이 넓었다. 코트 양쪽의 지퍼 달린 주머니는 마치 공원 반대편에 떨어져 있는, 잡다한 물건이 든 작은 봉투 두 개처럼 멀리 있었다. 마침내 나는 찾던 것을 발견했다.

자동차 열쇠 뭉치.

희소식의 두 번째 조각이다. 주머니에 자동차 열쇠가 있다는 건

십중팔구 그가 혼자 왔다는 뜻이다. 이건 엄밀한 논리적 확률을 바탕으로 도출한 결론이 아니라, 통계분석을 진지하게 받아들이는 수학자인 내가 별로 선호하지 않는 소위 직감이라는 걸 바탕으로 얻어냈다는 건 인정해야겠다. 하지만 지금은 예외 상황이고 좀 더 확실한 결론에 도달하는 데 필요한 증거가 별로 없었다. 내가 나 자신에게 뭘 더 확실히 납득시키려 하는지는 잘 모르겠다. 지금부터 해야 하는 일인지, 이번 주에만 벌써 여러 번 진지한 확률 방정식을 아주 쉽게 무시했다는 사실인지 말이다.

나는 자동차 열쇠를 들고 일어나서 주머니에 넣었다. 안전을 위해 잠깐 더 소리에 귀를 기울였다. 주위에는 공허할 만큼 텅 빈 탐험공원과 한밤이라 멈춰 있는 코모도 열차밖에 없었다. 그걸 확인한 다음, 직원들이 작업장이라 부르는 곳으로 걷기 시작했다.

나는 연장을 찾아낸 다음 토끼에게 돌아가서 바닥에 내려놓고, 내가 하게 될 거라고는 상상도 못 했던 일을 준비했다. 이런 일을 상상할 수 있는 사람은 별로 없을 것이다. 그건 분석가 없이도 알 수 있는 사실이다.

정확하게 말하자면 이런 것이다.

남자의 머리에서 토끼 귀를 분리하는 건 생각보다 훨씬 어려웠다. 귀 안쪽의 금속 부분이 어긋나서 철제 그물이 풀리기 시작했고, 그 가닥가닥이 끊어져서 끈질기고 완강한 털처럼 귀 바깥쪽으로 튀어나와 있었다. 남자의 머리에서 금속 줄을 한 가닥 한 가닥 뽑아내자, 마침내 귀가 느슨해져서 내 손으로 들 수 있었다. 나는 그걸 바닥에 놓고 비닐 랩을 집었다. 랩을 남자의 한쪽 옆에 놓고 뒤로 물러나며 최대한 길게 잡아당겼다. 뒤로 5미터 정도 랩을 펼친 후에 남자에게 돌아가서 그를 그 위로 굴렸다. 그리고 비닐을 단단히 쥐고 남자를 한 번, 두 번, 세 번 감았다. 어깨가 너무 아파서 움직일 수 없을 때까지 감았다. 그는 이제 아주 잘 싸여 있다. 나는 스테이플러로 비닐을 고정했다. 포장은 단단하고, 처음 의도한 대로 들고 움직일 수 있게 되었다.

적재 구역 문 옆에 손수레가 기대 있었다. 나는 짐을 수레에 대각선으로 얹고 컬리케이크 카페 쪽으로 끌고 가기 시작했다. 한 손만 쓸 수 있다 보니 몸을 앞으로 기울이고 걸을 때마다 힘을 잔뜩 실어야 했다. 당연하게도, 완벽한 건 고사하고 만족스러운 계획도 아니었으나 어쨌든 성공만 하면 된다.

바로 어제 나는 요한나에게 카페에 여분의 물건은 좀 쌓아두지 말라고 설득했다. 하지만 지금은 그녀가 그걸 단호하게 거절해서 정말 다행이었다.

나는 수레와 거기 실린 짐을 카페 안으로 끌고 들어갔다. 요한나는 예비 조명 하나를 켜뒀다. 카운터 위에 달린 조명 때문에 메뉴판과 음식 사진이 흐릿하게 반짝거렸다. 용감미트볼과 바보스파게티, 시나몬깔깔빵과 활기찬아침식사. 가격은 과하게 합리적이었다.

나는 주방 회전문을 밀었다. 그리고 비틀비틀 주방을 지나 마침내 목적지에 도착했다.

거기엔 거대한 냉동고 두 대가 있었다. 나는 왼쪽 것을 골랐다. 뚜껑을 열고 작업에 들어갔다. 냉동고에 들어 있는 것들을 하나하나 꺼내 바닥과 근처 탁자 위에 내려놓으면서 원래 쌓여 있던 순서를 신중하게 기억했다. 가끔씩 요한나의 물품 매입 방식이 얼마나 낭비가 심하고 부정확한지, 얼마나 개선할 여지가 많은지에 주의가 쏠리기도 했지만, 그런 걸 생각하느라 시간을 낭비하지 않았다. 재료들이 녹는 건 원치 않았다. 그러면 여러 가지 문제가 생긴다. 음식이 상해서 버려야 할 것이고, 그러면 무슨 일이 있었는지 누군가 물을 수도 있다. 나는 생태학적, 범죄학적인 차원 모두를 고려하며 물품들을 깔끔하게 쌓아 올려 최대한 덜 녹게 만들려고 했다. 벽에 붙은 커다란 흑백 시계는 지금껏 내 인생의 어느 때보다도 시간이 더 빠르게 흘러가고 있음을 알려주었다.

냉동고가 완전히 비었다. 예상보다 시간이 많이 들었다. 왼쪽 어깨가 시시각각으로 점점 더 욱신거렸고, 냉동고에는 예상보다 훨씬 많은 것이 들어 있었기 때문이었다. 그런 다음 나는 수레를 들어 올렸다. 수레 손잡이를 최대한 높게 올리자 랩으로 칭칭 싼 칼잡이의 몸이 냉동고 입구와 콘크리트 바닥의 딱 중간까지 올라갔다. 충분했다. 나는 무릎을 구부려 단단하게 스쿼트 자세를 취한 뒤 남자 아래 손을 대고 밀기 시작했다.

실행은 매끄럽지 않다. 하지만 몇 번의 삐걱거림과 끙끙거림, 그리고 한 번의 크고 복잡한 들어 올리는 동작 끝에 남자의 몸이 냉동고 안으로 들어갔다. 완벽하게 들어맞았다. 나는 작업장에서 발견한 폴리스티렌 판자를 랩으로 싼 시체가 덮일 만큼 커다란 조각으로 잘랐다. 이 이중 바닥은 내 생각보다 훌륭했다. 폴리스티렌 판자가 딱 들어맞아 진짜 냉동고 바닥처럼 보였던 것이다. 특히 빵 반죽과 닭 날개를 그 위에 한 겹 쌓아놓으니 더더욱 그럴듯했다.

나는 주방을 정리한 다음 밖으로 나갔다. 그러다 회전문에서 문득 멈춰 섰다. 그리고 냉장고로 돌아가서 500밀리리터짜리 노란색 아파*를 열어 거품 나는 오렌지색 액체를 단숨에 들이켰다. 카운터에 놓인 마분지 상자에서 마르스 초코바 두 개를 꺼내 다 먹었다. 그런 다음 다시 시계를 보았다.

홀 바닥을 닦는 건 비교적 금방 끝나는 작업이었다. 나는 수레를 창고에 도로 갖다놓고 작업장으로 토끼 귀를 가져갔다. 귀는 전부 분해해서 거의 처음부터 다시 만들어야 했다. 마침내 사다리를 다시 홀로 들고 갈 무렵에는 페인트도 아직 다 안 마른 상태였다. 나는 사다리를 올라가서 본드와 나사 몇 개로 토끼의 머리에 귀를 다시 붙였다. 그리고 사다리에서 내려와서 몇 걸음 뒤로 물러나 토끼를 쳐다보았다. 어깨가 아프게 욱신거리지 않았으면, 내

---

* 핀란드에서 흔히 마시는 탄산음료.

생각이 여기저기 사방으로 날아다니며 머릿속에 온갖 무시무시한 이미지를 불러내지 않았으면, 내가 이렇게 완전히 지치지 않았으면, 아마도 날씬한 귀를 가진 이 거대한 동물을 보면서 앞니가 25센티미터나 되는 너는 꽤 괜찮다고 생각했을지도 모르겠다. 거대한 독일-핀란드계 토끼가 나를 보고 미소 지으며 그 상냥한 귀를 쫑긋 세우고 있으니까 모든 게 예전처럼 다 괜찮을 거라고 생각했을지도.

나는 자동차 열쇠를 꼭 쥐고 애초에 내가 왜 이 일을 시작했는지 떠올렸다. 어떤 식으로든 이 탐험공원을 구할 것이다.

바깥의 어둠은 짙고 차가웠다. 나는 코트 지퍼를 올리고, 야구모자를 더 눌러썼다. 그리고 가만히 귀를 기울이다가 움직였다. 열쇠에 있는 잠금 버튼을 몇 번 누르니 차는 쉽게 찾을 수 있었다. 현대 차에서 나온 불빛이 건물 동쪽 벽을 향해 번쩍거렸다. 남자는 다른 일도 그렇게 비능률적으로 하더니, 차도 직원 전용 칸에 대놓았다. 눈에 잘 띄게 표시가 되어 있고, 해당 차 번호도 벽에 쓰여 있었다. 내가 직원들 차 번호를 다 외우진 않지만, 그건 지금 중요할 것 같지 않았다. 새로운 상사에게 칼을 던지러 온 사람한테 자기 자리에 주차하라고 한 사람은 없었을 것 같으니까.

차는 지저분하고 맥도날드 냄새가 났다. 냄새의 근원은 조수석 바닥에 있는 패스트푸드 종이봉투였다. 프렌치프라이 몇 개가 봉투 입구로 튀어나와 있다. 나는 차에 시동을 걸고 창문을 살짝 연

다음 주차장을 나왔다. 천천히, 신중하게 차를 몰면서 주위를 차분하게 둘러보고 중간중간 백미러를 확인했다. 하지만 불필요한 일이었다. 아무도 나에게 관심을 보이기는커녕 따라오지도 않았다. 차는 전혀 없었다. 나는 속도계 위에 있는 시계를 보았다. 예정대로다.

뮈르매키에 도착해서 아파트 사이의 차도 옆에 차를 세웠다. 보안 카메라가 있을 가능성이 낮고, 걸어서 여러 방향으로 갈 수 있는 사거리이다. 차 문을 잠그지 않고 열쇠는 계기판 위에 놔두었다. 나는 0.5킬로미터를 걸어서 역으로 간 다음 공항 방면으로 가는 아침 첫 열차를 탔다. 창가에 앉아 지나가는 풍경, 밤거리, 불 켜진 창문을 바라보았다.

역에서 집으로 걸어왔고, 내가 정확하게 예상했던 대로 쇼펜하우어는 즐거운 기분이 아니었다. 밥을 못 먹어서 배가 고팠고, 이제는 갑자기 잠에서 깼으니까. 나는 미안하다고 한 다음 간식 캔을 따주었고 디저트로 크림을 좀 부어주었다. 쇼펜하우어는 먹기 시작했다. 언제나처럼 나는 녀석에게 오늘 낮에 일어난 일을 들려주었다. 아니, 이번엔 저녁과 밤 이야기도 했다. 녀석은 그릇에서 두 번 고개를 들었다. 그런 다음 나는 셔츠를 벗고 어깨를 살펴보았다. 피는 멎었고, 통증에는 이미 익숙해졌다. 일어나서 샤워를 해야 했지만, 조금 있다 하기로 했다. 나는 쇼펜하우어와 함께 부엌에 앉아서 생전 처음 보는 풍경인 것처럼 창밖을 바라보았다.

2

"죽었어."

나는 겨우 한 시간 반밖에 못 잤기 때문에 민투 K가 하는 얘기에 전혀 대비가 되어 있지 않았다. 그녀의 목소리는 거칠었고, 신선한 아침의 향과 나이트클럽과 프로세코 와인병 따는 소리가 떠오르는 짙은 밤의 향이 뒤섞인 냄새를 달고 사무실로 들어왔다. 9시 1분이었고 나는 막 탐험공원에 도착해서 책상에 앉은 참이었다.

"끝장났어."

그녀는 이렇게 말을 이었는데, 가무잡잡하게 탄 피부 아래로 아주 약간 얼굴이 붉은 것처럼 보였다.

"끝났다고요. 나한테 무슨 짓을 하려는 거죠?"

나는 그녀가 무슨 말을 하는지 전혀 이해할 수 없었다. 이 당황스러운 감정은 당연하게도 복합적이었다. 내가 두 가지를 헷갈리고 있기 때문이었다. 처음에는 누군가 홀이나 카페 냉동고에서 거기 절대 있어서는 안 되는 것을 찾아냈고, 이제 민투 K가 나에게 그걸 물어보려고 나타났다고 생각했다. 하지만 그때 그녀의 손에서 어제 내가 그녀의 책상 위에 두고 온 종이를 발견했다.

"우린 허리끈을 조여야 해요."

내가 설명했다.

"당신은 날 죽이려는 거예요."

"민투 씨만이 아니에요."

내가 말했다. 이 말이 좀 무례하게 들릴 수 있다는 걸 깨닫고 말을 이었다.

"민투 씨에게만 개인적으로 이러는 게 아니라는 뜻이에요. 그러니까, 민투 씨나 마케팅에만 그러는 게 아니고, 다른 사람이나 다른 특정 부서도 아니에요. 그냥 가능한 곳에서 돈을 좀 아껴보려고 그러는 겁니다."

민투 K는 앉은 채로 왼쪽 다리를 오른쪽 다리 위로 꼬았다. 그녀의 바지는 괴로우리만큼 딱 붙었다.

"들어봐요, 당신에겐 이 모든 게 새롭고 힘들 거라는 거 알아요. 당신 형과…… 그런 모든 일들이요. 아마 당신에게는 굉장히 놀라운 일이겠죠."

그녀가 말했다.

"그렇다고 할 수 있죠."

"하지만 내가 장담하는데, 난 이보다 더 힘든 상황에도 있어봤어요. 언젠가 그 얘기를 해줄게요. 아마 못 믿을 테지만—"

"아마 그렇겠죠."

민투 K는 중간에 우뚝 멈춘 것만 같았다. 그녀가 나를 한참 쳐다보았다.

"당신 오늘…… 좀 달라 보이네요."

"잠을 별로 못 잤습니다."

"자기야, 난 90년대 이후로 잠을 잔 적이 없어요."

그녀는 고개를 끄덕이고 말을 이었다.

"잘 들어요, 내가 하려는 말은, 뭘 팔기 위해서는 평판이 제일 중요하다는 거예요. 그리고 평판은 어떻게 얻느냐? 뭔가를 하고 사람들한테 그 얘기를 해야죠."

민투 K는 새빨간 입술만큼이나 손으로도 많은 말을 했다. 그녀의 은색 반지가 허공에서 반짝거렸다.

"자기는 배짱을 좀 가져야 돼, 불알 떨어지겠어요. 이 종이는 배짱이 없네요."

그녀가 그렇게 말하며 자신의 사타구니를 움켜쥐었다. 나는 재빨리 시선을 돌렸다.

"그건 예산 제안서입니다."

"바로 그거예요. 난 돈이 필요해요. 돈, 머니, 총알."

그녀가 이제 좀 더 활기차게 말했다. 하지만 마지막 문장은 그녀의 입에서 저절로 튀어나온 것 같았다. 그녀의 다른 말들, 특히 지나치게 상냥한 '자기'와는 느낌이 달랐다. 그녀의 목소리는 이제 거의 순수한 공포의 기색이 느껴질 만큼 강해졌다.

"당신에게요?"

내가 물었다.

민투 K는 시선을 처음에는 바닥으로, 그다음에 다시 나에게로 돌렸다.

"마케팅에는 돈이 필요해요. 그리고 난…… 마케팅 그 자체죠."

나는 사라진 돈을 떠올렸다. 누군가 한 번이라도 민투 K가 마케팅 예산을 사용하는 방식을 조사해봤을까? 조금 전에 내가 나이트클럽과 프로세코에 대해 무슨 생각을 했더라? 내 의문은 이것만이 아니었다. 밤과 아침 내내 나는, 최소한 지금까지는 나 자신에게만, 애초에 그 칼잡이가 어떻게 건물 안으로 들어왔을까 묻고 있었다. 내가 혼자서 야근을 한다는 걸 어떻게 알았을까? 그에 대한 질문을 제대로 세우기도 전에 내 시선이 문으로 향했다. 라우라 헬란토가 우리를 보기 전에 내가 먼저 그녀를 발견했다. 그녀는 열린 문 옆을 걸어가다가 우리를 알아채고 뭔가 부드러운 것에 부딪힌 것처럼 살짝 움찔하며 멈춰 섰다.

"음, 안녕하세요."

마침내 라우라가 말했다.

민투 K는 문을 힐끗 쳐다보고 라우라에게 인사도 하지 않은 채 도로 고개를 돌렸다. 나는 처음 직원 소개를 받을 때 민투 K의 사무실에 들어가자 분위기가 바뀌었던 걸 떠올렸다. 라우라와 민투 K는 그때도 서로 인사를 하지 않았다. 내가 제대로 기억한다면 내가 도착한 이후 그들이 서로에게 말을 거는 건 한 번도 본 적이 없었다.

"안녕하세요."

나는 인사를 하고 기다렸다.

"그냥 비품실 가던 길이었어요."

라우라는 그렇게 말하고 복도 끝을 향해 한 손을 들어 보였다.

"벌써 나와 있는 줄은 몰랐네요, 헨리."

역시 라우라는 나에게만 말을 했다. 이 방에서 딱 한 명만 보이는 모양이었다. 그리 이상한 일도 아니었다. 언제나 모든 사람과 잘 어울릴 수는 없다. 나도 겪어보았다. 페르틸래라면 분명 라우라와 민투 K를 올바른 방향으로 인도할 멘토와 함께 대립-치료 과정에 보낼 것이다. 아마 요가 교실 같은 곳에서, 어쩌면 촛불을 켤지도 모른다. 하지만 지금 그건 내 우선순위에 있지 않다.

"내가 왜 여기 있지 않을 거라고 생각했죠?"

내가 라우라에게 물었다. 그녀는 딱 2초 정도 생각했다.

"어젯밤에 문을 닫고 난 후에도 남아 있었잖아요. 그러니까 오늘 오전에는 쉴 거라고 생각했어요. 월요일은 일주일 중에서 가장 조용한 날이거든요. 점심시간 전에는 더."

"토끼는 봤어요?"

내가 물었다.

그 토끼는 가끔 예측할 수가 없어요. 겨우 몇 시간 전에 라우라 헬란토가 한 말이었다. 그녀가 뒤를 돌아보았다. 토끼는 그녀 뒤에 없는데도.

"아직이요. 아직 홀 쪽으로 안 들어갔거든요. 우선 그냥 좀……한 가지…… 사소한 걸 처리하려고……."

그녀의 전화가 울렸다. 라우라는 문 바깥으로 나갔다. 그녀가 전화를 받는 소리가 들렸다. 민투 K가 의자에서 몸을 움직여 오른쪽 다리를 왼쪽 다리 위로 꼬았다.

"자기, 마케팅 예산은 줄이지 말자고요, 알겠죠?"

그녀의 목소리가 다시 달콤하게 변했다.

나는 여전히 토끼를 생각했고, 민투 K 쪽으로 의식을 돌리려고 할 때 라우라가 문가에 다시 나타났다.

"문제가 좀 생긴 것 같아요."

그녀가 말했다.

그녀의 말을 빌리자면 문제는 앞마당에서 일어났다. 누군가가 우리의 깃대를 쓰러뜨렸다. 차로 들이받거나 밀어서 넘어뜨린 것이리라. 화창하고 아름다운 아침이었고, 바람은 차갑고 가을 같았다. 밝은 파란색 하늘은 맑고 구름 한 점 없었다. 우리는 깃대 아래쪽에서 만났다. 노랑-초록-빨강으로 된 너랑나랑공원 깃발은 20미터쯤 떨어진 건조한 회색 콘크리트 위에 누워 있었다. 좀 더 정확하게 말하자면, 우리는 부러지고 남은 깃대 옆에서 만났다. 라우라에게 전화를 건 크리스티안을 보니 거의 울기 직전 같은 표정이었다. 무척 화가 나서 그런 표정이라는 걸 곧 깨달았다.

"망할 아마추어 놈들. 빌어먹을 초보 운전자들."

그가 성을 내며 말했다.

"누구요?"

내가 물었다.

크리스티안은 돌아서서 나를 쳐다보았다. 그의 눈은 번뜩거렸고 불안해 보였다.

"깃대에 갖다 박은 인간이요."

나는 주위를, 360도를 완전히 돌아보았다. 사방으로 최소 30미터씩 공간이 있었다. 실수로 깃대에 부딪히는 사람은 없다. 상당한 거리를 두고 깃대를 겨냥해야 하니까. 사실, 주차장으로 들어오는 갈림길에서부터 깃대를 향해 와야 한다. 갈림길은 150미터 떨어져 있었다. 누가 깃대를 쓰러뜨렸든 실제로 그럴 의도였던 거다.

"운전 강사가 문제는 아닌 것 같군요. 크리스티안, 이것 좀 처리해줘요."

내가 마침내 말했다.

"하지만 그러면 고객 서비스 데스크는 누가 맡죠?"

그가 물었다.

"벤라 씨 없습니까?"

크리스티안은 앞쪽 바닥을 내려다보았다.

"아파요."

"또요?"

"네."

바닥에 쓰러진 깃대는 시간이 지날수록 점점 더 슬퍼 보였다. 뭔가 은유적인 면이 있었다. 별로 떠올리고 싶지 않은 그런 것에 관해서 말이다. 크리스티안과 나는 앞마당에 단둘이 서 있었다. 바람이 셔츠를 뚫고 들어오고 넥타이가 어깨 너머로 날렸다. 안에서는 라우라 헬란토가 아이들을 위해 예술과 에어로빅을 합쳐놓은 것 같은 강좌를 진행하는 중이었다.

"깃발과 깃대를 처리해요. 오늘 중에 하세요. 내가 고객 서비스 데스크로 갈 테니까요."

내가 몸을 돌려 정문 쪽으로 한 걸음 막 내디디려 할 때 크리스티안이 내 뒤에서 다시 욕을 하는 소리가 들렸다.

"내 공원에 와서 망할 레이싱을 할 수 있을 줄 알고? 여긴 내 공원이야. 내 거라고."

나는 걸음을 멈추지 않고 뒤를 돌아보지도 않고 입구 쪽으로 걸어갔다. 머릿속에서는 피부에 닿은 뜨거운 철제 부지깽이처럼 질문이 활활 타올랐다. 어깨는 누군가 한꺼번에 바늘을 100개쯤 꽂은 것처럼 아팠다. 이 끔찍한 탐험공원 전체가 내 등으로 무너져 내려서, 그 무게가 나를 짓눌러 숨을 틀어막고 에너지를 빼앗아 가는 느낌이었다. 문으로 몰려 들어오는 사람들이 보였다. 대부분 엄마와 어린아이들이고, 아빠도 몇 있었다. 나는 한 번도 서비스 데스크에서 일해본 적이 없었지만, 공원을 알고 어떻게 운영되는지도 완벽하게 알았다.

게다가 고객 서비스라는 게 뭐 그렇게 어렵겠는가?

🐰

고객 서비스는 알고 보니 굉장히 어려웠다. 그리고 그건 고객 때문이다.

그렇게 많은 사람들이 제공하지 않는 것을 당연하게 요청하고, 이미 산 물건의 교환을 요구하고, 여러 가지 선택권에 대해서 끝없이 질문을 쏟아내다가 결국 제일 처음에 제시했던 선택지를 고르고, 뒤로 줄이 점점 더 길어지는데도 합리적인 결정을 내리는데 필요한 지식이나 핵심 능력이 없는 키 1미터짜리 옆 사람과 기나긴 협상을 시작할 거라는 사실을 나는 단 한 번도 생각해본 적이 없었다. 바깥 날씨가 이렇게 아름다운데 실내에서 시간을 보내기엔 아쉽다는 말을 듣고, 나는 우리 시설을 방문하는 건 절대 의무가 아니고, 실제로 북풍이 강해져서 날씨는 차가워지고 있으며, 한 시간 안에 바람은 초속 8미터가 될 거고 구름이 드리운 저기압 지역은 국지적으로 강한 소나기가 내릴 예정이며, 그러므로 아름다움이라는 개념은 최소한 어느 정도는 해석의 문제라고 대답했다.

처음 날씨 얘기를 꺼냈던 애 아빠는 입을 다물었다.

나는 아침부터 늘어선 줄을 해결하려고 노력했다. 잠깐 현관홀이 비었다. 나는 카운터를 돌아 나와서 바깥을 내다보았다.

크리스티안이 쓰러진 깃대 근처를 서성거리면서 핸드폰에 대고 이야기 중이었다. 누군가에게 낡은 깃대를 치우라고 하거나 새로운 깃대를 주문하는 중이기만을 바랐다. 이 확실한 파괴 행위가 나에게 뭘 알려주는 건지 잘 모르겠다. 이게 어떤 영향을 미쳐야 하는 건지도 전혀 모르겠다. 내가 아는 건 그저 또 다른 사소한 불편이라는 사실이다. 마치 큰 불편거리로는 부족한 것처럼.

돈이 없다. 입장료를 올리는 것부터 직원을 줄이는 것까지 모든 선택지를 고민해보았다. 하지만 이 선택지들은 이미 다 최대한으로 써먹었다. 결정적으로 우리 입장료는 가장 가까이 있는 경쟁자, 이 나라에서 가장 큰 탐험공원 프랜차이즈보다 1유로 쌌다. 그리고 이미 직원 경비를 최저로 운영하고 있다.(이 사실을 밖으로 공표할 생각은 없다. 상주하는 발레 댄서나 인형-테라피 코스가 없는 게 아이들에게 안 좋은 영향을 미친다고 부모들이 생각하는 건 바라지 않기 때문이다.)

그리고 지난번 도마뱀 사나이의 방문 이래로, 그와 그 헤드폰을 쓴 손가락 부러뜨리는 친구를 위협할 대책이 있을 거라는 순진한 생각은 하지 않았다. 그들은 조만간 또 올 것이다. 그들의 동료는 내 냉동고 안에 있다.

어젯밤에 내가 한 일은 정신없는 상황을 고려할 때 최선이었다. 나도 잘 안다. 그동안 읽어온 정보를 바탕으로 하면, 의심스러운 죽음에서는 100퍼센트 확률로 시체가 증거이다. 매개체라는 면에서 그렇다. 누가 죽었는가? 언제, 어디서, 어떻게 죽었는가? 시체는 이 모든 것을 알려준다. 하지만 시체가 없으면 상황을 파헤치기 어려워진다. 내가 한 일이 특별히 자랑스럽거나 기쁘진 않지만, 나는 내 목숨을 구하고 탐험공원과 형의 유산, 부모님의 추억을 보호하기 위해서 그렇게 했다. 달리 선택지가 없었다. 나는 해야만 하는 일을 했다. 하지만 그렇게 다 했어도, 솔직히 말하자면, 내가 한 일은 기껏해야 불가피한 결과를 조금 연기했을 뿐이다. 남자들이 다시 왔을 때 나는 몇 가지 답을 갖고 있어야 할 것이다.

나는 돈이 필요했다.

너랑나랑공원도 돈이 필요했다.

많이, 빨리, 어디선가, 어떻게든.

여전히 주차장에서는 크리스티안이 쓰러진 깃발 옆에 무릎을 꿇고 앉아 있었다. 그는 깃발을 천천히, 경의를 표하는 손길로, 마치 의식을 집행하듯이 접기 시작했다. 그 순간이 그에게는 무척 중요한 것 같았다. 하지만 바람은 동의하지 않았다. 깃발 모서리가 그의 손이 닿고 있지 않을 때마다 허공으로 펄럭거렸다. 그는 펄럭이는 모서리를 한 번에 눌러보려고 애를 썼으나 허사였다. 모서리는 네 개인데 그의 손은 겨우 두 개뿐이니까. 금세 그는 이쪽 저쪽으로 허둥거렸다. 잠시 후에는 보이지 않는 적을 상대로 탐험 공원 깃발이라는 경기장에서 격렬한 싸움을 벌이는 것 같았다. 절대로 운영 책임자가 될 수 없다는 사실을 그에게 어떻게 알려야 할지 모르겠다.

오래된 청록색 오펠 벡트라 자동차가 문가에 섰다. 운전석 문이 열리고 30대 남자가 내렸다. 검은색 후드티, 밝은색 청바지, 줄무늬가 세 개 그려진 하얀색 운동화. 그가 차를 빙 돌아가는 동안 마치 어린애가 미는 것처럼 조수석 문이 조금씩 조금씩 열리기 시작했다. 애 아빠는 아이가 내리는 걸 도와주었다. 여자아이는 여섯 살 정도로 보였다. 보라색 유니콘이 그려진 밝은 노란색 티셔츠를 입었다. 여기가 어딘지 깨닫자 아이는 눈에 띄게 흥분했다. 나는 문에서 돌아서서 서비스 데스크로 돌아와 기다렸다. 아빠와 딸이 들어왔다. 여자아이는 여느 아이들처럼 수다를 떨었다. 아이의 말은 주변에서 일어나는 일들과는 아무 관계도 없었다. 잠깐 기다려

봐, 얘야. 결국 애 아빠가 말했다.

그의 머리는 특정한 형태의 가르마나 눈에 띄는 스타일이 전혀 없는 짧은 연갈색 머리였다. 갸름한 얼굴은 진지하고, 눈은 파랬다. 그는 성인 한 명과 아이 한 명의 표를 사고 싶다고 했다. 나는 금전등록기에 금액을 입력하고 그에게 카드리더기를 내밀었다. 남자는 비밀번호를 입력했으나 기계는 잠시 생각하더니 결제가 거부되었다고 알려주었다. 우리는 다시, 또다시 시도했다. 결제는 되지 않았다. 나는 남자에게 사과하고 현금도 받는다고 설명했다. 현금이 없다면 가까운 ATM이 전나무가 있는 좁은 길을 따라 상업 구역 반대편에—

"아빠, 가서 놀면 안 돼요?"

여자아이는 이미 탐험공원 입장용 가로대에서 우리 쪽으로 소리를 질렀다. 애 아빠가 딸을 보고는 나에게 몸을 돌렸다.

"아이만 들어가고 나는 차에서 기다리면 안 됩니까?"

아이들은 항상 어른과 함께 있어야 하고, 이건 절대로 어길 수 없는 규칙이라고 나는 설명했다. 여자아이가 빨리 가서 놀고 싶다고 다시 아빠에게 소리쳤다. 아빠는 바깥을 내다보았고, 내 눈이 그의 시선을 따라갔다. 우리 둘 다 그의 차를 쳐다보고 있는지도 모르겠다. 녹이 슬고 휠 캡*도 빠진 오래된 오펠.

---

* 　자동차 바퀴 중심부에 끼우는 덮개.

"혹시 차를 사고 싶습니까?"

"제 재정 상황상 지금 차를 사는 건 합리적이지 않습니다. 여러 번 계산해봤어요."

내가 대답했다.

다시금 여자아이가 우리 쪽으로 소리쳤다. 홀에서는 다른 아이들의 흥분한 고함 소리가 울렸다. 남자의 얼굴에서 마지막 희망의 빛이 사라지는 것 같았다. 이미 심각했던 문제가 이제는 어마어마하게 더 심각해졌다. 그는 너무나 실망한 얼굴이어서, 곧 운전도 할 수 없을 것이다. 그에게 차가 필요치 않은 또 다른 이유였다.

전체적으로 어떤 상황인지는 아주 분명했다. 탐험공원에서 하루를 보내기로 딸과 약속했는데, 그럴 돈이 없는 거다.

그리고 이제 그 약속을 취소해야 하는 상황에 직면했다.

어디서 그런 생각이 나왔는지 모르겠지만, 순간적으로 아이디어가 떠올랐고 곧바로 생각들이 이어진 다음 서로서로 연결되고 자라나서…… 이자처럼 누적되었다. 문자 그대로. 해결책을 찾았다. 그건 바로 내 코앞에 있었고, 어젯밤에는 나를 죽이려고 했다. 두 개의 결합. 미친 소리 같지만, 그렇지 않다. 논리적이고, 합리적이고, A에서 B로 가는 최단 경로였다.

"제가 한 가지 물어도 될까요?"

남자가 고개를 돌려 나를 쳐다보았다. 아무 말도 하지 않았다. 여자아이는 아빠를 향해 벌써 수십 번째 소리치고 있었다. 이번에는 그 목소리가 멀게 느껴졌다. 곧 공원이 그 아이를 완전히 집어삼킬 것이다.

"탐험공원 대출에 대해 어떻게 생각하십니까?"

"그게 뭔가요?"

"탐험공원에 들어서자마자 받을 수 있는 대출이죠."

"정말로요?"

"아직은 아니지만요."

나는 머릿속에서 빠르게 지나가는 수많은 아이디어를 통제하려고 노력하면서 말했다.

"탐험공원에서 그런 대출을 제시한다고 가정해보죠. 대출 이자는 제일 싼 대출보다도 더 낮다고 가정하고요. 그런 대출이 있으면 받으시겠습니까?"

여자아이의 목소리가 사라졌다. 아이는 이미 공원으로 뛰어들었다. 남자와 나는 동시에 그걸 깨닫고 홀 쪽을 쳐다보았다.

"나한테 어떤 선택권이 있겠어요?"

그가 말했다.

나는 남자에게 몇 가지 더 물었고, 그는 대답했다. 그리고 나는 그와 그의 딸에게 무료 티켓을 주었다. 남자는 티켓을 손에 들고 내 앞에 서 있었다.

"고맙습니다."

나는 그렇게 말하고 다른 뭉치에서 티켓 두 장을 뜯었다.

"이건 컬리케이크 카페용입니다. 크림과 딸기잼을 곁들인 앵무새팬케이크가 오늘 특가죠."

나는 남자에게 티켓을 건넸다. 그는 상황을 속으로 생각해보는 표정이었다.

"언제 그 대출을 받을 수 있죠?"

그가 물었다.

"아마도 조만간일 겁니다. 곧 투자자를 만날 예정이거든요."

내가 대답했다.

3

주차장은 텅 빈 들판이고, 그 들판 위로 보름달이 환하게 빛난다. 탐험공원 문이 뒤에서 스르르 움직여서 덜컥 닫혔고, 나는 버스 정류장으로 걸어간다. 막차가 나를 역까지 데려다주면, 거기서 집으로 갈 것이다. 달은 부드러운 핀란드 치즈와 굉장히 비슷하다. 노란색 달은 하늘에 무겁게 걸려 있고, 손을 뻗으면 거의 닿을 것 같다. 나는 굶주린 쇼펜하우어가 창틀에 앉아 허공을 바라보고 있는 걸 상상한다. 내 발소리와 앞쪽 고속도로를 따라 달려가는 자동차 소리가 낮게 들린다. 더 정확하게 말하자면, 내 귀는 여전히 커다란 계산기 두드리는 소리로 울리고 있다. 오후와 저녁 내내 계속 계산을 했기 때문이다. 보험회사를 나온 후로 내 일에 이렇게 만족감을 느낀 건 오늘이 처음이었다. 이게 행복이라는 생각이 들었다.

마음이 좀 가볍게 느껴질 정도였다. 냉동고에 사람을 숨겨놨다는 사실을 제외하고라도, 나는 여러 회사들과 주(州), 깃대를 쓰러뜨린(이제 깃발과 깃대는 치워서 짧은 막대가 가운데에 튀어나와 있는 콘크리트 주춧돌만 남아 있다) 범죄자 무리에 빚도 지고 있고, 어깨 통증은 전보다 날카롭게 느껴졌다. 발이 바닥에 거의 닿지 않는 것처럼 내 발걸음은 빨랐다. 숫자들이 내 머릿속을 빠르게 스쳤다. 이것이 진짜 진지한 수학의 응용이 우리에게 줄 수 있는 것이다. 행복, 위안, 희망. 합리성과 논리. 그리고 무엇보다도, 해결책을 제시한다.

수학이 이긴다. 수학이 돕는다. 수학은—

뒤에서 차가 나타났다. 차가 다가오는 소리는 못 들었다. 아마도 건물 뒤쪽에서 속도를 높여서 엔진 소리가 고속도로에서 들리는 자동차 소리와 합쳐졌기 때문일 것이다. 이 차가 다가오는 소리가 배경 소음에서 구분되기 시작한 것은 모퉁이를 돌아 주차장 한가운데를 향해, 내가 걷는 곳을 향해 올 때부터였다. 그 차는 똑바로 나를 향해 왔다. 누구 차인지 알아볼 수는 없었지만 가만히 서서 엠블럼이나 범퍼가 더 잘 보이기를 기다리지는 않을 생각이었다. 차체가 높고 크고 묵직한 SUV였다.

나는 몸을 돌려 달리기 시작했다. 내가 생각할 수 있는 건 주차장과 도로 사이의 배수로뿐이었다. 타이어 네 개가 땅에 닿은 상태로 배수로를 가로지를 수는 없다. 거길 건너뛸 수 있는 사람도 거의 없다. 배수로의 가파른 면을 내려갔다가 반대편 가파른 면으로 올라와야 한다. 갑자기 주차장 가장자리가 몇 킬로미터쯤 떨어진 느낌이었다. 나는 뛰고 또 뛰었고, 더 이상은 허공을 걷는 듯한 느낌이 들지 않았다. 반대로, 발이 아스팔트에 딱 달라붙은 것 같았다. 자동차 타이어 소리가 들렸다. 엔진 소리가 들렸다. 나는 갑자기 방향을 바꾸며 운전자가 혼란스러워하기만을 바랐다.

내 교란 작전이 먹혔다. 하지만 겨우 0.5초 정도였다. 타이어가 아스팔트에서 끽 소리를 냈다. 차가 휙 돌았다. 운전자가 브레이크를 꽉 밟았다가 다시 액셀을 밟으면서 타이어가 돌아가고 엔진이 부르릉거리는 소리가 들렸다. 마치 엄청나게 날랜 탱크에게 쫓기는 것 같았다. 나는 다시 방향을 바꾸어 시간을 벌려고 했으나 그 과정에서 내가 가야 할 길은 더 멀어졌고 운전자는 두 번 속지 않았다. 배수로까지 도달할 수 있을까 걱정되기 시작했다. 배수로는 너무 멀리 있었고, SUV는 너무 가까이 있었다. 그래도 나는 계속 달렸다. 엔진 소리가 모든 소리를 다 덮었다. 소음이 점점 더 커지고, 엔진 회전속도가 올라가고, 기어가 올라갔다. 금세 범퍼가 내 등 바로 뒤로 다가왔다. 나는 곧 차에 깔릴 것이다. 바로 다음 순간에…….

차가 나를 스쳐 갔다. 조수석 거울이 내 왼쪽 어깨, 칼에 찔린 상처가 있는 쪽을 치고 갔을 뿐이다. 나는 충격에 비틀거렸고, SUV가 빠르게 휙 돌았다. 그게 내가 본 전부였다.

나는 바닥에 쓰러져서 몇 바퀴 굴렀다. 아스팔트가 내 무릎과 손바닥, 팔꿈치를 할퀴었다. 타이어가 다시 끼익 소리를 내더니 SUV의 문이 열렸다. 발소리가 들리자 다시 뛰어야 할 것 같았다. 이번에는 나를 도와줄 토끼 귀도 없으니까. 하지만 내가 일어서려 할 때 AK가 내 손을 등 뒤로 붙잡고 나를 벌떡 일으켜 세웠다.

고통에 머리가 핑 돌았다. 그의 손아귀에서 빠져나오려고 몸을 흔들었지만 지난번만큼이나 어려웠다. 동등한 레슬링 파트너가 되려면 내가 20년쯤 젊어지고 70킬로그램쯤 더 무거워져야 할 것이다. 오늘 밤에는 불가능한 일이었다.

우리는 SUV 쪽으로 몇 걸음 걸어갔다. 뒷문이 활짝 열렸다. 왠지 모르지만 내 인생이 얼마나 변했나 하는 생각이 문득 들었다. 겨우 몇 주 전에는 페르틸래의 긍정적 영향 세미나에 참석하고 있었는데 말이다. 다음 순간 운전석에 앉아 있는, 그 눈만큼이나 차가운 표정의 도마뱀 사나이가 눈에 들어왔다.

🐰

SUV는 도시 바깥으로 향했다. AK는 헤드폰을 쓴 채 내 옆에 앉아 있었다. 헤드폰에서는 저음의 쿵쿵 소리가 계속 흘러나오는 것 같았다. AK는 내 손목을 잡고 있었다. 수갑이나 테이프, 케이블 타이 같은 게 아니다. 그저 도마만큼 넓은 그의 손바닥과 수학자다운 내 손목을 강철 케이블처럼 쥐고 있는 손가락뿐이었다. 우리는 여전히 서로에게 상대가 안 되지만, 최소한 이번에는 손목을 비틀지는 않았다. 차로 날 치려 하며 겁을 준 사람이 아는 사람이라는 사실에 안도했지만, 한편으로는 낭비할 시간이 없다는 것도 깨달았다. 우리는 극장에 가거나 핫도그를 사 먹으러 가는 게 아니었다.

"좀 더 일찍 올 줄 알았어요. 계산을 좀 해봤습니다. 제안할 게 있어요."

내가 말했다.

"나도 제안이 있지."

도마뱀 사나이가 즉시 대답했지만 말을 잇지는 않아서 그의 제안이 뭔지는 알 수 없었다.

"그게, 전 그쪽에게 어떻게 연락을 해야 하는지 몰랐습니다."

나는 그렇게 말하고 다리를 쭉 펴려고 했다. 넘어진 탓에 무릎이 아직도 욱신거렸다.

"전 그쪽 이름도 모릅니다. 이쪽 이름은 알죠. 대충은. AK는 이름과 성을 의미하는 두 글자겠죠. 핀란드에서 A로 시작되는 흔한 남자 이름은 50개쯤 있습니다. 하지만 K로 시작되는 성은 500개 정도예요. 각 연령별로 이 이름의 분포도를 살펴보고, 이쪽 나이를 제가 대충이나마 맞게 추측했다고 가정하면, 이쪽 이름은 아브라함 케래사리보다는 안테로 코르호넨일 가능성이 높을 겁니

다. 전 확률 법칙을 신뢰하고, 이게 아주 좋은 시작점이라고 생각

을—"

"AK는 둘 다 이름 머리글자야."

도마뱀 사나이가 말했다.

"둘 다 별명이고, 둘 다 내가 만들었지. 나 말고는 아무도 뭔지

몰라. AK도 모르지."

"그러면 정확한 확률을 찾는 게 상당히 어려워지는군요."

나는 그렇게 말하고 옆을 쳐다보았다. AK는 우리의 이야기나

자기 이름의 출처 따위는 신경 쓰지 않는 기색이었다.

"말했듯이 제가 계산을 좀 해봤습니다. 그리고—"

"왜 이 계산 얘기는 지난번에 안 했지?"

"오늘 계산한 거라서요. 오늘 아이디어가 떠올랐거든요. 정확히

말하자면, 오늘 아침에요."

"그렇군."

도마뱀 사나이가 차가운 목소리로 말을 이었다.

"SUV가 당신을 거의 칠 뻔하고, AK가 헤드록을 걸어서 차 뒷자

리에 밀어 넣고 나니까 갑자기 아이디어가 떠올랐단 말이지. 그런

일을 당하면 다들 아이디어가 떠오른데. 늘 이쯤이면 수많은 아이

디어를 듣곤 하지. 당신을 방문할 예정이었던 어깨 넓은 친구는

혹시 못 봤나?"

차가 교차로에서 작고 구불구불한 길로 방향을 돌렸다. 가로등

이 빠르게 우리 뒤로 사라졌다. 우리는 가을밤 속을 달려갔다.

"절 방문해요?"

내가 물었다.

도마뱀 사나이의 눈은 잠깐 길 위를 떠나 백미러를 향했다.

"당신에게 대출을 상기시켜주려고. 웃기는 일이지. 난 그 친구 한테 잠깐 들러서 지난번 만남에서 우리가 했던 것과 똑같은 말을 해주라고, 다만 다른 방식으로 하라고 시켰어. 당신이 이번엔 정 말로 이해하도록 말이야. 그 친구는 출발했고, 가는 길에 거기가 놀이공원인지 탐험공원인지 잘 모르겠다고 연락을 했더군."

나는 그에게 탐험공원이라고, 이러저러한 이유로 차이는 분명 하다고 말할 뻔했지만, 그리 길게 잇고 싶지 않은 대화라는 걸 깨 달았다. 나는 입술을 깨물었다.

"하지만 그 후로 우린 그 친구의 끽소리 한 번을 못 들었어. 공 원 주위에도 그 친구 차가 안 보이고. 세상에서 완전히 사라져버 린 것 같아. 그래서 말인데, 당신도 그 친구 못 봤나?"

운전석 백미러에 그 파충류 눈이 비쳤다. 앞쪽 도로는 옅은 달 빛으로 빛났다.

"어깨가 특히 넓은 고객에 대한 기억은 딱히 없습니다."

나는 솔직하게 대답했다. 공원 손님들 대부분은 특히나 말랐으 니까.

도마뱀 사나이는 잠시 아무 말도 하지 않았다. 이제 창밖으로 집은 점점 더 드물어지고 간격도 멀어졌다.

"난 그 친구에게 전화를 해봤어. 하지만 연결이 안 되더군. 그래서 약간 걱정이 됐지. 내 말뜻 알지? 그 친구에게 무슨 일이 일어난 건 아닌지 걱정이 되더란 말이야."

전화. 그렇겠지. 그건 아마 냉동고 바닥에, 남자의 주머니에 있을 것이다. 난 자동차 열쇠만 꺼냈으니까.

"그래서 댁한테도 물어봐야겠다고 생각했지. 그 친구하고 이야기해봤는지, 그 대화가 어떻게 흘러갔는지 말이야."

"전 어깨가 넓은 사람하고는 대화한 적이 없습니다."

나는 그렇게 말했고, 이것 역시 사실이었다. 우리는 대화 같은 건 하지 않았으니까.

도마뱀 사나이는 침묵을 지켰다. 그는 충분히 시간을 들여 방향지시등을 켠 다음에 회전을 하고 제한속도에 정확히 맞춰서 운전했다. 회전할 때도 모범 운전 그 자체였다. 운전 강사들에게는 환상적인 학생일 것이다. 차 아래쪽에서 자갈이 튀었다. 밤은 어두우면서도 희미하게 밝았다. 달은 흐릿한 프로젝터 불빛 같았다. 서서히 차가 속도를 늦추었다. 자갈이 흙으로 바뀌었다. 길에 파인 곳이 많아 차가 양옆으로 흔들거렸다.

"1만 유로를 드리겠습니다."

내가 말했다.

"빚은 22만 유로야."

"하지만 그 돈은 선생 게 아니죠."

그는 대꾸하지 않았다.

"제가 선생에게 개인적으로 1만 유로를 드리겠습니다. 만남을 주선해준다면요."

"만남?"

"지난번에 만났을 때 선생은 누군가를 대리한다고 했죠."

"아니, 안 그랬어. 난 그런 말은 한마디도 안 했어."

"선생은 일인칭 복수형으로 말했어요. 그게 내 가설의 증거입니다."

"대체 무슨 소리야?"

그의 차가운 눈이 거울 속에서 번뜩였다. 차는 이제 아주 느리게 움직였다. 우리는 나무가 줄지어 선 곳을 빠져나와 연못인지 호숫가인지에 닿았다. 차를 얼마나 탔을까? 30분에서 35분 정도인 것 같았다. 차 양옆으로는 집이나 오두막 하나 보이지 않았다. 그저 풀이 우거진 호숫가일 뿐이었다. 엔진이 꺼졌다. 스타트업 회사들이 얼마나 힘든지, 새로운 아이디어를 지원하는 투자자를 모으는 게 얼마나 어려운지, 얼마나 빠르게 깊은 인상을 줘야 하는지에 대해 읽은 적이 있다. 하지만 웬만한 사람들은 제대로 설득하지 못하면 그대로 빠져 죽게 될 호수 옆에서 그것도 한밤중에 사업 아이디어를 발표할 일이 없을 거라고 생각했다. 이제야 나는 지금 벌어지고 있는 일이 정확히 그런 것이라는 사실을 깨달았다. 시간이 없다.

"1만 유로라는 말입니다. 현금으로든 계좌 이체로든요. 선생의 개인 계좌로요. 선생이 모시는 사람, 우리 형이 빌린 돈 같은 걸 얼마든지 쓸 수 있는 그런 사람과 만남을 주선하는 대가로요. 다시 말하지만, 이 만남을 주선해주면 선생에게 1만 유로를 드리겠습니다."

AK가 내 손목을 잡은 손에 힘을 실었다. 그의 펜치 같은 손아귀 힘을 느끼는 동시에 손가락에서 모든 감각이 사라졌다. 그의 헤드폰에서는 여전히 저음이 쿵쿵 울렸다. 세상에서 제일 긴 노래인가 보다.

"처음에는 돈이 하나도 없다고 했잖아."

도마뱀 사나이가 말했다. 전혀 넘어가지 않은 말투였다.

"그런데 이제 내가 전화 한 통을 하면 1만 유로를 내놓겠다고?"

"아주 간단한 계산이에요. 나에게 1만 유로는 있지만, 그러니까, 30만 유로 같은 건 없어요. 더 큰 돈을 얻기 위해서는 우선 소액을 지불해야 되는 거예요. 그리고 이 이론상의 30만 유로를 내가 얻게 되면, 선생도 그 이상을 받을 수 있겠죠."

"그 이상이 얼만데?"

"그 만남에서 결정하는 내용에 달렸습니다."

"무슨 뜻이지?"

"1만 유로를 받으려면 어느 정도 인내심이 필요하죠. 만남의 자리에서 알려드리죠."

"당신이 약속을 지킬 거라고 내가 어떻게 믿지?"

"전 보험계리사입니다. 근거 없는 약속은 안 합니다."

잠깐 동안, 아무것도 움직이지 않았다. 그러다가 도마뱀 사나이가 한 손을 들어 앞을 가리켰다. 잔잔한 물이 달빛 아래 얼음처럼 빛났다.

"저거 보여?"

나는 그렇다고 대답했다.

"저 바닥에는 댁같이 비쩍 마른 사람을 위한 자리가 아주 많아."

"압니다."

나는 그렇게 대답하고 부패당 사람의 비율이나 그 문제의 범죄학적 측면에 관해서 소리 내어 말하는 건 지양하기로 했다.

다시금 도마뱀 사나이는 거울을 힐끗 본 다음 문을 열고 밖으로 나갔다. 그는 짧은 거리를 걸어가면서 핸드폰을 귀에 갖다 댔다. 그러고는 나무 뒤로 사라졌다.

나는 비교적 신형이고 고급인 중국-스웨덴제* 자동차 안에 앉아 있었다.

산만 한 AK에게 손목을 잡힌 채.

통계적으로 말할 때, 그리고 다른 상황이었다면 어딘가로 여행

---

* 중국에서 인수한 스웨덴 자동차 회사 볼보를 뜻한다.

을 가는 가장 안전한 방법일 수도 있다. 하지만 오늘 밤에는 가장 위험한 방법이었다. 방정식을 거꾸로 돌리면 모든 게 바뀐다. 나는 나의 놀랄 만큼 차분한 기분에 대해서도 생각했다. 부분적으로는 완전히 지쳤고 충격을 받았기 때문일 것이다. 그 감각이 내 근육 안에서, 내 마음의 불안함 속에서 열처럼 느껴졌다. 그것이 임계질량에 도달해서 최종 경계선을 넘어버린 게 분명하다. 높은 산꼭대기에 도달한 것처럼. 한편으로는 사방에서 바람을 맞으며 휘청거리지만, 다른 한편으로는 여전히 살아서 숨을 쉬고 있다.

도마뱀 사나이가 어디선가 나타났다. 그는 더 이상 전화기에 대고 이야기하지 않고 양팔을 자유롭게 흔들며 걸어왔다. 표정은 읽을 수 없었다. 그는 차에 올라타 문을 닫고 의자에 편안하게 기댔다. 여기까지 시간이 좀 걸렸다. 그러고는 침묵 속에 앉아 있다.

내가 가까운 현금인출기로 달려갈지 짧은 부두를 지나 호수 속으로 긴 산책을 떠날지는 그의 다음 말이 결정한다는 걸 깨달았다. 그의 이구아나 같은 눈이 백미러에 나타났다. 손가락에서 감각이 느껴지지 않은 지 좀 됐는데, 이제는 팔다리에도 감각이 없었다. 나는 차갑고 강력한 단 한 번의 맥박 중간에 멈춰 있는 기분이었다.

"1만 유로는 현금으로 받겠어."

그가 말했다.

4

전화는 한참 동안 울리고 있었던 모양이다. 나는 즉시 깨달았다. 쇼펜하우어는 침대 발치에 누워서 자고 있었다. 지금이 몇 시인지 짐작조차 가지 않았다. 물론 이건 나답지 않은 일이다. 폭력배와 만날 약속을 잡고 새벽에 현금인출기에서 저금을 빼내는 것도 나답지 않은 일이다. 하지만 그런 일이 실제로 벌어졌다. 전화기가 계속 울리자 쇼펜하우어가 고개를 들고 가는 눈으로 나를 보았다. 전화기가 아니라 내가 자신의 잠을 방해한 것처럼 나를 쳐다보았다. 사실, 그게 맞긴 하다. 나는 일어나 앉아서 침대 옆 탁자 위를 더듬거렸으나 전화기는 거기 없었다.

나는 복도로 나갔다. 전화기는 코트걸이 옆의 탁자 위에 있었다. 모르는 번호였다. "여보세요" 하고 전화를 받으니, 라우라 헬란토가 내가 맞느냐고 물었다. 그녀의 목소리에는 낯익은 밝고 활기찬 느낌이 있었고, 내 기분도 그 목소리를 듣자마자 곧장 바뀌었다. 어떻게, 어떤 식인지는 잘 모르겠지만 그녀를 볼 때마다, 그녀의 목소리를 들을 때마다 뭔가가 일어났다. 나는 "네, 접니다"라고 대답했다. 하지만 다음 순간 복도 거울에 내 모습이 보였고, 어쩌면 전혀 내가 아닌지도 모르겠다는 생각이 들었다. 나는 와이셔츠를 입은 채 잠이 들었다. 전에는 한 번도 없었던 일이다. 나는 거울에서 등을 돌리고 라우라 헬란토가 하는 말에 집중하려고 노력했다.

"미안해요. 방금 잠에서 깨서요. 무슨 일이 있나요?"

내가 그녀의 말을 자르고 물었다.

"아뇨. 그냥, 그게, 내가 지금 피태젠매키에 있어서 혹시 공원까지 같이 차를 타고 가겠느냐고 전화했어요. 가는 길에 태워 갈 수 있거든요."

"같이 타고 가요? 피태젠매키? 하지만 어떻게……."

"공업 지구에 있어요."

그녀는 내 말을 제대로 못 들은 것처럼 말했다. 그럴 수도 있다. 차에서 전화하는 것 같으니까. 배경으로 휑휑 소리가 났고, 가끔 그녀의 목소리가 물속에서 말하는 것처럼 들렸다.

"새 깃대를 가지러 왔거든요. 칸넬매키에 살잖아요, 맞죠? 근처고, 공원으로 돌아가는 길에 딱 있거든요."

"그걸 어떻게 알죠……?"

"지금 집에 있다는 거요? 10시 반이에요. 그리고 조금 전에 내가 나올 때 당신이 공원에 없었거든요."

나는 다시 몸을 돌려 현관 위에 걸린 시계를 보았다. 이렇게 늦게까지 자본 적은…… 사실상 한 번도 없다. 쇼펜하우어가 복도에 나타났다. 녀석은 몸을 쭉 뻗으며 하품을 하고서 이 아파트에 생전 처음 들어온 듯이 주위를 둘러보았다. 라우라 헬란토가 전화에 대고 한마디도 안 하고 있는데도 그녀가 전화선 반대편에 있다는 걸 나는 신기하게도 의식할 수 있었다.

"난 아직……."

인생과 세상이 나와 쇼펜하우어를 갑자기 낚아챈 것처럼, 더 이상 자신이 누군지 알지 못하는 기묘하고 낯선 곳에서 깨어난 것 같은 느낌이 들었다.

"기다릴게요. 사실, 당신과 하고 싶은 이야기가 좀 있거든요. 내가 태워다 줄 테니까 커피를 만들어주면 어때요? 시나몬 빵을 사서 15분 후에 갈게요. 어때요?"

나는 쇼펜하우어를 보았다. 녀석도 나를 보았다.

"괜찮을 것 같아요."

내가 멍하니 대답했다.

전화를 끊고 정확히 15분 후에 현관 벨이 울렸다.

라우라 헬란토와 시나몬 빵, 두 가지 향기. 숱 많은 머리에 검은
테 안경을 쓴 라우라가 탁자 맞은편에 있고, 가운데에는 정찬용
접시만 한 시나몬 빵이 있다. 커피 메이커가 부글거렸고, 나는 아
까부터 자신을 통제하기가 굉장히 어려웠다. 왠지 모르겠지만, 내
가 왜 늦게까지 잤는지와 이게 사소한 늦잠이 아니라는 걸 설명하
고 싶었다. 내가 늦잠을 잔 진짜 이유는 1만 유로로 어두운 호숫
가에서 살아남기 위해서였고, 계약금인 1만 유로의 절반을 한 번
도 본 적 없는 대형 슈퍼마켓의 ATM에서 인출했으며, 자기방어
를 위해서지만 전날 밤에 거대한 토끼 귀로 한 남자를 죽여서 수
면 부족으로 이미 피곤한 상태였는데, 특히나 '예측 불가능한' 일
이었던 남자의 시체를 카페 부엌의 냉동고로 끌고 가는 건 두 시
간이나 걸리는 작업이자 진정한 육체적 노력이 필요한 일이었기
때문이라고 말하고 싶었다. 하지만 그 대신에 조용히 앉아서 한
손을 들어 넥타이를 바로잡으려다가 내 손이 떨린다는 걸 깨달
았다.

"미안해요."

라우라가 두 번째로 말했다. 그녀는 복도로 들어서자마자 바닥
에 커다란 상자를 내려놓고 나에게 빵 봉투를 건네면서 처음 사과
했다.

"하지만 이 일을 나는 오랫동안 생각해왔고, 이제 정규 업무가 다 끝났으니 원하는 건 오로지……. 하지만 이렇게, 음, 내 마음대로 억지를 써서 이런 식으로 오는 건……."

"난 내가 집에 들이고 싶은 사람만 들여요."

내가 말했다. 그건 사실이었다.

라우라 헬란토는 청록색 눈으로 나를 바라보았고, 미소에 가까운 표정을 지었다.

"음, 그렇다니 다행이네요."

그녀가 말했다.

"사실이에요."

나는 고개를 끄덕였다. 달리 뭐라고 해야 할지 알 수 없었기 때문이다. 어쩐지 굉장히 불편해지기 시작했다. 몇 번의 만남, 그녀가 했던 말들, 어제 내 사무실 문가에서 지었던 그녀의 놀란 표정 등을 나는 잊지 않았다. 이런 것들이 신경이 쓰였지만, 정확히 어떤 부분 때문인지는 알 수가 없었다.

"새로 산 깃대는 근사해 보여요."

그녀가 갑자기 말했다. 다른 말을 하려고 했지만 결국 이 말이 튀어나온 것 같았다. 그녀는 빵을 하나 집어 자기 접시에 내려놓았다.

"그리고 지난번 것보다 훨씬 튼튼해 보여요. 누가 실수로 후진을 하다 박아도 절대 망가지지 않을 거라고 가게에서 장담했어요."

그 일이 사고일 확률은 거의 0에 가깝다는 사실은 이야기하지 않기로 했다. 나는 빵을 먹고 커피를 한 모금 마셨다. 라우라 헬란 토도 빵을 먹으면서 주위에 관심을 보였고, 특히 거실에 관심을 기울이는 것 같았다. 우리는 부엌과 거실 중간쯤에 앉아 있었다. 이게 가장 실용적인 답이었다. 길쭉한 직사각형 부엌은 좁아서 부모님의 오래된 식탁이 들어가지 않았고, 거실은 냉장고, 전기 솥, 전자레인지, 커피 메이커 같은 식사의 필수 도구에서 멀었다.

"당신은 미니멀리즘을 좋아하나 봐요."

그녀의 말에 나도 거실 쪽을 쳐다보았다.

밝은 아침 햇살 속에서 사물들은 평소보다 서로 더 떨어져 있는 것처럼 보였다. 거실에는 하늘색 천으로 덮인 기다란 소파, 같은 색 안락의자, 그리고 그 옆에 거실용 금속 램프가 있다. 소파와 안락의자 사이에는 낮은 커피 테이블이 있다. 긴 벽에는 책장이 있고 그 반대편 벽에는 가우스*가 직접 쓴 방정식과 공식이 가득한 커다란 복제화가 걸려 있었다. 바닥에는 밝은 회색 러그가 깔려 있고 천장에는 얇은 종이로 된 전등갓이 매달려 있었다. 새것이 없다는 걸 인정해야겠지만, 라우라 헬란토가 한 말은 아마 그런 뜻이 아닐 것이다. 여기에 대해서는 설명이 필요할 것 같았다.

---

* 독일의 수학자, 물리학자, 천문학자.

"각각의 가구를 내가 얼마나 쓰는지 계산해본 적이 있어요."

나는 입 안 가득한 빵을 삼킨 다음에 말을 이었다.

"그 계산을 바탕으로 새로 살 물건의 사용 확률과 비용편익 비율에 대한 템플릿을 만들었죠. 결과는 명확했어요. 또 다른 의자에 앉거나 또 다른 커피 테이블에 책을 얹어놓을 확률은 굉장히 낮았고, 의자에 앉아서 보내는 시간이 아주 미소해서, 가구를 새로 살 논리적이고 합리적인 경제적 근거가 전혀 없었죠."

나는 잠깐 말을 멈췄다가 덧붙였다.

"딱히 가구를 새로 사려던 건 아니지만요. 보시다시피 이미 다 있거든요."

내가 말하는 동안 라우라 헬란토는 거실에서 시선을 돌려 나를 쳐다보았다. 지금 그녀의 입가가 웃음으로 떨린 건가? 처음에는 라우라가 온 게 무엇보다 놀랍다고 느꼈는데, 이제는 완전히 새로운 방식으로 흥분이 몰려왔다. 그러다 뭔가가 생각났다.

"나한테 하고 싶은 이야기가 있다고 했죠."

라우라 헬란토도 그걸 떠올린 것 같았다. 평소의 쾌활한 분위기에 약간 불안해하는 기색이 섞였다.

"그래요. 그렇게 합리적인 이야기인지는 잘 모르겠지만요."

'합리적'이라는 말만 내 귀에 들릴 정도로 그녀는 그 단어를 강조해서 말했다.

"이건 좀 더…… 감성적인 제안이에요. 최소한 나는 그렇길 바라요. 뭘 좀 보여줘도 될까요……?"

그러시죠, 라고 내가 손짓했다. 라우라는 복도에서 A3 크기의 서류 가방을 가져왔다. 돌아오는 길에 잠깐 멈춰서 가우스의 방정식을 보는 것 같았다. 나는 그녀가 거기에 대해서 뭔가 물어보기를 기대했지만, 그녀는 묻지 않았다. 대신에 접시를 밀고 탁자 한 가운데에 공간을 만든 다음 일어서라고 했다. 우리 둘 다 탁자 옆에 섰다. 라우라는 가방 지퍼를 열고 안에 든 폴더를 꺼내 A3 크기의 탐험공원 사진을 보여주었다. 하지만 그건 사진이 아니었다. 다른 것들이 더 들어가 있었다. 자유분방한 무늬, 환상적인 색깔.

"이건 벽화예요."

라우라가 종이를 넘기면서 설명했다.

"난 탐험공원 벽에 그림을 그리고 싶어요. 이건 내가 최종 벽화를 그릴 때 참고할 스케치예요. 그라피티의 전통과 내가 존경하는 화가들의 영향을 합쳐보려고 했어요. 평소에 그리던 그림하곤 다르지만, 탐험공원의 특성과 리듬, 놀이와 탐험에 대한 아이들의 감각에 걸맞길 바라기 때문이에요. 너랑나랑공원이라는 이름이 암시하듯이요. 그리고 다른 공간들에도 정말 잘 어울릴 거예요. 그래서 일종의 설치라고 생각해요. 보통 사용하는 의미와는 약간 다르긴 하지만요."

그녀의 목소리에서 라우라가 다시 평소의 열정 넘치는 모습으로 돌아왔음을 알 수 있었다. 나는 그림을 보았다. 눈앞에 놓인 것에는 어떤 논리도 존재하지 않는 것 같았지만, 그래도 눈을 뗄 수가 없었다.

"여기요."

그녀가 그렇게 말하고 세 번째 그림의 왼쪽 위 모서리를 손가락 끝으로 톡톡 두드렸다.

"리 크래스너*의 영향이 딱 보이죠? 참고한 대상은 약간 불분명하지만. 그다음 그림은 확실하게 도러시아 태닝**의 세계라는 걸 알 수 있을 거예요. 각각의 벽에 그려질 그림에 이름도 붙였어요. 이건 '크래스너, 탐험공원에 가다'고 이건 '태닝, 열차를 타다'예요. 코모도 열차 바로 뒤에 있는 벽에 그릴 거거든요. 근본적으로 모든 벽은 어떤 식으로든 그 주위를 나타내죠. 전부 여섯 개예요. 크래스너, 태닝, 드 렘피카, 프랑켄탈러, 오키프, 얀손***이에요. 폭이 4미터에서 12미터 사이이고 높이는 전부 4미터예요. 작업 단계에서는 나를 도와줄 사람을 고용해야겠지만, 한 달 안에 다 끝낼 수 있다고 확신해요. 내가 원래 하던 일을 하면서요. 필요하면 밤새도록 그릴게요. 물론 당신 허락을 받고요. 경비도 아주 합리적이에요. 난 보통 벽화 물감을 사용할 거라서요. 몇 군데만 빼고

---

*   미국의 추상표현주의 화가.
** 미국의 초현실주의 화가.
*** 타마라 드 렘피카: 폴란드 출신 화가로, 아르데코 초상화로 유명하다. 헬렌 프랑켄탈러: 미국의 추상표현주의 화가. 조지아 오키프: 미국의 모더니즘 화가. 토베 얀손: 핀란드의 화가, 삽화가.

요. 거기는 특별한 걸 섞어서 쓸 거예요. 비용은 보통 보수 예산으로 가능할 거라고 봐요. 난 그 커다란 홀에 있는 벽이 정말 좋거든요. 처음부터 그 벽을 계속 봐왔지만, 거기다 뭘 하고 싶은지는 몰랐어요. 이젠 알아요. 그래서 당신에게 와서 내 아이디어를 보여주고 싶었던 거예요. 직접."

나는 계속 그림 하나를 보고 있다가 라우라가 이미 이야기를 멈췄다는 걸 깨달았다. 더 놀라운 건, 내가 웃고 있다는 거였다. 그녀의 전화기에서 작은 사진을 봤던 때처럼 계속 보고 싶다는 거부할 수 없는 욕구 같은 걸 느꼈다. 시간이 흐를수록 그림에서 더 많은 게 보였기 때문이다. 라우라 헬란토의 그림, 그녀의 소용돌이와 패턴이 유용하거나 실용적인 이유도 없이 나를 즐겁고 기쁘게 만든다는 사실뿐만 아니라, 이런 상황에서 왜 그게 바람직하고 받아들일 만한 것으로 느껴지는지 전혀 설명할 수가 없었다. 나는 언제나 이런 비합리적이고 비논리적인 행동을 거부해왔는데. 지금은 나도 모르게 종이를 집어 들고 계속해서 넘겨 보고 있었다.

"이게 제일 마음에 드는군요. 아니, 확실하게 이거예요."

나는 멍하니 중얼거렸다.

계속 그러고 있다가, 힘겹게 폴더를 닫았다. 라우라 헬란토는 내 미소에 답하려고 애를 쓰는 것 같으면서도 분명히 긴장되고 초조해 보였다. 나도 그랬다. 그녀 옆에 있을 때마다 긴장되고 초조했다. 그러다가 나는 나 자신이 말할 거라고는 상상조차 한 적 없는 말을 내뱉었다.

"이건 전혀 합리적이지 않아요. 하지만 해야 되겠어요."

다음에 일어난 일은 더더욱 과격했다. 라우라 헬란토가 아마도 승리의 함성, 보편적이고 전 세계적인 예스를 외치고서 나에게 팔을 둘러 자기 쪽으로 끌어당겨서 꽉 껴안은 것이다. 하도 힘껏 끌어안아서 우리는 서로 부딪혔다. 내 몸의 수많은 부분에 온기가, 친밀한 감각이 퍼졌고 '전체론적'이라는 단어가 완전히 부당하지는 않게 느껴졌다. 그녀의 향기가 느껴지고, 감각이, 팔이, 몸이 느껴졌다. 그녀가 내지르는 승리의 함성이 내 귀 아주 가까이에 울려서 고막에 그녀의 따스한 숨결이 느껴진다는 생각마저 들었다. 그녀의 머리카락, 그녀의 몸, 그녀의 옷의 향기가 하나하나 완벽하게 구분되었다. 그녀가 아주 가까이, 그리고 한참 동안 그 자리에 있었으니까. 그 시간이 종탑에서 울리는 종소리처럼 요란하게 울렸다. 다음 순간 그녀가 나에게서 손을 떼고 물러서서 팔을 흔들며 여기 온 후로 세 번째로 사과했다.

"내가 너무 신이 났네요. 정말 기뻐요. 당신은 다른 사람들과 아주 달라요……. 당신은……."

"난 보험계리사죠."

그 말이 제멋대로 내 입에서 튀어나왔다.

"맞아요."

그녀는 거의 소리를 지르듯이 말했다.

"당신은 무미건조하고, 신랄하고, 엄격하게 사무적이면서도 굉장히 공정하고, 상냥하고…… 믿음직스러워요. 그게 얼마나 드문지 알아요? 정말 내 그림이 좋았어요?"

"아뇨."

나는 그렇게 말했지만 그건 첫 번째 질문에 대한 대답이었다. 나는 상황을 바로잡으려고 노력했고, 그 바람에 또다시 나오는 전혀 안 어울리는 말을 했다.

"난 당신 그림을 사랑해요."

내가 우리 집 거실 한가운데에 서 있고 넥타이가 똑바르다는 것도 알았지만, 완전히 벌거벗은 채 어떤 방어막도 없는 상태로 새로운 세계에 뛰어든 것 같은 기분이었다.

5

이번에 그들은 내 눈을 가렸다. AK가 또다시 내 손을 잡았다. 이제는 거기에 익숙해졌다는 사실이 기이하게 느껴졌다. 하지만 우리는 또다시 길을 달리고 있었다. 차 안 공기는 차가웠고 자극적인 냄새가 났다. 값비싼 애프터셰이브와 소나무 차량 방향제 냄새도 났다. SUV의 가속과 제동, 회전이 몸으로 느껴졌다. 눈을 가리는 건 시간과는 아무 관계도 없었다. 밤 10시 30분에 탐험공원 뒤에 있는 직원용 주차장에 서 있으라는 지시를 받았을 때 그건 분명해졌다. 아무도 말을 하지 않았다.

그날 하루는 평범했다. 요즘 내 하루를 기준으로 하면 평범했다는 말이다.

아침에는 미술에 대해 배웠다. 탐험공원을 바꾸는 데에 동의했기 때문에 어떤 식으로 진행될지 좀 더 자세한 설명을 들었다. 라우라 헬란토는 나를 태우고 공원으로 향했다. 돌이켜보면 허공을 걷는 기분이었고 오전 내내 다른 사람의 인생을 사는 것 같았다. 오후에는 요한나가 카페와 주방을 비운 틈에 들어가서 냉동고 바닥의 전화기를 확인해보려 했지만, 그런 기회는 생기지 않았다. 요한나는 굉장히 헌신적으로 열심히 일했다. 나는 제어실의 에사도 방문했다.

그의 사무실 공기는 퀴퀴했다. 거기서 중요한 걸 몇 가지 알아냈다. 첫 번째, 건물 바깥쪽에 있는 카메라 중에서 딱 하나만 현재 작동한다. 두 번째, 특별한 이유가 없는 한 에사는 야간 보안 테이프를 정기적으로 확인하지 않는다. 그리고 일주일이 지나면 자동으로 삭제된다. 내가 직접적으로 물어보진 않았고 그냥 그가 이야기하게 놔뒀다. 사람들은 연간 예산을 늘려야 한다고 생각하는지 물어보면 말을 하는 법이다. 나는 그저 앉아서 입으로 숨을 쉬었을 뿐이다. 그 작은 사무실에서는 엄청난 황 냄새가 나서 코로 숨을 쉬면 구역질이 났다.

우리는 고요하고 구불구불한 포장도로를 따라 달렸다. 맞은편에서 차가 지나가며 내는 휭 소리도 들리지 않았다. 내 몸은 이쪽저쪽으로 흔들렸고 우리는 밤을 고요하게 가로질렀다. 속도가 차츰 느려지고 타이어 아래서 자갈이 밟히는 소리가 들렸다. 얼마 지나지 않아 차가 멈췄고 엔진이 꺼졌다. AK가 내 손을 놓아주었다. 그의 손아귀가 워낙 큼직해서 내 팔을 한동안 빌려줬다가 겨우 되찾은 느낌이었다. 차 문이 열렸다 닫히고 곧 누군가가 내 왼쪽 문을 열었다.

"내려."

도마뱀 사나이가 말했다.

나는 SUV에서 내렸다. AK가 내 어깨를 붙잡고 나를 잡아당겼다. 잠깐 발 아래로 자갈이 밟히다가 곧 단단한 것으로 바뀌었다. 몇 번 방향을 꺾으며 걸어가다가 마침내 멈췄다. 내가 맡는 게 무슨 냄새인지는 잘 모르겠다. AK가 내 눈에서 안대를 벗겼다.

우리는 낡은 헛간에 있었다.

나는 눈이 빛에 적응하도록 감았다 떴다 했다. 도마뱀 사나이와 AK 둘 다 내 뒤에 서 있었다. 건물은 크고 높았다. 발밑 바닥은 콘크리트, 벽은 나무판자였다. 천장을 따라 길고 단단한 대들보에 조명이 매달려 있었다. 트랙터부터 제설차까지 온갖 차량들이 줄지어 있었다. 고물들도 다양하게 많이 있었으나 흐릿한 빛 때문에 자세하게 살펴볼 수는 없었다. 어떤 남자가 목이 막히는 듯 여러 번 콜록거리는 소리를 내는 9시 방향으로 시선이 향했다.

밧줄은 팽팽했다. 남자의 목에서 들보까지 곧장 이어졌다가 바이올린 줄처럼 팽팽한 상태로 대각선으로 내려와서 10미터쯤 떨어진 사륜 오토바이 뒤쪽에 고정되어 있었다. 남자는 위태롭게 세워놓은 통나무 위에서 균형을 잡고 서 있었다. 보기만 해도 균형을 유지하기 어려운 것 같았다. 최소 세 가지 이상의 이유 때문이었다. 올가미가 남자의 목으로 팽팽하게 조여들고 있었고, 통나무의 좁은 면이 바닥과 정확하게 맞닿아 있지 않았고, 남자의 손이 등 뒤로 묶여 있었기 때문이다. 그는 나보다 나이가 좀 더 많아 보였고, 보통 체격에 금발이었다. 하늘색 피케 폴로셔츠에 밝은 갈색 바지를 입고 갈색 가죽 구두를 신었다. 당연하게도 얼굴은 새빨갛다. 상황이 별로 좋아 보이지 않는다는 말은 상당히 절제된 표현이다.

이게 나한테 얼마나 유리할지 모르겠다는 생각이 문득 들었다. 이 만남을 요청한 건 나였지만, 애초에 그들의 조건을 따라야 한다는 사실을 깨달았다. 그들이 누군지는 잘 모르겠지만. 하지만 그 조건이라는 게…….

발소리가 들렸다. 잠시 후에 흐릿한 빛 아래로 짙은 초록색 웰링턴 부츠 한 쌍이 무겁고 단호한 걸음으로 걸어오는 게 보였다. 헛간 반대편 어둠 속에서 사람 형체가 나타났다. 부츠 사이즈는 최소 50*은 될 것이다. 곧 아래위가 붙은 검은색 작업복과 빨간색과 검은색이 섞인 거대한 플란넬 셔츠가 눈에 들어왔다. 그리고 얼굴. 흔히 보던 삽에 피부를 팽팽하게 씌워놓은 것처럼 위쪽은 평평하면서 각이 졌고 아래쪽은 날카로웠다. 삽의 겉면에 눈 한 쌍이 있었다. 딱히 행복해 보이는 얼굴은 아니었다. 그리고 그 얼

---

* 발 크기로 하면 약 320밀리미터.

굴은 통나무 위에서 균형을 잡고 있는 남자를 지나치면서 한번 쳐다보지도 않았다. 커다란 남자가 내 앞에 멈춰 서자 나조차도 몹시 작게 느껴졌다. 통나무 위에서 비틀거리는 남자가 다시 억눌린 비명을 지르자 커다란 남자가 커다란 머리를 움직였다. 아주 조금. 그러고는 다시 내게로 관심을 돌렸다.

"우린 협상 중이었지."

남자가 말했다. 목소리는 낮고 차분했다.

"그렇죠."

내가 대답했다.

"저 사람은 신경 쓰지 마."

"안 쓰겠습니다."

"제안이 있다고?"

"네. 제가 계산을 좀 해봤습니다……."

그때 통나무가 콘크리트 바닥에 닿아 불길하게 삐걱거리는 소리를 냈다.

"시간이 얼마나 있습니까? 배경 설명이 좀 필요해서요."

커다란 남자는 그저 듣고만 있었다. 그의 무표정한 얼굴에 대한 내 해석은 그랬다.

"좋아요. 형은 빚을 크게 지고 있는 사업체뿐만 아니라 선생에게 진 빚까지 전부 저한테 상속한 것 같습니다. 그리고 선생은 현금만 취급하는 경제 내에서 주로 움직이는 것 같으면서도, 대출금에 대한 이자를 원하는 것 같고요. 그러니까 탐험공원의 빚과 체납세, 형의 비공식적인 빚, 현금 문제, 그 돈에 대한 선생의 커져가는 기대치라는 네 가지 문제는 하나로 합치면 해결할 수 있습니다."

커다란 남자는 여전히 듣고 있는 것 같았다. 나는 그를 보면서도, 그의 머리 왼쪽에서 흐느끼며 비틀거리는 남자 때문에 다른 곳으로, 거기만 아니라면 어디라도 좋으니 눈을 돌리고 싶었다. 문득, 바깥에서는 아무 소리도 들리지 않는다는 것을 깨달았다. 판자로 된 벽이니 어떤 소리든 분명히 뚫고 들어올 텐데. 도로나 주택에서 멀리 떨어져 있었던 것이다. 우리는 고립되어 있었다.

"너랑나랑공원이 해결책입니다."

내가 말했다. 커다란 남자는 고개를 돌려 도마뱀 사나이를 쳐다보았다. 그런 다음 다시 내게로 관심을 돌렸다.

"돈세탁?"

"그런 단어로는 표현하고 싶지 않습니다. 게다가, 성함이, 음⋯⋯. 선생이 돈세탁이라고 생각하시는 건—"

"격식 차릴 거 없어. 요우니라고 불러."

그가 내 말을 자르며 말했다.

"전 헨리입니다."

"알아."

당연히 알겠지.

"요우니 씨가 돈세탁이라고 하시는 걸, 제 제안에서는 판매라고 불러요. 그리고 그건 그저 시작에 불과합니다. 첫 번째 단계로, 제가 요우니 씨에게 티켓을 팔 겁니다."

"티켓?"

"탐험공원 입장권이죠. 처음엔 5만 장입니다."

도마뱀 사나이가 웃었다. 그의 웃음소리는 짧고, 조롱조이고, 혐오가 담겨 있었다. 그런 웃음이 의도하는 건 딱 하나다. 다른 사람이 멍청하다는 걸 보여주는 것. 커다란 남자는 웃지 않았다.

"이 자식 진짜 염병할 코미디언이네……."

도마뱀 사나이가 입을 열었지만 커다란 남자 요우니(진짜 이름인지는 모르겠지만)가 그를 노려보자 더 이상 찍소리도 내지 않았다.

"상당히 할인해서 장당 10유로에 팔 겁니다. 우리 카페테리아에서 파는 오늘의 도넛도 포함입니다."

분위기를 가볍게 만들 생각이었지만, 아무도 딱히 즐거워 보이지 않았다. 나는 말을 이었다.

"어쨌든 그렇게 판 티켓은 현금 50만 유로가 들어온 걸로 공원 대차대조표에 기록됩니다. 공원이 빚을 갚을 능력이 있다는, 다시 말해 재정적 지불 능력이 있다는 뜻이죠. 그러면 공원은 새로 대출을 받을 수 있게 됩니다. 운영이 가능하고 이윤도 날 테니까요. 이자율은, 그러니까 공식적인 이자율은 아주 낮을 겁니다. 사실상 공짜 돈인 거죠. 이 새로운 대출을 가지고 자회사를 만듭니다. 탐험공원 내에서 운영되는 회사를 세워서 —"

"번 돈은 은행으로 간다고?"

"첫 단계에서는 그렇습니다. 당연하죠."

내가 대답했다.

"그게 네 제안이야?"

커다란 남자가 물었다.

"아닙니다. 돈이 은행에서 나온다는 게 제 계획입니다."

커다란 남자가 나를 쳐다보았다. 삽 모양 얼굴은 말 그대로 싸늘한 강철이었다. 나는 여기 와서 이야기하려던 것, 형의 자산뿐 아니라 내 목숨까지 구할 수 있을 거라고 생각한 제안을 계속 이어갔다.

"우리가 은행이 되는 겁니다."

나무 쪼개지는 소리. 목에 올가미가 걸린 남자가 균형을 잃었다. 그가 쓰러졌거나 통나무가 쓰러졌을 것이다. 그는 개가 짖는 소리와 아비새 울음소리 사이쯤 되는 소리를 냈으나 그 소리는 갑작스럽게 끊겼다. 남자는 벼락을 여러 번 연속으로 맞은 것처럼 몸을 움찔거렸다. 사륜 오토바이는 움직이지 않았고, 밧줄도 느슨해지지 않았다. 천장의 들보에서 밧줄이 끽끽거렸다.

나는 눈길을 돌렸다.

심장이 달음박질치고 숨을 쉴 수가 없었다. 1초 1초가 무겁게 흘러갔고, 1초씩 지날 때마다 다음으로 넘어가기 위한 동력이 더 많이 필요해졌다. 이 시점에서 나는 오늘 밤이 내 계획대로 흘러가지 않았다고 인정해야 했다. 당연하게도, 나는 회사를 차리기 위해 알아야 할 것을 다 알지는 못한다. 하지만 이 모든 것이 다른 무언가의 정교한 서곡일 뿐이었다는 건 믿을 수 없었다. 참을 수 없을 정도로 긴 시간이 흘렀다. 결국 헛간에 침묵이 내려앉았다.

"'우리'가 누구지?"

커다란 남자가 물었다.

나는 왼쪽을 쳐다보았다. 남자는 밧줄에 매달려 조용히 흔들거리고 있었다. 나는 다시 커다란 남자를 보았다. '우리'는 여기서 아직 살아 있는 사람들이라고 하는 건 좋은 선택이 아닐 것이다.

"요우니 씨요. 요우니 씨와…… 저요. 우리는 사람들에게 돈을 빌려줄 겁니다."

"난 이미 사람들에게 돈을 빌려주고 있어."

그가 말했다.

"바로 그게 문제인 겁니다. 그 대출은 법적 보호를 받지 못해요. 그리고 현금도 같은 문제가 있죠. 요우니 씨가 돈을 어떻게 옮긴다 해도요. 이 문제의 해결책은 페이데이론*을 제공하는 은행입니다."

도마뱀 사나이가 다시 웃었고, 역시 짧고 조롱조였다. 커다란

---

* 월급날 갚는 조건으로 돈을 빌리는 고금리 단기 대출.

남자는 그에게 어떤 관심도 보이지 않았다.

"사실, 처음에 저쪽이 저에게 아이디어를 줬어요."

나는 그렇게 말하며 도마뱀 사나이를 힐끗 보았다. 그의 표정은 이제 엄청나게 적대적으로 바뀌었다. 아무래도 잠자던 그의 코털을 건드린 것 같다는 생각이 들었다.

"그리고 공원에서 티켓을 팔면서 모든 게 명료하게 떠올랐습니다. 처음에는 형이 요우니 씨에게 빌린 대출금의 이자가 문제였죠. 이자율이 굉장히…… 고리대금 같달까, 뭐 그런 생각을 지울 수 없었어요. 간단하게 말하겠습니다. 티켓 판매를 늘려서 모은 자금으로 우리가 페이데이론 회사를 세우는 거예요. 우리는 소액 대출을 해주고, 고객은 즉시 대출금을 받죠. 고객은 점점 많아질 거고, 그러니 공원에 오는 손님 수도 아마 늘 거예요. 융통할 수 있는 돈을 즉시 더 갖게 되니까요. 판매 금액이 올라가면 우린 대출을 더 많이 해주거나 내가 형의 빚을 요우니 씨에게 갚을 수 있을 거예요. 이렇게 하면 요우니 씨는 원금뿐 아니라 소액 대출에 대한 이자까지 전부 다 받게 돼요. 제일 좋은 건 그 모든 돈이 합법적이고 공명정대하다는 점입니다."

"이걸 꽤 생각해본 모양이군."

커다란 남자가 말했다.

목이 매달린 남자를 쳐다볼 필요도 없었다. 나는 페르틸래가 좋아하던 유행어를 떠올렸다.

"전 의욕이 강하니까요."

내가 대답했다.

"하지만 이제 난 전부 알게 됐는데, 왜 네가 필요하지?"

이 질문에 대해서는 늘 준비된 답이 있었다.

"저는 보험계리사입니다."

도마뱀 사나이가 세 번째로 웃었지만, 이번에는 조롱기가 좀 부족한 억지웃음이었다.

"이 말은 제가 최상급 계산 능력을 갖고 있다는 뜻인데, 요우니 씨에게는 아주 귀중한 능력일 겁니다. 그리고 전 100퍼센트 믿을 수 있습니다. 게다가 최근 몇 주 동안 제가, 뭐라고 할까, 개인적으로 보고 겪은 일들을 바탕으로 하면……. 아마도 이 방에서 범죄 기록이 없는 사람은 저뿐일 것 같군요."

이번에는 아무도 웃지 않았다. 아무도 자신의 명예나 평판을 변호하지 않았다. 어쩌면 내가 아픈 곳을 건드렸는지도 모른다. 방금 내 목숨을 구한 건지도 모르고.

"여기서 저는 이런 대금 서비스를 만들 수 있는 유일한 사람이고, 모든 계산을 할 수 있는 유일한 사람이기도 합니다."

내가 덧붙였다.

헛간은 고요했다.

"어떤 특정한 상황에서는 그런 사람이 필요할지도 모르지. 그 제안이 확실한 거라면."

만약 그렇지 않다면? 내 올가미도 저 사륜 오토바이에 묶을까, 아니면 다른 오토바이에?

커다란 남자가 잠깐 뜸을 들였다.

"얼마나 빨리 되지?"

그가 마침내 물었다.

"뭐가 얼마나 빨리 돼요?"

"이게 제대로 굴러갈지 아닐지 얼마나 빨리 확인할 수 있지?"

"은행이 운영을 시작하고부터 2주 후입니다."

내가 말했다. 원래는 초기 단계를 한 달로 잡았지만, 지금 보니 너무 긴 것 같았다.

"만약 모든 게 계획대로 안 되면?"

그가 물었다.

"그것도 이미 생각을 해봤습니다. 계획대로 될 겁니다. 만약 아무도 대출을 받지 않는다 해도 요우니 씨에겐 여전히 원래 투자금만큼의 합법적이고 깨끗한 돈이 있을 테니까요. 최소한 그것만으로도 이긴 싸움이죠. 만약 사람들이 대출금을 갚지 않아서 은행이 파산한다면, 그럴 가능성은 없다고 생각합니다만, 그러면 탐험공원이 담보 역할을 하니까 마찬가지로 요우니 씨는 원래 투자금을 돌려받을 수 있습니다. 그리고 그 돈 역시 전부 합법적이죠."

나는 도마뱀 사나이를 힐끗 보았다. 전혀 만족한 표정이 아니었다. 몸 안에서 폭풍우가 휘몰아치고 있는 듯한 얼굴이었다.

"이윤이 얼마 안 될 경우에는?"

커다란 남자가 물었다.

나도 모르게 목이 매달린 남자를 힐끔 보았다. 하지만 그래도 해야 하는 말을 했다.

"이게 제 아이디어의 핵심입니다. 우리 모두가 규정하기는 어렵지만 행복한 중간 지점을 어떻게든 찾을 수 있을 거라고……."

"그게 행복하고 무슨 상관이지?"

나는 탐험공원에서 놀겠다는 마음으로 어린 딸을 데리고 오펠을 타고 왔던 아이 아빠를 잊지 않았다. 돈을 빌리는 관계자 모두에게 합리적인 선에서 이자율을 정하는 것이 내 아이디어였다. 하지만 지금, 처음으로 나는 커다란 남자의 얼굴에서 표정의 기미를 볼 수 있었다. 물론 아주 자세히 살펴보면, 그것도 표정은 아니었다. 그저 눈을 떴다 감았다 몇 번 했을 뿐이었다.

"네가 보험계리사라고 생각했는데. 그런데 이제는 대금업자가 되겠다는 거지."

헛간 온도를 최소 10도는 떨어뜨리는 말투였다. 상호 이득이 되는 은행업 원리의 중요성에 대해 이야기할 만한 때는 아니라는 결론을 내렸다.

"그게 중요한 부분입니다. 전 둘 다 될 수 있습니다. **정밀함**. 모든 것을 최고로 정밀하게 계산할 겁니다."

내가 말했다.

커다란 남자는 다시 나를 보았다. 몇 초가 흐르고, 그 사이에 내 운명이 결정되었다. 나는 상황을 안다. 우리는 고립된 장소에 있고, 죽은 남자와 나 말고는 죄다 범죄자들이다. 페르틸래가 말하던 긍정적 기운의 자연스러운 폭발에 딱 어울리는 상황은 아니었다. 마침내 커다란 남자가 고개를 돌려 도마뱀 사나이 쪽으로 끄덕였다. 나는 나도 모르게 고개를 돌려 뒤를 보았다. 도마뱀 사나이는 고개를 몇 번 젓다가 결국 한숨을 쉬고 고개를 끄덕였다. 뭐에 동의했는지 모르겠지만 굉장히, 굉장히 마지못한 태도였다.

"보험계리사든 아니든, 우린 널 철저히 지켜볼 거야."

커다란 남자가 말했다.

그런 다음 처음으로 천장 들보에 매달린 남자를 쳐다보았다. 그리고 마침내 입을 열어 수심 어린 목소리로 말했다.

"돈은 나무에서 열리는 게 아니라고."

돌아오는 여정은 올 때와 같았다. 그들은 내 눈을 가렸다. 처음에는 좁은 길을 따라서 갔고, 차에서는 여전히 애프터셰이브와 소나무 차량 방향제 냄새가 났다. 에어컨은 내 허벅지와 얼굴로 싸늘한 공기를 뿜어냈다. AK는 내 손을 잡았다. 아무도 말을 하지 않았다. 엔진 소리와 옆을 지나는 차 소리로 추측하건대 큰 도로로 나왔을 때 나만 입을 열었다.

"그 사람은 누구였죠?"

내가 물었다.

도마뱀 사나이는 거의 즉시 대답했다.

"이전 계리사."

6

내가 소식을 전하자 에사는 뭔가 뾰족하고 맛없는 걸 삼키려는 것처럼 실망한 표정이 되었다. 하지만 목소리는 차분했다.

"그건 공원 보안에 관한 질문이에요. 보안이라는 건 많은 면에서 길고 힘겨운 방어전 같은 거죠. 방어선의 위력은 가장 약한 고리가 좌우해요. 난 오랫동안 현금수송 일을 했어요. 그건 공원 전체 방어 전략의 일부라고 할 수 있죠."

그가 말했다.

"방어 전략이요?"

"난 한참 전에 전략을 세웠고, 유하니 대표는 그걸 허가해줬습니다."

에사가 고개를 끄덕이며 말을 이었다.

"전 세계 최고의 군사훈련을 바탕으로 한 전략입니다."

한밤의 헛간에서 내 계획을 발표하고 사흘 후였다.

에사와 나는 빼곡한 스크린이 내뿜는 전기 불빛만 비치는 제어실에 있었다. 현금수송은 에사의 공식 업무가 아니었고, 그는 주행거리나 기름 등에 대해 어떤 보상도 없이 자신의 SUV를 이 일에 사용하고 있었다. 그래서 나는 그가 이 추가 업무를 기꺼이 그만둘 거라고 생각했다. 하지만 예상이 틀렸다. 그러나 현금은 여전히 문제였다.(컬리케이크 카페 냉동고 안의 시체와 내가 조만간 고립된 헛간의 서까래에 목이 매달리게 될 거라는 사실은 말할 것도 없다.) 나에게는 현금이 가득한 회색 스포츠 가방이 두 개 있었다. 좀 더 정확하게 말하자면 문제는 이렇게 많은 현금이 아니라 이 현금이 만나러 가야 하는 사람들이었다.

매표소에서는 크리스티안(벤라는 여전히 병가였다)이 티켓을 팔면서 돈을 받았다. 공원 매니저인 라우라가 들어온 돈을 센 다음 현금 보안 담당자인 에사에게 넘기면 그가 은행에 가서 입금했다. 이제 나는 뒤의 임무 두 개를 해제해야 했다. 무엇보다 그들의 안전을 위해서. 그리고 공원과 나의 목숨을 구하고 싶기 때문에.

"에사."

나는 말을 시작했다가 일종의 화합 정책을 취해야만 한다는 사실을 깨달았다.

"난 당신 일을 존중해요. 그리고 당신의…… 전반적인 전략을 폄하하려는 건 아니에요. 보안의 우선순위에서 이 사소한 변화는―"

"탐험공원이 공세에 나서는 건 아니죠?"

"뭐라고요?"

"우리는 우리 영토를 확실하게 방어하고 있어요. 그걸로 충분합니다."

지난 사흘 동안은 할 일이 넘칠 지경이었다. 나는 탐험공원을 관리하고, 숫자를 계산하고, 서식을 채우고, 수많은 재정 신고서를 작성하고, 필수 서류를 제출했다. 그리고 대체로 계속 밤낮으로 일을 했다. 엑셀에다 탐험공원용 임시 회계 파일도 새로 만들었다. 특정 기간 동안 가능한 한 매끄럽게 예상 판매 수익 증가치를 입력하고, 상황이 끝나면 남은 돈을 싹 사라지게 만들기 위해서였다. 이런 일들을 하면서 나는 그저 현재 짊어진 빚에서 살아남고, 혹시 모를 사형선고를 피하고, 탐험공원이 계속 유지되게 하는 게 목표일 뿐이라고 스스로에게 말했다. 또한 칼리오로 가서 헤이스카넨이라는 변호사(그가 준 명함과 청구서로 보아 그의 진짜 이름이 맞았다)를 방문하고 몇 가지 의뢰 내용을 전달했다. 그의 법에 대한 지식과 아주 빠른 대응이 필요했다.

며칠 안에 모든 것이 준비돼야 했다. 이론적으로는 그랬다. 하지만 우선 해결을 해야 하는 문제가 있었다…….

"탐험공원이 언제나 평화롭게 운영되도록 애쓸 겁니다."

나는 그렇게 말하며 에사의 눈을 쳐다보았다.

"내가 약속해요. 우리의 중립 및 불가침 전략은 그대로 유지될 거예요."

모니터의 열기 어린 빛 때문에 그림자에 덮인 그의 얼굴에서 눈만 번뜩였다. 내 얼굴도 마찬가지일 것 같았다. 우리는 한참 동안 서로를 쳐다보았다. 결국 에사는 군대식으로 빠르게 고개를 끄덕였다.

"좋아요. 현금수송은 헨리 씨가 처리해요. 난 한동안 예비역으로 있을 테니까. 하지만 기억해요. 상황이 악화되면, 언제나 내가 대기 중이라는 걸."

"고맙습니다, 에사 씨."

우리는 조금 더 침묵 속에 앉아 있었다. 당연하게도 내 머릿속은 우리의 대화가 자아낸 수천 가지 질문으로 가득 차 있었지만, 나는 곧바로 근본적인 것을 깨달았다. 나는 모든 걸 알고 싶지도 않고 알아내고 싶지도 않다. 에사가 만일의 게릴라 공습에 대비해 너랑 나랑 공원의 방어 전략을 세웠다면, 뭐 좋다. 형이 그런 문제에 딱히 신경 썼을 것 같진 않다. "잘 만든 것 같은데요. 훌륭해요"라고 하는 그의 목소리가 들리는 것 같았다. 에사의 말을 전혀 귀 기울여 듣지 않고 양 엄지를 들어 올렸을 것이다. 나는 일어섰다.

"셈퍼 파이."

에사가 말했다.

나는 그 말을 알아들었다. 미국 해병대 구호인 '항상 충성'이다. 우리 중 한 명이라도 미국 엘리트 부대에 복무했을 가능성은 거의 없지만 나는 그 문제의 통계적 확률에 대해서 소리 내어 이야기하지 않기로 했다. 그저 에사의 헌신적인 활동을 치하하고 제어실을 나와 공원의 웅성거림 속으로 들어섰다.

오후면 홀은 소리와 움직임으로 가득 찬다. 지금쯤이면 몇몇 아이들은 지치기 시작한다. 오전보다 울음소리와 떼쓰는 소리가 확실히 많아진다. 반면에 마감 시간이 다가오면 더 흥분해서 자제력의 마지막 족쇄까지 벗어던지는 아이들도 있다. 오전에 온 부모들은 이때쯤 되면 뭔가 범죄 행위를 저지르고 재빨리 이 나라를 떠나려고 하는 사람 같은 표정이 된다.

라우라 헬란토를 찾는 데는 그리 오래 걸리지 않았다. 그녀는 오른손에 전문가처럼 보이는 줄자를 들고 왼손에는 폴더를 들고 있었다. 폴더는 낯이 익었다. 지난번에 내 부엌 식탁에 그녀의 스케치를 꺼내놓을 때 봤던 것이다. 나에게 등을 돌리고 서 있는 라우라에게 인사를 하려다가 문득 자신이 없어졌다. 그녀가 자신의 공원 재정 업무에 특별한 애정을 가지고 있다면? 나는 깊게 숨을 들이마시고 마음의 준비를 한 다음 인사를 건넸다.

라우라 헬란토는 홱 돌아서서 오랜만에 보는 무척 활기찬 웃음을 던졌다. 그 미소는 이번에도 머릿속을 흐리고 몽롱하게 만드는 효과를 발휘했다. 나는 말하려던 게 정확히 뭐였는지 다시 떠올려야만 했다.

"프랑켄탈러."

그녀는 이렇게 말하며 콘크리트 벽을 줄자로 가리켰다. 우리는 동시에 고개를 돌렸다. 벽에는 여러 형태의 곡선과 무늬가 하얀 분필로 그려져 있었다.

"구조적으로 몇 가지 바꿔야 할 것 같아요."

나는 이제부터 현금수송에 대한 책임을 모두 내가 맡을 텐데, 별문제가 안 되기를 바란다고 이야기했다.

"물론 괜찮죠. 헨리 씨의 걱정과 오히려 반대예요."

라우라는 벽에서 눈을 떼지 않고 말했다.

그러고는 나를 향해 돌아서서 미소를 지었다.

"여기 쏟는 시간 1분 1초가 귀중하니까요. 정말 고마워요."

나는 뭔가 말하려고 했지만 이번에도 무슨 말을 해야 할지 알 수 없게 되었고, 덕분에 기회를 놓쳤다. 라우라의 전화기가 울렸다. 그녀는 주머니에서 핸드폰을 꺼내 화면을 보았다.

"잠깐만요."

그녀가 전화를 받았다.

우리 둘 다 그 자리에 그대로 서 있었다. 라우라는 몇 마디 한 다음 전화를 끊고 고개를 저었다.

"딸 툴리예요. 천식 합병증을 가진 아이들을 치료해본 적 있는 물리치료사를 찾는 중이거든요. 하지만 가격이 싸지 않고, 은행에선 아직 대출 승인을 안 내줘요."

우리는 회색 콘크리트 벽과 하얀 분필로 그려놓은 무늬를 보고 있었다.

"요즘 아테네움 미술관에서 모네 전시회를 해요. 저녁 8시까지요. 어때요?"

내 첫 번째 반응은 흥분과 라우라의 미소를 보면 내 안에 솟아오르는 그 느린 감정, 두 가지 모두와 비슷했다. 그리고 그다음 반응 역시 완전히 반사적이었다.

"6시면 딱 좋겠군요."

나는 두 번 생각하지 않고 말했다.

내가 뭔가 재미있는 말을 했는지 잘 모르겠지만, 라우라는 여전히 미소를 짓고 있었다.

"좋아요. 거기서 만나요. 난 이제 드 렘피카로 옮겨 가도 될까요?"

나는 고개를 끄덕이고 잘 가요, 미술관에서 만나요, 라고 대답했다. 라우라가 이미 걸어가기 시작하면서 줄자가 자동으로 케이스에 말려 들어간 후에야 나는 마지막 말을 간신히 웅얼거릴 수 있었다.

내가 홀 반대편에 거의 다다랐을 무렵에 누군가가 내 이름을 불렀다.

🐰

코모도 열차가 탈선했다. 사람들이 생각하는 것과 달리, 이건 대형 재난은 아니다. 사상자도 없다. 아이들은 그냥 열차 차량에서 들어서 꺼냈다. 나는 크리스티안 옆에 섰고, 우리는 함께 기관차를 선로 위에 도로 끼워 넣었다.

"난 이게 이해가 안 되는군요."

기관차가 멈추지 않고 다시 열차 행렬을 끄는 걸 확인한 다음 그에게 말했다.

"페달을 밟아야 가는 열차가 어떻게 탈선하죠? 모퉁이에서 최고 속도가 시속 10킬로미터 정도밖에 안 되는데."

크리스티안은 처음에는 선로를, 그다음에는 열차 전체를 눈으로 훑었다.

"파괴 공작이에요."

그가 하도 조용하게 말해서 나는 그 말을 머릿속에서 조합해야만 했다. 그런 다음 나 역시 나무와 금속으로 만들어진 소형 열차 세트를 쳐다보았다. 크리스티안의 말은 전혀 논리적이지 않았다.

"난 그렇게 생각하지 않아요."

내가 이렇게 대답하고 좀 더 말을 이으려는데 크리스티안이 내 말을 금지하듯이 고개를 저었다.

"헨리 씨가 모든 공원 직원을 다 알아요? 고객들은요? 탐험공원을 운영하는 데 필요한 기술 분야 경력이 몇 년씩 돼요?"

나는 재빨리 주위를 둘러보았다.

"이게 파괴 공작이라면 내가 크리스티안 씨를 용의자 1호로 생각하지 않을 이유가 있을까요?"

내가 목소리를 낮추고 물었다.

크리스티안의 갈색 눈이 번쩍였다. 그는 다리를 더 넓게 벌리고 어깨까지 더 넓어 보이는, 더 건장해 보이는 자세를 취했다. 그렇게 근육으로 된 벽처럼 내 앞에 섰다.

"잘 알아둬요. 이 코모도 열차를 내가 직접 만들었어요. 내가 저 빨간색 등을 기관차 눈에 직접 박아 넣었다고요. 원래 열차에는 없던 거예요. 내 아이디어죠. 유하니 대표님에게 이렇게 하면 속도감과 위협적 분위기를 높일 수 있을 거라고 했고, 대표님도 동의했어요. 좋은 아이디어라고 여긴 거죠."

그의 말에서 마찰음들이 쉭쉭거리며 울렸다.

크리스티안은 진지해 보였다. 이번에도 완전히 진심 같았다. 솔직히 그는 자기 열차를 탈선시킬 사람으로는 보이지 않았다.

"왜 파괴 공작이라고 한 거죠?"

내가 물었다.

크리스티안은 나를 조금 더 쳐다보다가 선로가 굽어지기 시작하는 부분을 가리켰다. 나는 몸을 돌렸고 그가 등 뒤에서 하는 말을 들었다.

"누군가가 선로에 녹은 닭 다리를 놔뒀어요. 거기서부터 기관차가 불안정해졌고, 커브가 더 급격해지면서 완전히 선로에서 벗어나게 된 거예요. 아주 심각한 사고가 될 수도 있었어요."

나는 대규모 학살극이 일어날 가능성에는 정중히 동의하지 않았다. 하지만 녹은 닭 다리는 걱정할 필요가 있는 꽤 중대한 이유 같았다. 닭 다리가 있을 만한 유일한 장소는 카페의 냉동고였다.

"내가 알아볼게요."

크리스티안이 더 이상 추측하기 전에 나는 재빨리 말했다.

"이제 전부 다시 잘 돌아가네요. 열차가 다시 달리고 있고ー"

"우리 발표는 언제 하는 거죠?"

그가 무슨 말을 하는지 나는 바로 깨달았지만, 적당한 대답을 생각하느라 시간이 조금 흘렀다. 크리스티안은 내가 머뭇거리는 걸 알아챘다.

"합의했잖아요."

그가 말했다.

"사실 말이죠……."

"벌써 사람들한테 내가 새로운 운영 책임자가 될 거라고 이야기했단 말이에요."

그 말이 입에서 너무 빨리 나와서 자신도 놀란 것 같았다. 엄청나게 화가 나거나 절망한 사람처럼 그는 순식간에 얼굴이 붉어지고 눈이 촉촉해져 번들거렸다.

"정확히 누구한테요? 왜요?"

내가 물었다.

크리스티안은 너무 당황해서 숨을 제대로 못 쉬는 지경이었다.

새로운 아이들 무리가 열차 쪽으로 다가왔다.

"그냥 몇몇 사람들이요."

그는 이제 낮아진 목소리로 웅얼거렸다.

크리스티안 내부의 압박이 악성이고, 점점 커지고 있다는 걸 알수 있었다. 그는 물론 부끄러워하고 있었지만 동시에 화가 났고, 굉장히 근육질이었다. 지금 이 상황에서 더 이상의 문제는 필요치 않았다. 그리고 정말로 이 대화에 종지부를 찍고 싶었지만, 탈선한 어린이 열차, 녹은 닭 다리, 운영 책임자가 되겠다는 크리스티안의 흔들림 없는 욕구, 애초에 형이 그에게 자리를 약속했다는걸 아는 사람들, 그들이 공원 내부 사정을 얼마나 잘 아는지 등 거의 모든 것에 나는 당황한 상태였다. 아이들이 좀비처럼 거침없이, 그러면서도 올바른 방향을 찾아 두리번거리면서 다가오는 동안, 나는 일시적인 해결책이 될 수 있을 것 같은 생각이 떠올랐다. 나는 예전 상사를 생각했다.

"크리스티안, 당신은 자신이 개방적이고 감성적인 리더라고 생각하나요, 아니면 전통적이고 계급주의적인 리더라고 생각하나요?"

내가 물었다.

"뭐라고요?"

"한번 생각해봐요. 리더십은 예전과 달라요. 요즘 리더에게는 전혀 다른 종류의 자질이 필요해요. 전 직원들의 내적 감정 역학을 결과 지향적으로 이해할 뿐만 아니라, 우리의 상호적이고 사회-경험적 경제를 전체론적으로 인식하고, 공감 주도적이며 사람 사이를 연결하는 리더십 철학의 중요성을 모든 차원에서 인지해야 하죠."

내가 이런 식으로 말할 일이 있을 거라고는 상상조차 못 했지만, 지금 이 순간에는 전 상사 페르틸래의 헛소리를 수년 동안 들었던 것에 정말로 감사했다. 누군가가 '재생' 버튼을 누른 것처럼 페르틸래의 말이 내 입에서 줄줄 흘러나왔다.

"내가 원하는 건ㅡ"

"운영 책임자가 되는 거죠."

나는 고개를 끄덕이고 말을 이었다.

"하지만 그 전에, 회사 CEO로서 난 크리스티안 씨가 이 직무에 꼭 필요한 내적, 외적, 감정적 능력이 있다는 걸 확실하게 알고 싶어요. 훈련 강좌를 최소한 하나, 가능하다면 여러 개를 들어보길 권해요. 자기 자신의 감정 지도를 그려보고, 당신 자신과 다른 사람들 모두의 마음속에 있는 깊은 감정의 스펙트럼을 이해하게 해줄 자기 자신의 긍정성의 보고를 찾아내요. 그런 다음에야 팀을 성공의 꼭대기까지 이끌고 갈 수 있을 거예요."

크리스티안의 눈이 공원 맞은편 쪽으로 향했다.

"팀의 특별한 감정적 성공 이야기라는 선물을 받아들일 수 있겠어요?"

"뭐라고요?"

"이건 요즘 노동 생활에서 핵심적인 부분이에요."

내가 그렇게 말하자, 당황스럽게도 페르틸래의 목소리가 들리는 것만 같았다.

"크리스티안의 강점은 약한 사람이라면 휩쓸려버릴 분야에 있을 수도 있어요. 그럴 경우에 크리스티안이 안전한 감정적 항구가 되는 거예요. 강점과 약점이 합쳐지면 두 사람에게서 집단적 시너지가 생성되어 성공적이고 공감적인 번영을 만들게 돼요."

크리스티안이 내가 하는 말을 한마디도 못 알아듣는다는 걸 알 수 있었다. 알아들을 건 아무것도 없다. 나도 내가 무슨 말을 하는지 모르는데.

아이들이 우리 주변 사방에 있었다. 열차가 곧 움직일 것이다.

"몇 가지 훈련 옵션을 살펴본 다음에 우리가 함께 가장 적절한 걸 고르는 게 좋을지도 모르겠네요. 기억해요. 최소한 두 개의 강좌는 들어야 돼요."

그 말을 끝으로 나는 자리를 떴다. 어깨 너머를 돌아보니 크리스티안이 코모도 열차를 밀어 움직이고 있었다.

나는 사무실로 돌아와서 일을 좀 더 했다. 문에 걸린 이름까지 모든 게 여전히 형의 방처럼 느껴졌다. 크리스티안에게 명패를 바꿔달라고 요청했지만, 아직 하지 않았다. 다른 수리는 모두 빠르게 처리하는데, 이것만은 아직 손대지 않았다. 이유를 짐작할 수 있었다. 나는 형의 컴퓨터 대신 새 노트북을 책상에 올렸다. 노트북 왼쪽에는 내 서류 더미가, 오른쪽에는 라우라 헬란토의 벽화 출력물이 있었다.

나는 곧 내가 굉장히 기묘한 행동을 한다는 걸 깨달았다.(솔직히 말하면 최근 내가 하는 일은 죄다 기묘하다.) 급한 일을 하나 처리할 때마다 벽화 출력물을 집어 들어 잠깐 동안 들여다보는 것이었다. 그걸 감상하는 게 일을 해치운 보상이라도 되는 것처럼. 굉장히 논리적으로 느껴지는 동시에, 전에도 여러 번 인정할 수밖에 없었지만, 완전히 미친 짓 같았다. 이 행동에 대한 확고하고 합리적인 설명은 단 하나도 찾을 수가 없었다. 나는 그림들을 보고…… 그저 그 자체를 보는 것을 즐겼다. 단지 그거였다. 오로지 그것뿐이었다. 하지만 그게 전부일 리는 없었다.

나는 보험계리사다.

그게 전부일 리가 없다는 걸 아주 잘 알고 있었다.

7

열차에 앉아서, 열차가 제시간에 헬싱키 중앙역에 도착하고 아테네움까지 가는 가장 빠른 길을 고를 경우에, 라우라 헬란토를 만나기 전에 중요한 그림들을 각각 2분 30초씩 볼 수 있고 일반 컬렉션에 있는 작품에는 30초씩 할애할 수 있다는 계산을 마쳤다. 창밖으로 지나가는 가을 풍경을 바라보며 그거면 충분하다고 생각했다. 여러 가지 색깔로 된 퀼트처럼 눈앞에서 번쩍거려야 할 풍경이 날이 흐려서 색깔이 짙고 얼룩덜룩하고 흐릿한, 더 어두운 무언가의 표면처럼 보였다. 열차 칸은 거의 비어 있었고, 들리는 거라곤 열차 소리뿐이었다. 덕분에 저물어가는 하루가, 커다란 퍼즐 조각이 거부할 수 없는 거대한 힘에 의해 옮겨지는 것처럼, 더욱 현실적으로 느껴졌다.

나는 업무 시간이 끝나기 전에 직장에서 나왔다는 사실을 뚜렷하게 의식했다. 좋지도 올바르지도 않은 느낌이었다. 하지만 벽화가 점점 더 내 신경을 건드렸다. 왜 그 그림들이 그렇게까지 좋은 걸까? 내가 지금까지는 전혀 몰랐던 인간 행동의 영역인 예술 그 자체에 뭔가가 있음이 분명하다.

뭔가 신경에 거슬리는 게 있으면 우선 그것을 주변으로부터 분리하고 몇 가지 계산을 한 다음에 결과를 조사해야 한다는 사실을 나는 경험을 통해 배웠다. 오래된 그림이 가득한 공간이라고 해서 다를 거라는 생각은 들지 않는다. 그런 그림들 대부분이 풍경과 사람을 리얼리즘 스타일로 묘사했다는 건 안다. 그 그림에 치수, 원근법, 거리 같은 뭔가 확실하고 알기 쉬운 특성이 있다는 말이다. 이보다 훨씬 더 복잡한 계산도 해본 적이 있다.

열차에서 내리자 작고 가는 빗방울이 떨어지고 있었다. 하늘의 누군가가 비를 내려야 할지 말아야 할지 결정 못 한 것처럼. 플랫폼은 러시아워다웠다. 나는 사람들을 피해 사람들 소리로 시끄러운 역을 가로질러 길을 두 개 건넌 다음 아테나움에 도착했다. 30년 만에 와본 아테나움은 기분 좋게 평화롭고 조용했다. 나는 티켓을 사고 헤드폰을 빌렸다. 설명이 얼마나 걸리는지 물어봤지만, 직사각형 안경을 쓴 노란 머리 티켓 판매원은 정확히 대답하지 못했다. 그녀는 웅얼웅얼하면서, 각 설명 시간이 "30초에서 5분 사이일 것 같아요"라고 했다. 나는 그 여자가 실제로 예술품을 설명하는 담당은 아니기를 바랐다. 그렇게 대충대충 웅얼거리는 소리를 한참이나 듣는 건 정말 괴로울 테니. 고맙다고 인사하고 미술품이 있는 갤러리로 이어지는 계단까지 갔는데, 그때 판매원이 나를 향해 소리쳤다. 특별 전시도 있다는 내용이었다. 그녀가 쓴 단어 그대로다. 나는 뭐가 그렇게 특별한지 물었다. 그녀는 모네라고 대답하고서 또다시 쓸데없는 이야기를 시작했다. 이번에는 바로 여자의 말을 잘랐다. 그리고 단호하게 건물 안에 있는 모든 작품을 보고 싶다고 말했다. 그래서 온 거라고. 그녀는 나에게 호기심 어린 시선을 던지고 티켓을 하나 더 팔았다. 이번에는 다행스럽게도 말은 전혀 하지 않았다.

내 계획은 거의 즉시 문제에 부닥쳤다. 시간상 그리고 전략상, 첫 번째 전시실이 예상보다 훨씬 더 어렵다는 게 드러났다. 그림당 2분 30초라는 목표 시간을 지킬 수 없었다. 각 작품의 주요 항목을 만족스럽게 정리할 수 없었기 때문이다. 첫눈에 논리적인 패턴(집+사거리+나무+봄 날씨=작은 프랑스 마을의 신선한 분위기)에 딱 들어맞아서 그걸 보는 게 왜 즐거운지 합리적이고 그럴듯한 이유를 제공해주는 그림도 있었다. 하지만 바로 이해 가능한 확실한 이유(얼룩+방울+선+색깔=실험적인 물감 사용)를 제시하지 않고, 계속 보고 있다 보면 전혀 다른 것(얼룩+방울+선+색깔=x)이 눈에 들어오는 그림들도 많았다. 그리고 공통적으로, 내가 모든 그림을 필요 이상으로 오래 보고 있다는 문제가 있었다.

벽화 때와 똑같은 현상이었고, 그래서 다시 한번 스스로에게 물었다. 왜 필요한 정보를 얻는 이상으로 시간을 들여 보고 있는가? 마치 내 뇌가 전혀 다른 경로로 길을 바꾼 것 같았다. 한 그림에서 다음 그림으로 넘어가면 똑같은 일이 벌어졌다. 첫 번째 전시실에만 할당된 시간의 거의 절반을 소비했다. 나는 소리 내어 한숨을 쉬었다. 라우라 헬란토를 만나기 전에 모든 전시실을 돌 가망성은 이제 없었다. 게다가 예술 작품을 조사하는 건 지금 내가 최우선으로 생각해야 할 임무가 아니었다. 훨씬 더 중요한 문제는 대금업을 시작하고, 교수형을 피하고, 서로가 원하지 않는 협력 체제가 유지되는 한 그동안에는 프로 범죄자들을 행복하게 만들어주는 거였다.

하지만 지금 나는 여기에 있다.

나는 주위를 둘러보며 왠지는 모르지만 다른 것들보다 마음에 드는 그림을 다시 한번 보고 싶은 욕망에 저항했다. 동시에 전시실 안의 사람들도 보았다. 세 명뿐이었다. 전시실 반대편에 있는 커플, 그리고 한가운데에 서 있는 여자. 그 여자는 내가 이 전시실에 있는 동안 내내 거의 같은 자리에 서 있었다는 걸 깨달았다. 근사한 예술품에 홀리는 문제를 가진 사람이 나 혼자만은 아닌 모양이었다.

나는 재빨리 결심을 하고서 특별 전시실로 향했다. 이름이 꽤 그럴듯했다. 나에게는 특별한 해결책이 필요했으니까.

모네는 괜찮겠지.

전시는 멋지게 시작했다. 그림 수가 더 적고, 크기는 더 컸고, 명확한 패턴과 형태가 있었다. 그것들을 이해한다는 관점에서는 꽤 조짐이 좋았다. 나는 첫 번째 그림에 시선을 고정한 채로 다가갔다. 거기에만 시선을 고정하고 있어서 같은 방향으로 향하는 발소리가 바로 옆까지 왔을 때에야 느껴지고 들릴 정도였다. 나는 시선을 돌렸다.

라우라 헬란토.

그녀를 본 순간 내 안에서 따뜻한 감각이 슬그머니 솟았다. 설명할 수 없는 기쁨과 즐거움, 흥분. 이해할 수가 없었다. 그녀를 마지막으로 본 건 탐험공원에서였고, 겨우 몇 시간 전이었다. 나는 과잉 반응이라고 생각했다.

"안녕하세요."

그녀가 말했다.

"안녕하세요."

나는 그렇게 대답하고서야 여기서는 조용히 말해야 한다는 사실을 깨달았다.

"오셨네요. 여기 어때요?"

라우라 헬란토가 물었다.

나는 재빨리 첫 번째 그림을 보았다. 3미터 폭에 2미터 높이였다. 일종의 연못에 흐릿한 꽃과 수련이 있는 것 같았다. 어쨌든 기분 좋을 정도로 요소가 몇 가지 없었다.

"그림 크기가 마음에 들어요. 한 번에 하나씩만 묘사하는 것도 좋고. 난 집중할 수 있는 게 좋거든요."

나는 그렇게 말했다.

"모네는 같은 연못에서 그림을 여러 점 그렸죠."

"아. 수련 하나당 그림 하나씩인가요."

내 말에 라우라 헬란토는 웃음을 터뜨리며 한 손으로 입을 막았다. 그렇게 재미있는 말을 한 것 같지는 않은데. 나는 그저 가장 논리적이고 그럴듯한 시나리오를 말했을 뿐이다. 딱 하나의 연못에, 수련 꽃송이는 차치하고도, 수련이 몇 개나 들어갈 수 있을까? 우리는 잠시 조용히 모네의 그림을 보았다.

"내 말 오해하지 마세요. 하지만 당신이 미술관을 좋아하는 사람이라고는 생각하지 않았어요. 이렇게 관심을 가질 줄은 몰랐네요."

"난 미술에 굉장히 관심 있어요."

나는 완벽히 솔직하게 말하고서 덧붙였다.

"하지만 당신 벽화만큼 근사한 건 아직 못 봤어요."

곁눈으로, 혹은 오른쪽 뺨으로 라우라가 나를 힐끗 쳐다보는 걸 느꼈다. 그림 앞에 조용히 서 있다가 마침내 라우라가 침묵을 깨뜨렸다.

"조용히 감상하고 싶어요? 사실 난 두 번째거든요. 전에 이미 한 번 봤어요."

"그러면 각각의 그림을 나한테 설명해줄 수 있겠네요."

내가 말했다.

"그럼요. 내가 좀 알거든요. 아는 건 설명해줄게요. 그런 다음에 해설을 듣고 내가 어떤 부분을 맞혔는지 얘기해줘요."

"라우라 씨의 답을 확인할 시간이 있을까 모르겠네요. 미술관은 금방 문을 닫을 텐데요."

라우라는 미소를 지었고, 거의 소리 내어 웃었다.

"당신은 유머 감각이 있다니까요."

그녀는 그렇게 말했지만, 난 그녀가 무슨 말을 하는지 전혀 알 수 없었다.

우리는 커다란 전시실 두 개를 돌아보며 여러 그림 앞에 각기 다른 시간 동안 서 있었다. 놀랍게도, 커다란 그림은 몇 마디 안 하고 지나치고 훨씬 작은 그림 앞에 멈춰서 한참 동안 쳐다보기도 했다. 라우라의 이야기를 전부 이해하지는 못했지만, 그래도 그녀는 훌륭한 가이드였다. 그녀는 내가 알아내려고 했던 것들에 대한 설명을 제공해주지 않았으나 그런 건 전혀 상관없었다. 라우라가 함께 있는 것, 그녀의 목소리, 그림의 존재. 지금은 그게 훨씬 중요하게 느껴졌다. 아니, 그게 더 중요했다. 그러다가 곧장 이런 생각이 들었다. 내가 도대체 어떻게 된 거야?

관람은 가장 큰 그림 앞에서 끝이 났다. 사실 세 개의 그림으로 이루어진 작품으로, 세 액자가 함께 붙어 있었다. 전체가 가로로 거의 5미터이고 바닥에서 위로 2.5미터는 될 것 같았다. 무슈 모네는 연못을 실물 크기로 그린 모양이었다. 그림에서 수련 말고도 많은 걸 보는 라우라 헬란토의 이야기에 나는 귀를 기울였다. 점차 탁한 연못 속으로 가라앉는 느낌이었다. 물은 따뜻하고 기분 좋았다. 라우라의 머리카락 같은 향기가 나고…….

"10분 후에 문을 닫습니다."

스피커에서 나오는 관리인의 목소리에 나는 지금 이 순간으로 돌아왔다.

라우라가 미소를 지었다.

"이젠 내가 맞게 이야기했는지 확인할 기회가 없겠네요."

"그럴 필요는 없을 것 같아요. 혹시 미술 이야기를 좀 더 나눌 시간이 있나요?"

내가 물었다. 라우라는 짧게 웃음을 터뜨렸다. 하지만 곧 진지해졌다.

"솔직히 말해서 아무도 그런 식으로 데이트 신청을 한 적은 없어요."

"그런 식이라니요?"

"시간이 있나요, 라고……. 괜찮아요. 딸은 사촌하고 같이 중간 방학을 보내고 있거든요. 얼마든지요. 미술 이야기를 좀 더 해보죠."

8

"난 내가 유명한 화가가 될 거라고, 그건 확실하다고 생각했어요. 아직 나만의 스타일을 찾지 못했을 뿐이라고 여겼죠."

라우라는 그렇게 말했다.

"어쨌든 겨우 열여덟 살이었으니까요. 그러니까, 난 내 스타일이 어떤 것일지, 어디서 그걸 찾아야 할지조차 파악 못 한 상태였어요. 그러다가 런던에 가서 헬렌 프랑켄탈러 전시회를 보게 됐어요. 그게 문을 열어줬죠. 그리고 그 여행에서 내 눈으로 직접 고전 미술을, 각각 나름의 독특한 방식으로 나에게 중요했던 작품들을 본 게 정말로 도움이 됐어요. 커새트, 터너, 피사로, 시슬레, 드가 그리고 물론 모네도요. 다들 언제나 모네에 대해 얘기하죠. 헨리 씨까지도. 그리고 그건 사실이죠. 난 피사로가 제일 좋아요. 시간 속에서 딱 한 순간을 포착하고 빛을 잡아내서, 사소한 순간을 영원하고 아름다운 것으로 바꿔놓는 사람이 또 누가 있겠어요? 그러다가 테이트모던과 테이트브리튼 미술관에서 폴록, 호크니, 로스코를 봤고, 거기서 프랑켄탈러 전시회도 갔어요. 그리고 역시 그 여행에서 그 유명한 클림트 작품이 가득한 빈의 벨베데레 미술관도 방문했죠. 〈키스〉도 있었어요."

나는 라우라 헬란토가 하는 이야기를 다 알아듣지는 못했지만, 그저 그녀의 이야기를 듣는 게 즐거웠다. 물론 그녀가 미술에 대해서 이야기한다는 건 알지만, 언급되는 이름들이 나에게는 아무 의미도 없었다. 우리는 카이사니에미의 술집에 앉아 있었다. 아테네움을 떠날 무렵엔 이미 어두웠다. 처음에는 비가 보슬보슬 뿌리는 정도에 불과했지만 입구 계단을 내려가서 길거리로 나오자 거세졌다. 이제 창문 너머 보도에서는 수천 개의 빗방울이 춤을 추고 땅과 하늘 사이에는 물이 가득했다. 번개가 거대한 카메라 플래시처럼 주위를 밝혔다. 폭풍우는 우리 바로 위에 있었다. 탁자에서는 촛불이 타올랐다. 보통 때는 이게 조명이라는 측면에서도, 전체적인 공간 기능이라는 측면에서도 불필요하다고 생각했을 것이다. 수많은 술집 인테리어의 기본 요소이고, 오로지 분위기를 근사하게 만들어 매출을 올리는 게 목적인 물품이다. 하지만 지금은 부드럽게 깜박이는 이 불빛이 라우라 헬란토라는 활기차고 매력적인 존재, 그녀의 자유분방한 머리카락과 청록색 눈에 완벽하게 어울린다고 생각했다.

"헨리 씨는 어때요?"

"난 미술에 관해서는 초보죠. 기꺼이 인정합니다."

내가 대답했다.

"전반적으로 어떤 사람이냐는 말이었어요. 당신은 어떻게……
그 뭐였죠? 이전 직업이요."

"보험계리사요."

나는 그렇게 대답한 다음, 어떻게 수학에 끌리게 됐는지, 왜 수
학을 활용하는 게 가장 중요한 임무라고 믿게 됐으며 지금도 믿고
있는지, 왜 직장을 그만뒀는지에 대해서 짧게 설명했다. 그리고
정신없었던 어린 시절과 수학이 제공하는 편안함과 구원, 그리고
구조조정에 따른 나의 해고의 부당함에 대해서도 이야기했다.

라우라는 창밖의 비를 보다가 다시 나를 쳐다보았다.

"헨리 씨는 열려 있네요."

그녀가 말했다.

"그런 상황이죠."

내가 대답했다.

"네, 그렇죠. 내 말은, 대부분의 사람들은 그런 개인적인 것들을
첫 번째…… 처음 만난 자리에서는 이야기하지 않는다는 뜻이었
어요."

"거기에 대해선 잘 모르겠어요. 내겐 굉장히 드문 상황이에요.
대체로 다른 사람들은 내 관심을 끌지 못해요. 하지만 당신에게는

관심이 생겨요. 미술관에서 라우라 씨의 이야기를 전부 다 들었지만, 몇 시간이라도 더 들을 수 있을 거예요. 라우라 씨의 벽화, 그림, 아니면 지금은 스케치라고 불러야 할까요, 그것도 몇 시간씩 보고 있을 수 있어요. 난 라우라 씨가 정말 뛰어나다고 생각해요."

의도한 것보다 더 오래, 계획한 것보다 더 많이 이야기했다는 걸 바로 깨달았다. 촛불, 라우라의 눈, 그녀의 향기, 모네 그리고 다른 그림들. 내 생각은 기묘하고 새로우면서도 동시에 꽤 기분 좋은 방향으로 흘러가고 있었다. 마치 물에 뛰어든 다음에야 수영을 하기로 결정한 것처럼, 정확히 내가 방금 이야기한 방식대로 생각하고 있다는 걸 깨달았다.

라우라 헬란토는 웃을 것 같은 표정이었다가 뭔가 떠올린 것 같았다. 그녀의 표정이 진지하게, 거의 슬프게 바뀌었다.

"그건 잘 모르겠네요. 하지만 그렇게 말해주다니 헨리 씨는 정말 친절하네요. 고마워요."

그리고 그녀는 침묵에 잠겼다. 우리는 맥주를 마셨고, 다시 하늘이 번쩍였다. 우리 둘 다 하늘을 올려다보았다. 내 눈이 라우라에게로 돌아갔다. 그래, 그녀의 얼굴에는 낙담한 기색이 있었다.

"뭐 걱정되는 게 있어요?"

라우라는 퍼뜩 정신을 차렸다. 그녀는 고개를 젓고 미소를 지었다.

"솔직히 말해도 될까요?"

"난 그게 최선이라고 생각해요. 그게 무례하다고 하는 사람도 있지만, 이득이 잠재적 결점을 훨씬 상회하죠. 정확한 비율은 모르겠지만 내 경험상 상대를 화나게 만들 가능성은 10퍼센트를 넘지 않을 거예요. 그 말은 솔직함의 성공률이 90퍼센트라는 거죠. 엄청나게 높은 확률이에요."

"헨리 씨는…… 정말로 나름의 스타일이 있군요."

그녀가 아마도 웃는 듯한 표정으로 말했다.

"좋은 겁니까, 나쁜 겁니까?"

나는 진심으로 호기심이 생겨서 물었다.

"좋은 거예요."

라우라가 대답했다.

라우라가 말을 잇고 싶어 하는 것 같아서 나는 아무 말도 하지 않았다. 그녀는 탁자에 팔꿈치를 기댔다.

"헨리 씨는 솔직하고 믿음직스러워요. 난 그게 좋아요. 생각하는 걸 말하고, 자기 말을 지키죠. 그게 얼마나 드문지 알고 있나 모르겠네요. 헨리 씨는 자신이 말하는 그대로예요."

"난 그냥—"

"보험계리사죠. 알아요. 전반적인 걸 말하는 거예요. 헨리 씨는 다른 사람들과 달라요. 이것도 좋은 거예요. 그리고 헨리 씨가 나름의 별난 방식으로 재미있어 보이는 것도 괜찮아요. 이건 플러스 요소예요. 미술관에서까지 정장에 넥타이 차림인 것도 훌륭해요.

그런데 내가 말을 너무 많이 했네요. 지나치게 많이요. 긴 하루였거든요. 일찍부터 일을 시작했고, 모네에 이제는 맥주까지. 목이 말라서 너무 급하게 마셨나 봐요. 잘 모르겠어요. 난 좀……."

문장이 분명히 다 끝나지 않았는데도 라우라는 말을 잇지 않았다. 나는 잠시 기다렸다.

"신경 쓰이는 게 있죠?"

내가 물었다. 라우라는 의자에 몸을 기댔다.

"절대로 그냥 넘어가지 않을 거죠?"

"네, 그렇죠."

라우라는 고개를 저었다. 그리고 미소를 지었다. 아까와는 다른 미소였다. 이번에는 그리 열의가 담겨 있지 않았다.

"벽화 때문에요."

그녀가 마침내 말했다.

"우린 예산과 일정에 합의했잖아요. 라우라 씨는 그림만 그리면 돼요."

하늘이 다시 번쩍였다. 비가 더 이상은 거세지지 않을 거라고 생각했는데, 아무래도 더 퍼붓는 모양이었다.

"바로 그거요. 그림이요. 난 지금까지…… 지금까지 어떤 것도 해내지 못했어요. 스케치와 계획까지는 했고, 가끔은 아주 복잡한 계획도 세웠죠. 그러고 나면 흥분되고, 빨리 시작하고 싶어져요. 그런데 붓을 들고 시작해야 할 때가 되면 왠지 모르게 못 하겠어요……. 난 새로운 아이디어가 떠오를 때까지 시작을 미루고 또 미루다가 흥분되는 새로운 계획을 세우고 스케치를 하죠……. 이런 건 아직 아무한테도 말한 적이 없어요."

그녀에게는 확실히 어려운 문제인 것 같았다. 그녀의 표정에서, 몸짓에서 그걸 읽을 수 있었다. 그녀의 잔이 거의 비었다.

"맥주 한 잔 더 주문할까요?"

내가 물었다.

"그게 도움이 될까요? 일을 시작하려면 술을 마셔야 할까요?"

그녀가 말했다.

"내 말뜻은―"

"무슨 말인지 알아요."

그녀가 미소를 지었다. 우수 어린 미소라고 할 수 있을 것 같았다.

"아뇨, 됐어요. 마실 만큼 마신 것 같아요."

"나한테도 문제가 있어요."

내 말에 라우라는 나를 쳐다보았지만 아무 말도 하지 않았다.

"모두에게 문제가 있겠죠. 하지만 그건 다음에 할 이야기고요. 난 내 문제를 수학으로 해결해요."

"헨리 씨의 문제 전부를요?"

"네."

"그건…… 흥미로운 사고방식이네요. 하지만 내가 탐험공원의 벽을 바라보면서 수학으로 뭘 할 수 있을지 모르겠네요. 그냥……
보고만 있는데요. 그걸 보고 있으면 정말로 기운이 쭉 빠져요."

"그걸 벽으로 보니까 그런 거예요. 그건 미지의 변수예요. 벽은
x예요."

"벽이 x라고요?"

나는 고개를 끄덕였다.

"이 시점에서 난 한 걸음 물러서요. 지금 입수할 수 있는 정보가
무엇인지, 어떤 조건이 제시되었는지 살펴봐요. 전에 같은 문제
를 마주한 적이 있는지, 같은 문제를 다른 형태로 접해본 적이 있
는지 고려해봐요. 한 번에 문제 전체를 다 풀 수 없다면, 한 부분
만은 풀 수 있을까? 문제 일부에 대한 해결책이 다음 부분을 푸는
데 중요한 실마리, 열쇠가 될까?"

라우라는 아무 말도 하지 않았으나 표정으로 보아 듣고 있는 것
같았다. 나는 말을 이었다.

"나라면 가장 현실화하기 쉽다고 생각되는 스케치를 고를 거예
요. 그런 다음 스케치를 보고 다시 가장 현실화하기 쉬운 부분을
고를 겁니다. 그리고 스케치를 어떻게 그릴지 가장 쉬운 계획을
세우고, 그 계획을 점검하고, 그다음에는 너무 많은 생각을 하지
않고 계획을 수행할 거예요. 그렇게 하면 더 큰 문제를 풀기 전에
새로운 도구가 최소한 하나는 생기죠."

"나도 다 알아요."

그녀가 말했다.

"하지만 실제로 해봤어요?"

"아뇨."

그녀가 고개를 저으며 대답했다.

"수학은 여기서도 우릴 도울 수 있어요. 그냥 계획에 따라요."

"그러면 x가 뭔지 찾게 될까요?"

"그건 약속할 수 없어요. 하지만 내가 알고 느낄 수 있는 요소들, 특히 초수학적인 것들을 바탕으로 할 때는 찾을 수 있고, 심지어 가능성도 아주 높아요. 이미 말했듯이 당신은 뛰어나니까요."

우리는 침묵 속에 앉아 있었다.

라우라가 물었다.

"헨리 씨는 누군가에게 관심이 있다는 걸 깨달으면 어떻게 하나요? 그 사람들도 x라고 생각해요?"

9

열차는 붕 떠서 가는 것 같았다. 어두운 가을밤 속에서 주택과 빌딩의 불빛이 반짝이고 번뜩이고 껌벅여서 누군가가 열차를 맞히려고 그것들을 던지는 것만 같았다. 하지만 열차는 날아가고 있고, 어떤 것에도 맞지 않을 것이다. 밤 11시 15분이고, 내 뺨은 따뜻하면서 바르르 떨렸다. 라우라 헬란토가 뺨에 해준 키스가 열차 속에서 나와 함께 빛의 속도로 달리고 있었다.

기묘하게도, 나는 우리 대화를 논리적인 순서로 기억할 수가 없었다. 머릿속은 총천연색 만화경 같은 조각들로 뒤죽박죽이었는데, 어떤 조각은 처음으로 되돌아가 계속 반복되면서 다른 조각들 위로 겹쳐졌다. 심지어는 가만히 앉아 있는데도 숨이 약간 가빴다. 내가 무슨 이야기를 했는지도 잘 모르겠다. 특히 흐릿한 건 역 앞에서 작별 인사를 할 때, 라우라가 가까이 다가와 저녁 시간이 정말 근사했다고 감사 인사를 하고는 우리가 중부 유럽 어딘가에 있는 것처럼 내 뺨에 키스를 했던 부분이다. 키스 후에는 내가 벽화 성공 가능성이 120퍼센트 정도라는 식으로 이야기한 듯한 흐릿한 기억이 난다. 그 말이 어디서 나왔는지는 모르겠다. 내가 한 말 같지 않았다. 전 상사 페르틸래가 할 법한 말 같지만, 실제로 내가 그런 의미의 말을 했던 것 같다. 심지어는 플랫폼으로 걸어온 것, 밤을 가르며 가볍게 날아가는 이 통근열차에 올라탄 것조차 기억나지 않았다.

라우라의 목소리가 여전히 내 귀에 울리는 가운데 열차가 멈추고, 파란색과 하얀색으로 빛나는 낯익은 역 이름이 보였다. 칸넬매키역에 도착했다. 나는 벌떡 일어나서 문이 닫히기 직전에 간신히 열차에서 내렸다. 계단을 내려가는 동안 내내 이 몽롱한 상태가 당황스러웠다. 내릴 역을 놓칠 뻔하다니. 이런 일이 얼마만이지? 한 번도 없었다는 게 정답이다. 땅 위를 둥둥 떠서 걸어가는 것만 같았다. 조금 전 열차가 그랬던 것처럼, 내가 허공에 떠 있는 것 같았다.

밤은 싸늘했지만 바람은 불지 않았다. 가을밤에는 독특한 향기가 있다. 서리로 덮여 쭈글쭈글한, 처음 떨어진 낙엽들, 축축한 땅, 비 때문에 맑아진 공기. 대각선으로 건너편, 나의 집 계단으로 이어지는 문 위쪽에서 밝게 빛나는 H를 보았다. 쇼펜하우어가 나의 늦은 귀가에 화를 내는 모습이 눈앞에 보이는 것 같아서 뭘로 보상을 해줘야 할까 생각했다. 내가 횡단보도로 내려서는 순간, 뒤쪽에서 차 소리가 나더니 H가 내뿜는 불빛 속에서 나오는 누군가가 보였다. 나온다고 한 이유는 그 사람이 거기 한참 동안 서 있다가 이제야 움직인 게 분명하다는 걸 깨달았기 때문이다. 몸을 살짝 기울이면 보닛의 온도까지 알 수 있을 정도로 차의 보닛과 눈부신 헤드라이트가 나에게 바싹 다가와 멈춘 순간에 나는 그 사람을 알아보았다. 나는 AK와 SUV 사이에 낀 채 횡단보도에 서 있었다.

이번에도 SUV 안의 공기에는 강한 애프터셰이브 냄새가 가득했다. 에어컨 역시 지난번처럼 내 발에 차가운 공기를 뿜어냈다. AK는 이번에는 내 자리 등 쪽으로 팔을 뻗어서 내 머리 뒤로 팔을 올려놓았다. 아무 때나 그의 주먹이 뱀처럼 내 목을 붙잡아 꽉 조일 것 같은 불편한 기분이 들었다. 도마뱀 사나이는 운전을 했다. 밤의 길거리와 도로는 텅 비었고, 그는 지난번처럼 철저하게 제한 속도를 지키지는 않았다.

한 가지는 분명했다. 도마뱀 사나이와 AK는 깨어 있는 시간의 상당 부분을 나에게 할애하고 있는데, 그들이 나를 최우선으로 여기거나 그저 달리 갈 곳이 없거나 둘 중 하나일 것이다. 이걸 소리

내서 이야기하지는 않았다. 지금은 해결해야 하는 더 급한 문제가 있으니까.

"이게 은행업을 시작하는 것과 관련된 거라면…….'

"아니야.'

도마뱀 사나이가 대답했다.

"그럼 무슨 일인지 알 수 있을까요?'

"찍어보지?'

"저는 찍는 건 좋아하지 않습니다. 특히 제 추측이 몇 개의 변수를 바탕으로 하는지조차 알지 못하는 이런 상황에서는 더더욱이요.'

도마뱀 사나이는 고개를 저었다. 거울로 그의 눈이 보였다. 그는 웃고 있었다. 상냥한 웃음은 절대 아니었다. 그는 침묵을 지켰다. 나는 이 SUV에 탔던 지난 두 번을 떠올렸다. 첫 번째는 호숫가로, 그다음에는 헛간으로 갔다. 두 번 모두 별로 좋은 기억은 아니었다. 우리는 곧 반타의 외진 어딘가로 갈 것이다. 어딘지는 전혀 모르겠다.

집들이 뒤로 사라지고 앞으로 공업용 건물들이 나타났다. 거의 자정이라서 대부분 어두웠다. 진공청소기, 음료병, 러닝화에서 본 적 있는 회사의 네온 로고가 빛나는 큰 건물 두어 개를 먼저 지나갔다. 그다음부터는 이름이 설명적으로 변했다. 주로 성(姓)에 타이어, 기계, 페인트, 인테리어처럼 확실한 특성을 붙이는 식이었다. 그런 걸 지나자 이름은 아예 사라졌다. 이제는 아무 표시도 없는 건물들을 지났다. 완전히 어둠에 싸여 있거나, 노란색 야간 조명을 흐릿하게 켜놓기도 했다. 마침내 속도가 느려지고 철조망 울타리를 친 문을 통과해서 길게 늘어선 차들 끝에 멈췄다. 엔진이 꺼졌다. AK가 차를 빙 돌아서 내 쪽 문을 열어주었다.

우리 앞에 2층짜리 건물이 있었다. 커다란 음악 소리가 안에서 울려 퍼졌다. 쿵쿵거리는 베이스 소리가 들렸다. 좀 더 자세히 살펴보니 주차장의 차들은 대체로 꽤 비싼 것들이었다. 건물 벽에는 여기가 차를 사고파는 곳이라는 표시가 전혀 없었다. 그리고 차들도 몇 달씩 앞뜰에 서 있었던 것처럼 보이지 않았다.

도마뱀 사나이가 나에게 오라고 손짓했다. 문 앞에 다가가서 그는 한 손을 흔들었다. 그가 문과 인사를 하는 건가 잠깐 생각했지만, 곧 벽에 있는 작은 카메라를 발견했다. 커다란 버저 소리가 나고 자물쇠가 찰칵 소리를 냈다. 도마뱀 사나이가 문을 당겨 열고서 나에게 따라 들어오라고 손짓했다.

문 바로 뒤에는 묵직하고 두꺼운 커튼이 두 겹 쳐져 있었다. 하나를 젖히자 소리가 더 커졌다. 다른 하나까지 젖히자 음악이 내 가슴 속까지 울렸다. 층고가 높은 방이었다. 천장에 매달린 디스코볼이 방 안으로 수천 개의 번쩍거리는 빛을 쏟아냈고, 여러 가지 색깔의 밝은 스포트라이트가 중간중간 방 안을 지나갔다. 담배와 시가, 알코올과 향수 냄새가 났다. 그리고 다른 것, 달콤하면서도 약간 퀴퀴한 냄새도 났다. 왼쪽에는 바가 있고 오른쪽에는 소파와 안락의자, 테이블이 있었다. 테이블 위에는 잔과 병이 가득하고 의자에는 아마도 바깥에 있는 차의 주인일 것 같은 다양한 덩치의 사람들이 앉아 있었다. 나는 그 자리에 서서 서른 명까지 셌다. 조명이 하도 불안정해서 이 사람들의 외모에 대해서는 무슨 말도 하기가 어려웠다.

내 바로 앞에는 약간 높은 단상이 있고 여자 둘이 춤을 추고 있었다. 얄팍한 속옷과 하이힐 말고는 완전히 벗은 상태였다. 나는 딱히 리듬감이 좋지 않다. 한 번도 주의를 기울여본 적 없는 인간 행동이었다. 하지만 여자들의 춤이 쿵쿵거리는 음악과 아주 잘 어우러진다는 건 알 수 있었다.

"뭘 마시겠어?"

도마뱀 사나이가 내 귀에 대고 소리쳤다.

"집에 가도 될까요?"

내가 물었다.

"아니."

AK는 내 옆에 남고 도마뱀 사나이는 바로 향했다. 그는 곧 돌아와서 내 손에 외국 맥주병을 건네고 AK에게 고개를 끄덕였다. 그는 내 팔을 아플 정도로 꽉 쥐고 어두컴컴한 나이트클럽 안쪽으로 끌고 갔다. 방의 안쪽으로 또 다른 커튼이 있었다. 벽 전체를 다 덮을 정도였다. 커튼은 왼쪽만 열려 있었고 우리는 그쪽으로 향했다. 커튼 너머 안쪽 방에는 좀 더 은밀한 소파와 의자가 있었다. 방 가운데에 낮은 테이블이 있고 반원형 소파가 그 주위로 놓여 있었다. 조명은 새빨간 색깔이었다. AK가 내 등을 떠밀고 앉으라는 듯이 손짓했다. 나는 소파에 앉아서 탁자에 맥주병을 내려놓았다. 마시고 싶지 않았다. AK는 잠시 나를 쳐다보다가 커튼을 닫았다. 그는 커튼 반대편에 남았고 나는 빨간 부스에 혼자 앉아 있었다.

두껍고 까만 커튼은 시끄러운 음악을 효과적으로 차단해주었다. 나는 주위를 둘러보았다. 방구석에 거울이 있어서 내 모습이 보였다. 화장실 휴지가 놓여 있는 선반과 안이 보이지 않는 그릇도 있었다. 굉장히 느낌이 이상한 공간이었다.

내가 일어나서 나가려고 할 때 커튼이 열리고 단상 위에서 춤추던 여자 중 한 명이 들어왔다. 이제는 속옷조차 입고 있지 않았지만 발에는 여전히 하이힐을 신고 있었다. 긴 금발에 화장을 두껍게 했고, 눈은 나를 보는지 나를 지나쳐서 보는지 아니면 그저 나를 꿰뚫고 보는지 혹은 전부 다인지 알 수가 없었다.

"누가 오럴 섹스를 주문했는데요."

그녀가 말했다.

"뭐라고 하셨죠? 전 그런 거 주문한 적이 없어요. 이건 말도 안 되는 거예요."

여자가 멈췄다. 하지만 눈 깜짝할 동안뿐이었다.

내가 이건 불운한 착오라고 덧붙이기도 전에 여자는 내 무릎에 앉아서 나를 쳐다보았다. 여자의 입술이 내 입술을 찾아서는 금속에 자석이 붙듯이 찰싹 달라붙었다. 여자에게서 립스틱과 담배 맛이 났다. 여자는 내 왼손을 잡아 자신의 엉덩이에 갖다 댄 다음 내 손가락 위에 자신의 손가락을 올리고는 자기 엉덩이를 꽉 움켜쥐었다. 좀 더 정확하게 말하자면, 그녀의 도움을 받아 내가 그 여자의 엉덩이를 꽉 쥐었다. 여자는 내 입술에서 자신의 입술을 떼고 자기 가슴을 내 입에 갖다 댔다. 나는 고개를 돌리려고 했지만 워낙 가슴이 커다랗고 단단해서 내 입 안으로 가득 들어왔고 여자가 내 머리를 자기 몸에 꽉 눌러대서 물러나려 하면 뺨이 아플 정도였다.

우리가 레슬링이라도 하는 것처럼 여자는 내 머리카락을 잡아당겼다. 나는 머리를 뒤로 젖히다가 미끄러져서 등을 대고 누웠다. 오른손으로 여자의 손가락을 내 머리카락에서 떼려고 했지만 여자의 주먹은 단단했다. 곧 여자는 엉덩이를 쥐고 있던 내 손을 움직여 자신의 다리 사이로 옮겼다. 나는 여전히 엉켜 있는 우리 손가락이 어디로 향했는지 정확하게 알 수 없었다. 이 무렵에 나는 소파에 누워 있었고 여자가 계속해서 내 머리카락을 비틀어대서 고통으로 비명을 지르는 중이었다.

모든 일이 너무 빠르게 일어나서 겨우 몇 초 정도 걸렸고, 나는 내가 원하는 방식, 즉 합리적으로 대처할 수 없을 정도로 당황했다. 게다가 너무 놀라서 거의 꼼짝 못 하는 상황이었다. 여자의 모든 행동이 능숙하고 계산적으로 느껴졌다. 이런 일을 전에도 여러 번 해본 것처럼.

여자는 내 위에서 몸을 흔들며 전보다 더 세게 내 머리카락을 잡아당기고, 놀랄 만큼 강하고 빠르게 앞으로 1미터쯤 미끄러져서 내 얼굴이 의자라도 되는 것처럼 그 위에 앉았다. 나는 내 입이 어디 있는지 알 수 없었지만 소금과 바닐라 커스터드가 섞인 맛이 느껴졌다. 이제 여자는 낡은 걸레를 구석구석 빠는 것처럼 내 머리카락을 엄청 세게 오른쪽으로, 왼쪽으로, 앞뒤로 당겼다. 자유로운 한 손으로, 여자가 놀랄 만큼 고통스러운 기술로 손가락을 비틀고 있지 않은 손으로, 나는 여자의 엉덩이를 내 뺨에서 떼어내기 위해 붙잡으려 했다. 내가 겨우 꽉 잡았을 때 여자는 내 위에 올라탔던 만큼이나 빠르게 내 위에서 내려왔다. 여자는 다시 커튼 쪽으로 가서 오른쪽을 걷고 사라졌다. 무대로 돌아가면서 AK 앞으로 몇 센티미터 스쳐 갔지만 둘 다 서로를 힐끗 쳐다보지도 않았다.

마침내 나는 소파에서 일어나 앉았다. 머리카락이 절반은 빠진 것 같았고 두피에는 불이 붙은 것 같았다. 나는 일어서다가 바지가 발목까지 내려간 것을 깨달았다. 핸드폰을 손에 들고 나를 찍는 AK가 보였다.

나중에 나는 AK가 그저 자기 즐거움을 위해 사진을 찍었다는 걸 알게 되었다. 그들에게는 이미 다른 사진이 수십 장 넘게 있어서 그 사진은 필요하지 않았다. 도시로 돌아오는 길에 알게 된 사실이었다. 나는 AK가 내 무릎 위로 밀어준 아이패드에서 30초 동안 온갖 이미지를 넘겨 보았다. 사진으로 보면 내가 벌거벗은 여자와 특별히 열띤 행위를 하는 것 같았다. 내가 만족할 수 없는 욕망을 채우기 위해 나 자신의 의지로 모든 일을 하는 듯한 인상을 주는 사진들이었다. 내가 쾌락에 들뜬 남자, 스스로 통제하지 못하는 호색적인 손을 가진 남자로 보였다.

"이제 내 말 잘 들어, 이 머저리 자식아."

도마뱀 남자가 앞 좌석에서 말했다.

"네가 만났던 커다란 남자, 빅맨은, 네가 쓰는 돈의 주인께서는 말이야, 고용인들이 그런 짓을 하는 걸 좋아하지 않아. 믿을 수 없는 놈이라는 뜻이니까. 그리고 그분이 믿을 수 없는 놈들을 어떻게 하는지 기억할 거야. 줄에 매달아버리지. 기분이 좋을 땐 말이야. 너, 머릿속에 똥만 찬 로봇 같은 네놈은 처음에 그 잘난 척하는 소리를 늘어놓던 그때부터 날 열받게 했어. AK가 네놈 목을 부러뜨리게 놔뒀어야 하는데. 이제 네놈은 그 원 플러스 원 전략으로 빅맨까지 속여 넘겼지만, 그건 전부 싹 사라질 수도 있어, 알겠

어? 한순간에 말이야. 내가 그 사진을 빅맨에게 보여주기만 하면
넌 그 헛간 서까래에 매달리게 될 거야. 카피셰*, 머저리?"

나는 아무 말도 하지 않았다. 도마뱀 사나이의 눈이 거울 속에
서 번뜩였다.

"좋아. 알아들을 수 있게 간단하게 설명하지. 우린 이제 네 사진
을 갖고 있어. 내가 시키는 대로 하지 않으면 이 사진을 빅맨과 네
마누라, 혹은 여자친구에게, 혹은 네가 놀아나고 있는 염소든 뭐
든에게 보내버릴 거야, 알겠어? 이 사진에 관한 설명도 함께. 네놈
이라면 주마 주마룸**이라고 하겠지, 이제 날 위해서 일하는 거야.
내가 널 소유한 거야."

나는 절대로 주마 주마룸 같은 말을 하지 않겠지만, 도마뱀 사
나이에게 대꾸하진 않았다.

"꽤 즐겼을 테지? 이라는 화끈하니까."

"이라?"

"엄청 들떴을 테고?"

"왜 그 여자는…… 나에게 그런 식으로 접근한 겁니까?"

"내가 시켰으니까."

"선생은 벌거벗은 사람에게 낯선 사람의 무릎에 가서 앉으라고

---

* 이탈리아어로 '알겠어'라는 뜻.
** 독일어로 '전체적으로'라는 뜻.

시킵니까?"

도마뱀 사나이가 웃었다. 헛간에서처럼 비웃고 경멸하는 웃음이었다.

"이라는 그보다 심한 것도 할 수 있어."

"선생의 지시에 따라서요?"

"그래, 내가 시키면 말이야. 드디어 내 말을 알아들은 모양이군. 아주 간단해. 내가 이라를 소유했지. 그리고 널 소유했어."

차 안은 몇 초 동안 모든 게 조용했다. 곧 나는 백미러로 그 차가운 파충류의 눈을 보았고 전보다 낮아진 그의 목소리를 들었다.

"이게 원 플러스 원이야, 아인슈타인."

그가 말했다.

10

나는 한숨도 못 잤다. 아침까지 소파에 앉아 있었다. 넥타이를 매고, 손에는 책을 든 채로. 쇼펜하우어가 두 번이나 나에게 와서 왜 침대에서 안 자는지 물었다. 두 번 모두 나는 녀석이 만족해서 잠이 들 때까지 쓰다듬고 긁어주었다. 무슨 생각을 하고 있는지, 얼마나 초조한 상태인지는 차마 말하지 못했다.

처음에는 마음을 진정하려고 노력했다. 이게 문자 그대로, 살기 위해 필수적이라는 걸 잘 알았다. 이 짧은 시간 동안 내 문제들이 이렇게나 복잡해질 정확한 가능성은 계산하지 못했지만, 어쨌든 내가 빠져버린 전체 상황을 논리적으로 점검할 방법을 찾아야 했다. 그러려면 냉정한 머리가 필요했고, 머리를 식히는 데는 시간이 들었다.

도마뱀 사나이. 라우라. AK. 비밀 나이트클럽. 냉동고의 시체.

벌거벗은 스트립댄서. 빅맨. 은행. 돈세탁. 목이 매달린 남자. 페르틸래와 그의 감성적 리더십.

나는 모든 걸 머릿속으로 정리하려고, 이해하려고 노력했다. 마침내 나는 모든 이름, 장소, 물품에 관해 계획 비슷한 걸 세웠다. 전혀 계획으로 대비할 수 없는 라우라 헬란토에 관해서만 빼고. 라우라에 대한 계획을 세우려고 하면, 결국 현대미술에 친숙해지기 위해 라우라와 함께 키아스마 미술관에 가기로 한 약속이 다른 계획들 때문에 깨지지 않기만을 바라게 되었다. 이 모든 일들, 최근 몇 주 동안 일어난 일들을 다 생각해봐도 가장 걱정되는 건 라우라 헬란토와 미술 작품을 보며 저녁 시간을 보내지 못하게 되는 거였다. 솔직히 말해서 좀 정신 나간 생각 같았다. 머리를 잡아 뜯기고, 젖꼭지가 입에 억지로 들어오고, 목숨을 위협받고, 일시적이긴 해도 돈세탁을 시작하고, 거대 토끼의 귀로 나를 죽이려던 사람을 때려 죽인 후에도 왜 현대 조각과 그에 대한 라우라의 설명과 해석이 이렇게 중요하게 느껴지는지 설명하기는 어렵다.

내 손에 든 편지는 주정부에서 온 것이었다. 어제 우편으로 도착했다. 나, 아니 내가 탐험공원에 연계해서 세운 회사가 이제 대출 서비스를 시작할 합법적 권리를 갖게 되었다는 편지였다. 한편 변호사 헤이스카넨은 여러 가지 서류와 통지로 내 메일함을 채웠다. 그는 빠르게 일했고 내 지시를 잘 따랐다. 그의 이메일에 첨부되어 온 수많은 서류 중 첫 번째인 그의 청구서는 상당했다. 더불어 그는 정보통신기술을 전공하는 자신의 조카가 은행의 정보통신기술에 관련된 문제에서 (당연하게도) 나를 도와줄 수 있을 거라고 꽤 장황하게 말했다.

모든 게 준비됐다.

나는 이제 첫 번째 대출을 내줄 수 있다.

6시 반, 날이 밝았다. 아주 환해진 건 아니지만 새로운 하루의 여명이라고 할 만큼 밝아졌다. 나는 소파에서 일어나서 샤워를 하고 깨끗한 옷을 입었다. 쇼펜하우어와 함께 아침을 먹고, 넥타이를 확인하고, 탐험공원으로 출발했다. 다른 많은 사람들도 그러기를 바라면서.

11

민투 K는 즉시 시작할 만반의 준비가 된 자세였다. 이번에는 나에게 이의를 제기하려 하지 않았다. 내가 진지하다는 걸 알았는지도 모른다. 물론 나는 전에도 진지했지만, 이제는 다른 선택지가 없다는 듯, 전과 다르게 더 직접적으로 움직이고 이야기하고 있다는 걸 깨달았다. 물론 사실이었다. 다른 선택지는 없었다.

예상대로 민투 K에게서는 진과 담배 냄새가 났다. 겨우 아침 9시인데. 벽과 가구, 그녀의 사무실 옷장에 걸려 있는 다양한 옷가지에 배어 있는 냄새일 수도 있다. 마치 1990년대 중반 무렵 바에 앉아 있는 것 같았다. 민투 K는 딱 붙는 하얀색 티셔츠에 검은 블레이저 차림이었고, 피부를 아주 진하게 태워서 평균적인 스웨덴 관광객보다 더 구릿빛이었다.

"자기."

사포를 문지르는 것 같은 목소리였다.

"내가 제일 아끼는 그래픽 전문가한테 이걸 시킬게요. 오늘 오후까지 스케치가 준비될 거예요."

나는 그녀에게 포스터와 전단지, 광고지(대화하는 동안 배운 용어들이었다) 주문을 맡기고 내 사무실로 돌아왔다. 헤이스카넨의 멀쑥한 조카가 내 노트북 앞에 앉아 있었다. 그의 손가락이 키보드 위에서 춤을 췄다. 잠시 후 그가 끝났다고 했다. 내가 고맙다고 하자 그는 움직이는 성냥개비처럼 의자에서 일어섰다. 그의 동작은 직선적이고 팔다리는 비쩍 말랐다. 나는 지갑에서 200유로를 꺼내 그에게 내밀었다. 청년은 기분 나쁜 것으로 손을 닦은 듯한 표정으로 50유로 지폐 네 장을 쳐다보았다. 나는 이거면 시급이 거의 300유로에 달한다고 말했다. 정확히는 289유로 70센트죠, 라고 그가 대답했다. 우리는 잠깐 동안 서로를 쳐다보았고, 나는 곧 지갑에서 50유로 지폐를 한 장 더 꺼내서 내밀었다. 기묘하게도 꼭 거울을 쳐다보는 것 같은 느낌이었다. 시간이 왜곡되어 내가 그 젊은 청년인 동시에 중년의 자신인 것처럼. 나는 아인슈타인과 그의 시공간 곡률 이론, 어떻게 시간이 특정한 곳에서 더 빨리 흐르는지를 떠올렸다.

그러다가 나는 현실의 시계를 보고서 시공간이 누구도 기다려 주지 않는다는 걸 깨닫고 크리스티안을 카운터에서 내보내기 위해 입구로 향했다. 나는 크리스티안이 운영 책임자가 되는 것에 관해 또다시 대화를 시작할 수 없도록 티켓을 사려는 줄이 이미 꽤 늘어서 있을 만한 때로 교대 시간을 맞추었다. 기묘하게도, 그는 그 일에 대해 이야기하고 싶지 않은 얼굴이었다. 내가 가짜 약장수 페르틸래와 정신적으로 교신해서 그가 마음대로 내 몸을 쓰도록 넘겨줬던 그때 그 대화로 나만큼 크리스티안도 충격을 받았기를 바랐다. 크리스티안은 아무 말도 하지 않고 자기 물건들, 즉 열쇠와 핸드폰, 지갑, 단백질 셰이크 등을 챙기며 평소보다 더 근육을 불끈거렸다. 마치 자신의 이두박근을 나에게 보여주려는 것 같았다. 인상적인 이두박근이라는 건 인정해야겠다. 나가면서는 등 근육을 양옆으로 펴고 어깨를 들어 올리는 것 같았다. 잠깐 동안 우리가 정글 한가운데로 떨어졌고 진화의 사다리에서 몇 단 아래로 내려온 것 같은 기분이 들었다.

그러고 나서 그 일이 일어났다. 나는 첫 번째 대출을 내주었다.

별로 어렵지는 않았다. 원하는 것을 얻을 때까지 충분히 징징거릴 수 있는 나이로 보이는 아이들 셋, 그리고 간신히 입장권을 살 돈만 가진 애들 아빠. 나는 지나가듯 경제 상황이 상당히 위태로워 보인다고 말했다. 그는 자신도 알고 있다고 하고는 목소리를 낮추더니, 숱 많은 검은 눈썹을 꿈틀거리며 그게 나와 "도대체 무슨 빌어먹을" 상관이 있느냐고 물었다. 물론 제가 상관할 일은 아니죠, 어떻게 상관하겠어요, 라고 나는 대답했다. 하지만 나는 그에게 소액 대출을 즉시 해줄 수는 있었다. 짧은 대화를 나눈 후에 그가 카운터의 아이패드에 몇 가지 세부 사항을 입력한 다음 그의 이름으로 신용 대출 계좌를 개설했고, 그 계좌에 즉시 돈이 입금되었다.

민투 K가 와서 자신이 주문한 것들이 내일 도착하니까 그 사이에는 대출에 관해 구두로 설명해야 한다고 전했다. 한 번도 이런 식으로 직접적인 마케팅을 해본 적은 없지만, 사람들에게 우리의 새로운 서비스를 제안하는 가장 효과적인 방법을 금세 알게 되었다. 경제적으로 매우 어려워 보인다는 것을 암시하는 말을 한 다음, 돕고 싶다고 말했다. 일은 금방 궤도에 올랐다. 내 생각대로 소액, 겨우 100유로나 200유로 정도가 필요한 사람이 많았다. 하지만 놀랄 만큼 많은 사람들이 최대 액수인 2000유로를 즉시 대출하는 쪽을 택했다. 깜짝 놀랄 정도였다. 특히 탐험공원의 가격표가 카운터 위에 있어서 티켓과 카페에 얼마가 들지는 간단한 계산으로 알 수 있는데. 내가 대출이 승인되었음을 알리는 '엔터' 버튼을 누르는 순간 가격은 의미를 상실하는 것 같았다. 하지만 그중에서도 가장 놀라운 건 사람들이 내가 가장 심혈을 기울였던 부분에는 전혀 관심을 보이지 않는다는 점이었다. 바로 우리의 지극히 공정한 이자율이다. 이자에 대해서는 듣고 싶어 하지도 않았다. 대출 금액이 커질수록 나는 더 혼란스러웠다. 돈을 빌릴 가능성에 대해서 언급만 하면 사람들은 다른 데는 귀를 막아버렸다.

내가 이걸 좀 더 깊이 생각해볼 새도 없이, 문 안쪽에서 한동안 나를 바라보고 서 있던 남자가 눈에 들어왔다. 처음에는 내 눈앞에 보이는 수많은 엄마 아빠 중 한 명 같았다. 기다리거나 왔다 갔다 하다가 곧 공원 안으로(돈을 좀 빌려서), 또는 주차장으로(빌린 돈을 다 쓰고 나서) 사라지는 사람들 말이다.

하지만 어느 시점에 나는 이 남자가 공원에서 즐거움과 놀이의 날을 시작하거나 끝내려고 기다리는 게 아니라는 걸 깨달았다. 우리 둘만 남도록 입구가 비기를 기다리는 것 같았다. 입구가 비자, 즉 최후의 날카로운 비명이 공원 안쪽의 아수라장 속으로 사라지자, 그가 카운터로 다가왔다.

남자는 덩치가 좋았으나 걸음걸이는 단호했다. 포장도로 같은 회색 블레이저, 파란색과 하얀색 체크무늬 셔츠, 파란색 플란넬 바지를 입고 검은 가죽 구두를 신었다. 숱이 별로 없는 금발은 두피에 딱 붙게 빗어 넘겼다. 얼굴은 크고 각이 졌고, 눈썹은 마치 닳은 것처럼 보였다. 몸은 다부졌지만 배는 나왔다. 밝은 파란색 눈은 신중한 목적의식을 담은 채 여기저기를 둘러보다가 나에게 멈췄다.

"헬싱키 경찰서에서 나온 펜티 오스말라입니다. 안녕하십니까."

"안녕하세요."

나는 완전히 경직되지 않으려고 노력하며 말했다. 언젠가는 이런 일이 생길 거라 예상하고 무의식적으로 이 불가피한 일에 대비한 마음의 준비를 하고 있었는지도 모르겠다. 어쨌든 진짜 경찰과 마주하고 있다는 사실에 등뼈를 따라 냉기가 흘렀다.

"운영자인 유하니 코스키넨 씨와 이야기를 좀 하고 싶습니다."

"불행히도 유하니는 사망했습니다."

나는 내가 고른 단어에 당황했다. 물론 형의 죽음은 불행이었다. 정말로 딱 그랬다. 하지만 지금 이런 상황에서도 불행인가? 경찰이 방문한 이유가 오로지 형에게만 관련된 거라면, 전혀 불행이 아니다.

오스말라는 오른손을 흔들었다. 그는 상자 같아 보이는 작은 서류 가방을 들고 있었다. 그가 가방을 열어 왼손으로 종이를 한 장 꺼냈다. 그리고 서류를 들여다보았다.

"그럼 지금 운영 총책임자는 누굽니까?"

"접니다."

"그래서 선생님은……?"

"헨리 코스키넨입니다."

"그렇군요. 앞뒤가 맞는군요."

오스말라는 고개를 끄덕이며 서류를 다시 집어넣고 침묵을 지켰다. 어떤 부분에서 앞뒤가 맞는지 말해줄 생각은 없어 보였다.

"잠깐 이야기할 수 있을까요?"

그가 말했다. 요청이 아니라 서술에 가까웠다.

"커피와 단것을 좀 먹고 싶군요."

나는 그를 컬리케이크 카페로 데려갔다. 카페는 사람들로 가득했고, 그중 어른은 절반이 안 됐다. 소음으로 머리가 어지러울 정도였다. 오늘의 메뉴인 엄마미트볼과 탱탱매시트포테이토 냄새가 났다. 경찰과 나는 말없이 줄을 섰다. 우리 차례가 되자 오스말라는 진짜바닐라케이크를 주문했고 나는 할머니의짱짱맛블루베리파이를 골랐다. 요한나는 커피를 따라주면서 커피와 경찰과 나를 번갈아 쳐다보았다.

빈자리는 딱 하나였는데, 다른 자리들과 적당히 떨어진 부엌문 옆이었다. 아이들용 탁자는 낮고 작았지만 의자는 보통 성인용 크기여서 우리는 몸을 구부리고 조그만 탁자에 커피와 케이크를 내려놓아야 했다. 오스말라는 전혀 동요하지 않는 모습이었고, 나도 별로 신경 쓰지 않았다. 훨씬 더 신경 쓰이는, 나를 안절부절못하게 만드는 것은 부엌으로 이어지는 여닫이문의 네모난 창문으로 보이는 장면이었다. 냉동고 겸 관이 겨우 4.5미터 떨어진 곳에 웅장하고 찬란하게 서 있었다.

"형님이 사망하신 데에 조의를 표합니다."

오스말라는 한 입 먹기 전에 말했다. 같은 말을 수십 번쯤 한 듯한 말투였다. 나는 여전히 뭐라고 대답해야 할지 몰랐다. 고맙다는 건 불필요한 말 같았다. 오스말라의 진심 없는 말에 내가 딱히 고마워하는 게 아닌 것처럼 그도 진짜로 슬퍼하는 게 아니니까.

"갑작스러운 일이었습니까?"

그가 물었다.

"형에겐 선천적으로 심장에 문제가 있었어요. 왜 물으시죠? 경찰이…… 그러니까 경위님이……?"

"펜티라고 부르시죠. 아뇨, 경찰에서는 유하니 코스키넨 씨의 죽음을 조사하고 있지 않습니다."

오스말라가 말했다.

그러니까 그의 이름은 펜티이고 다른 걸 조사하고 있다는 뜻이라고 나는 정리했다. 블루베리 파이를 먹고 싶다는 생각이 갑자기 사라졌다.

"실은 더욱 불운한 문제죠. 당연하게도 형님과 관련 있고요. 그분이 범죄자들과 거래했다고 볼 만한 이유가 저희 쪽에 있습니다."

오스말라는 케이크를 한 입 먹고서 흘러내리는 바닐라 필링 너머로 나를 쳐다보았다.

"범죄자요?"

오스말라는 고개를 끄덕였다. 그의 회화 능력을 되살리는 데는 커피 한 모금이 필요했다. 그는 컵을 탁자에 다시 내려놓느라 신발 끈을 묶는 것처럼 몸을 반쯤 구부려야 했다. 그런 다음에 상자 모양 가방에서 컬러 프린트를 몇 장 꺼내 내 커피 잔 옆에 내려놓았다. 표준적인 범인 식별용 얼굴 사진이었다. 남자는 냉동고 안에서보다 가무잡잡해 보였다. 그것 말고는 의문의 여지 없이 같은 사람이었다.

"저희는 이 남자와 형님이 일종의 금융거래를 했다고 의심하고 있습니다. 이 남자는 전문 범죄자입니다. 살인을 포함해서 상상할 수 있는 모든 범죄가 다 들어간 기나긴 이력을 갖고 있죠. 굉장히 위험한 인물입니다. 그리고 아무래도 어디론가 사라진 것 같고요. 이 나라를 떠났을 수도 있지만, 그럴 가능성은 낮다고 저는 생각합니다. 어디 숨어 있을지도 몰라요. 자의든…… 아니든. 그 세계에서는 사람이 그냥 사라지는 게 드문 일은 아니라서요. 여기서만 하는 얘긴데, 누군가가 화를 참지 못하고 그가 숨는 데 약간의 도움의 손길을 줬다 해도 전 놀라지 않을 겁니다. 제 말뜻 이해하실까요? 노벨 평화상을 받을 만한 인물은 아니었거든요."

나는 사진에만 시선을 고정했다.

"형님이 그 사람과 함께 있는 걸 보신 적 있습니까?"

"아뇨."

나는 정직하게 대답했다.

"그럼 선생님께선 그 사람을 혹시 아십니까?"

"그렇지는 않습니다."

오스말라는 사진을 다시 자기 쪽으로 당겨서 다른 서류와 함께 가방에 집어넣었다.

"이제 선생님께서 놀이공원을 소유하신 거군요, 맞습니까?"

"네."

나는 이렇게 대답하고서 여기는 놀이공원이 아니라 탐험공원이라고 설명했다. 꽤 한참 동안 말을 늘어놓았다. 다음에 일어날 거라고 추측되는 일에 마음의 준비를 할 시간을 갖기 위해서였다. 내 추측대로 오스말라는 두 공원의 차이에 관심이 없었다.

"이런 걸 물어보기에는 적당한 때가 아닐 수도 있습니다만, 형님과 공원 운영에 대해 이야기한 적이 있습니까?"

"가끔 새로운 기구 이야기를 했습니다. 코모도 열차 같은 거요. 그 이야기를 하던 게 기억이 나는군요."

"뭐라고 했습니까?"

"열차가 길고 반짝거리는 코모도왕도마뱀을 닮았는데, 코모도왕도마뱀의 웃는 얼굴에 길고 갈라진 혀까지 완벽하게 똑같고, 한 번에 아이들 40명을 태울 수 있으며, 얼마나 빨리 모느냐에 따라 다르지만 5분 30초 정도에 한 바퀴를 돈다고요."

"제 말은 형님이 무슨 돈으로 그걸 샀는지, 돈이 어디서 나와서 어디로 가는지 이야기한 적이 있느냐는 겁니다. 사업 파트너에 대해 이야기한 적이 있나요?"

"아뇨."

나는 이번에도 완벽히 정직하게 대답하고 설명을 이었다.

"저희는 돈 이야기는 절대로 하지 않았습니다. 그리고 저는 형이 어떤 사람들과 어울렸는지 전혀 모르겠어요. 그 사진 속 남자

같은 사람도 마찬가지고요."

"아주 위험한 남자죠."

오스말라가 고개를 끄덕였다.

"정말 그래 보이더군요."

내가 말했다.

"공원은 어떻습니까?"

오스말라는 똑같은 억양과 말투로 물었다. 부드럽고, 마치 지나가는 말처럼 들렸다. 나는 그가 일부러 그런다는 걸 깨달았다. 오스말라는 뭔가 생각하는 듯한 얼굴이었다.

"지금은 과도기입니다. 솔직히 말해서 저는 탐험공원 분야에서 일한 적이 없고, 그래서 깜짝 놀랐죠. 모든 게 새로워요. 고객은 늘어나는 것 같고, 매출도 오르고 있고, 대차대조표는 아주 좋은 상태입니다. 곧 확장을 생각……."

"직원들은 어떻습니까? 형님이 있을 때와 똑같은가요?"

"네, 전부 다요."

"직원들에게 이 사진을 보여주고 혹시 본 적이 있는지 물어봐도 되겠습니까?"

"얼마든지 그러시죠."

오스말라는 테니스공 크기의 케이크 조각을 입에 넣었고, 바닐라 필링이 얼굴에 묻었다. 그는 커다란 턱으로 끈끈한 케이크를 씹으면서 입술을 닦았다. 이때는 이야기를 나누지 않았다. 나는 할 이야기가 없었고, 오스말라의 혀는 0.5킬로그램의 반죽에 눌려 있었다. 나는 오스말라가 하는 모든 말은 추가적인 의미가 하나 이상 담긴 일종의 심문이라는 걸 깨달았다. 우리 주위에서 아이들은 뛰고 소리 지르고 징징거렸고, 어른들은 아이들의 조그만 얼굴을 닦아주며 얌전히 앉아 있으라고 말했다. 그 말은 조금도 효과가 없었다. 오스말라가 마침내 입 안 가득한 케이크를 삼켰다. 난 장판 가운데에서도 케이크가 그의 커다란 식도를 타고 내려가는 소리가 들리는 것 같았다.

"이거 좋아하십니까?"

그가 물었다.

"케이크요?"

"탐험공원이요."

그가 그렇게 말하며 홀 쪽으로 고갯짓을 했다.

"좋아하는지 아닌지 생각해본 적은 없군요. 전 여길 상속받았습니다. 사람들은 상속받는 걸 마음대로 고르지는 못하죠."

"전에는 뭘 하셨습니까?"

"전 보험계리사예요."

나는 짧게 무슨 일이 있었는지 설명했다. 그런 다음 양해를 구하며 이제는 일하러 돌아가야 한다고 말했다. 오스말라는 괜찮다고 대답했다. 우리는 일어섰고, 한 걸음 반쯤 걸었을 때 오스말라가 멈춰 섰다. 그가 하도 단호하게 멈춰서 나까지 서야 했다.

"보여드렸던 사진을 두고 갈까요?"

그 질문과 함께 오스말라의 얼굴에서 뭔가가 바뀌었다. 목소리는 낮고 부드러웠고 다시금 지나가는 말처럼 질문을 던졌지만, 그의 표정에는 뭔가 다른 게 있었다. 나는 경계 태세를 갖췄다. 최근에 여러 사건을 겪으면서 알게 된 것은, 내가 예를 들어 마지막으로 페르틸래의 사무실에 있었던 그때보다 훨씬 더 놀라게 만들기 어려운 사람이 됐다는 점이다.

"그럴 필요 없습니다. 최소한 저를 위해서라면요. 그런 얼굴은 절대로 잊지 못할 겁니다."

내가 완벽히 솔직하게 말했다.

오스말라는 손도 대지 않은 내 블루베리 파이를 힐끗 보았다.

"저거 남겨두고 가실 겁니까?"

"물론 아니죠. 이런 장소에는 열심히 일하는 행복한 케이크 중독자들이 굉장히 많거든요."

어디서 나온 말인지 나조차도 모르겠다. 어쩌면 컬리케이크 카페의 영향일지도 모른다. 기묘한 제품 이름과 음식을 홍보하는 데에 사용하는 이상하고 근사한 사진들 때문일지도. 오스말라는 여전히 내 파이를 쳐다보고 있다가 밝은 파란색 눈을 들어 나를 보았다.

"얼려둘 수도 있지요."

그는 똑같이 낮고 부드러운 목소리로 말했다.

12

그 주는 빠르게 지나갔다. 금요일이 되어 공구점에 가서야 마침내 긴장을 풀었다. 정확하게 마음을 푹 놓은 건 아니지만, 내 문제들이 조금 사라지는 것처럼, 멀어지는 것처럼 느껴졌다. 라우라가 물어보자마자 나는 그 자리에서 같이 가겠다고 대답했다. 저녁 때라서 탐험공원은 문을 닫았다. 나는 일주일 내내 대출을 승인했고, 며칠 동안 경찰의 방문에 대해 생각했다. 일주일 내내 문제를 해결하려고 애를 썼지만 지금까지는 그리 빠른 해결책을 찾지 못했다.

공구점에서도 놀랄 일이 있었다. 성질 면에서 보면 내가 지난 몇 주 동안 겪은 다른 놀라운 일들과 비슷했다. 내 감각 중 하나가 작동하지 않다가 이제야 깨어난 것처럼 갑자기 의식을 회복한 느낌이었다. 전에는 이런 데서 마음이 편했던 적이 한 번도 없는데 지금은…… 지금은 공구점 냄새에 굉장히 마음이 놓이는 면이 있었다. 우리가 뭔가 심오하고 근본적인 것을 상대하고 있다는 느낌이 들었다. 여기서는 사람들이 바닥과 벽, 천장을 만들었다. 그들은 석재와 목재, 철재를 샀다. 손잡이와 공구, 막대기를 집어 들었다. 다들 나름의 크고 독특한 소리가 났다. 그것들이 작동하는 걸 몸으로 느낄 수 있고, 맨눈으로 진척을 볼 수 있다. 나무 냄새를 맡고 차가운 금속을 만질 수 있다. 여기 있는 모든 것들이 단단하게 실재했다. 못 하나, 드라이버 하나씩 일이 진척된다.

내 생각은 그런 식이었다. 딱히 현실적인 생각은 아니었다. 집을 리모델링하는 게 실제로 어떤 건지 나는 알고 있다. 원래 견적보다 두 배로 돈이 들고 원래 예정보다 두 배로 시간이 걸린다. 하지만 내 몽상에는 함께 간 사람이 더 영향을 끼쳤다. 좋든 싫든 라우라 헬란토와 함께 있으면 항상 무슨 일이 일어난다. 내 안에서 어떤 기운이 깜박깜박 불붙는 걸 느낄 수 있다. 육체적인 따끔거림, 내 상상 속으로 밀려드는 그림들, 그리고 이제 슬슬 깨닫고 있었지만 전혀 예기치 못한 일을 일으키는 이야기를 하고 싶다는 이해할 수 없는 욕구가 합쳐진 그런 감각이다.

"곧장 페인트 코너로 가요."

길게 늘어선 카트 중 하나를 잡아 뺀 다음 라우라가 말했다.

"빨리빨리 해치우죠."

나는 내일 아침에 일하러 나갈 수만 있으면 되니까 바쁘지 않다고 대답했다. 라우라는 깔깔 웃었다. 나는 진지했다. 내가 빈 카트를 밀었다. 낮은 덜컥덜컥 소리와 높은 끽끽 소리 중간쯤 되는 익숙한 카트 소리가 났다. 라우라의 향수 향이 공구점 냄새와 섞였고 나는 낮의 일들은 잊어버리기 시작했다. 라우라는 나를 올려다보고 살짝 미소 지었다. 그녀의 안경에 빛이 반사되었다. 그녀가 옆에 있기만 하면 이 카트를 1000킬로미터도 밀고 갈 수 있을 것 같았다. 우리가 여기까지 오는 차 안에서는 별로 이야기를 안 했다는 사실이 떠올랐다. 그리고 오늘 아침에 물건 나르는 걸 도와달라고 말한 후로 내 눈을 우연히 마주치는 것 외에는 쳐다보지 않았다는 것도.

우리는 페인트 코너에 도착해서 겨우 판매원의 눈길을 끌 수 있었다. 처음에 판매원은 우리가 바로 앞에 서 있지 않은 것처럼, 아니 물리적 형태조차 없는 것처럼 우리를 스쳐 지나가려고 했다. 라우라는 페인트를 고르는 절차를 시작했다. 그녀는 샘플을 갖고 있어서 아이패드로 스케치와 밑그림을 보여주고 색깔 코드 목록을 제시했다. 판매원은 반짝이는 금발의 젊은 남자로 무거운 페인트 통을 들 만한 근육은 없어 보였다. 어쨌든 그는 라우라의 설명에 따라서 색깔을 섞었다. 카트는 한 번에 한 통씩 차츰 가득 찼다. 판매원이 오키프 벽을 위한 초록색을 섞고 있을 때 옆에서 남자 목소리가 들렸다.

"라우라. 잘 있었어?"

나는 고개를 돌려 내 나이쯤 되어 보이는 남자를 쳐다보았다. 하지만 공통점은 거기까지였다. 남자는 작고 몸이 좋았다. 검은 티셔츠 아래로 근육이 뚜렷하게 보였다. 강렬하고 짙은 갈색 눈에 짧고 검은 머리였다.

"키모. 잘 지냈어?"

라우라가 말했다.

그리고 우리는 몇 번쯤 시선을 이리저리 돌렸다. 키모라는 남자 옆에는 머리를 새카맣게 염색하고, 확실하게 임신했으며, 확실히 당황한 훨씬 젊은 여자가 서 있었다. 여자는 키모보다 키가 작았고, 덩치도 굉장히 작고 말라서 배가 나온 게 일종의 불가능한 환각 같았다. 우리는 기하학적으로 정확하게 정사각형을 이루는 네 모서리에 선 채 서로를 최소 한 번씩은 쳐다보았고, 그런 다음에 처음 쳐다보던 곳으로 시선을 돌렸다.

"페인트를 사고 있네. 전시회 열어?"

키모가 라우라에게 물었다.

"아니. 그래, 그런 셈이지."

라우라가 대답했다.

"이쪽은 수사라고 해."

키모가 그렇게 말하며 수사의 배를 가리켰다.

"난 헨리입니다."

내가 내 소개를 했다.

키모는 나를 힐끗 쳐다볼 뿐 아무 말도 하지 않았고, 다시 라우라에게로 관심을 돌렸다.

"당신 전시회 소식을 놓친 모양이야."

"전시회를 하는 게 아니야. 난 시간을…… 다른 데 쓰고 있어."

그녀가 말했다.

"그렇군. 비비는 어떻게 지내?"

"그 애 이름은 툴리야. 툴리도 잘 지내."

라우라의 목소리는 이제 거의 얼음장 같았다.

"난 다음 달에 전시회가 있어. 그래서 가시철사와 금속 봉, 철사 울타리를 찾고 있어. 새로운 작품 주제는 세계화에 대한 비판이야. 세계화가 우리를 통제하고 결국에는 모든 걸 망가뜨리고 모든 걸 무겁게 짓눌러 부술 테니까. 자연, 인간, 예술까지. 세계화는 우리 모두를 마구간에 집어넣은 다음 거기서 먹고, 싸고, 돈을 쓰고, 죽게 만들지. 이제 돈만이 의미가 있어. 돈, 돈, 돈. 소비, 소비, 소비. 난 그걸 완전히 거부해. 아직 반밖에 완성 못 했지만. 당신도 나 알잖아."

라우라는 아무 말도 하지 않았다. 어쩌면 그녀는 키모가 생각하는 것만큼은 그를 알지 못할 수도 있다.

"우리의 새로운 기준이 되어버린 지긋지긋한 시장 지향적 지옥인 경찰국가에 살면서 얼마나 폐소공포증을 느끼는지 나는 보여주고 싶어."

키모가 말을 계속 이었는데, 내가 보기엔 라우라가 대답을 하는
지 안 하는지도 눈치 못 챈 것 같았다.

"우리가 계속해서 억압받는 모습을 보여주고 싶어. 작품 하나가
런던의 갤러리에 팔렸어. 전에 같이 갔던 거기 말이야. 그리고 또
하나는 말레이시아에, 또 하나는 토론토에 팔렸어."

키모가 수사를 힐끗 보았다.

"우린 얼마 전에 시내의 더 큰 아파트로 옮겨서 함께 살고 있어.
애가 태어날 거니까 공간이 더 필요해서. 남자애라고, 키모 2세라
고 말해도 수사는 개의치 않을 거야."

나는 키모를 모르고 그에게는 이런 잡담이 자연스러운지 어떤
지도 모른다. 하지만 자신이 쓰는 단어에 관해서는 좀 더 생각해
봐야 할 거라는 정도는 안다. 지금 그가 하는 말에는 합리성도 논
리도 전혀 없기 때문이다. 나는 그렇게 말해줄까 잠깐 고민했다.
하지만 라우라가 먼저 말을 했다.

"우린 가야 돼."

그녀는 그렇게 말하며 카운터에서 마지막 페인트 통을 옮겨 싣
고 카트를 밀기 시작했다. 나도 밀기 시작했다.

우리가 키모와 수사 옆을 지나갈 때 그가 말했다.

"이봐. 무슨 일 있어? 오프닝 초대장 보낼게. 아직도 문키부오리
에 살지?"

페인트값을 지불한 다음에야 나는 라우라에게 언제 문키부오리에 살았는지 물었다.

"거기 산 적 없어요."

그녀가 대답했다.

"그럼 키모 씨는 왜 그렇게 말했어요?"

"그 사람은 자기 생각밖에 할 줄 모르고, 자기 머릿속에 떠오르는 모든 생각이 순수하고 완벽하게 천재적이라 우리 같은 평범한 인간들은 부모가 아기의 황금 똥에 감탄하는 것처럼 자기한테 감탄해야 한다고 생각하는 이기적이고 자기 집착적인 인간이니까요. 실제로 안쪽을 들여다보면 그 사람 생각이라는 건 죄다 아기똥이나 마찬가지예요. 왜냐하면 은수저로 태어나서 첫 번째 전시회를 연 다음에는 금수저가 됐고, 그 후로도 전시회는 전부 성공했으니까요. 키모는 가짜고, 이기적으로 자랐고, 특권층이고, 시야는 편협하고, 아주 작고 더러운 연못 속의 큰 물고기같이 자기만의 썩은 환상 속에 살고 있어요. 그 사람한테는 아무도 안 된다는 말을 안 하니까요. 아마 그래서겠죠."

문이 열리고, 우리는 주차장으로 나왔다. 카트 바퀴가 덜커덕거리고 페인트 통들이 덜걱거렸다.

"어떻게 아는 사이예요?"

나는 거의 깨달을 새도 없이 물었다.

"정말 알고 싶어요……? 학창 시절 때 알았어요."

라우라는 잠시 머뭇거리다가 그다음 말보다 더 많은 의미가 담긴 한숨을 내쉬었다.

"그리고 몇 년 동안 데이트를 했어요. 좋게 끝나진 않았어요. 기본 전제가 완전히 틀렸었거든요."

처음에는 기온이 상당히 떨어진 게 분명하다고, 밤이 놀랄 만큼 빨리 왔다고 생각했지만, 바깥은 전혀 변한 게 없다는 걸 곧 깨달았다. 9월 저녁은 비교적 따뜻했고, 주차장 조명은 밝았으며, 풍경도 딱히 어둡지 않았다. 가벼운 기분은 전부 어디로 사라졌는지, 방금 전까지 느꼈던 따끔거림은 어디로 갔는지 모르겠다. 그리고 내 상상력도 갑자기 방향을 바꿨다. 전에는 라우라만 떠올랐지만, 이제는 라우라와 키모가 함께 떠올랐다. 놀라운 현상이었다. 누군가가 내 배 속을 갈퀴로 벅벅 긁는 느낌이었다.

라우라가 차 트렁크를 열었고, 나는 페인트 통을 싣기 시작했다. 속이 메스꺼운 것 같았다. 요즘 나는 나 자신을 잘 모르겠다.

"나도 헨리 씨한테 물어볼 게 있어요."

내가 마지막 통을 트렁크에 실을 때 라우라가 말했다.

"오늘 그 경찰은 왜 온 거예요?"

나는 몸을 펴고 트렁크를 닫았다. 하루 종일 그녀가 신경 쓰던 게 이건가? 그래서 아까 그렇게 조용했던 건가? 그리고 어떻게 그 일을 아는 거지? 나는 경찰이 왔다는 걸 아무에게도 이야기하지 않았다. 하지만 그녀에게 거짓말을 하고 싶지는 않았다.

"형과 어떤 남자의 관계에 대해 물어보러 왔어요."

내가 대답했다. 그건 사실이었다.

"사진 속 남자요?"

그랬다. 내가 입구로 돌아간 다음에 오스말라 경위는 홀을 돌아다녔다.

"네."

"무슨 일인데요?"

우리는 차 반대편에 서서 차 지붕 너머로 이야기하고 있었다.

"경찰은 형과 그 남자가 금융상의 견해 차이가 있었다고 생각해요."

"공원은 다 괜찮은 건가요?"

나는 약 0.5초쯤 망설였다.

"과도기에는 우리 계좌가 좀 비겠지요. 하지만 결국 모든 게 잘 해결될 거라고 생각해요."

내가 대답했다. 라우라는 침묵을 지키다가 차 문을 열었다.

"그렇다면 다행이네요."

그녀가 말했다.

차 안 분위기는 아까와는 어딘가 달랐는데, 트렁크에 새로 섞은 페인트 통이 가득 쌓여 있어서 그런 건 아닐 거라고 추측했다. 잠깐 동안 내 머릿속에서 맴도는 게 뭔지 알 수 없었지만 조금씩 그 울림 소리가 강해졌다. **기본 전제가 완전히 틀렸었거든요.** 라우라가 키모와의 관계를 설명한 말이었다. 나는 그 기본 전제의 본질, 그 정확한 본질, 핵심이 궁금해졌다. 왜 지금 이런 생각을 하는지는 잘 모르겠다. 라우라와 부잣집 철부지 현대 조각가 사이의 몇 년에 걸친 관계가 나와 무슨 상관이 있으며, 별로 보고 싶지 않은 이미지가 왜 떠오르는지도 잘 모르겠다. 하지만 내가 할 수 있는 일은 별로 없는 것 같았다.

13

쇼펜하우어의 작고 늘씬한 몸이 주방용품처럼 부르르 떨렸다. 그리고 오랜만에 굉장히 힘껏 가르랑거렸다. 녀석은 아침을 먹었고, 주말이 지나 출근하는 날인데도 내가 아직 아침 식사를 앞에 놓고 소파에 앉아 있다는 사실에 놀란 상태였다. 그러더니 내 옆으로 와 앉았다. 아침 햇살에 녀석의 길고 검은 털이 반짝였다. 쇼펜하우어는 아침 식사 후에 한잠 자기 적합한 장소와 편안한 자세를 찾고 있었다. 태양은 여전히 맞은편 건물 뒤에 거의 숨어 있었지만, 구름 없는 파란 하늘을 가로지르는 햇살이 대단히 장엄하고 거부할 수 없을 정도였기 때문에 그중 한 조각이라도 거실을 따뜻하고 밝게 채우기에는 충분했다.

변호사가 나에게 이메일을 보냈다. 링크가 첨부되어 있었다. 형의 관을 골라서 알려달라고 했다.

쇼펜하우어는 우리 형 유하니를 만난 적이 없기 때문에 녀석과는 동떨어진 문제였다. 나는 사소한 걸로 녀석을 귀찮게 하지 않았다. 녀석에게는 나름의 걱정거리와 나름의 일이 있을 것이다. 그리고 그 일 중 하나에는 늘 모범적이었다. 쇼펜하우어는 항상 현실주의자였다. 어릴 때부터 그랬고, 그래서 내가 그렇게 이름을 붙였다. 오랫동안 이 생각을 해보지 않았는데. 쇼펜하우어는 지금 일곱 살이다. 내 고양이의 이름을 따온 철학자 아르투어 쇼펜하우어가 지금까지 살아 있다면 엄청난 노년인 232세일 것이다. 악명 높은 염세주의자가 이걸 어떻게 생각했을지는 모르겠다.

선택지는 대단히 많았다. 링크로 들어가니 각 관들의 질과 안팎에 사용된 이 지역 자재에 관한 긴 안내가 있었다. 장식이 없는 기본형부터 멋지게 인생을 마무리하고 싶은 사람을 위한 최고급형까지, 스무 가지가 넘었다. 죽은 사람의 소망은 산 사람의 소망과 완전히 다르지 않을까 하는 생각이 들었다. 죽음의 순간에 "마지막 여행이니까 찾을 수 있는 제일 싼 관으로 해줘"라고 하는 사람이 얼마나 될까? 그리고 장례식에 온 손님들에게 물만 권하고 "꽃은 댁의 정원에서 따 오는 걸로 하겠습니다, 감사합니다"라고 할 사람이 몇이나 될까? 그게 가장 싸고 가장 합리적인 선택지다. 하지만 그뿐이다.

왜 이런 생각이 계속 머릿속에 떠오르는지, 그 이유는 안다.

쇼펜하우어. 염세주의자의 지혜. 정확하게는 에세이 〈인생의 허무와 고통에 관하여〉 중에서.

인간이라는 존재는 선물이 아니라 전적으로 계약된 빚과 같은 특성을
갖는다. 그리고 이 빚은 이 존재를 통해 공고해지는 긴급한 욕망, 괴로
운 욕구, 끝없는 고통이라는 형태로 변제하기를 요구받는다. 인생은
보통 이 빚을 갚는 일로 점철된다. 하지만 이자만을 갚을 수 있을 뿐
이다. 납입은 죽음을 통해 이루어진다. 그렇다면 이 빚은 언제 얻었을
까? 태어나면서부터.

이 글을 처음 읽었을 때 나는 수학 전공 학생이었다. 부모님 한
분이 돌아가시고 한 달쯤 되었을 때였다. 수학의 엄격함과 합쳐져
서, 쇼펜하우어의 신조는 세상에서 살아남는 유일한 방법처럼 보
였고, 다른 건 전부 멍청한 짓으로 여겨졌다.

그 후 오랫동안 이 독일 철학자의 글은 사람과 사물을 이해하는
합리적인 방식으로 느껴졌다. 쇼펜하우어는 사물에 관해서 진실
을 말한 것 같았다. 라이프니츠는 가능한 모든 세상 중에서 이것
이 최선이라고 주장한 반면, 쇼펜하우어는 차분하게 최악이라고
주장했다. 그는 '가능한'이라는 말은 누군가가 상상하는 것이 아
니라 실제로 존재하고 지속되는 것이라는 말로 이 주장을 입증했
다. 그러니까 우리 세계는 간신히 떠 있을 정도로만 만들어졌다는
말이다. 조금이라도 더 나빠지면, 더 이상 존재할 수 없다. 그리고

더 나쁜 세상은 지속 불가능하기 때문에 가능한 세상이 아니고, 고로 우리 세상은 가능한 모든 세상 중에서 최악이라는 말이다.

지금 현재, 나는 전자의 방식으로 생각하려고 노력해야 한다는 것을 깨달았다. 어떻게 보든 간에 그게 사실 인식을 바탕으로 하고 있기 때문에 선택지로서는 가장 논리적이었다. 내게는 문제가 있고, 해결책을 찾는 건 문자 그대로 목숨이 달린 일이다. 그리고 내가 성공해서 살아남는다 해도 전보다 더 큰 문제가 여전히 남아 있다. 이런 상황에서는 인생이란 끔찍하고 의미 없고 멍청하며 더 큰 고통으로 이어질 뿐이라고 생각하게 되지 않을까?

관에 대한 정보를 휙휙 넘겨 보는 동안에도 내 머리는 여전히 금요일 저녁의 사건에 고정되어 있었다.

우리는 페인트 통을 차에서 꺼내 탐험공원 창고로 가져갔다. 폐소공포증이 생길 것 같은 차를 타고 오는 동안 솟구친 긴장감이 밖으로 나오자 잦아들기 시작했다. 우리는 일시적으로 운행이 중지된 부기맨 그네 옆에서 페인트를 둘 공간을 발견했다. 라우라는 페인트 통을 정리하기 시작했고, 왠지 모르게 나의 시선은 그네 한쪽 끝에 달린 1미터 크기의 털투성이 부기맨 가면에 잠시 멈췄다. 여전히 우리는 공구점에서 나온 다음에 했던 이야기 말고 다른 이야기만 했다. 라우라는 자신의 계획을 이야기했고, 나는 비전문가로서의 도움이나마 기꺼이 제공하겠다고 말했다. 이 말에 그녀는 즐거워진 것 같았다. 이번에도 나는 그냥 솔직하게 말한 것뿐인데. 나는 그림에 관해서는 아무런 기술도 없다. 라우라는 페인트 통을 적당한 순서로 배치한 다음 딸을 친구 집에서 데려와야 한다고 했다. 나는 괜찮다고, 내가 공원 문을 잠그겠다고 대답했다. 우리는 공원 뒤쪽 문으로 걸어가서 적재 구역으로 나왔다. 저녁은 시원하고 어두웠고, 우리는 거기 나란히 서 있었다. 지나가는 차가 내는 요란한 소리가 근처 고속도로에서 들려왔다. 라우라는 고맙다고, 어색한 만남이 있긴 했지만 근사한 저녁이었다고 말했다. 뭐라고 대답할까 생각하는데 그때 라우라가 몸을 기울여 내 오른쪽 뺨에 살짝 입을 맞추었다. 그리고 금속 계단을 내려가서 자기 차로 간 다음 나에게 손을 흔들고 차를 건물 반대편으로 몰고 갔다.

형에게 최고의 것을 해주자. 다시는 누굴 만날 일 없는 장소가 아니라 5성급 호텔 스위트룸처럼 생긴 관을 골랐다. 그리고 변호사에게 이메일을 보내고 컴퓨터를 껐다.

14

칸넬매키역 플랫폼에서 열차를 기다리는데 전화가 울렸다. 모르는 번호였고, 내가 언젠가 본 적이 있는지 아니면 다른 번호와 헷갈리는지도 알 수가 없었다. 전에는 낯선 번호도 기꺼이 받곤 했다. 전화를 건 사람은 대체로 나에게 뭔가를 팔려고 했고, 당연히 나는 사지 않았고 살 마음도 없었다. 그들이 들려주는 홍보 멘트와 제안하는 할인 혜택에 대해 듣고 싶었을 뿐이다. 진정한 의미에서는 제안이라고 할 수 없는 내용이었지만. 나는 그들이 제안하는 상품이 실제로 얼마를 요구하는지 계산한 다음, 그들의 할인이 전혀 이득이 되지 않는 이유와 왜 그게 할인이라는 정의에 들어맞지 않는지를 이야기했고, 그 회사가 제공하는 물품에 관심 있는 사람에게 어느 정도의 할인을 제시해야 하는지 알려주었다. 내가 진짜 핵심에 도달하기도 전에 전화를 끊으려 하는 텔레마케터도 있었다. 거기서 발생하는 수학적 확률에 대한 논의 및 잠재적 고객에게 그것을 어떻게 제안하는 게 가장 좋은지에 관한 부분 말이다. 인생을 가능한 한 합리적이고 실용적으로, 다시 말해서 기분 좋게 만들려고 할 때 큰 도움이 되는 일상 속 수학적 사고방식이란 이런 것이다. 나는 나에게 전화해서 뭔가를 팔려고 하는 길 잃은 영혼들에게 이 기쁨을 나눠주려고 노력하곤 했다. 하지만 이제 다 먼 과거의 일이다. 보험계리사로서 안정적인 월급을 받던 피상적으로 안전한 인생에서나, A가 똑바로 B로 가는 세계에서 기대는 항상 충족되므로 상황 예측도 가능하던 시절에나 존재하는 일인 것이다.

나는 전화를 받은 다음에 일어난 일에 딱히 놀라지 않았다. 이야기를 나누기도 전에 민투 K와 나는 말다툼을 벌이고 있었다.

"지나친 관심을 끌고 싶지 않다는 게 대체 무슨 말이죠?"

그녀가 물었다.

물론 오스말라 경위의 의심, 절대 증폭하고 싶지 않은 그 의심에 관해 말할 수는 없었다. 통근열차가 역으로 미끄러져 들어왔다.

"지금 당장은 남들 눈에 띄지 말자는 거예요. 특히 은행 업무에 관해서 말이죠."

"자기, 우리 둘 중에 어느 쪽이 마케팅 담당자죠?"

열차가 멈췄다. 나는 문이 열리기를 기다렸다. 아무도 내리지 않았고 타는 사람들만 문가로 몰려들었다. 나는 발만 쳐다보면서 올라탔다.

"당신이죠."

나는 그렇게 말하며 주위를 둘러보는 대신 빈 차량을 찾아 곧장 앞쪽으로 향했다. 사람들이 자기 가족들 소식, 통계적 확률과는 아무 상관도 없는 정치적 신념, 자기 변비 문제를 열차 안에 다 들리게 떠드는 걸 나는 싫어했다. 근처에 사람이 없는 빈자리를 발견했다.

"이건 그런 문제가 아니라—"

"이건 쇠가 뜨거울 때 쳐라, 밀물일 때 바다표범의 뿔을 잡아라 같은 문제예요. 유하니 대표도 동의했어요."

"그건 잘 모르겠는데요……."

"그 사람은 역동적이고 진보적이었죠. 그러니 나와 똑같은 방식으로 상황을 봤을 거예요."

슬픈 일은 형이 곧 3000유로짜리 관에 들어간다는 사실이라고 나는 혼자 생각했다. 그가 여전히 탐험공원을 운영하고 있으면 좋을 텐데. 민투 K와 함께 단김에 쇠를 치고, 뭐가 됐든 둘이서 생각한 일들을 하고.

"나도 알아요. 형은……."

"재미있고 유연했죠."

"그렇죠……."

"유머 감각이 있고 재치가 넘쳤고요."

"그렇죠……."

"즉흥적이고 싹싹했어요."

"그렇죠……."

민투 K가 읊어대는 성격 목록의 반대편, 직접 말하지 않으면서도 나를 암시하는 것들을 당연히 알아챘다. 그리 상냥한 행동 같지는 않지만, 임시 교수대에 대롱대롱 매달리는 결말을 피하기 위해서 이러는 거라고 말할 수는 없는 노릇이었다. 대신 나는 약간 조심스러운 것에 대해 사과했다.

"그런데 지금 우리 운영은 완전히 반대예요. 다른 사람들에게도 여기에 대해 이야기했어요."

민투 K가 말했다.

어떤 다른 사람들일까, 나는 궁금했다.

"지금은 과도기예요. 그리고 이제 은행을 열었으니까—"

"우리가 아무한테도 말하면 안 되는 은행 말이죠."

그녀는 또다시 내 말에 끼어들었다.

"라디오에 광고를 하는 게 어떨까 생각해봤어요. 수도권에서, 아니면 아예 핀란드 남부 전역으로요. 내 책상 위에 제안서가 있어요. 우리가 절대로 거절해서는 안 되고 할 수도 없는 제안서죠. 광고를 만들 사람도 줄을 세워놨고요. 지독하게 웃기는 친구들이죠. 벌써 광고 음악이 들린다고요. 그 친구들은 미끄럼틀과 은행에 관한 짤막한 농담을 몇 개 만들 수 있을 거예요. 스크루지 맥덕*이 돈으로 가득한 수영장에 풍덩 뛰어드는 거 기억해요? '이제 미끄럼틀을 타고 은행으로.' 뭐 그런 거요."

"재미있는 말 같네요."

나는 내 목소리가 냉정하고 사무적이라는 것을 깨달았다. 그래도 약간은 재미있는 아이디어였다.

"하지만 나중에요. 지금은 그저 탐험공원으로만 운영할 거예요. 그래서 포스터와 전단지와 뭐 그런 것들을 주문했잖아요. 공원 내에서만 사용하기 위해서요."

"뭐가 무서운 거예요?"

솔직히 말하자면 그 질문에 나는 깜짝 놀랐다. 이미 민투 K를 좀 안다고 생각하는데, 단지 나를 압박하는 거라고 확신한다. 그래도 그 질문에 왠지 모르게 나는 생각을 하게 됐다. 그러나 지금은 이 문제에 관해 깊게 논의할 때도, 그럴 장소도 아니라는 걸 깨달았다. 난 해야만 하는 일을 해야 한다. 그래야 살아남을 수 있다. 그래야 탐험공원도 살아남을 수 있다.

"내가 유머와 재미, 즉흥성, 재치, 싹싹함을 무서워한다는 사실이 무서워요."

이렇게 말하면서도 내 목소리가 높아졌다는 걸 깨달았다. 나는 말을 이었다.

---

* 디즈니 애니메이션의 캐릭터로, 부자인 동시에 구두쇠이다.

"지금은 상황에 필요한 걸 할 거예요. 상황이 바뀌면 그때 다시 생각해보죠."

나는 전화를 끊고 주위를 둘러보았다. 오늘도 화창한 가을날이다. 나무는 색색으로 타오르고, 사방은 밝고 서늘하다. 나는 세 자리 뒤에 누군가가 앉아 있다는 걸 느낌보다는 인식으로 알아챘다. 그리고 곧 그 누군가는 내 맞은편에 앉았다.

"진지한 남자가 할 만한 얘기군."

이제는 익숙한 목소리였다.

나는 고개를 돌렸다. AK가 옆에, 도마뱀 사나이가 맞은편에 있었다. 이 칸에는 우리 셋뿐이었다.

15

열차가 말민카르타노역에 들어섰다. 플랫폼에는 몇 안 되는 사람들이 서 있었다. 열차가 막 멈췄을 때보다 조용한 순간은 별로 없는 것 같다. 마치 다른 모든 것도 다 멈추고 침묵에 잠긴 듯한 느낌이다. 우리 차량에는 아무도 타지 않았다.

"이 열차는 원을 그리며 돈다던데."

도마뱀 사나이가 말했다. 그는 창문으로 그라피티 낙서로 뒤덮인 벽을 내다보았다.

"상황을 고려할 때 딱 적당한 것 같았어. 우리는 제자리를 빙빙 돌고 있고, 또다시 여기 우리 셋이서만 있잖아."

나는 침묵을 지키면서, 민투 K와 이야기하는 동안 눈을 제대로 뜨고 있어야 했다고 생각했다. 하지만 도마뱀 사나이와 그의 친구는 결국 다른 데서라도 나를 찾아낼 것임을 잘 알고 있었다. 지금 우리 셋이 한 열차에 타고 있는 건 문제의 절반조차 안 됐다. 문제는 내 바로 앞에 앉아 있다.

"정말 열 받는 게 뭔지 알아?"

도마뱀 사나이가 이렇게 묻고 나를 쳐다보았다. 그의 얽은 얼굴은 약간 부은 것 같았다.

나는 모르겠다는 뜻으로 고개를 저었다.

"요즘은 신용카드나 체크카드가 없으면 표도 한 장 못 산다는 거야. 5유로를 전화기 앱에 쑤셔 넣어보라고. 근데 열차 옆에는 티켓 판매기가 없다는 안내가 붙어 있어. 다음엔 뭐지? 주류 판매점에 갔더니 네, 모든 게 똑같지만 단지 이제 저희는 술이나 다른 알코올은 보유하고 있지 않습니다, 그걸 제외하면 아무것도 바뀌지 않았으니 들어오세요, 이러는 걸 상상해보라고. 그래서 이제 AK와 나는 티켓도 없이 이 열차에 타고 있어. 역에 멈출 때마다 검표원이 나타나서 벌금을 물리고 열차에서 쫓아낼까 봐 걱정하고 앉아 있다니까. 이런 두려움 속에 살게 된 게 공정한 일이야?"

도마뱀 사나이의 시선이 하도 강렬해서 뭐라도 대답을 해주는 게 좋겠다고 생각했다.

"아마도 아니겠죠."

내가 말했다.

"저기 AK는 아주 똥줄이 타고 있지."

나는 AK를 힐끗 보았다. 헤드폰으로 귀를 덮고 앞만 노려보고 있는 그는 자신이 열차를 타고 있다는 것조차 모르는 듯 보였다.

"넌 티켓이 있겠지?"

도마뱀 사나이가 말했다.

"한 달 정기권이 있습니다."

"내놔."

"네?"

"정기권 카드 내놓으라고."

우리는 서로를 쳐다보았다. 내 생각이 맞았다. 그의 얼굴은 약간 부어 있었다. 게다가 엄청나게 진지해 보였다. AK는 우리 대화를 딱히 열심히 듣는 것 같지 않았다. 하지만 그의 소극적인 모습이 딱 하는 손가락 소리 한 번에 활동적으로 바뀔 수 있다는 걸 난 경험했다. 나는 정기권을 재킷 주머니에서 꺼내 도마뱀 사나이에게 내밀었다.

"고맙군."

그가 히죽 웃었다. 뱀의 미소였다.

나는 아무 말도 하지 않았다. 도마뱀 사나이는 정기권을 자기 주머니에 집어넣었다. 대단히 편안하고 능숙해서 누가 보면 원래 그 사람 거였다고 생각할 정도였다. 곧 그는 의자 등받이에 머리를 기댔다.

"솔직히 말해서 기분이 훨씬 낫군. 아까처럼 지릴 정도로 걱정되진 않아. 넌 어때?"

나는 대답하지 않았다.

그가 이제 과하게 동정하는 투로 말했다.

"그러니까 말이야, 어느 날 네가 평소처럼 열차에 탔고, 열차도 늘 그러듯이 흔들거리면서 가고 있다고 상상해봐. 전과 똑같이 차분하고 근사한 여정일 거야. 그런데 그때 누군가 나타나. 너를 놀려먹는 누군가가, 이제 더 이상 열차 안에서 티켓을 살 수 없다든지 뭐 그런 완전히 말도 안 되는 헛소리를 지껄이는 누군가가 말이야. 그런 다음에는 열차가 전과는 다르게 흔들리는 것 같지. 아주 약간 추워진 것도 같고."

이게 무엇에 관한 이야기인지 안다. 그의 두목. 내 은행. 도마뱀 사나이가 낄낄 깔깔 웃어댔음에도 불구하고 내 사업 제안이 진지하게 받아들여졌다는 사실.

그는 AK의 무릎을 손가락으로 두드렸다. AK는 검은색과 하얀색 운동복 주머니에서 핸드폰을 꺼내 커다란 화면을 내 쪽으로 내밀었다. 화면에는 내가 얼굴을 벌거벗은 여자의 사타구니에 묻고 있는 사진이 있었다. 내 두 손은 허공에 올라와 있고, 한 손은 완전히 우연이지만 확실하게 V 표시를 한 것처럼 보였다. 이 사진을 처음 본다면 연출된 거라고는 생각 못 할 것이다. 단지 내가 가장 매력적이지 않을 때 찍힌 사진처럼 보였다. 도마뱀 사나이가 AK에게 고개를 끄덕이자, 그는 핸드폰을 주머니에 넣고 자신의 본업에 집중했다. 멍하니 앞을 바라보는 일 말이다.

"일정 논의를 시작하기 전에 한 번 상기시켜준 거야."

도마뱀 사나이가 말했다. 그런 다음 내게로 몸을 기울이고 얼굴을 바싹 들이댔다.

"어때? 첫 번째 5만 유로를 가지러 언제 올까?"

그의 입 냄새가 느껴졌다. 닦지 않은 치아와 제대로 소화되지 않은 뭔가의 냄새가 섞여 있었다.

"저한텐 5만 유로가 없습니다."

내가 정직하게 말했다.

사실이었다. 일주일 동안 나는 많은 대출을 승인하고 늘어난 수입으로 공원의 빚을 어느 정도 갚았다. 그게 원래 계획이었으니까. 지금 이 순간에 공원 계좌는 거의 비어 있다. 다음 주에 첫 번째 대출금과 이자 상환일이 돌아오면 상황이 바로잡히기 시작할 것이다.

"언제냐고."

도마뱀 사나이가 물었다.

"그게 내 질문이야. 몇 번이나 네 빌어먹을 시스템에 들어갔다 나와야 하는지, 네가 확인하고 이중으로 확인하고 모든 거래를 600번쯤 설명해야 하든 말든 난 상관 안 해. 언제야? 내가 물었지. 시간의 특정 지점이라는 뜻이라는 거 알지? 그러니까 달력 꺼내, 아인슈타인."

나는 아무 말도 하지 않았다.

"좋아. 네가 오늘따라 이상하게 머리가 굳고 나름의 제안도 없는 것 같으니까 내가 날짜를 정해주지. 달력에 써둘 수는 있겠지?"

나는 대답하지 않았다.

"아니면 여기 AK에게…… 나서라고 해야 하나?"

"네, 써둘 수 있습니다."

내가 대답했다.

"난 잠깐 여행을 갈 거라서 지금부터 2주 후 월요일이 좋을 것 같아. 그러면 너도 시간이 충분하겠지. 일주일에 2만 5000유로야. 넌 똑똑하시니까 계산되겠지? 2주야."

마침내 도마뱀 사나이가 의자에 몸을 기댔다. 얼굴 앞의 기온이 낮아지고 공기가 옅어지면서 상쾌한 느낌이 들었다. 열차가 차츰 느려졌다. 우리는 이미 마르틴락소역에 도착했다. 도마뱀 사나이가 무릎에 한 손을 받치고 일어섰다. 그는 아무 말 없이 나를 내려다보았다. 그러고는 돌아서서 문으로 향했다. AK는 열차가 완전히 멈춘 다음에야 일어났다. 그가 얼마나 날렵한지, 얼마나 빠르고 조용하게 움직이는지 다시 한번 감탄했다. 커다란 남자치고는 작은 여우처럼 은밀했다. 그가 플랫폼으로 나간 후 나는 잠시 그들의 등을 바라보았다. 곧 열차가 덜커덩거리며 다시 움직였다.

바로 그때 차량 양쪽 끄트머리에서 방송이 나왔다.

"티켓 확인합니다, 여러분."

16

에사는 발밑으로 왕국이 사라져버린 왕처럼, 모니터로 가득한 벽을 마주한 채 커다란 의자에 앉아 있었다. 에사는 어떤 것도 통제할 수 없고, 무슨 일이 일어나는지 그저 바라보는 게 임무였다. 가위를 꺼내서 방 안 공기를 자를 수도 있을 만큼 오늘도 유황 가스로 가득하여 탁했다. 어디서 왔는지, 무엇이 섞였는지는 세세하게 알 수도 없고 나 자신의 건강을 위해서도 알고 싶지 않았다. 제어실은 폐소 공포증을 부추기는 원룸아파트 같은 느낌인데, 에사가 천장 조명을 꺼놔서 방 안의 유일한 빛은 모니터에서 나오는 것뿐이라 침침했다. 전체적으로는 SF 영화와 군대 막사 사이쯤 되는 분위기였다.

내가 와서 그는 깜짝 놀란 것 같았다. 그건 확실했다. 내가 부탁하는 걸 듣고는 더더욱 놀랐다.

"무슨 일 있었습니까? 녹화본은 전부 있지만 문제가 있는 줄은 몰라서 보지 않았거든요."

에사는 당황스러운 모양이었다. 이해할 만했다. 나는 아무 문제도 없고 그냥 확인하고 싶은 게 있을 뿐이라고 말해주었다. 나는 날짜와 추정 시각, 보안 카메라에 잡히고 있을 탐험공원 외부지역을 알려주었다. 에사의 손가락이 키보드 위에서 춤을 추었다. 순식간에 낯익은 SUV가 한 모니터에 나타났다. 나는 타임코드로 정확한 분과 초를 보고 기억해두었다. 그 후에는 최대한 빨리 여기서 나가고 싶었다. 유독한 공기를 맡고 있자니 머리가 멍해지는 것 같았다. 누군가에게 식단을 바꿔보면 어떻겠느냐고 말하고 싶어진 것도 처음일 것이다. 하지만 말하지 않기로 했다. 대신 고맙다고 한 후 물러섰다.

"제가 놓친 게 있나요?"

그가 그렇게 물으며 의자를 180도 빙 돌렸다. 저번과 똑같은 미해군 운동복 상의를 입고 있었다.

당신의 식단이 오로지 콩 수프와 양배추 피클로만 이루어져 있다는 사실이요. 나는 물론 그렇게 말하지 않았다. 에사의 표정이 이제는 거의 공포에 질린 것 같았기 때문이다.

그는 또다시 질문을 던졌다.

"공원 주변에 불법 침입이 있었습니까? 뭔가 도둑맞은 건 아니겠죠……."

"아뇨, 그런 일은 없어요."

내가 대답했다. 생각할 시간이 필요했다. 어떻게 하든, 에사는 내가 왜 보안 테이프를 보고 싶어 했는지 추측을 할 것이다. 그리고 그는 수천 가지 사건이 기록돼 있는 모든 테이프를 마음대로 할 수 있었다. 나는 결단을 내렸다.

"그냥 시간을 좀 확인해야 했어요."

내가 말했다.

처음에 에사는 이해할 수 없다는 표정이었지만, 곧 끄덕임으로, 그리고 협조적인 표정으로 바뀌었다. 이전까지 그가 나에게 서먹서먹하고 거의 냉담했다면, 이제는 이해하고 동조하는 얼굴이었다.

"개인적인 일이군요."

그가 말했다.

"네. 굉장히요."

"그 차 주인을 찾고 싶어요? 내가 살펴볼 수 있는데……."

"그럴 필요 없어요. 이미 아니까요."

나는 고개를 저으며 말했다.

우리 둘 다 화면의 이미지를 바라보았다.

화면 속 SUV가 점점 커졌다. 내가 그 안에 타고 있는 느낌이었다. 발에서 차가운 에어컨 바람이 느껴졌다. 하지만 그뿐이었다. 지난 수년 동안 이 방 안으로 약간이라도 바람이 들어온 적은 없었을 것이다.

"저 차에 내 정기권 카드를 놓고 온 것 같거든요."

내가 이 차에 관심을 갖는 이유가 정기권 카드 때문만은 아니지만, 이유 중 하나라고는 할 수 있다. 열차에서 받은 벌금 청구서가 내 재킷 주머니 속에서 그 사실을 상기시켜주었다. 결국 통근열차 세 정거장에 80유로를 지불했다. 여러 가지 면에서 너무했다. 에사는 여전히 내가 방금 한 말을 생각하면서 오른손 손가락으로 기하학적으로 완벽한 자신의 염소수염을 쓰다듬었다.

"도와줄 게 있으면, 난 탐험공원을 위해서 일하는 사람이니까요, 언제든 봉사할 준비가 되어 있어요."

군인 같으면서 동시에 테디베어 같은 말투였다.

"도와줘서 고마워요. 무슨 문제가 생기면 곧장 에사 씨한테 알리겠습니다."

내가 대답했다.

문득 그의 소화 문제에 관한 내 매정한 생각에 기분이 안 좋아졌다. 이 기묘한 감정적 롤러코스터는 벌써 한참이나 지속되고 있었다. 물론 라우라 헬란토와 함께 있을 때 가장 심했다. 그녀가 금요일 저녁에 내 뺨에 했던 키스를 주말 내내 느낄 수 있었다. 그리고 지금, 우리 모두 인간이고 모두 불완전한데, 우리 중 한 명에게 과민한 대장 문제가 좀 있는 게 뭐 어떤가 하는 생각이 문득 드는 것이다. 그런 게 있다고 해도 그저 몸에서 나오는 공기에서 냄새가 좀 나는 것뿐인데. 가끔은 지독하긴 하지만 그렇다고 피해서 도망쳐야 하는 상대인 건 아니다.

"그리고 나도 마찬가지로, 도울 일이 있으면 언제든 도울게요."

나는 그렇게 덧붙였다.

🐇

나는 곧바로 내 사무실로 돌아왔다. 본능적으로 창문을 열었고 그 좁은 틈새로 갈증을 해소하기 위해 물을 들이켜는 것처럼 차갑고 신선한 공기를 가득 마셨다. 그런 다음 책상 앞에 앉아 계산기와 펜, 구글맵, 정확하게는 위성 이미지 기능을 사용해서 여러 가지 계산을 시작했다. 그 SUV에 탈 때마다 우리는 주의 깊게 제한속도를 지켰다. 그리고 나는 중요한 방향 전환과 그들이 택한 방향을 전부 기억할 수 있었다. 동시에 방향을 바꾸지 않거나 속도를 늦추지 않은 구간이 있다는 것과, 그 부분부분의 거리를 대강 떠올릴 수 있었다. 안대로 눈을 가려도 아래는 볼 수 있었기 때문에 길에 따라서 차가 어떻게 움직이는지 지켜볼 수 있었다. 하지만 중요한 건 이제 내가 정확한 출발과 도착 시간을 안다는 거다. 나는 측량과 거리를 계산하고, 지도를 보고, 수십 번쯤 확대와 축소를 반복했다. 얼마 지나지 않아서 나는 선택지를 세 개까지 줄였다. 이동의 방향은 중간 정도 수준으로 알고, 전체 거리는 상당히 정확하게 알고, 어떤 건물을 찾는지는 완벽하게 알고 있다.

40분 후 나에게는 두 개의 헛간이라는 선택지가 남았다.

17

탐험공원은 상당한 이윤을 냈다. 당연하게도 은행은 그렇지 못했다. 아직은. 공원 매출은 대출을 시작할 무렵부터 거의 20퍼센트 올랐다. 숫자는 좋은 미래를 암시했다. 직원들 월급을 지급하고 세금을 처리하고 공식적인 빚도 일부 변제할 수 있을 것이다. 매출이 이런 식으로 계속되고 은행이 차츰 이윤을 내면, 처음에는 약간만 내다가 그다음에 기하급수적으로 오른다면, 그러면 형의 비공식적인 빚도 정리할 수 있겠지. 하지만 도마뱀 사나이에게 추가로 지불할 5만 유로를 구하는 일은 내가 할 수 없었다.

게다가 그것도 문제의 일부일 뿐이다.

나는 실제로 그 남자에게 단돈 1유로라도 지불하겠다는 생각은 단 1초도 하지 않았다. 나는 할 만큼 했다. 그 남자가 내 정기권을 자기 주머니에 넣는 순간, 확실하게 결론 내렸다. 훨씬 더 일찌

감치 결론 내릴 수도 있었고, 알게 된 사실들을 고려하면 더 빨리 결심할 수도 있었겠지만, 정기권이 완벽하게 매듭을 지어준 것 같다. 5만 유로에 대한 협박을 뺀다 해도, 그러면 안 되는 거다. 다른 사람 정기권으로 돌아다니면 안 되지.

나는 잠시 양쪽 계좌를 모두 확인했다. 나는 아무것도 위조하지 않은 채, 계좌 두 개가 최종적으로는 하나로 합쳐지도록 하는 방식으로 각기 다른 두 개의 기록을 만들었다. 물론 둘 다 진실만 입력했다. 그러려면 세세한 부분에까지 주의를 기울여야 한다. 계산에 하도 집중하고 있어서 라우라가 내 앞에 와서 선 다음에야 누군가 사무실에 들어왔다는 걸 깨달았다. 라우라는 제멋대로인 머리를 뒤통수에 단단히 틀어 올렸고 안경을 눈썹 위로 올린 상태였다. 처음으로 그녀의 얼굴을 전체적으로 보았다. 내가 전에는 보지 못한 면이 있었다. 그게 뭔지 정확하게는 말 못 하겠다. 그리고 생각할 시간도 없었다. 그녀가 뭔가 물었기 때문이다. 아니, 더 정확하게 말하자면, 그녀는 전에 내가 했던 말을 반복한 다음 따라와달라고 요청했다.

첫 번째 벽화가 거의 완성되었다. 라우라는 주말 내내 그림을 그렸다. 그녀는 복도에서 손님들에게 잘 안 보이는 쪽부터 시작했다. 이해할 수 있었다. 나라도 그렇게 했을 것이다. 오늘 아침에 도착했을 때, 또 에사의 제어실을 나와서 내 사무실로 걸어갈 때 왜 알아채지 못했는지 이제 알 수 있었다. 에사를 떠올리기만 해도 제어실의 그 열대 향기가 내 옷에 완전히 배지 않았기를 바라는 마음이 솟구쳤다. 소매 냄새를 맡아보고 싶은 마음을 꾹 참고 나는 걸어가며 라우라의 이야기에 귀를 기울였다.

"헨리 씨가 제안한 대로 했어요. 쉬운 부분, 어떻게 해야 할지 아는 부분부터 시작했죠. 그리고 해냈어요. 실은 꽤 잘해냈죠. 그리고 이제……."

나는 라우라를, 그녀의 옆얼굴을 쳐다보았다. 그와 동시에 내가 항상 본능적으로 알고 있던 것을 언뜻 목격했다. 그녀의 얼굴에는 강인한 구석이 있었다. 그녀의 얼굴이 지쳐 보인다거나 각이 졌다고 비난하는 게 아니다. 내가 찾는 말은 아마도 그녀가 드러내고 싶지 않거나 공개적으로 보이고 싶지 않은 경험이나 지식, 기술 같은 것이리라. 그녀의 안경과 숱 많은 머리가 대체로 누그러뜨리고 감추어주는 그런 것들.

"여기예요."

과녁 맞히기 기구인 분노의 투포를 지나 오른쪽으로 돌며 그녀가 말했다. 뒤쪽 벽이 시야에 들어왔다.

그 광경은 숨이 멎을 정도였다.

벽이 내 심장과 위 사이 어딘가를 꽉 조였다. 소용돌이와 무늬가 흐르고 뒤섞여 계속해서 형태를 바꾸었다. 이미지가 나타났다가 곧장 사라지고 새로운 이미지가 만들어졌다. 내가 소금 기둥이 된 듯 우뚝 서서 쳐다보고 있다는 걸 깨달았다.

"프랑켄탈러를 개작했어요. 내 버전, 내 해석이에요. 일종의 그라피티 버전이라고 할 수 있겠네요."

라우라가 설명했다.

나는 말을 할 수 없어 벽만 쳐다보았다. 뭘 느끼고 있는지도 몰랐다. 갑자기 모든 것이 불분명해졌다. 시간이 흘러갔다. 내가 한참이나 입을 다물고 있었다는 걸 깨달았다. 내 온몸이 라우라의 작품에 반응했고, 어떻게 제어할 수도 없었다. 벽화가 내 발에서 느껴졌다. 이성적으로는 그런 감각이 불가능하다는 걸 알면서도.

"프랑켄탈러든 아니든 이건 내가 본 가장 훌륭한 작품이에요."

내가 말했다.

진심이었다. 나는 그녀 쪽으로 돌아섰다. 고무줄을 풀어서 머리카락이 다시 얼굴을 감싸고 있었다. 이제는 낯익어 보였다. 그래도 강인함이 존재한다는 걸 알게 되니까 이제 그것이 눈에 들어왔다. 하지만 더는 그 생각을 하지 않았다. 나는 라우라를 껴안고 내 품에 꼭 붙들고 싶은 거부할 수 없는 욕망을 느꼈다. 부적절한 행동이야, 나는 스스로에게 그렇게 말했다. 하지만 그때 무슨 일이 일어났다. 내가 우연히 그녀를 건드린 걸까, 잘 모르겠다. 다음 순간 라우라가 앞으로 다가와서 나에게 한 팔을 둘렀기 때문이다.

"고마워요."

그녀가 말했다.

"프랑켄탈러든 아니든요."

나는 같은 말을 반복했다.

라우라 헬란토가 나를 껴안았고, 여기 서서 이 벽화를 보면서, 나는 전에는 한 번도 느낀 적 없는 것을 느꼈다. 나는 나 자신이었다. 그 생각이 그 느낌과 결합하고, 느낌은 생각과 결합했다. 그것들은 동일한 하나였고, 모든 것이 내 마음속으로 아주 명료하게, 아주 확실하게 밀려와서 새로운 대륙의 기반, 마천루의 토대를 형성해줄 수 있을 정도였다. 라우라가 물러섰지만 그녀의 따뜻한 팔이 여전히 내 몸에서 느껴졌고 턱과 뺨에 그녀의 머리카락 느낌이 남았다. 무슨 일이 일어났는지 모르겠다. 그저 무언가가…… 일어났다는 것만 알 뿐이다.

"그럼 마음에 든 거죠?"

그녀가 물었다.

"엄청나게요."

18

'데이트'라는 단어가 언급되기만 해도 나는 항상 약간 불편했다. 실제로 그게 어떤 의미라고 내가 생각하는지는 말할 것도 없고. 데이트라는 건 나 자신의 자유의지로 내가 전혀 모르거나 아주 약간만 아는 사람과 만나야 한다는 뜻이다. 나는 이걸 어떤 상황에서도 현명한 행동으로 여긴 적이 없다. 이런 행동을 반대하는 합리적인 주장이 많이 있다. 이런 만남이 노력할 가치가 있는 만남일 가능성이 거의 없다는 사실은 둘째 치고도 말이다. 살면서 만나본 흥미로운 사람들 숫자를 만났던 모든 사람들 숫자와 대비해보면 복권 1등에 당첨될 확률 수준이라는 것을 깨닫게 된다. 보험계리사로서 나는 당연히 복권을 사지 않고, 내가 혹시라도 데이트를 한다면 우선 내 행동이 수익성이 있는지 없는지 추측할 만한 요소들을 전부 확실하게 파악해둘 거라고 생각했다.

내가 라우라에게 데이트 신청을 하고 말았다는 뜻이다. 단 한 번의 계산도, 가장 기본적인 확률 평가도 하지 않은 채로. 모든 게 나와 상관없이 일어났다고도 할 수 있다. 우리는 그녀가 막 그림을 그려놓은 벽 앞에 서 있었고, 나는 그녀를 가능한 한 빨리 만나고 싶다고 말하고 있었다. 그녀는 내 말뜻을 이해하고 다가오는 우리의 만남을 데이트라고 즉시 부르기 시작한 것 같다. 그 순간 나는 내 모든 능력, 확률 계산에 관련된 의심과 통제력을 전부 잃었고, 뭔가 흥분되는 일이 일어나기를 기다릴 때 배 속에서 나비가 날갯짓하는 느낌이라는 말을 실제로 경험했다.

그리고 레스토랑 앞에 서서 기다리면서도, 라우라를 생각하거나 만날 때마다 느끼는 그 기묘하고 거의 아찔한 감각을 똑같이 느꼈다.

9월 말의 저녁에 헬싱키 시내는 흠뻑 젖은 무대배경이 된 것만 같았다. 길거리는 은은하게 빛나며 내리는 비를 흑백으로 만들고, 건물들은 배경막 같고, 신중하게 배치된 가로등이 창문을 비추고, 얼룩말 무늬 같은 횡단보도는 아이스링크처럼 빛났으며, 주위로 온통 물이 쏟아지고 물웅덩이가 철벅철벅 튀었다.

나는 차양 아래에서 비를 피하면서 한숨을 내쉬고 생각했다. 데이트라. 말도 안 된다.

특히나 채무자들이 목매달리거나 은행을 시작하기로 결심하게 되는 헛간을 찾아봐야 하는 지금은 더더욱 데이트를 할 때가 아니었다. 사실 나는 헛간을 찾아내도 뭘를 어떻게 할지조차 몰랐다. 그걸로 뭘 얻을지도 몰랐고, 계획도 없었다. 실제로 그 장소를 찾아낸다고 해도, 아주 높은 확률로 나는 여전히 너무⋯⋯.

"늦었죠? 나도 알아요. 미안해요."

라우라가 말했다.

그녀는 뒤쪽에서 차양 아래로 급히 들어왔다. 나는 그녀가 캄피 버스 정류장 쪽에서 올 거라고 생각했다. 그녀가 타는 버스가 거기 서기 때문이다. 집에서 오는 거라면, 그리고 우리가 만나는 장소까지 직선 경로를 택한다면 아마도 그랬을 것이다. 그 외의 경로를 택하는 사람들을 나는 전혀 이해할 수 없었다.

"오래 기다리진 않았죠?"

"지금 몇 시인지도 몰라요."

내가 대답했다. 그 사실에 나 자신조차 놀랐다.

그녀는 우산을 접고, 머리를 흔들고서 스카프를 느슨하게 풀었다. 그런 다음 나를 지나쳐 레스토랑 안을 쳐다보았다.

"근사해 보여요."

그녀가 말했다.

나도 고개를 돌려 같은 방향을 보았다. 반짝이는 하얀 블라우스와 딱 붙는 검은 치마를 입은 종업원이 와인 여러 병을 들고 지나갔다. 앉아 있는 사람들은 탐험공원을 방문해 나한테 돈을 빌리는 사람들보다는 미국 TV 드라마에 나오는 캐릭터들과 비슷해 보였다.

"잘 모르겠어요. 와본 적이 없거든요."

내가 말했다.

"그럼 왜 여기로 했어요?"

"평균 별점, 우리가 각자 내리는 버스 정류장과의 거리, 오늘 날씨, 요일, 계절, 라우라 씨가 매운 음식을 좋아한다는 점, 그리고 데이트의 핵심은 상대방에게 좋은 인상을 주는 것이라는 점을 고려할 때 여기가 최적의 선택으로 보였어요."

"최적의……."

라우라는 중얼거리며 내가 재미있는 말이라도 한 것처럼 미소를 지었다. 빗속에서 그녀의 미소는 따스한 불빛 같았다.

"로맨틱한 말이네요."

라우라가 말했다.

"나도 그렇게 생각해요."

내가 대답했다.

🐇

우리는 내 이름으로 예약된 2인용 테이블로 안내를 받았다. 기다란 홀에서 제일 안쪽에 있는 창가 자리였다. 레스토랑 자체가 길가보다 약간 낮게 위치하고 있어서 창문도 좀 낮았다. 지나가는 사람들의 허리 아래쪽만 보였다. 때로는 어떤 다리에 어떤 얼굴이 연결되어 있을지 상상하기 어려울 정도였다. 우리가 다리로만 이루어져 있으면 우리가 누군지 훨씬 숨기기 쉬울 텐데. 이 생각을 소리 내서 말하지는 않았다. 나는 여전히 약간 어지러운 기분이었다. 내 입과 혀, 턱 전체가 기묘하게 굳은 느낌이었지만, 무서우리만큼 머릿속에 떠오르는 걸 죄다 떠들 수 있는 기분이기도 했다. 정신을 잃지 않고 라우라의 눈을 똑바로 보는 데에 집중해야 했다. 그녀의 말을 경청하고 동시에 그녀의 소리를 듣기 위해서 말이다. 그녀의 머리카락은 피어난 장미 덤불 같고, 그녀의 뺨은 빛이 나고, 그녀의 눈에는 특별한 즐거움과 만족감이 가득했다. 그녀는 검은 점무늬가 있는 하얀 블라우스를 목까지 잠그고 있었다.

종업원이 와서 메뉴를 살펴보는 동안 마실 게 필요한지 물었다. 라우라가 진토닉을 선택해서 나도 같은 걸 주문했다. 진토닉을 좋아하지 않았지만 지금은 별로 중요하지 않았다. 바싹 마른 입을 축여줄 음료라면 사막에서 오아시스로 한 걸음 걸어가는 것과 같았다. 실제로 그런 기분이었다. 갑자기 모래 속을 헤치고 나아가는 기분. 다행스럽게도 메뉴는 짧았고, 기쁘게도 번호가 붙어 있었다. 메뉴는 네 종류로, 5개, 8개, 11개, 16개짜리 코스가 있었다. 우리는 바로 8개 코스로 정했다. 축하는 하고 싶지만, 여기 밤새 있고 싶지는 않기 때문이다. 종업원이 간 후 나는 잔을 들었다.

"축하해요."

내가 말했다. 뭐라고 할까 열심히 생각해봤는데, 이게 그중에서 가장 논리적인 선택지였다.

"고마워요."

우리는 잔을 부딪쳤다. 내가 막 잔을 입가에 갖다 대려 하는데 라우라가 나를 막았다.

"헨리 씨가 없었으면……. 글쎄요……. 우리 수학을 위해 건배할까요?"

그녀가 미소를 띠며 말했다.

그리고 그녀가 술을 마셨고, 나도 마셨다.

우리의 첫 번째 코스는 작은 분홍색 주머니였는데, 솔방울 절반 크기에, 거품이 나고, 짭짤하고, 생선 맛이 나고, 무게가 전혀 없는 무언가로 채워놓은 듯했다. 라우라는 좋아하는 것 같았다. 그래서 나도 기뻤다. 재료비, 생산비와 최종 가격의 차이에 관한 내 계산 결과에 있어서도 기쁜 건 아니었지만. 나는 그 생각은 제쳐두기로 했다. 잠깐 동안은.

"나도 대출을 받았어요."

라우라가 갑작스럽게 말했다.

나는 대단히 놀랐고, 그게 얼굴에도 드러난 모양이었다.

"다른 사람들도 전부 다 받았어요. 다른 직원들도요. 하지만 그래서 나도 받은 건 아니에요. 당연히."

그녀가 말했다.

나는 그녀가 무슨 이야기를 하는지 이해하기 시작했다. 탐험공원. 내가 연 은행.

"모두가요?"

나는 정말로 당황해서 물었다.

"네."

그녀가 고개를 끄덕였다.

"모두들 갑자기 여분의 돈이 필요해진 건가요?"

"헨리 씨가 우리 은행에서 돈을 빌리는 게 합리적이라고 그랬
잖아요."

"합리적이긴 하죠……."

나는 말을 더듬었다. 다른 곳에서 더 싸게 같은 금액을 빌릴 수
없다면 합리적이라고 생각한다. 그 말은 그들이 깨닫지 못했다는
뜻이다…….

"바로 그거예요."

라우라는 내가 다른 말을 덧붙이기도 전에 끼어들었다.

"난 정말 그 돈이 필요했어요. 툴리가 수학여행을 프랑스로 가기
때문이죠. 내가 못 가진 기회를 그 애는 갖길 바라는데, 건강 문제
때문에 여행 가는 데 돈이 많이 들거든요. 그 애는 한참 전부터 이
여행에 대해 이야기하면서 가게 해달라고 애원했어요. 여행을 꿈
꿨다는 건 이미 알고 있었어요. 친구들은 전부 가는데 그 애만 못
간다고 생각하면 마음이 안 좋았어요. 하지만 이제 갈 수 있게 돼
서 정말 기뻐요. 이게 내 벽화보다 훨씬 중요해요."

그때 종업원이 우리의 다음 코스를 가져왔다. 커다란 흰색 접시에 0.5센티미터 두께의 짙은 색 고기 두 조각이 길게 놓여 있었다. 그 위에는 아주아주 작은 꽃으로 만든 아주아주 작은 다발이 있고, 주위로 실처럼 가느다랗게 굳힌 새빨간 액체가 둥글게 둘러져 있었다.

라우라가 말을 이었다.

"다른 데서라면 대출을 받지 않았을 거예요. 조금 남았던…….음, 내 월급은 생활비와 식비로 다 써서……. 말하자면 월말은 항상 위태위태하다고 할까요. 그리고 지금은 한 푼도 없거든요. 난 돈 관리를 잘 못해서 힘들게 배워야 했어요."

그녀의 마지막 말은 댐의 갈라진 틈에서 뿜어져 나오는 물줄기처럼 터져 나왔다. 라우라는 창피한 기색이 역력했다. 내가 그랬다면 말한 걸 모두 재확인하기 위해 테이프를 되감아 들어야 하는 굉장히 불편한 상황에 빠졌을 정도로 그녀는 말을 많이 했다. 그때 그녀가 다시 미소를 지었다. 그 미소는 전만큼 가볍지 않고, 이제는 새로운 그림자가 드리워 있었다.

"내가 왜 헨리 씨한테 이걸 다 이야기하나 모르겠어요……. 근사한 동행 때문이거나, 근사한 분위기와 근사한 음식 때문일지도 모르겠네요."

그녀는 다시금 부끄러운 얼굴이 되었다. 최소한 나는 그렇게 추측했다. 하지만 전혀 다른 것일 수 있다는 사실을 곧 깨달았다. 빛이 번쩍인 것만 같은 깨달음이었다. 나는 머릿속으로 그 깨달음을 말로 옮겨보려고 했다. 어쩌면 내가 그녀와 함께 있을 때 느끼는 것처럼 그녀도 나와 함께 있는 걸 그렇게 여기는지도 모른다. 내가 함께 있는 게 그녀에게 강한 영향을 주고, 그래서 생각과 행동이 최소한 어느 정도는 예측 불가능하게 복잡해진다고 생각할지도. 그리고 그녀가 정말로 나를 좋아할 수도 있다는 생각이 떠올랐다. 그 생각은 예측 불가능한 이상으로 나에게 여러 가지 영향을 주었다. 쓸데없이 낭만적이고 지독하게 달콤하다고 생각한 사랑 노래들이 갑자기 지금 같은 상황을 아주 철저히 고려했다는 생각이 들었다. 라우라는 음식을 칭찬했다. 내 입에 느껴지는 건 완벽하게 평범한 핀란드 버섯이었고, 1킬로그램당 가격을 생각하지 않으려고 노력 중이었다. 하지만 지금 당장은 아무 상관 없었다.

근사한 동행.

우리는 딱 한 스푼 분량의 음식만 담겨 있는 다양한 형태의 미식적 구성을 계속 먹었다. 음식은 표준적인 기하학적 모양에 충실했고, 접시에 아무런 무게도 더하지 않은 것 같았다. 가장 가벼운 코스였던 훈제 산토끼와 군도 수영*은 거의 보이지도 않을 지경이었고, 그 산토끼의 수염 한 가닥 무게밖에 나가지 않았을 것이다. 하지만 라우라가 좋아했고, 나는 그녀가 좋아서 좋아했다. 코스

---

* 여뀟과의 풀, 괭이밥.

마다 특정 빈티지 와인이 한 모금씩 딸려 나왔기 때문에 우리 눈 앞에서 와인 잔이 복제되는 것 같았지만, 음식은 건드리는 순간 사라져버려서 와인과 함께 먹는 게 상당히 힘들었다. 이제 우리 앞에는 와인 잔이 줄줄이 놓여 있었다. 와인 맛은 종업원이 길게 설명해준 정도로 서로 다르게 느껴지지는 않았다. 시큼한, 오크 향이 나는, 복잡한, 구수한, 흙 맛이 나는, 진한, 화려한 등등의 수많은 형용사와 이탈리아 북동부의 작은 유기농 포도밭에 관한 굉장히 수상쩍은 헛소리와 함께 와인이 나왔다. 하지만 이렇게 지나치게 비싼 저녁의 핵심은 종업원의 논리나 우리 눈을 속이려는 행동에서 잘못을 찾는 게 아니라, 그저 서로 마주 보고 앉아서 기나긴 시간을 보내는 것이라는 점을 깨달았다.

"내 자신감이 돌아온 것 같아요."

가재 무스 한 숟가락뿐인 그 접시를 비우고 라우라가 말했다.

"내가 얼마나 벽에 부딪혀 있는지도 몰랐어요. 그림을 그리는 게 바로 나 자신을 돕는 일이라는 것도 몰랐고요. 애초에 나를 가로막았던 바로 그 일이 말이죠. 내가 이렇게 말할 줄은 상상도 못했지만, 헨리 씨의 수학 모델이 정말로 상황을 다른 각도로 생각할 수 있게 도와줬어요. 굉장히 다른 여러 가지 방식으로 완전히 새로운 관점을 열어줬죠."

라우라의 목소리는 낮지만 열정적이었다. 그녀는 와인을 한 모금 마시는 동안 내내 잔의 테두리 너머로 내 눈을 똑바로 쳐다보왔다. 부드럽고 어둑한 빛은 그녀의 얼굴, 내가 전부터 알던 행복과 긍정성에 새로운 강인함이 더해진 그녀라는 존재를 감추지 못했다. 그녀는 정말로 어떤 모퉁이를 돌아 선 듯한 모습이었다. 수학은 놀라운 일을 해낼 수 있다, 나는 그 사실을 안다. 하지만 이 모든 게 숫자로 귀결된다는 사실은 왠지 생각하기 어렵다. 이유는 모르겠다. 어쩌면 내 보편적인 인생 경험과 내가 했던 수만 가지 계산이 이런 식의 수학적 자각은 아주 소수만의 특권이라는 걸 알려주었기 때문일까. 라우라가 나를 웃게 만들었기 때문에 나는 미소를 지었다. 라우라도 미소를 지었다.

"모든 게 제자리에 맞아 들어간 것 같아요."

그녀가 앞으로 몸을 살짝 기울이면서 말했다.

"모든 종류의 것들이요."

디저트 2호(라즈베리 세 개, 시럽 한 방울, 바닐라 거품으로 된 조그만 피라미드)가 도착할 무렵에 우리는 다음번 그림을 그릴 벽에 대해서 의논하기 시작했다. 이번에는 토베 얀손에게서 영감을 받은 작품이 될 거라고 했다.

"하지만 토베 얀손 스타일로 하진 않을 거예요. 내 스타일이 될 거지만, 토베와 그녀의 주제에서 아주 크게 영향을 받아서, 토베를 가운데에 배치하고 그 주위로 그녀가 나에게 어떤 의미이고 그녀의 작품이 나에게 어떤 아이디어를 주었는지 그리려고 해요. 자유, 아름다움, 바다…… 사랑 같은 거요."

마지막 말이 허공에 남아서 우리 사이에 걸렸다. 줄지어 놓인 와인 잔 위에, 우리의 눈이 마주치는 그 지점에. 나는 넥타이를 느슨하게 풀까 말까 고민했다. 레스토랑의 온화한 기온이 저녁 시간 동안 치솟았다는 건 말도 안 되지만, 꼭 그렇게 느껴졌다. 나는 내 생각을 말했다.

"놀라운 작품이 되겠군요. 라우라 씨가 그리는 모든 게…… 감동적이에요. 아테네움에서도 깨달았어요. 프랑스 연못의 수련이 좋았어요. 핀란드 대가들의 작품도 좋았고요. 죽음과 슬픔, 비참함을 그리는 방법이 그렇게 많은 줄 몰랐고, 우울한 색깔의 종류가 그렇게 많은 줄도 몰랐어요. 하지만 그 작품들을 사랑하지는 않았어요. 그런데 라우라 씨는……. 라우라 씨의 작품을 보면, 그러니까 그림을 보면요……. 난 그…… 라우라 씨를…… 사랑해요."

술을 그렇게 많이 마신 것 같지 않은데 머리가 어지럽고 진땀이 났다. 말할 생각이 아니었던 말을 했지만, 이제는 오늘 저녁 외출에서 발생할 상당한 경제적 지출과 약한 알코올중독 증상들이 내 안에 솟구치는 기쁨에 비하면 별것 아니라는 확신이 들었다. 정확히 목적지에 앉아 있는데도 길을 잃은 느낌이었다.

라우라가 알아챘는지도 모른다. 그녀가 식탁에 팔꿈치를 올리자, 전보다 훨씬 읽기 힘들어진 그녀의 새로운 얼굴이 오늘 저녁 어느 때보다도 내 얼굴에 가까이 다가왔다. 그녀는 마침내 놀라운 질문을 던졌고, 그 목소리에도 새롭고 알 수 없는 면이 있었다.

"헨리 씨는 저녁 식사 끝나고 뭘 할 생각인가요?"

19

나는 한 번도 통근열차에서 키스를 해본 적이 없다. 열차가 평
소보다 훨씬 빨리 가는 것처럼 느껴졌다. 정거장을 인식할 여유가
없었기 때문이다.

물론 다 지나간 다음에, 우리가 칸넬매키의 밤 속으로 느긋하게
걸어 나온 후에야 할 수 있었던 피상적인 관찰일 뿐이다.

기묘하게도 내 입술은 불이 붙은 것 같았다. 몸은 깃털처럼 가
벼우면서도 활의 줄처럼 팽팽한 느낌이었다. 라우라는 내 옆에서
걷고 있었다. 아니, 좀 더 정확하게 말하자면, 나와 함께 걸었다.
그녀의 어깨는 나에게 닿아 있었다. 우리는 내 집으로 가는 중이
었다. 내 정신과 몸에 아주 놀라운 감각을 느끼면서도, 주변을 둘
러봐야 한다는 걸 알고 있었다.

나는 SUV를 조심하고 있었다. 주차장과 길가, 진입로를 살폈

다. 지나치는 모든 사람들, 모든 형체들을 1, 2초 정도 신중하게 쳐다봤다. AK는 덩치 때문에 눈에 띌 것이고, 도마뱀 사나이는 어깨가 없어 보이는 골격 때문에 눈에 띌 것이다. 하지만 SUV는 보이지 않았고 하필 오늘 밤에 내 목숨을 노릴 만한 두 남자나 그 외 다른 사람들도 보이지 않았다. 우리의 데이트라는 관점에서 좋은 신호라고 생각하기로 했다.

나는 아파트 문을 열었고 우리는 계단으로 조용히 올라갔다. 현관문 앞에 도착해서 나는 라우라에게 문을 잡아준 후에 그녀 뒤를 따라 들어갔다. 그녀가 코트를 벗는 걸 도와주고, 화장실이 어딘지 알려주고, 부엌으로 가서 쇼펜하우어에게 저녁을 조금 주었다. 그런 다음 라우라가 물을 내리고 손을 씻고 화장실 문을 여는 소리까지 듣자 더 이상 뭘 해야 할지 알 수가 없었다. 하지만 이 무렵에 내 몸은 나 대신 아는 것 같았다. 우리는 거실에서, 달빛에 휩싸여서 가우스의 방정식 앞에 서서 서로에게 키스했다. 당연히 방정식이 눈에 들어왔지만 전과 같은 존경심과 경탄이 느껴지지 않았다. 지금은 단순한 기호일 뿐이었고, 잠시 후에는 그것조차 아니었다.

침실로 들어가서 우리는 옷을 벗었다. 옷 하나하나를 어떻게 벗는지, 어떤 순서로 벗어야 하는지 모르는 것처럼 엉망진창이었다. 마지막으로 넥타이를 풀었다. 앞에서 이야기했던, 팽팽하게 당겨서 쏘기 직전의 활이 된 것 같은 느낌 때문에 모든 과정이 복잡했다. 옷을 벗고 침대에서 편안한 자세를 찾는 게 훨씬 어려워졌다. 우리 입술과 혀가 서로 달라붙은 것처럼, 어떤 식으로든 이 상황에 영향을 줄 수 없는 것처럼 꽉 맞닿아 있었기 때문이다. 우리 입은 끓는점에 도달한 것만 같았고, 우리 키스는 길고 축축하고 화끈한 혀의 레슬링 시합 같았다. 이건 말처럼 불쾌하진 않았다. 사실, 굉장히 기분 좋았다. 하지만 라우라의 맨살이 내 피부에 닿는 느낌에 비하면 아무것도 아니었다.

중독될 것 같으면서도 해방되는 기분이었다. 내 손은 현재 상황에서 어디로 가야 하는지, 뭘 찾아야 하는지, 어떻게 행동해야 하는지 다 알았다. 우리의 입이 잠깐 떨어지자 우리는 소리를 냈다. 낮에는 별로 내고 싶지 않은 종류의 소리였다. 라우라는 옆으로 움직여서 나를 살짝 밀어 등을 대고 눕게 만들었다. 그녀의 제멋대로인 머리카락이 내 가슴과 배를 간질였다. 간지러운 느낌에 떨림이 등뼈를 따라 흘렀다. 그다음에 라우라의 입과 혀는 갖고 놀 새로운 것을 발견했고, 나는 가우스의 방정식을 보았다는 사실마저 잊었다. 내가 볼 수 있는 것은 거실에서 들어오는 달빛 한 줄기가 비치는 침실 천장뿐이었다. 사실은 그것도 제대로 볼 수 없었다.

블랙홀에 가까이 갈수록 시간은 느려지고 물질은 압축된다. 내가 사건의 지평선 너머에 있는 틈새에 빠지려고 할 때, 못의 머리보다 더 작은 입자로 짓눌리고 끝없는 어둠과 결합하면서 블랙홀

안에서 나를 기다리는 운명을 겪으려고 할 때, 제어할 수 없는 이 상태에서 스스로 빠져나와서 우리가 아는 중력 쪽으로 돌아와야 한다는 걸 깨달았다.

나는 라우라에게 호혜적 관계가 올바르고 적절하다고 말했다. 그녀가 키득키득 웃은 것 같았으나 잘 모르겠다. 어쩌면 뭔가 말을 했을 수도 있지만, 내 일부가 여전히 그녀의 혀에 달라붙어 있었기 때문에 무슨 말이었는지 알아듣지 못했다. 어쨌든 우리는 역할을 바꾸었다.

어떤 면에서는 아까의 식당 종업원이 이걸 봐줬으면 싶기도 했다. 라우라에게는 우리가 오늘 저녁에 맛보았던 어떤 요리나 와인보다도 더 근사한 맛이 났다. 그리고 그녀가 내는 소리와 그녀의 절반으로 조각난 대답으로 보아 그녀 역시 16코스 메뉴를 고르지 않은 걸 다행으로 여기는 게 분명하다는 결론을 내렸다. 만약 그걸 골랐으면 우리는 아직 레스토랑에 있었을 것이다. 이제 비용편익 비율은 우리 둘 다가 훨씬 더 행복해질 수 있는 수준이었다.

그런 다음에 우리는 다시 서로를 끌어안았고, 내 활처럼 팽팽한 긴장감이 활약했다. 나는 만족스러운 강도로 움직일 수 있었다. 우리가 하려는 일에 경험은 별로 없었지만, 사실 경험 같은 건 필요 없는지도 모르겠다. 라우라의 목소리, 그녀가 나를 끌어당기고, 손가락으로 꽉 쥐고 내 몸 다양한 부분에 손톱을 박는 방식은 내가 최소한 어느 정도 임무를 성공적으로 하고 있다는 걸 강력하게 알려주었다.

우리는 다양한 방식으로 서로를 느꼈다. 변화는 그렇게 크지 않아서, 숫자를 얼마나 정확히 표현하고 싶은지에 따라 소수점 아래 몇 자리를 덧붙이는 정도로 바뀔 뿐이었다. 라우라는 항복과 승리를 동시에 보여주듯이 길고 날카롭고 강한 소리를 질렀고, 나는 목 안쪽에서 낯선 신음 소리, 설명할 수 없는 생리학적 이유 때문에 내 폐 속 공기보다 더 오래 지속되는 소리가 나오는 것을 깨달았다.

🐇

옆에서 라우라의 숨소리가 들린다. 더 진짜처럼, 다른 무엇보다 중요한 것처럼 느껴졌다. 새로운 감정들이, 이 기묘한 생각과 관찰이 다 어디서 나오는지 잘 모르겠다. 몸이 식기 시작했다. 이불은 침대 발치에 뭉쳐 있었다. 나는 살짝 일어나 앉아서 이불 모서리를 잡고 우리 쪽으로 끌어당겼다.

"이제 몸을 돌리고 코를 골 때가 됐나요?"

라우라가 물었다.

그녀의 질문은 완벽하게 합리적이었다. 시간이 늦었고 최적의 수면 자세와 수면의 질 사이에는 직접적인 상관관계가 있다. 하지만 지금 그건 부차적인 문제였다. 나는 특히나 우리 업무를 고려할 때 감기에 걸리고 싶지는 않다고 대답했다.

"그건 들어본 적 없는 이야기네요."

그녀는 그렇게 말하고 옆으로 몸을 굴리고서 한쪽 팔꿈치에 몸을 기댔다. 그녀의 얼굴이 내 위에 아주 가까이 있어서 홍조가 느껴질 정도였다. 그녀가 미소를 지었다.

"하지만 당신은 나에게 자고 가라고 할 것 같지는 않은데요."

"지금은 열차가 다니지 않으니까 아침까지 여기 있으면 상당한 돈을 아낄 수 있을 거예요."

내가 말하고서도 완전히 틀린 말처럼 느껴졌다. 물론 사실이고 합리적이지만, 내가 진짜로 느끼는 감정이나 내가 전하고 싶은 의미는 표현되지 않았다. 나는 라우라를 쳐다보았다.

"지금 내가 원하는 건 당신이 여기 내 옆에 남아서 내가…… 당신을 느낄 수 있었으면 하는 것뿐이에요."

그 말은 어딘가 이례적인 곳에서 흘러나왔다. 비판적 사고나 계산된 과정의 결과물이 아니었는데도 정확히 내가 하고 싶은 말이었다. 이런 말은 누워서 하는 게 좋았을 거라고 문득 생각했다. 최근에 계속 시달리던 어지러움이 다시 느껴졌기 때문이다. 라우라는 미소를 짓고 더 가까이 안겼다.

"실은 요한나에게 툴리를 봐달라고 부탁해뒀어요. 당신이 그렇게 말해주길 바라면서요."

그녀가 속삭였다.

20

하늘에는 구름 한 점 없고, 잔잔한 공기에는 9월의 냉기가 가득
했다. 아침 햇살은 이 계절치고는 드물게 화창했다. 버스 정류장
에서 탐험공원으로 걸어가는 동안 얼굴 왼쪽에 온기가 느껴졌다.
오늘 아침은 모든 면에서 흠잡을 데가 없었다. 이 아침 역시 돌이
킬 수 없는 중대한 급변을 겪은 것처럼. 당연하게도 오늘 나는 모
든 걸 일종의 장밋빛 안경을 통해서 보고 있다. 나도 안다. 나 자
신이 약간 내 몸 밖으로 나와 있는 것만 같아서, 기분이 고조되는
동시에 긴장도 되었다. 가슴속에는 용기와, 어쩌면 행복이라고 불
러도 될 것 같은 감정이 가득 찼다. 하지만 아직 확실하지 않은 것
앞에 벌거벗고 연약한 모습을 드러낸 것 같기도 했다. 뭘 찾게 될
지 모르는 채로 어둠 속에 한 손을 집어넣은 것처럼.

어쨌든 전반적으로 기쁨이 넘쳤다. 비밀스러운 경쟁에서 승리

한 것처럼, 그리고 비밀스러운 초대를 받은 사람들만 이걸 아는 것처럼. 대충 그런 느낌이다. 이런 생각은 통제하거나 방향을 잡기가 힘들다. 평소 내 생각과는 아주 달랐다. 사실 이건 생각이라기보다 기묘한 에너지 폭발, 섬광, 온화한 벼락에 가까웠다. 나는 가벼운 걸음으로 성큼성큼 빠르게 걸으면서 데이트에 대한 내 개념이 근본부터 바뀐 것에 대해 생각해보았다. 물론 당연하게도 특정 부분에서만이다. 그래, 나는 또다시 데이트를 하고 싶었지만, 라우라 헬란토하고만 하고 싶었다. 그 외에 데이트에 대한 내 생각은 전과 똑같다. 나는 어젯밤의 은밀함을 아무하고나 다시 재현하지는 않을 것이다. 그건 여전히 확률이 낮은 게임이다.

탐험공원 주차장 끝에 도착할 무렵에는 아주 늦었지만 별로 상관없었다. 새로운 힘을 얻었으니까 보충하면 된…….

차가운 바람이 내 셔츠와 재킷을 뚫고 지나갔다.

손도 대지 않았는데 넥타이가 조이는 느낌이었다. 파란 하늘조차 밝은 빛을 좀 잃었고, 구름이 태양을 찾아 일부러 그 앞을 가렸다는 생각이 들었다.

경찰처럼 아침을 어둡게 만드는 것도 없다.

오스말라가 거의 정확히 주차장 한가운데에, 커다란 너랑나랑 공원 깃발이 평소 바람에 펄럭거리던 바로 그 자리에 서 있었다. 물론 깃발은 펄럭거리지 않았다. 왜냐하면 깃대가 쓰러진 이후 깃발은 여전히 세탁소에 있었고, 새로운 깃대는 아직 도착하지 않았기 때문이다. 그리고 오스말라는 이미 나를 알아보았다. 그가 손을 흔들어서, 나도 손을 마주 흔들고 그를 향해 걸어갔다.

회색 블레이저와 사이즈가 전혀 안 맞는 밝은색 청바지 차림으로 주차장 한가운데에 서 있는 그는 이스터섬 석상만큼이나 눈에 띄었다. 그가 어디서 왔는지, 누가 돌을 깎아 그를 만들었는지 아무도 모른다는 뜻이 아니라, 그에게는 석상같이 금욕적인 면과 신비로운 데가 있다는 뜻이다. 싸늘한 아침에 그의 귀와 코끝이 얼어서 새빨개져 있었다. 그 점 역시 각지고 잿빛인 그의 용모에 놀랄 만큼 신선한 면을 선사했다.

"깃대가 쓰러졌군요."

말소리가 들릴 만한 거리까지 가자 그가 말했다.

전혀 쓸모없는 정보였다. 나는 이 탐험공원의 소유주이고 오스말라도 그걸 알고 있다.

"압니다. 새로 주문했어요."

오스말라는 남은 깃대 부분을 응시하고 한참이나 관찰했다. 그런 다음 천천히 몸을 돌려 주차장 전체를 바라보면서 360도로 한 바퀴 돌았다.

그가 마침내 말했다.

"혼자 쓰러지진 않았군요. 부서진 부분을 봐요. 각도를 보면 알 수 있죠. 찌그러진 부분과 충돌 흔적이 있어요. 이런 걸 실수로 들이받기는 어렵죠. 후진 주차가 훨씬 어렵다고 생각하는 사람이라

해도 말입니다."

"우린 새것을 골랐고……."

내가 머뭇거렸다.

"누가 이걸 쓰러뜨렸죠?"

오스말라가 물었다.

"저도 모릅니다."

내가 솔직하게 대답했다.

"보안 카메라에 안 찍혔습니까?"

나는 주차장 이 부분은 카메라 결함 때문에 사각지대라고 말했다. 도로에서 딱 이 구역까지 오는 길이 사각지대의 한가운데였다. 오스말라는 생각에 잠겼거나 생각에 잠긴 척하는 모습이었다. 코와 귀가 빨간 정도로 봐서 한참이나 나를 기다렸을 것이다.

"깃대를 쓰러뜨리고 싶어 할 만한 사람이 혹시 있을까요?"

그가 물었다.

"아뇨, 모르겠습니다."

"일종의 메시지라고 생각하지는 않습니까?"

"메시지요?"

"헨리 씨에게 뭔가를 상기시키려는 사람이 보내는 메시지요."

그가 말했다. 나는 고개를 젓고 남은 금속 밑동을 쳐다보았다.

"이걸 봐도 아무것도 생각나지 않는데요."

내가 말했다. 그건 사실이었다. 오스말라처럼 나도 깃대가 쓰러진 것에 어떤 메시지가 담겨 있을지 모른다고 생각했지만, 그렇다 해도 무슨 메시지인지 전혀 모르겠다. 왜냐하면 결국 깃대를 쓰러뜨리는 건 분별 있는 행동이 아니기 때문이다.

"제가 보여드렸던 사진 기억하십니까?"

오스말라가 물었다. 나는 기억한다고 대답했다.

"그 사람이 깃대 파손과 관련된 건 아닐까요?"

그 사람이 냉동고에서 기어 나와서, 주차장까지 걸어온 다음, 액셀에 발을 올리고, 깃대에 충돌한 후에 다시 냉동고로 돌아갈 수 있다면 말이죠, 나는 그렇게 생각했다.

"모르겠습니다. 그럴 가능성은 거의 없을 것 같네요."

내가 말했다.

"왜 그렇게 생각하시죠?"

"그냥……. 음, 그 남자는 전문 범죄자라고 그러지 않으셨던가요? 이건 아마추어가 한 일 같아서요."

내 말을 다른 사람 말처럼 듣고 보니, 정말로 그런 게 분명했다. 깃대는 일부러 망가뜨린 게 맞았지만, 어떤 면에서는 결국 DIY 작업으로 종말을 맞이한 것이다. 갑자기 해답이 선명하게 보였다.

"하지만 깃대 때문에 온 건 아닙니다."

그가 말했다.

이게 오스말라의 스타일이라는 건 확실히 알겠다. 이야기 방향을 재빠르게 바꿔서 방심하게 만드는 것 말이다. 나는 어떻게 대답해야 하는지 안다.

"형의 죽음에 관해서 새로운 정보라도 나왔나요?"

"제가 아는 한은 아닙니다."

그는 화제를 바꾸려는 나의 시도에 전혀 당황하지 않은 얼굴로 대답했다.

"이렇게 표현해서 죄송합니다만, 이 사건은 굉장히 명백합니다. 직원들에 대해 얼마나 잘 아십니까?"

"제가 이 탐험공원을 맡게 된 건—"

"그렇죠. 짧은 시간에 누군가를 잘 알게 되고 친밀한 사이가 되기는 어렵죠."

오스말라가 고개를 끄덕이며 대꾸했다. 나는 아무 말도 하지 않았다. 이제 그는 부러진 깃대 자리를 볼 때처럼 예리한 관심을 담아 나를 관찰하고 있었다.

"하지만 형님이 직원들 이야기를 한 적은 없었습니까? 누구를 고용했는지, 그 과정은 어떻게 진행되었는지 이야기한 적이 전혀 없나요?"

"없습니다. 우리는 그런 이야기도…… 한 적이 없어요."

나는 다시금 솔직하게 대답했다.

"선생님은 어떻습니까?"

"제가 어떻냐고요?"

"직원들과 그런 이야기를 한 적이 있습니까? 예를 들어 직원들의 실적을 평가하고 그걸 통해 그들을 파악하려고 한 적이 있습니까? 이런 식으로 접근하는 리더십이 제가 알기로는 굉장히 유행이던데요."

"그럴 시간은 없었습니다……. 좀 익숙해진 다음이라면—"

"그렇죠. 참여 리더십이라고 하던가요. 상사와 직원이 다 함께 앉아서 이야기하고 서로의 이야기를 듣고 말하고 마음을 열고 자신들의 삶과 욕구에 대해서 털어놓죠. 전 그렇게 들었습니다."

오스말라가 고개를 끄덕였다.

오스말라의 말투에는 굉장히 이상한 데가 있었다. 거대한 주차장 한가운데에, 넓고 맑은 하늘 아래에 서 있는데도 아주 작고 통풍이 전혀 안 되는 방에 있는 기분이었다. 벽이 유리로 되어 있는 방 같은 곳에.

"제가 좀 늦어서요."

나는 탐험공원 입구 쪽으로 신중하게 걸음을 옮기면서 말했다.

"혹시 괜찮다면……."

"일을 하러 가봐야겠죠. 물론이죠."

오스말라는 고개를 끄덕이고는 한 손을 흔들었다.

나에게 정문으로 가는 길을 알려주는 것 같은 손짓이었다.

21

남자가 목매달렸던 헛간은 빨간색에 커다랬고, 농장의 다른 건물들과는 뚝 떨어져 있었다. 숲이 헛간 남쪽에서 거의 바로 시작된다는 게 내게는 긍정적인 요소였다. 그리고 태양의 위치 덕분에 숲은 그림자가 져서 잘 안 보였다. 나는 한참이나 빠르게 걸어와서 숨이 가빴고 여전히 뭘 해야 할지 확실히 알지 못했다. 몇 미터 너비의 숲길만이 널찍한 평야와 나를 갈라놓는 전부였다. 거기서부터 헛간 끝까지는 거리가 15미터 정도였다. 모퉁이를 돌면 건물 한가운데에 문이 있었는데, 고양이나 개가 지나갈 만큼만 살짝 열린 채였다. 아니면 새끼 돼지라든지. 아니면 목에 올가미가 걸려서 몸이 좀 길쭉해진 호리호리한 남자라든지. 나는 숨을 멈추고 오래된 전나무에 어깨를 기댄 채 생각을 정리하려고 노력했다. 정리해야 할 생각이 좀 많았다.

숲에서는 가을 냄새가 났다.

지금 상황을 생각하면 모순된 말 같지만, 지난 며칠은 내 인생에서 가장 행복한 시간이었다. 라우라와 함께 보낸 그 잠들 수 없었던 밤은 내 안에 불길을, 지금까지 존재하는지도 몰랐던 불길을 지폈다. 그리고 그 불길은 나의 내면세계에만 머무르지 않았다. 갑자기 페르틸래처럼 말 잘하고 공감력 있는 타입이 되었다거나 크리스티안처럼 계속해서 이두박근과 등 근육을 불끈거리게 되었다는 뜻은 아니다. 그저 내가 약간 다른 방식으로 이야기하고, 다르게 움직인다는 걸 깨달았을 뿐이다. 간단하게 말해서 나는 어떤 것들에 대해 좀 더 확신을 갖게 됐다. 그리고 라우라를 볼 때마다 그 확신이, 불길이 서로를 키우고 따뜻하게 달구었다.

라우라는 빠른 속도로 벽화를 그려나갔다. 그녀가 작업하는 벽을 지날 때마다 나는 놀라는 동시에 푹 빠져들었다. 그때마다 거기서 빠져나와야만 했다. 라우라가 나를 붙잡는 것도 아니었다. 그녀는 그림에 완전히 몰두해서 가끔은 내 인사에 대답하는 것조차 잊었다.

나는 숲 향기를 가슴 깊이 들이마시고는 헛간 뒤쪽으로, 가을 오후의 냉기 속으로, 내가 하고 있는 일과 그 일을 해야 하는 이유로 돌아왔다.

탐험공원의 재정 상황은 당연히 가야 할 길로 가고 있지 않았다. 은행은 대차대조표가 허용하는 한 모든 대출을 승인했다. 공원 수익은 상당한 수준이었지만 여전히 부족했다. 돈 문제는 점점 커지고 있었다.

그리고 당연히 그게 유일한 문제는 아니었다.

CCTV 영상을 어떻게 해야 했다. 다행히 일주일 넘은 영상은 자동으로 삭제되고, 에사는 그럴 만한 이유가 없으면 정기적으로 테이프를 살펴보지 않았다. 그때 그 추격전과 토끼 귀를 이용한 나의 자기방어는 오래전에 허공으로 사라졌을 것이다. 에사는 내가 냉동고에 시체를 숨기는 영상도 보지 않았을 것이다. 만약 봤다면, 자욱하고 냄새나는 제어실에 앉아서 어느 카메라가 공원의 어디를 찍는지 그가 설명할 때 알아챘을 것이다. 그는 왜 테이프에 관심을 갖는지 물었다. 나는 공원의 보안이 걱정된다고 솔직하게 대답했다.

크리스티안은 또다시 운영 책임자 자리 문제로 나를 찾아왔는데, 이번에는 접근 방법을 바꿨다. 더 이상 공격적이거나 초조한 태도가 아니었다. 좀 억지스럽긴 해도 놀랍도록 하얀 이가 드러날 정도로 미소를 활짝 짓고 다가와서 **환상적이고 놀라운** 강좌를 찾았다고 말했다. 게다가 깔끔한 하늘색 셔츠를 입으니 완전히 달라보였다. 그는 자신의 멘토와 이야기를 나눈 다음에 다시 오겠다고 했다. 그게 무슨 뜻인지는 모르겠지만. 때마침 그의 핸드폰이 울려서 우리를 방해했고, 나도 민투 K와 의논을 계속해야 했기 때문에 세세한 이야기를 할 시간까지는 없었다.

민투 K를 둘러싼 진과 민톤*, 팰맬 냄새는 하루하루 더 강해졌다. 블라인드가 닫힌 채 디스코 음악이 울리고 술집 스포트라이트가 켜진 그녀의 사무실은 나이트클럽 같았다. 아침이면 그녀의 목소리는 하도 거칠어서 키 큰 전나무에 사포질을 할 수도 있을 것 같았다. 당연하게도 그녀는 또다시 마케팅 예산을 늘리고 싶어 했다. 나는 결국 우리의 마케팅비가 어디로 사라졌는지 궁금하다고 묻고 말았다. 공원의 은행업을 홍보하는 포스터와 전단지가 든 조그만 상자 하나밖에 오지 않았으니까. 민투 K는 내가 장기적인 브랜드 전략과 타깃 고객 분석 및 인플루언서 소통에 대해서 아무것도 모른다고 했다. 이 문제 역시 여전히 해결되지 않았다.

또 다른 해결되지 않은 문제는 카페의 냉동고였다. 요한나는 카페를 자기 것처럼 지켰다. 어떤 면에서 카페는 그녀의 것이 **맞았고**, 다른 상황에서라면 좋은 일이었다. 고객들은 우리 음식과 빵의 양과 질에 지극히 만족하는 것 같았다. 나 역시 거기서 먹은 두툼한 햄치즈 샌드위치에 굉장히 만족했다. 하지만 지난번에 샌드위치를 가지러 갔을 때 본 장면이 상황을 조금 복잡하게 만들었다. 모든 냉동고에 자물쇠가 달려 있었다. 요한나는 낭비되는 아이스크림 때문이라고 했다. 가끔 도둑맞는 일이 생기는 데다가, 냉동고 뚜껑을 쓸데없이 자꾸 여닫으면 내부 온도가 올라가기 때

---

* 핀란드의 민트 사탕 브랜드.

문이다. 얼려놓은 것은 계속 얼어 있어야 한다고 했다.

그리고 이 모든 것에 더해 가장 큰 문제는 도마뱀 사나이가 요구하는 5만 유로였다.

나에게는 타임아웃이 필요했다. 그래서 여기 온 것이다. 순수하게 수학적 논리를 바탕으로 한 결심이다.

복잡한 계산을 하다가 마무리 단계에서 문제에 부딪히면 나는 언제나 가장 중요한 것으로 돌아간다. 즉 원래의 문제다. 문제의 핵심이 여전히 해결되지 않았고, 이 핵심에 전체 문제의 해결책이 달려 있는 게 확실하다면, 세부적인 문제를 푸는 건 의미가 없다.

그게 바로 여기 나무 보호막 아래로 온 궁극적인 이유다. 농장까지 기껏 한참 걸어가서 도마뱀 사나이와 얼굴을 맞닥뜨리고 싶지는 않았다. SUV는 어디에도 보이지 않았다. 그는 여기 없었다. 그럼 누가 있을까? 마당에서는 움직임의 기미가 전혀 보이지 않았다. 집은 2층짜리 조립식 건물로, 밝은 노란색에 전통적인 농장주택을 모방한 형태였다. 차고의 하얀 문은 닫혀 있었다.

나는 움직였다.

숲에서 마당으로 걸어가 집 현관으로 다가가는데, 공기 중에 떠도는 냄새가 뭔지 정확하게 알 수 없었다. 물론 북동풍에 바스락거리는 축축한 숲과, 반대편으로는 넓은 들판이 있었으나, 뭔가 달콤한 냄새가 났다. 나는 현관 계단을 올라가서 벽에 있는 초인종을 보았다. 하얗고 동그란 버튼을 검지로 누르려다가 나는 깜짝

놀랐다. 본능적으로 현관 가장자리로 물러나다가 계단에서 떨어
질 뻔했다.

문이 저절로 열렸던 것이다. 그런 일은 그냥 일어나지 않는다.
안쪽에서 목소리가 들려왔다.

"헨리, 들어와."

🐇

갓 구운 시나몬 빵은 카페나 베이커리에서 맡아본 것과 똑같은
냄새를 풍겼다. 우리는 튼튼한 목제 식탁에 앉았다. 식탁 가운데
에는 시나몬 빵이 쌓여 있고, 그중 하나가 놓인 접시가 도자기로
된 내 커피 잔 옆에 있었다. 맞은편에 앉은 남자는 나보다 키가 컸
고, 넓적한 삽 모양 얼굴은 약간 붉었다.

"새로운 레시피를 시도하는 중이야. 하지만 가장 큰 변화는 유
기농 밀가루만 쓰기 시작했다는 거지. 그게 정말로 맛에도 영향을
미쳐. 차이를 모르겠다고, 어떤 밀가루를 쓰든 중요하지 않다고들
하지만, 나는 절대 반대야. 유기농 밀가루가 아니면 아예 안 만들
어. 넌 어떻게 생각하지?"

커다란 남자는 사형을 선고할 때와 똑같은 목소리로 빵 굽는 얘
기를 했다. 내가 집 쪽으로 걸어온다는 사실이나 문에 도착하는
정확한 시간을 어떻게 알았는지 물어볼 필요도 없었다. 이 남자는

그냥 알았다.

나는 빵을 집어 한 입 먹었다. 옆쪽 창문으로 들판과 숲이 보이는 목가적인 시골 풍경이 넓게 펼쳐졌다. 빵은 부드럽고, 따뜻하고, 입 안에서 녹았다. 그가 뚫어져라 쳐다보는 가운데 빵을 씹었다. 입 안 가득한 음식을 삼킨 다음 빵이 엄청나게 성공적이라고 말했다.

"유기농 밀가루는?"

여기에 대해서는 오래 생각할 필요가 없었다.

"유기농 밀가루가 아니면 만들 필요가 없죠."

내가 대답했다.

"비밀을 몇 가지 더 알려주지. 굽는 시간을 살짝 짧게, 버터는 살짝 많이 넣는 거야. 반죽 가운데가 약간 덜 익게 놔두는 데는 용기가 필요해. 그리고 시나몬은 신선해야 돼. 먹어, 얼른 먹어, 먹으라고."

나는 먹었다. 그가 편안한 오른손에 쥐고 있는 검은색 권총이 커다란 남자의 요청에 따를 만한 의욕을 더해주었다. 시나몬 빵은 커다래서 양이 상당히 많았다. 나는 그만 먹으려고 했지만, 커다란 남자가 손목을, 그리고 권총을 슬쩍 움직이자 계속해서 씹어야 한다는 걸 깨달았다. 그래서 나는 핀란드 남부의 시골 한가운데 있는 모조 농장 주택에서, 권총이 겨누어진 채, 주먹 두 개 크기인 0.5킬로그램짜리 시나몬 빵을 우걱우걱 먹고 있는 것이다.

우리는 이야기를 하지 않았다. 물론 나는 입 안이 가득 찬 채로 계속 씹고 있으니 말을 할 수 없었지만, 커다란 남자 역시 조용했다. 총부리의 조그만 검은 구멍은 내 가슴을 똑바로 겨냥하고 있었다. 내 귀에 들리는 건 내가 먹는 소리뿐이었다. 거의 영원 같은 시간이 흐른 후에 나는 마침내 마지막 빵 조각을 삼키고 입을 닦았다. 우리는 서로를 쳐다보았다.

"그래서?"

그가 물었다.

"맛있습니다."

정확한 단어를 사용하는 것이 좋겠다는 생각에 다시 말했다.

"딱 알맞은 오븐 온도, 풍부하고 부드러운 질감, 유기농 밀가루가 이 모든 걸 완벽하게 잘 묶어낸 것 같습니다."

커다란 남자는 오래된 생선을 쳐다보는 눈길로 나를 보았다.

"내 말은, 여기까지 먼 길을 왔으니 하고 싶은 말이 있을 거 아니냐고."

"그렇습니다."

나는 고개를 끄덕였다.

실제로, 나는 그래서 온 거였다. 이제는 빨간 헛간이나 도마뱀 사나이가 좋아하는 연못으로 끌려가든지, 내 두 발로 버스 정류장까지 3킬로미터를 다시 걸어가든지 둘 중 하나였다.

"중간관리자분과 문제가 좀 있어서요."

나는 커다란 남자의 얼굴을 보며 그의 반응을 어떤 식으로든 가늠하려 하면서 말을 이었다.

"선생님과 제가 합의한 것에 악영향을 미치는 문제입니다."

"중간관리자라면……"

"이름은 모르겠습니다. 지난번에 제가 그 사람 SUV를 타고 여기 왔어요. 그 티라노사우르스 같은 그 사람 친구는 AK라고 하더군요."

커다란 남자가 웃었다. 그러나 웃음은 짧게 끝났다. 그의 눈은 파란색과 회색 사이쯤이었다. 수년간 가늘게 떠와서 결국 가늘게 뜨는 게 기본이 된 듯, 두 눈은 선을 두 개 그어놓은 것 같았다. 나는 깊게 숨을 들이마셨다. 그리고 내가 어떻게 SUV에 타게 되었고, 어떻게 내 얼굴이 벌거벗은 여자의 의자 노릇을 하게 되었는지, 그리고 마지막이자 가장 중요한 내용으로, 어떻게 커다란 남자의 고용인이 위대한 제빵사인 이 남자의 것이어야 하는 5만 유로를 요구하게 되었는지를 이야기했다. 제빵사 부분은 빼놓았지만, 그 외에는 모두 사실 그대로 이야기했다.

그 후에 우리는 다시 침묵 속에 앉아 있었다. 그 침묵이 내가 시나몬 빵을 더 먹어야 한다는 의미가 아니기만을 바랐다. 더는 먹을 수 없었다. 내 배 속은 설탕과 버터, 앞서 이야기한 유기농 밀가루로 꽉 차서 아플 지경이었다.

"그 여자가 네 얼굴에 앉았다고?"

"정확하게 말하자면 앉은 건 아니라고 해야겠군요. 그 여자는 그냥…… 몸을 낮췄습니다. 잠깐 동안요. 자전거 안장에 올라탔다가 몇 초 후에 질려서 도로 내린 것처럼요."

커다란 남자는 잠깐 생각에 잠겼다.

"덕분에 꽤 부풀었겠군."

그가 말했다. 나보다는 자기 자신에게 이야기하는 것 같았다.

"빵 굽는 거 말이야. 빵, 빵, 빵. 근사한 변화가 될 거야."

"전 그게 딱히 흥분되는지는 잘 모르겠습니다."

나는 대화를 원래 자리로 되돌리려고 말을 이었다.

"그리고 5만 유로에 대해서 —"

"들었어."

커다란 남자가 말을 잘랐다. 그는 다시 원래 모습으로 돌아갔다. 음, 내가 전에 만났던 그 모습 말이다. 그가 의자에 앉은 채 몸을 좀 더 세웠고, 권총은 내내 나를 겨냥하고 있었다.

"5만 유로가 있나? 추가로?"

"네? 당연히 없습니다."

내가 말했다.

"은행은 어떻지?"

"아직 정확하게 말하기는 좀 이릅니다. 다만 승인된 대출 수는 예상을 넘어서고 있습니다."

내가 대답했다.

"돈이 나가고는 있지만 들어오지는 않는 거로군."

커다란 남자의 목소리는 이제 무시무시했다. 자신의 재정적 이득에 반하는 이야기를 하는데도 목소리가 완벽하게 무덤덤하다는 점에서 무시무시했다.

"이 단계에서는 예상된 일입니다. 진행을 계속해보면—"

내가 솔직하게 말했다.

"대출을 갚은 사람이 있나?"

이 질문에는 답이 하나뿐이었다.

"아뇨. 아직 날짜도 안 됐으니까요. 첫 상환일이 다음 주입니다."

"놀이공원 쪽은 어떻지?"

"탐험공원입니다. 그리고 흑자입니다. 아슬아슬하지만요."

"그러니까 정리하자면 모회사는 잘 돌아가고 있고, 은행은 시작이 괜찮다?"

"그게 현 상황에 대한 공정한 평가겠군요."

내가 말했다. 내 평가도 그랬으니까.

하지만 이 대화에는 내가 완전히 이해할 수 없는 분위기가, 딱 들어맞지 않는 부분이 있었다. 내 앞에는 자산이 줄어들고 있고 가까운 미래는 더 많은 위험으로 가득한데도 전혀 걱정하지 않는 투자자가 앉아 있다. 그래도 나는 가만히 앉아 고민만 하고 있을 여유가 없었다. 나는 여전히 일을 처리해야—

"중간관리자에 대해서는 말이야, 그냥, 내가 살펴보겠다고만 해두지."

그가 내 생각을 자르면서 말했다.

"무슨 말씀인가요?"

"5만 유로가 없는데 어떻게 줄 생각이지?"

"못 줍니다."

"그러면 무슨 일이 벌어지지?"

"그 사람이 그 사진을 선생님께 보여드리고……."

나는 라우라가 떠올랐지만, 그녀는 그 사진이나 이 상황, 이 남자와는 아무런 관계도 없었다.

"……선생님께서는 말하자면 그 사진을 이미 본 셈이니 더 이상 저를 협박할 만한 거리가 없는 거죠."

내가 말했다.

"나도 그렇게 말할 생각이야."

나는 깜짝 놀랐다. 정말 이렇게 간단하게? 그리고 나는 깨달았다.

"그러면 무슨 일이 벌어지는 거죠?"

내가 물었다.

"케 세라 세라, 일어날 일이 일어나겠지. 더 강한 사람이 살아남는 거야. 그리고 오늘 배웠겠지만, 사람은 앞에 놓인 걸 다 먹어야 하는 법이고."

커다란 남자는 나에게 차를 내주지 않았고 나도 부탁하지 않았다. 우선 흙길을 따라서 1.5킬로미터를 걸어갔고, 그다음 1.5킬로미터는 주도로를 따라 나 있는 금이 간 자전거길을 따라 걸어갔다. 저녁이 다가오며 오후의 하늘이 어두워지고 나무가 빼곡해졌다. 나는 전화기가 없었다. 일부러 탐험공원에 두고 왔다. 바깥세상과의 접촉이 뚝 끊어진 것 같은 기묘한 기분이었다. 하지만 지금 당장은 나에게 딱 맞았다. 생각할 시간이 필요했다. 아니, 좀 더 정확하게 말하자면, 버스에 타서 어두컴컴한 숲과 밝고 강렬한 교외가 창문 뒤쪽으로 끝없이 소용돌이치며 사라질 때에야 깨달았지만, 나는 여전히 계산해야 하는 모든 걸 생각했다.

22

라우라는 탐험공원 동쪽 벽에 네 번째 벽화를 그리는 중이었다. 그녀는 벽 앞에서 권투 선수처럼 움직이고 있었는데, 뒤로 물러섰다가 다음 라운드에서 잽과 펀치를 던질 준비를 하듯이 다시 벽 앞으로 다가갔다. 아이들은 비명을 질렀고 페인트 냄새는 컬리케이크에서 솔솔 풍겨오는 미트로프 냄새와 뒤섞였다.

내가 다양한 계획을 세울 동안 시간이 흘렀다. 가끔은 도마뱀 사나이를 어떻게 할까 고민하고, 또 어떤 때에는 모든 문제를 헤쳐 나갈 수학적 경로를 찾으려 했지만, 나는 내가 필요로 하는 명확성을 찾을 수가 없었다. 내가 아는 유일한 것은 도마뱀 사나이가 나를 따라다니면서 공격할 때를 기다리고 있다는 것뿐이다. 그가 가까이 있다는 건 알았지만, 그것을 증명할 실물 증거는 없었다.

모든 것이 앞으로 빨리 감기 한 것처럼 움직였다.

시간이 흘러갔다.

하지만 시간은 흘러가는 것 말고는 아무것도 하지 않는다. 일방통행이다. 시간이란 과거에서 현재라는 순간을 통해 미래로 가는 존재와 사건의 지속적이고 되돌릴 수 없는 전진이라고 정의해놓은 걸 어디선가 읽은 적이 있다. 여기서 내 관심을 끈 건 '되돌릴 수 없다'는 부분이었다. 바로 이 이유 때문에 시간에는 경고 딱지가 붙어야 한다.

나는 이런 생각에 점점 더 자주 빠져들었다. 아무리 계산을 많이 해도 전부 다 의미 없게 느껴졌다. 한편으로는 내 계산에도 문제가 있다는 걸 발견했다. 아니, 계산 **그 자체**가 문제가 아니라 느림의 감각, 집중력 부족, 전반적인 게으름 같은 것이 문제였다. 죄다 나에게는 굉장히 새롭고 기묘한 일이었다.

나는 라우라 뒤에 서 있었지만 왜 아무 말도 꺼낼 수 없는지는 알 수가 없었다. 그녀는 드 렘피카 벽화를 그리고 있었다.

"안녕하세요."

내가 마침내 더듬거리며 말했다.

라우라가 홱 돌아섰다. 좀 놀란 것처럼 보였다. 나는 전처럼 행동하려고 했다. 그녀 쪽으로 몸을 약간 기울여 그녀를 껴안고 키스하려고 한 것이다. 하지만 그녀는 내 쪽으로 몸을 기울이지 않았다. 우리의 키스는 어색했고, 뺨에 무미건조하게 뽀뽀하는 정도였다. 심지어 포옹조차도 나의 임무가 되었고, 일방적인 포옹이란 자연스럽지도 않고 딱히 기운을 북돋워주지도 않는다는 것을 알게 되었다.

"청소부들한테 다음 주에는 홀을 구석구석 청소해달라고 했어요. 케이퍼캐슬에 또 누가 일을 저질러놨고, 빅디퍼의 미끄럼틀에서는 상한 우유 냄새가 나거든요. 싹싹 닦아야 할 거예요."

그녀의 말투가 굉장히 사무적이었다. 처음에는 케이퍼캐슬, 그다음에는 빅디퍼를 보면서, 나에게는 거의 눈길도 주지 않았다.

"좋아요."

나는 자동적으로 대답했다.

"도넛도 청소를 할 예정이에요."

그녀가 말을 이었고 나는 그녀가 함께 일한 첫날처럼 말한다는 것을 깨달았다.

"여기저기 벽이 엄청 끈적거려서 애들이 잘못하면 붙어버릴 것 같아요."

"고마워요. 음, 공원을 잘 관리해줘서 고맙다고요."

나는 갑자기 거의 자동조종장치가 켜진 것처럼 말했다.

"그게 내 일이니까요."

그녀가 대답했다.

"그렇죠."

내가 말했다.

그러고서 우리는 잠깐 아무 말도 하지 않았다. 차가운 칼이 내

배 속을 저몄다. 아무것도 나를 잡아주지 않는 것처럼 내 몸에서 분리되는 기분이었다. 그리 기분 좋은 느낌은 아니었다.

"좀 물어보고 싶은데, 혹시 나중에, 우리 같이 ―"

"오늘은 저녁 내내 여기 있을 거예요."

라우라는 이제 완전히 벽 쪽으로 돌아서서 말을 이었다.

"요한나가 툴리를 극장에 데려가기로 했어요. 난 이 부분을 끝내야 하거든요."

"그럼 그 후에⋯⋯."

"그리고 내일은 아침 일찍부터 움직여야 돼요."

"그러면 내일 저녁은⋯⋯."

"툴리가 저녁에 에어로빅 수업이 있어요."

말을 끝내고 그녀는 다시 그림을 그리기 시작했다. 그녀의 움직임은 빠르고 정확했다. 라우라는 자신이 뭘 하고 있는지 명확하게 알았다. 나는 여전히 그녀 근처에 서 있었지만, 바다나 우주로 빨려 나가는 것처럼 그녀에게서 점점 더 멀어지는 느낌이었다.

"앞으로 며칠은 일이 너무 많아서 꼼짝도 못 할 거예요⋯⋯."

그녀는 그렇게 말하며 뒤쪽을 힐끗 보았지만, 내가 서 있는 방향은 아니었다. 나는 그녀의 얼굴을, 그녀의 입술을 보았다. 우리가 마지막으로 키스한 게 언제였더라? 그녀에게 묻지는 않을 것이다. 라우라는 그림으로 돌아갔고 나는 그 자리에 잠깐 더 서 있었다. 차가운 바람이 홀 전체를 쓸고 가는 것 같았다. 내 핸드폰이 울렸다. 가야 한다. 왠지 모르게 발을 옮기는 게 물리적으로 힘들게 느껴졌다. 하지만 어쨌든 나는 한 걸음을 뗐다.

"그럼 갈게요."

내가 말했다.

라우라는 몸을 돌렸지만 완전히 돌아선 건 아니었다. 그녀의 시선이 나를 스치고 지나갔다.

"잘 가요."

그녀는 마치 슈퍼마켓에서 나갈 때 직원이 인사하는 것처럼 무뚝뚝하게 말했다.

🐇

그날 오후, 공원이 문을 닫은 다음에 홀을 지나 라우라의 그림을 보러 갔다. 나는 혼자였다. 새 페인트 냄새를 맡자 배 속에 기묘한 통증이 느껴졌다. 처음에는 강한 페인트 냄새 때문이라고 생각했지만, 그런 게 아니라는 걸 곧 깨달았다. 벽은 아름다웠으나 그걸 보는 동안 뭔가가 내 안을 갉아 먹는 듯한 느낌이 들기 시작했다. 그것은 점점 커져서 결국에는 쥐의 냉혹한 이빨에 꽉 물린 것처럼 느껴지는 새롭고 끈질긴 의구심이었다.

시간이 굉장히 늦어서 평소에 역까지 타고 가던 버스는 이미 운행이 끝났다. 다음 정거장까지 1킬로미터를 걸어야 했다. 지나가는 차도 없었다. 밤이 깊었고, 이 지역 가게는 늦어도 10시면 문을 닫는다. 그게 이미 한 시간 전이었다. 자전거도로는 양쪽 다 완전히 비었다. 좁은 흙길이 자전거도로를 자동차 도로와 갈라놓았는데, 풍경이 적막하고 텅 비어 있어서 도로 한가운데를 걸을 수 있을 것 같은 느낌이었다. 그렇게 한다고 해서 시간이 단축되는 것도 아니고 교통안전의 관점에서 엄청난 위험을 일으킬 테니 당연하게도 합리적인 행동은 아닐 것이다. 하지만 최근에 자주 그랬듯이 이런 기묘한 생각이 빠르게 날아가는 이름 모를 새들처럼 내 머릿속을 날아다녔다. 녀석들은 갑자기 나타나서 날개를 한두 번 파닥이고 사라져버린다.

자전거도로가 아래쪽으로 기울어지기 시작하자 앞쪽으로 공사장이 보였다. 교차로와 고속도로 밑의 지하도는 공사 중이다. 땅을 왕창 파내서 옆으로 옮겨놓았다. 진흙을 쌓아놓은 데도 있고 물이 고인 웅덩이도 있었다. 나는 형광 불빛이 가장 밝게 비치는 가로등 아래를 지나가다가 소리를 들었다. 엔진 소리. 고속도로의 차들과는 다르게 들렸다. 소리는 아주 약간 다른 방향에서 들려왔다. 나는 몸을 돌려 고속으로 달려오는 차를 보았다.

한 사람만 탄 차는 자전거도로를 따라, 나를 향해 똑바로 달려왔다.

불과 몇 초 안에 많은 일이 일어날 수 있다.

물론 나도 모든 걸 정확하게 계산할 수는 없지만, 1000킬로그램쯤 나가는 자동차가 시속 100킬로미터로 인간을 향해 달려온다면 모기에 날아오는 망치만큼이나 큰 위험이라는 것은 즉시 알 수 있다. 옆으로 피할 시간은 거의 없었다.

나는 오른쪽으로 몸을 날려 풀로 뒤덮인 둔덕 뒤로 뛰어들었다. 사실 둔덕은 건설 현장의 한쪽 면이었다. 나는 둔덕의 높이가 40센티미터 정도이고 주변 각도는 40도 정도라고 추정했다. 그거면 충분할 것이다.

차는 나를 따라 공사장까지 왔다가 앞바퀴가 둔덕에 부딪혔다. 엔진이 요란한 소리를 내고 타이어가 바닥에서 들렸다. 나는 땅속으로 들어가려는 것처럼 바닥에 평평하게 엎드렸다. 차가 내 위로 넘어갈 때 타이어가 내 등을 스치는 게 느껴졌다. 등뼈가 둘로 부러지는 것 같았고 등 피부는 찢겨 나가는 느낌이었다. 머리 바로 위로 제트기가 날아가는 소리가 났다. 그리고 지금은 그것이 가장 중요했다. 차가 내 머리 위에 있다는 것.

차가 나를 지나친 다음에야 나는 고개를 돌렸다.

차에 무슨 일이 일어났다는 걸 바로 알 수 있었다. 타이어와 둔덕의 관계는 차의 속도와 질량과 직접적인 상관관계가 있다. 다른 계산은 필요 없다. 결과가 내 눈앞에 있으니까.

차가 홱 흔들렸다가 완전히 뒤집혀서 무시무시한 속도로 앞으로 나아갔다. 심지어 점점 빨라지는 것 같았다. 차는 커다랗고 환상적인 썰매처럼 미끄러졌다. 공사장으로 쭉. 그리고 원래부터 거길 겨냥했다는 듯이 엄청난 힘과 정확도로 멈췄다.

웅덩이는 차에 거의 딱 들어맞았다.

뒤집힌 채로 지붕부터 웅덩이 안에 착지한 차는 커다란 자석에 딱 붙은 것처럼 갑자기 멈췄다. 나는 처음에는 네 발로, 그다음에는 무릎으로, 마지막으로 두 발로 일어서서 눈앞의 장면을 해석하려고 노력했다. 차 엔진이 멈췄고 조명은 나갔다. 모든 게 조금 전처럼 고요했다.

사실 모든 게 조금 전과 거의 똑같았다.

커다란 딱정벌레가 뒤집혀서 진흙탕 속에 박혀 있는 것처럼 50미터 앞에 차가 거꾸로 뒤집혀 있는 것만 제외하면.

내 등은 안팎 모두 불타는 것 같았다. 심장이 너무 다급하게 뛰어서 침을 삼키고 억지로 숨을 쉬어야만 했다. 잠깐 동안 나는 그저 그 자리에 서 있는 것밖에는 할 수가 없었다. 하지만 의지력을 끌어모으는 동안 내가 살아 있고 현재의 위험이 끝났다는 것을 깨달았다. 하지만 차를 바라보면서도 눈앞의 장면을 이해할 수가 없었다.

나는 차로 달려갔다. 그건 본능이었다. 아드레날린 때문에 다리가 욱신거리고 뻣뻣했다. 차에 다가갈수록 차의 길이와 너비가 웅덩이에 완벽하게 들어맞았다는 사실에 감사할 수밖에 없었다. 양옆으로 25센티미터 정도 여유가 있을 뿐, 끝 쪽은 그보다 더 좁았다. 웅덩이 가장자리로 가서 나는 아래를 내려다보았다. 처음에는 물속으로 보이는 게 뭔지 잘 이해할 수 없었지만, 곧 알게 되었다.

소매에 세 개의 줄무늬가 그려진 검은 운동복 차림의 팔이 나를 향해 주먹을 흔들고 있었다.

운전석에 AK가 있었다.

운전석 문은 당연히 열리지 않았다. 웅덩이는 깊고 좁았고, 빠르게 물이 차는 중이었다. 물이 웅덩이 위로 넘실거렸다. AK는 차 안에 갇혔고, 에어백과 안전벨트 때문에 꼼짝할 수 없었다. 그는 여전히 나에게 뭔가 화를 내고 있었다. 나를 차로 치려고 했을 때부터 계속 그랬던 것 같다.

그의 주먹이 마지막으로 물 위로 올라왔다.

그다음에 웅덩이 아래로, 가로등 불빛이 닿지 않는 곳으로 사라졌다.

나는 차를 빙 돌아봤지만 다른 동승자는 보이지 않았다. AK는 BMW 안에 혼자 타고 있었다. 나는 다시 주위를 둘러보았다. 지나가는 차도 없고 사람도 없었다. 그저 길고 폭이 넓은 타이어 자국이 처음에는 자전거도로에, 그다음에는 자갈길을 따라 남아 있고, 그 자국 끝에 i의 위쪽 점처럼 뒤집힌 차의 잔해가 있었다.

등이 너무 아파서 좀 눕든지 움직여야 할 것 같았다. 나는 잠깐 고민했다. 내가 웅덩이 옆에 눕는 게 AK든 나든, 다른 누군가에게든 득이 될 것 같지 않았다.

그래서 깊게 숨을 들이마시고 걷기 시작했다.

23

"아이 다리가 부러졌어요."

에사는 마치 자기 다리가 부러진 것처럼 고통스러운 표정이었다. 그는 나에게 달려왔기 때문에 숨부터 골라야 했다. 그의 다리는 멀쩡한 것 같았다.

나는 케이퍼캐슬의 부서진 계단을 들고 있었다. 그걸 바닥에 내려놓고 그를 따라 홀로 나갔다. 밤에 거의 못 자고서 사무실에 도착한 직후였다. 또다시 조금 늦었다. 밤에 잠깐잠깐 잠이 들면 값비싼 독일제 차에 쫓기고 물이 가득 찬 건설 현장 웅덩이에서 커다랗고 성난 주먹들이 튀어나오는 악몽에 시달렸다. 걸을 때마다 누가 몽둥이로 계속 등을 때리는 것처럼 아팠다. 하지만 어쨌든 오늘 나는 두 가지 이유로 육체노동에 집중하기로 결심했다. 첫 번째는 생각을 집중하기 위해서였다. 그리고 두 번째는 좀 더 현실적인 이유였다. 우리의 유지보수 담당인 크리스티안이 또다시 벤라 대신 매표소 일을 하느라 망가진 계단을 고칠 시간이 없었기 때문이다.

"어떻게 된 겁니까?"

나는 에사를 따라잡으려고 노력하면서 물었다.

"감시 프로토콜의 실패로 보여요. 우리 조그만 특공대원이 트롬본캐넌을 갖고 벽 위로 올라갔다가 떨어졌어요. 아마 우세한 화력으로 적을 제거하려는 생각이었겠죠. 훌륭한 보이스카우트다운 준비 자세지만, 지원병이 무단이탈한 상태였죠."

에사가 대답했다.

"구급차는 불렀어요?"

"네, 하지만 서두를 필요는 없다고 말했어요."

나는 잘못 들었다고 생각했다. 홀은 새로운 아침의 활력으로 가득 차서 비명을 지르며 뛰어다니는 고객들로 빼곡했다.

"뭐라고요?"

내가 묻자 에사는 같은 말을 반복했고, 나는 같은 말을 들었다.

"도대체 왜요?"

"내가 간이 야전 치료를 했어요. 부상병의 어머니와 아버지가 응급처치를 했고요."

그가 말했다.

바나나미러를 지나 왼쪽으로 꺾어서 부모가 기다리면서 쉴 수 있는 공간에 도착했다. 소파에 누워 있는 아이가 보였다. 벌어진 일을 감안하면 어린 남자아이는 완벽하게 괜찮아 보였다. 겁을 먹고 눈물을 줄줄 흘리고 있는 것만 제외하면. 그리고 부모 쪽은……

"누가 책임질 겁니까?"

애 아빠가 벌떡 일어나서 소리쳤다. 그는 내 나이 정도로, 짧고 번들거리는 검은 머리를 오른쪽에서 깔끔하게 갈라서 옆으로 빗어 넘겼다. 폴로를 하는 사람 형태의 로고가 가슴에 새겨진 남색 스웨터를 입었다. 애 엄마는 긴 금발에 똑같은 사람 형태가 폴로 스틱을 휘두르는 로고가 새겨진 하얀색 터틀넥 스웨터 차림이었다. 여자의 얼굴은 빨갛고 눈도 그랬다. 그리고 초조해 보였다.

"무슨 책임 말입니까?"

내가 솔직하게 물었다.

"율리우스의 다리 말이에요."

애 아빠가 남자아이의 다리를 가리키며 말했다.

인정할 건 인정해야겠다. 에사는 훌륭하게 처치했다. 다리에 붕대가 말끔하게 감겨 있고, 그 아래에는 트롬본 총의 곧은 부분을 부목으로 받쳐놓았다.

"율리우스가 미성년자라면, 그래 보입니다만, 아이와 아이 다리에 책임이 있는 건 부모님이겠죠……"

내 말에 애 아빠가 세상에서 가장 말도 안 되는 이야기를 들은 것처럼 고개를 저었다.

"공원 책임자와 만나야겠어요."

그가 말했다.

"제가 책임자입니다."

내가 대답했다.

"그리고 경찰도 불러야겠어요."

그가 나에게 말했다.

"경찰은 방금 갔는데요."

내가 대답을 하기도 전에 에사가 말했다. 나는 돌아섰다.

"뭐라고요?"

애 아빠와 내가 동시에 말했다.

"전에 대표님과 이야기하러 왔던 그 형사요……."

에사가 대답했다. 그의 머리 위치와 말투로 봐서 나에게 하는 말임을 알 수 있었다. 그리고 그의 말을 잘라야 한다는 것도 깨달 았다. 오스말라일 것이다. 그가 오늘 아침 여기 왔다. 자전거도로 에서의 익사 사고에 대해 이미 아는 게 분명했다.

"고마워요, 에사."

나는 그렇게 말하고 율리우스의 어머니와 아버지에게로 관심 을 돌렸다.

"지금 가장 중요한 건 율리우스가 괜찮다는 겁니다."

"하지만 괜찮지 않잖아요. 아닌가요?"

애 엄마가 날카롭게 말했다.

"그냥 골절일 뿐인데요."

내가 말했다.

"어떻게 그렇게 말할 수가 있죠?"

"사실이니까요. 목숨이 위태로운 것도 아니잖습니까."

나는 다시금 솔직하게 말했다.

"목숨이 위태로워? 율리우스가 죽을 수도 있었다는 겁니까?"

애 아빠가 소리쳤다.

나는 나의 최근 경험과 보험수리학의 원리를 바탕으로 이야기했다.

"율리우스나, 선생님이나, 저나, 누구든 어디서든 죽을 수 있죠. 어떤 경우에는 죽을 가능성이 좀 더 높을 수 있지만, 누구에게든, 어디서든, 언제든 그런 일이 일어날 수 있다는 건 기본 사실입니다."

내가 말을 마치자 세 가지 일이 동시에 일어났다. 내가 완벽하게, 의심의 여지 없이, 사실상 옳다는 것을 알고 있음에도 불구하고 말해서는 안 되는 것을 말했다는 느낌이 들었다. 애 아빠는 몸을 떠는 것 같았고, 엄마의 벌건 뺨은 더욱 시뻘겋게 변한 것 같았다. 에사는 율리우스의 붕대를 다시 감아주었다. 나는 구급차는 어디 있는 거야, 라고 생각했다. 잠깐 동안 아무도 말을 하지 않다가 모든 것이 한꺼번에 폭발했다.

"이 망할 놈이 이 공원에서 율리우스가 죽길 바란 거야? 네놈을 고소하고 이 쓰레기 같은 공원을 법정으로 끌고 갈 줄 알아. 당장 내 변호사에게 전화해야 겠어."

애 아빠는 전화기를 꺼냈으나 전화를 걸지는 않았다. 애 엄마는 율리우스 옆에 무릎을 꿇고 앉아 아이의 머리를 쓰다듬었다.

"이 아이한테 어떤 트라우마라도 남으면……."

"아이는 그저 다리만 다쳤을 뿐입니다, 어머님."

에사가 말했다.

애 엄마는 울음을 터뜨렸다.

"우리 연락을 받게 될 거야, 이 사기꾼 새끼."

애 아빠가 으르렁거렸다.

이제야 나는 초조해지기 시작했다. 부당하고 전혀 근거가 없는 혐의였다.

"난 사기꾼이 아닙니다."

내가 말했다.

"그래? 당신이 가족들에게 제공한다던 망할 놈의 재미와 놀이가 이런 거야?"

애 아빠가 소리치며 입구 옆의 간판을 가리켰다.

"저희는 고객들에게 규칙에 대해서도 알려드립니다. 그리고 놀이기구 위로 올라가는 것을 명확하게 금지하고 있습니다."

내가 설명했다.

"율리우스는 자유로운 영혼이에요. 그렇지, 우리 아기?"

애 엄마가 말했다. 엄마의 목소리는 눈물로 흐려졌다.

"나나 내 자식한테 뭘 할 수 있고 없는지 당신이 이래라저래라 할 순 없어."

애 아빠가 말했다. 이제 그의 가슴이 거의 내 가슴에 닿을 지경 이었다.

"그래야만 하는 것 같은데요. 규칙은 모두에게 동등하게 적용됩 니다. 그게 규칙의 기본 원리죠. 안 그러면 여기는 난장판이 될 거 고, 그건 당연하게도 아주 안 좋은 선택지가 될 겁니다."

애 아빠가 막 입을 열고 오른손을 들어 올리려고 할 때 하얀 옷 을 입은 남자들이 그의 뒤로 나타났다. 그들은 우리를 보지 않은 채 율리우스 옆에 무릎을 꿇었다.

모든 주의가 하얀 옷의 남자들에게 쏠렸다. 그들은 빠르고 신중 하게 일을 처리했다. 곰이라도 한 마리 나타나지 않는 한 그들을 다급하게 만들 일은 없을 것 같았다.

잠시 후 율리우스가 구급차로 실려 갔다. 아이는 완벽하게 차분 하고 행복해 보였다. 그의 부모는 아이 양쪽에 붙어 앉았고, 그들 의 어조로 봐서는 이미 구급대원들에게 지시를 내리고, 전문 의료 인답지 못하다고 벌써부터 비난하고 있는 것 같았다.

에사는 제어실로 돌아갔다. 나는 케이퍼캐슬의 계단을 고치는 건 잠깐 잊기로 했다. 오스말라의 아침 방문에 신경이 쓰였지만, 뭘 어떻게 해야 할지는 모르겠다. 그러다가 최소한 그가 공원을 떠났는지는 확인해야겠다고 생각했다. 그의 차가 아직 바깥에 주차되어 있을까? 나는 입구로 걸어가서 전화를 하고 있는 크리스티안을 지나 밖으로 나갔다. 싸늘한 파란 하늘 아래를 몇 걸음 걸어가서 주차장 한쪽 끝부터 반대쪽 끝까지 쭉 살펴보았다. 오스말라의 비교적 신형이고 흉측한 초록색 세아트*는 어디에도 보이지 않았다. 늦가을의 냉기가 금세 내 셔츠로 들어왔고 셔츠 위의 넥타이는 별로 온기를 제공해주지 못했다. 바람이 내 등의 타이어 자국을 쓸었다. 나는 마지막으로 한 번 더 둘러본 다음 돌아서서 실내로 돌아왔다.

내가 매표소로 다가가자 크리스티안은 전화를 끊었다. 그는 미소를 지었다. 파란 제복 셔츠의 칼라는 커다랗고 뻣뻣하고 아주

* 스페인의 자동차 제조사.

근사해서 한 쌍의 지각판처럼 보였다. 짧은 머리는 젤로 뾰족뾰족
세웠다.

"근사한 날이네요, 그렇죠?"

그가 말했다.

"안녕하세요."

오늘을 묘사하는 최상급 형용사 같은 건 내게 없었기 때문에 무
뚝뚝하게 인사를 받고 질문을 던졌다.

"벤라 씨는 또 나타나지 않은 모양이군요."

뭐 하러 묻는지도 모르겠다. 염려하는 고용주로서 묻는 것보다
미스터리를 푸는 것에 더 가까운지도 모른다. 크리스티안이 이 질
문에 더 이상 당황하지 않는 것도 알아챘다.

"세일즈맨에게 성공의 열쇠는 진정한 헌신이죠. 그저 밀크셰이
크나 진공청소기나 뭐 그런 걸 파는 게 아니라 자기 자신을 파는
거예요. 성공은 마음의 상태인 겁니다."

크리스티안은 그렇게 말하고 미소를 지었다. 또다시. 어쩌면 미
소 짓는 걸 멈춘 적이 없는지도 모르겠다. 무슨 일이 벌어졌는지
제대로 이해하기까지는 약간 시간이 걸렸다. 내가 괴물을 만들었
다는 생각이 들었다. 크리스티안은 내 말을 그대로 받아들였다.
그는 정말로 그 강좌를 들은 것이다. 운영 책임자가 되기 위한 길
이 마침내 열린 것이다.

내가 뭐라고 대답하기도 전에 그가 말을 이었다.

"그리고 제가 생각해봤는데 말이죠, 대금업을 좀 더 공격적으로 밀어붙이는 게 좋지 않을까요? 제가 책임자가 된다면, '항계체'로 일할 겁니다. '항상 계약을 체결하라'라는 뜻이죠. 우린 더 밀어붙여야 해요, 그렇죠?"

그는 카운터 끝에 세워놓은 작은 스탠드를 가리켰다. 스탠드는 합리적인 이자율로 단기 소액 대출을 받을 수 있다고 고객들을 유혹하고 있었다. 나는 스탠드를 가져다가 카운터 뒤에, 눈에 보이지 않는 곳에 놓았다.

"지금 당장은 아무것도 **밀어붙이지** 않을 겁니다."

나는 그렇게 말했다. 크리스티안의 헛소리를 흉내 내는 내 말투가 가혹하고, 거의 비꼬는 투라는 것도 알고 있었다. 놀랄 일도 아니었다. 누군가가 내 위로 차를 돌진시켰으니까. 비유적으로도 사실적으로도.

"크리스티안."

나는 훨씬 달래는 투로 말했다. 이제 한 가지 선택지밖에 남지 않았다는 것을 깨달았고, 그 선택지는 내 안의 페르틸래를 찾아 끄집어내는 것뿐이기 때문이었다. 그것도 지금 당장.

"깊은 내적 성공으로 향하는 여정은 긍정적인 팀 시너지의 발전과 나란히 가고, 거기서부터 정신, 육체, 영혼의 삼위일체를 이루는 최적의 성공까지는 금방이에요. 해법은 대체로 감정적 전이 과정이고, 이건 최적의 상호적 기본 역학 관계를 성취하기 위해서 우리가 쓰는 상호작용 주파수와 공생 관계를 이루고 있어요. 크리스티안이 사업가로서의 자신을 완전히 자각하고 개인적으로 인식을 하는 데에 이르는 여정에는 아직 좀 더 발전하고 집단적 적응을 이뤄가야 할 여지가 보이는 것 같군요. 그래도 이건 크리스티안에게 자원 관리 분야에서 다른 전문가적 기회를 탐색할 기회를 줄 거예요. 자기 관련성에 관해 배우는 건 단순히 정신적 선형 학습 곡선이나 누적형 감정적 학습 곡선이 아니라는 건 크리스티안도 잘 알죠?"

우리는 서로의 눈을 쳐다보았다. 나는 절대로 먼저 눈을 깜박이지 않을 것이다. 결국 크리스티안이 시선을 낮추고 꼼지락거리기 시작했다. 정문이 열리고 고객들이 탐험공원으로 밀려 들어오기 시작하자 크리스티안은 그들을 맞았다.

24

사무실로 돌아가는 길에 나는 크리스티안과의 만남에 관해, 그게 진짜로 어떤 의미인지에 관해 생각했고, 답도 아주 잘 알고 있었다.

나는 모든 걸 미루고, 모든 걸 길게 늘이고 있다. 수학적 의미에서는 무한대를 이야기할 수 있지만, 이 세상과 이 현실에는 더 이상 넘어갈 수 없는 지점이 있다. 모든 것에는 한계점이 있다. 나 자신이 그 한계에 다가가고 있었다. 정확히 무슨 일이 벌어지고 있는지 이해할 수 없어서 더더욱 당황스러웠다. 대출부터 토끼 귀까지 모든 것이 바이올린 줄처럼 팽팽하고 아슬아슬한 상태였고, 지금 나는 하나라도 더 무너지는 걸 감당할 여력이 없었다.

문에 다가가다가 나는 멈춰 섰다. 처음에는 이유를 몰랐다. 전부 어제 남겨놓고 간 그대로였다. 어제 방을 청소하고 형이 남겨둔 물건들을 정리했는데, 그 종이 더미는 정확히 있어야 하는 장소에 그대로 있었다. 하지만 뭔가가 움직였다. 어쩌면 그냥 들었다가 내려놓은 정도일지도 모르지만, 균형이 깨졌다. 나는 언제나 이런 걸 알아챘다. 한 페이지짜리 계산에서 숫자 하나나 기호 하나라도 바뀌면 결과는 완전히 달라진다. 하지만 이후 1분에서 1분 30초 동안에도 나는 뭐가 바뀌었는지 알아낼 수가 없었기 때문에, 그냥 책상 뒤로 걸어가서 앉았다.

잠시 후, 나는 다시는 일어날 수 없을 것 같은 기분이었다.

피로 때문인지는 잘 모르겠다. 어쩌면 내가 끌고 있는 가상의 썰매가 너무 무거워지기 시작했는지도 모른다. 빚, 그걸 해결해나가려는 분투, 냉동고의 시체, 나를 살해하려는 여러 번의 시도, 빗물 웅덩이에 빠진 차에 갇힌 또 다른 시체, 그리고 거의 모든 것에 대해 커져가는 불안이 다 합쳐져서 감당하기 어려워졌을 수도 있다. 어쨌든 나는 보험계리사고, 논리와 예측 가능성에 익숙하다는 걸 상기했다. 간단히 말해서 합리성에 익숙하다는 말이다. 하지만 이 생각은 곧장 다른 생각으로 이어졌는데, 내가 등에 타이어 자국이 있고 머리 위로는 사형선고가 흔들거리고 있는 보험계리사라는 것이었다. 그리고 나를 찾으라고 AK를 보낸 사람이 도마뱀 사나이라는 것도 알고 있다.

AK는 현재 자전거도로 옆의 BMW 안에서 더 높은 존재의 차원에 가 있지만, 도마뱀 사나이의 명령은 아직 실행되지 않았다.

그는 내 주위로 손아귀를 조여오고 있다. 지금도 나를 지켜보고 있을지 모른다. 그리고 지금으로서는 어떻게 해야 할지 전혀 모르겠다. 커다란 남자의 말이 선명하게 기억났다. **더 강한 사람이 살아남는 거야.** 지금 이 순간 나는 그리 강한 것 같지 않았다.

하지만 나에게 힘과 희망을 주는 게 딱 하나 있다.

라우라.

어쩌면 나는 지난 며칠 동안 그녀의 행동을 잘못 해석했는지도 모른다. 어쩌면 그녀는 그저 자기 일에 집중하고 싶었는지도 모른다. 그녀는 자신의 그림을 최고로 잘 그리고 싶어 했고, 거기에 자신의 모든 것을 쏟고 싶어 했기 때문이다. 특별히 복잡한 조건부 확률 방정식을 풀어야 한다면 나라도 1분이 넘는 프렌치 키스를 할 시간은 없을 것이다. 그 후에는, 만약 문제의 상대가 받아들이고 우리가 어떤 합의에 이르렀다면, 당연히 환영이었다.

나는 여전히 우리가 함께했던 밤을 피부에서 느낄 수 있었다. 그 기억이 슬그머니 솟아오를 때 내 머릿속 이미지는 놀랄 만큼 육체적이다. 라우라를 보지 못할수록 그녀를 더 많이 떠올리게 되는 이 사고 과정의 논리를 도저히 이해할 수 없다. 말이 안 된다. 그녀가 나에 대해 아무도 말한 적 없는 것들을 이야기하던 게 떠오른다. 우리의 대화가 하나하나 떠오르는 현상이 새롭지는 않다. 하지만 이제는 특정 사실을 확인하기 위해서 우리의 대화를 되감아 듣는 게 아니라, 언어 외의 것들을 듣기 위해서 떠올린다. 부드러움, 상냥함, 그리고 그녀가 나를 나 자체로 바라보면서 자신이 보고 있는 걸 좋아하고 있음을 알려주는 무언가.

어쩌면 라우라는 정말로 그냥 바쁜지도 모른다. 그녀에게는 작업할 벽이 여러 개 있고 돌봐야 하는 딸도 하나 있다. 그래도 내 머릿속에는 우리가 같은 이케아 침대에서 깨어나고, 제곱미터당 가격이 합리적이면서 위치도 좋은 아파트를 함께 사고, 햇살이 바위를 달구고 바다는 코발트블루색인 어딘가로 막바지 휴가를 떠나고, 싸늘한 가을날 아침 버스 정거장에서 탐험공원까지 손을 잡고 걸어오는 장면으로 가득하다.

동시에 나는 오늘 아침 사건을 떠올렸다.

쇼펜하우어가 부엌에 나타나서 예상치 못한 방식으로 나를 당황시켰다.

녀석은 수년 동안 그래왔던 대로 길게 몸을 뻗었다. 뒷다리를 최대한 멀리 밀어내고, 등을 구부리고, 몸을 앞쪽으로 낮추었다가 다시 똑바로 서서 다리를 흔드는 거다. 그런 다음에 항상 하던 대로 아침 대화를 시작했다. 그때, 자기 이름을 딴 쇼펜하우어처럼 녀석은 똑같은 반면 나는 변했다는 사실을 깨달았다. 최근 사건들만 떠올려봐도 내가 전과는 전혀 다른 방식으로 행동하고, 전에는 전혀 느끼지 못했던 방식으로 느낀다는 걸 명확하게 알 수 있었다. 내 인생은 변했고, 그 변화는 영원하다는 걸 금세 깨달았다. 아마도. 쇼펜하우어는 여전히 예전 대본대로 하고 있었다. 나는 그 문제를 언급하지 않았다. 녀석을 쓰다듬고 이해한다고 말했다. 동시에 모든 게 얼마나 많이 변했는지를 보여주는 건 바로 우리 일상이 아닐까 생각했다.

나는 의자에서 자세를 바로잡고 시간을 본 다음 마음을 정했다. 오늘 라우라와 이야기를 할 것이다.

어쩌면 상호적인 감정일 수도 있다. 모든 불확실성과 혼란 속에서, 성실하게 노력해서 정확한 계산 결과를 얻는 것처럼 집중할 만한 밝고 명확한 게 있다는 건 좋은 일이다.

닻이 없는 배를, 그다음에는 닻이 있는 배를 떠올린 다음 스스로에게 물었다. 폭풍우가 휘몰아치면 어떤 배가 나을까?

나는 컴퓨터를 켜고 나중에 새로운 눈으로 방을 조사해야겠다고 생각하다가 복도에서 누군가가 움직이는 것을 발견했다. 삼파가 내 사무실 문 앞에 서 있었다.

"안녕하세요."

그가 말했다.

"어서 와요."

내가 말했고, 내 목소리에서 내가 그를 보고 놀랐다는 것을 알수 있었다. 삼파가 나와 이야기하려고 한 적은 없었다. 유치원 교사로 교육받은 젊은 모습의 그는 아마도 다른 직원들보다 훨씬 독립성을 즐기기 때문이라고 생각하고 있었다. 그는 재빨리 어깨 너머를 흘깃 보았다. 그의 은빛 귀고리가 반짝였고, 그는 다시 나를 쳐다보았다.

"5분 있으세요?"

"네, 5분쯤 시간 있냐는 거죠. 들어와서 앉아요."

나는 그의 말뜻을 깨닫고 고개를 끄덕였다.

삼파는 의자에 앉아서 팔목의 팔찌를 정리하기 시작했다. 그의 팔뚝에 있는 색색의 문신들이 여기저기서 춤을 췄다. 미키마우스와 어떤 천사, 바이킹 헬멧처럼 생긴 뭔가는 알아볼 수 있었다. 이름표에는 하트가 여섯 개 있었고, 그 안에 글자가 하나씩 쓰여 있었다. 삼파가 내 사무실에 들어온 건 처음이었다. 사실 단둘이 있는 것도 처음이었다. 그가 팔찌와 장신구, 자기 자신을 차례차례 정돈하는 동안 나는 그가 왜 왔는지 이야기하기만을 기다렸다. 하지만 그는 아무 말도 하지 않았다. 그저 거기 앉아서 나를 쳐다보기만 했다.

"다 괜찮은 건가요?"

그가 마침내 물었다.

"무슨 말이죠?"

나는 정말로 의아했다.

"대표님이 좀 스트레스를 받는 것 같아서요. 하지만 이해합니다. 죽음은 우리가 얼마나 약한지를 보여주죠."

그는 그렇게 말하며 어깨를 살짝 올렸다.

"죽음이요?"

나는 자전거도로 옆 건설 현장에서 일어난 자동차 사고를 삼파가 어떻게 아는 걸까 생각했다.

"대표님 형님이요."

"아, 그렇죠."

형이 죽은 걸 사소한 일로 치부하는 사람처럼 대답하지 않았기를 바라며 말을 이었다.

"맞아요. 그동안은 꽤…… 놀랍고, 삼파 씨 말처럼 마음이 약해진 시간이었어요."

"그게 제가 기다리려고 했던 또 다른 이유예요."

그는 이번에도 말을 잇지 않았다.

"뭘 기다렸다는 거죠?"

내가 물었다.

"대표님이 끔찍한 죽음을 겪었고 새로운 일에 적응하는 게 굉장히 힘들 거라는 사실을 존중하고 싶었어요. 그리고 나는 도자기 가게에 들어간 황소처럼 새로운 상황에 불쑥 처들어가거나 늘 제일 처음이 되고 싶어 하는 사람은 아니거든요. 나는 부드러운 힘의 미덕을 믿어요."

또다시 침묵. 덕분에 나는 삼파의 부드러운 힘에 대해서 내가 뭘 아는지 생각해볼 수 있었다. 답은 거의 모른다는 거였다. 그가 나한테 일일이 말하지 않고 알아서 단체 놀이, 탐험 코너 같은 활동을 맡아주는 것에 안도하고 지냈을 뿐이다. 돌이켜보면 나는 그

가 고용된 위치에 적절한 일을 전적으로 해내는 유일한 공원 직원
이라고 자연스레 여기고 있었다. 자기 직무 대신 다른 걸 하고 싶
어 하는 직원이 수천 명 있는 사업체를 운영하는 게 어떨지는 전
혀 모르겠지만, 직원이 몇 명밖에 없는 사업체를 돌리는 것도 가
장 복잡한 이론수학의 난제를 푸는 것에 필적한다는 건 알겠다.

이번에는 침묵을 끝내는 걸 도울 생각이 없었다. 삼파도 눈치챈
모양이다.

"많은 직원들이 지난 몇 주 동안 새로운 기회를 잡았다는 걸 알
고 있어요. 좋은 일이죠. 새로운 걸 배우면 자신감이 생기고, 자신
감이 커지면 새로운 일을 시도할 용기가 생기고, 그렇게 새로운
기술을 배우게 되니까요. 긍정적인 순환이에요. 아이들에게서 이
걸 볼 수 있는데, 성인도 마찬가지예요. 에사 씨는 해병대 말고 다
른 이야기도 하기 시작했어요. 크리스티안은 관리직 강좌를 듣고
있죠. 라우라는 그림을 그리고, 요한나는 새로운 레시피를 시험
중이에요. 난 이런 발전을 다 지켜봐왔어요. 아주 훌륭한 리더십
이에요. 대표님은 신선하고 새로운 접근법을 도입했고, 정말 새로
운 바람을 가져왔어요. 모두 자기 일에서 새로운 면을 발견했죠."

삼파는 잠깐 입을 다물었다.

"거의 모두가요."

새로운 바람을 가져왔어요. 나는 이 생각을 떨쳐버리려고 했다.
에사나 요한나의 긍정적인 순환은 전혀 의식하고 있지 못했지만,

삼파가 하려는 이야기를 차츰 이해하게 되었다. 뭔가를 원하는 거다. 당연했다. 모두 이미 갖고 있는 것에 더해 뭔가를 원한다.

"뭘 염두에 두고 있죠?"

내가 물었다.

삼파는 속으로 뭔가 저울질하는 것 같았다. 그의 오른손 손가락이 왼팔의 팔찌들을 만지작거렸다.

"어린이날이요. 여기, 공원에서요."

나는 그를 응시했다.

"어린이날이요?"

"네. 중요한 거예요. 아니면 어린이 주간도 괜찮겠죠. 하지만 우선은 하루로 시작해요."

"이미 그게 공원의 핵심 아닌가요? 여기서 보내는 하루가 문자 그대로 어린이날 아닙니까?"

삼파는 고개를 저었다.

"몰입이요. 역할 반전."

삼파는 이제는 익숙한 침묵을 다시 유지했다.

"이해를 잘 못하겠군요."

내가 말했다. 정말로 모르겠다.

"용기가 필요할 거예요."

"그렇군요."

"대표님은 그 사장 의자에 하루 종일 조용하고 평화롭게, 모든 것에서 벗어난 채 앉아 있으니 생각도 안 해봤겠죠."

나는 아무 말도 하지 않았다.

"좋아요."

삼파는 고개를 끄덕이고 말을 이었다.

"하루만, 일주일이면 더 좋고요, 아이들이 어른이 되고 어른들은 아이가 되는 거예요. 역할 반전이에요. 그리고 다른 사람 역할을 해보는 거죠. 이게 몰입이에요. 하루만, 일주일이면 더 좋고요, 아이들이 규칙을 만들고, 케이크를 굽고, 감독을 하고, 심지어 원한다면 벽에 그림을 그리고, 어른들은 노는 겁니다."

나는 아무 말도 하지 않았다.

"상상해보세요. 거기, 대표님 의자에 앉아 있는 아이, 하루만, 일주일이면 더 좋고요, 보스가 되는 아이를요."

나는 삼파의 충고를 받아들여 이 시나리오대로 상상해보려고 했다. 아이가 도마뱀 사나이와 만나는 걸 상상해보았다. 냉동고를 뒤지다가 얼어붙은 어른을 발견하는 아이. 커다란 남자에게 빚을 진 아이.

"아시겠어요? 생각할수록 아이디어가 풍부해져요!"

그가 말했다.

"그러네요."

내가 대답했다.

삼파는 의자에서 자세를 바꾸고, 몸을 좀 더 펴고, 팔찌를 손가락으로 더욱 빠르게 만지작거렸다.

"내 생각에는 금방 시작할 수 있어요. 이미 아이들과 어른들 양쪽 모두를 위한 배경 설명을 만들어놨어요. 어른들은 대체로 아이들 세계에 들어가는 걸 놀랄 만큼 어려워하죠. 놀 능력을 잃어버린 거예요. 물론 두려움에 사로잡혀 있어서—"

"안 됩니다."

그의 기나긴 설명을 자르고 있다는 걸 알면서 말했다.

"뭐가 안 된다는 건가요?"

"안 됩니다."

나는 다시 말하고서 잠깐 멈췄다. 공원이나 닫힌 문 뒤에서 실제로 무슨 일이 일어나고 있는지는 그에게 말할 수 없었다.

"어린이날은 안 돼요. 최소한 지금은요."

나는 할 수 있는 한 최대로 부드럽게 말했다.

삼파의 태도가 돌변했다. 열정을 모두 내보인 다음에 벽에 부딪히면 굉장히 괴로울 것이다. 나도 안다. 그의 얼굴이 붉어지기 시작했고 눈에서는 짜증스러운 빛이 번뜩였다.

"왜죠?"

"그냥…… 지금은 불가능해요."

삼파는 내가 개인적으로 자신을 모욕한 듯한 눈으로 나를 응시했다. 알고 보니 정말로 그런 모양이었다.

"벽에 그림을 그리는 것도 원래는 불가능한 일이었죠."

그가 말했다.

"그게 무슨 상관이 있죠?"

"대표님은 노는 건 두려워하면서 범죄자와 어울리는 건 두려워하지 않는군요."

"뭐라고요?"

"많은 어른들처럼 대표님도 노는 건 두려워하ㅡ"

"네, 그 부분은 알아들었어요. 하지만 범죄자라는 게 무슨 말이죠? 그 남자들이 여기 공원에 왔어요? 당신에게 접근했나요?"

삼파는 드러나기 시작하는 내 모습을 좀 더 뚜렷하게 보려는 것처럼 눈을 가늘게 떴다.

"무슨 남자들이요? 전 라우라 씨 이야기를 하는 거예요."

나는 머리 위로 고층 건물이 무너져 내리는 게 어떤 느낌인지 당연히 몰랐지만, 모든 것이 무너지기 0.5초 전에 1층에 있는 사람들을 집어삼킬 감정을 잠깐 동안 어렴풋이 느낄 수 있었다. 나는 아무 말도 하지 않고 의자에 가만히 앉은 채 표정과 자세를 유지하는 것에만 집중했다.

"그렇군요."

그게 내가 말할 수 있는 전부였다.

"물론 감옥에 갔다는 자체만으로 누군가 수상하다고 말하려는 건 아니에요."

삼파는 말을 계속하면서 만지작거리는 팔찌를 바꾸고, 당연하게도 만지작거리는 손가락도 바꾸었다.

"난 정말로 사람이 바뀔 수 있다고 믿어요. 누구든 두 번째 기회를 가질 자격이 있죠. 그래서 여기 와서 어린이날, 일주일이면 더 좋고요, 행사에 대해 이야기하려고 한 거예요. 이걸 빨리 열어서—"

"동료 이야기로 돌아가보죠."

다시 그의 말을 잘랐다. 내가 살얼음판 위에 있다는 건 알고 있었다. 나는 평소의 내가 아니었지만, 그게 드러나지 않도록 최선을 다하는 중이었다. 삼파는 내가 한참 동안 상상도 못 했을 것을 내가 알고 있다고 여기는 게 분명했다.

"이건 다 비밀이에요. 약속해요. 난 진심으로 탐험공원에 가장 이득이 되는 일만을 바랍니다."

내가 말했다. 완전한 진실은 아니지만, 내용 자체는 사실이었다. 삼파는 나를 쳐다보았다. 아까 크리스티안과 했던 눈싸움과 같았다. 그리고 나에게는 그때와 똑같은 선택지뿐이었다. 이겨야만 했다. 삼파는 지금까지 중에서 가장 긴 침묵을 유지했다.

"솔직하게 말하죠."

그가 마침내 입을 열었다.

"유하니 대표님이 채용했을 때 라우라 씨는 사실 순서를 좀 뛰어넘었어요. 이걸 아는 이유는 제가 그 자리에 다른 사람을 추천했기 때문이에요. 아이들과 어른들을 위한 미술교육에 아주 훌륭하고 혁신적인 아이디어를 갖고 있는 대학 친구고, 막 교육과학 박사 학위를 딴 사람이었어요. 그런데 난데없이 대표님은 순수 미술을 전공했고, 알고 보니 막 감옥에서 출소한 라우라 씨를 채용했죠. 살인이나 뭐 그런 것 때문은 아니었지만, 꽤 심각한 금융 비리인가 뭔가 하는 거였어요. 채무불이행, 횡령, 사기, 탈세. 전부 다는 모르지만, 그 비슷한 거였어요. 정말 솔직하게 말해서 어떻게 그런 경력을 가진 사람이 탐험공원에서 일할 수 있는지, 대표님이 어떻게 그 결정을 정당화했는지 모르겠어요. 물론 라우라에겐 진짜 예술적인 면이 있고, 그게 지금은 근사하게 피어나고 있죠. 그건 좋은 거고, 우리 모두에게 긍정적인 선례예요. 그래서 대표님한테 어린이날, 일주일이면 더 좋고요, 이걸 이야기하러 온 거고요. 왜냐하면 나를 제외한 다른 직원들은 모두 자기들의 꿈과 희망을 이루는 걸 허가받았는데—"

"이걸 라우라 씨와 이야기한 적 있나요?"

나는 다시금 그의 말을 자르고 물었다. 어쩔 수가 없었다. 그는 마라톤 선수가 뛰듯이 이야기했다. 1킬로미터씩, 한 시간씩, 계속해서, 꾸준한 속도로. 그리고 지금 나는 그걸 참아줄 인내력이 없었다.

"어린이날이요?"

"감옥이요."

삼파는 놀란 얼굴이었다. 진심으로 놀란 것처럼 보였다.

"어떤 남자가 아이들을 데리고 와서는 라우라 씨에게 뭐랄까, 어이, 나온 걸 보니 반갑네, 라고 하는 걸 봤어요. 그렇게 차가운 시선이나 차가운 목소리는 본 적도 들어본 적도 없어요. 그때 직원 몇이랑 내가 근처에 있었거든요. 그리고 라우라 씨는 그 남자에게……. 와, 그 말은 전하지 않을게요. 정말 싸늘했어요. 그리고 그날 우리는 건드리지 말아야 할 대화 주제가 뭔지 알게 됐죠."

"그 남자가……."

나는 흥미로워하면서도 중립적인 태도를 유지하려고 노력했다. 하지만 속으로는 삼파를 잡아 흔들면서 지금 당장, 빨리, 모든 걸 털어놓으라고 윽박지르고 싶었다.

"그 남자가 어떻게 생겼던가요?"

"그냥…… 평범한 남자였어요."

삼파가 말을 고쳤다.

"음, 아니, 그렇게 평범한 건 아니었던 것 같네요. 최소한 그 사람은 자기를 평범하다고 생각하지 않았을 것 같아요. 좀 우쭐거렸고, 자신감이 넘쳐 보였거든요."

그렇게 말하고 삼파는 다시 침묵에 잠겼고 나는 더 이상 물을 수 없다는 걸 깨달았다. 아마 키모일 것 같은데, 어떤 관계가 있는지는 전혀 모르겠다. 게다가 삼파를 사무실에서 내보내야 했다. 벽의 무게가, 바닥과 천장이 빠르게 무너지는 게 느껴졌고 내 힘이 빠져나가는 것도 느껴졌다. 이제 나는 내 피로의 이유와 그게 왜 점점 커지는지를 깨달았다. 피로가 나를 뒤덮고, 그동안 내내 나를 둘러싸고 있던 어둠으로부터 밀려들고 있는데, 나는 가끔씩 보이는 햇살에만 눈이 멀었던 것이다.

"어린이날에 대해서는, 아주 긍정적으로 고려해본다고 약속 하죠."

내가 말했다.

"그게 무슨 뜻인가요?"

"그 행사를 할 방법을 찾아보겠다는 뜻이에요."

나는 진심이었다. 공원 문제에서 빠져나올 수만 있다면 나는 기 꺼이 운영 책임자 자리를 여섯 살짜리에게 일시적으로 넘겨줄 마 음이 있었다.

처음으로 삼파가 미소를 지었다.

"아까 말했듯이 대표님은 이 공원에 새로운 바람이 되었다니까 요. 대표님은 미다스의 손을 가졌어요. 대표님이 손대는 건 뭐든 꽃을 피우기 시작하죠."

그가 말했다.

25

비명 소리가 내 고막을 부수고 귀를 찢었다. 아이들 한 무리가 옆으로 지나갔다. 홀은 그 어느 때보다도 밝아 보였다. 모든 게 번쩍거리고 눈부셨고, 빛이 과도해서 흉측해 보일 정도였다. 아이들이 꺅꺅거리는 소리는 못 수천 개가 칠판을 긁는 소리 같았다. 카페에서 풍기는 오븐 소시지 냄새는 눈이 녹을 때 반려견 공원에서 나는 냄새 같았다. 빅디퍼의 강철 언덕은 얼음처럼 빛났고, 달팽이같이 움직이던 코모도 열차가 지금은 특급열차처럼 보였다. 평상시와 다를 바 없는 소란과 끊임없는 소리, 커다란 소음의 불규칙한 규칙성, 이 모든 것들이 물리적 형태를 띠고서 사방에서 주먹을 날리는 것 같았다. 온몸으로 그 무게가 느껴졌다.

결국 나는 걸음을 멈춰야 했고, 그게 잘된 일이라는 걸 깨달았다. 라우라가 누군가와 이야기를 하고 있었다. 남자는 내 나이 정도이고, 대단히 열정적인 몸짓으로 라우라의 벽화를 가리키고 있었다. 전체적으로 남자는 자신의 눈을 믿지 못하는 사람 같았다. 나는 그 남자를 이해했다. 나 역시 눈앞의 것을 믿는 게 어려웠기 때문이다. 이게 그림계의 세계기록인지는 모르겠지만, 그 정도로 엄청난 것이 만들어졌다.

벽화가 완성되었다. 그리고 충격적이었다.

나는 뒤로 조금 물러나서 트롬본캐넌과 도넛 사이의 다리 같은 곳에 가만히 서 있었다. 부모들 몇 명도 탐험공원에서의 하루가 자기들에게 일어난 가장 환상적인 일은 아니라는 듯한 얼굴로 난간에 기대서 있었다. 라우라와 남자는 한참 동안 이야기했다.

남자는 돌아다니면서 중간중간 이쪽저쪽 벽화를 가리키고 가슴에 팔짱을 끼고 라우라가 하는 말에 고개를 끄덕거렸다. 마침내 그녀와 남자가 악수를 나눴다. 남자는 몇 번 빙글빙글 돌며 눈으로 뭔가를 찾다가 마침내 발견했는지 그쪽으로 걸어갔다. 남자의 시선이 악마처럼 소리를 지르는 아이들 중 하나에게 고정되었을 가능성이 대단히 높았다.

내가 다가가는 동안 라우라는 오키프 벽의 왼쪽 가장자리에 있는 남색 부분을 하얀 천으로 문지르고 있었다. 나에게 등을 돌린 그녀는 검은 작업복 바지에 빨간 티셔츠 차림이었다. 그녀의 딸기나무 덤불 같은 머리카락은 풀어놓아서 덥수룩했다. 누가 다가오는 걸 느꼈는지 겨우 몇 걸음 남았을 때 그녀가 돌아섰다. 그녀는 만족스럽고, 심지어는 자부심 넘치는 표정이었다. 하지만 잠깐뿐이었다. 순식간에 모든 게 변했다.

"안녕하세요."

그녀가 말했다.

"잘 있었어요?"

내가 말했다.

그녀는 처음에 왼쪽을, 그다음에 오른쪽을 보았다. 그녀는 나를 만나서 딱히 기쁜 것 같지는 않았다. 아니, 전혀 기쁘지 않아 보였다.

"벽화를 끝냈군요. 축하해요."

내가 말했다.

"손볼 데만 몇 군데 남았어요. 하지만…… 고마워요."

한때 라우라의 목소리에서 들렸던 상냥함과 친숙함은 모두 사라졌다. 온기는 말할 것도 없었다.

"누가 아주 마음에 들어 하는 것 같던데요."

나는 어떻게 접근하는 게 좋을까 생각하면서 말했다.

"누가요?"

"그 남자요……. 방금…… 거기서……."

"아, 그 남자요. 맞아요, 그래요. 〈헬싱인사노마트〉*의 기자예요.

---

* 핀란드의 일간지.

아이들을 데리고 왔다가 벽화를 봤대요. 내일 다시 와서 사진을 찍고 신문에 실을 인터뷰를 할 거예요."

"잘됐네요."

"솔직히 나도 좀 놀랐어요."

라우라가 내 눈을 봤고, 나도 마주 보았다. 그녀의 얼굴은 차분하고 무표정했다. 우리는 아주 가까이 서 있었지만, 이전의 유대관계는 사라진 것 같았다. 꽤 최근에 우리가, 수많은 장소 중에서도 특히 통근열차에서 키스를 했다는 사실은 상상하기 힘들었다.

"물어보고 싶은 게 있나요?"

그 질문에 나는 깜짝 놀랐다.

"실은 —"

나는 고개를 끄덕였으나 이제는 이 대화를 할 이유가 있는지 알 수 없게 되었다. 아니, 이 대화뿐 아니라 어떤 대화든 말이다.

"—모르겠네요."

"당신이 왔으니까 말인데요."

라우라는 그렇게 말하며 길을 건너는 것처럼 양옆을 차례로 힐끗 보았다.

"어쩌면 최선은 내가…… 저기, 내가 하고 싶은 말이 있어요."

아이들의 고함 소리와 탐험공원의 소리가 우리 뒤에서 밀어닥치는 바다처럼 느껴졌다. 바람 부는 해변가에 서서 상대방이 하는 말을 들으려고 애쓰는 것처럼.

"쉽지 않네요."

그녀가 말을 시작하며 손가락으로 천을 비틀었다.

"당신에게…… 더 일찍…… 말했어야 해요."

나는 갑자기 안도감이 몰려드는 것을 느꼈다. 라우라는 마침내 나를 이렇게 초조하게 만들었던 이유를 말하려는 것이다. 이게 최선이었다. 그녀는 그녀 방식으로 이야기를 하고, 나는 묻지 않아도 된다.

"쉽지 않겠죠. 나도 정말 이해해요."

나는 그렇게 말하고 그녀에게 힘을 주듯이 고개를 끄덕였다. 그녀는 내 말에 약간 놀란 것 같았다.

"네, 그래요. 그…… 이해해줘서 다행이에요. 헨리 씨와 난…… 좋은 시간을 보냈죠."

"아주 좋은 시간이요."

내가 덧붙였다.

"네."

라우라가 대답했다. 하지만 그녀는 빠르고 조용하게, 뭔가를 해치워 끝내버리려 할 때처럼 말했다. 나 역시 뭔가를 말해야 할 것만 같았다. 하지만 지금 생각나는 것은 방금 한 말의 후속 편 같은, '아주, 아주, **아주** 좋은 시간이었죠' 같은 이야기뿐이었다. 하지만 여러 가지 이유로 그렇게 말하면 안 될 것 같았다.

"하지만 가끔은 **좋다**라는 말만으로는 안 돼요. 이렇게 말하면

어떨까요? 헨리 씨와 난…… 우리는 각자 다른 길로 가고 있다고
생각해요."

그녀가 말했다.

"당연하죠. 라우라 씨는 화가이고 나는 계리사이자 지금은 탐험
공원을—"

"아뇨, 그런 게 아니라……. 말하기가 쉽지 않네요."

그녀의 목소리에 확실하게 새로운 기색이, 그녀의 일부분이 지
독하게 아프지만 그걸 드러내고 싶지 않은 듯한 느낌이 있었다.
무너진 높은 다리 같은 걸 향해 달려가는 열차에 탄 것처럼 느껴
졌다. 본능적인 감각이었다. 하지만 더 이상은 어떤 열차를 타고
있는지 전혀 모르겠다.

"그러니까, 내 삶과 헨리 씨의 삶에서 이 시점에 말이에요. 우린
다른 방향으로 가고 있어요. 그게 내가 말하려던 거예요."

그녀는 안경에 손을 댔지만 실제로 건드리지는 않았다.

"음, 좀 더 일찍 말했어야 해요."

그녀는 더 빠르게 말했고 그녀의 목소리는 이제 어딘가 억지 같
았다.

"내가 말하려는 건…… 우리가 함께했던 건 이제 끝났어요."

나는 그녀를 쳐다보았다. 그녀는 여전히 내가 전에 알던 사람처
럼 보였다. 내가 할 수 있는 건 내 생각을 솔직하게 말하는 것뿐이
었다.

"이해할 수 없어요."

라우라는 돌아섰다. 눈물 한 줄기가 그녀의 뺨에 흐르는 게 보였다.

"미안해요."

나는 또 다른 고층 건물이 내 위로 쓰러지는 걸 느꼈고, 또다시 홀의 비명 소리를 참을 수 없어졌다. 정신이 한 번에 여러 가지 일을 처리했다. 계산에 실수를, 치명적인 실수를 저지른 기분이었다. 우리 사이에 일어났던 모든 일들, 모네, 저녁 식사 데이트, 우리의 대화와 그 대화에 대한 나의 분석, 열차에서의 기나긴 키스, 아주 철저하고 균형 잡힌 친밀한 밤, 그것들이 합산된 결과가 이거였다. 어떤 공식을 사용하려 해도 논리적으로 느껴지지 않았다. 계산하려고 할 때마다 엄청나게 다른 답만 나왔다. 그리고 더욱 불안한 건 조금 전까지 합리적이라 여겼던 어떤 방향으로든 나아가는 능력도 사라진 것 같다는 점이었다. 나는 그냥 그 자리에 서서 또 다른 눈물이 라우라의 뺨을 타고 흐르는 것을 지켜보았다.

"끝나요?"

누구한테 말하는지도 모른 채 내가 물었다.

라우라는 고개를 끄덕이고 아무 말도 하지 않았다. 그녀의 입술과 뺨이 아주 미세하게 떨렸다.

우리가 마주 본 채 얼마나 서 있었는지 모르겠지만, 어느 시점에 우리는 동시에 움직였다. 그녀는 오키프 벽으로 돌아섰고 나는 사무실로 걸어갔다. 시끄러운 홀을 지나, 고객들을 밟지 않도록 조심하면서 마침내 사무실에 도착했다. 그리고 공원이 문을 닫을 시간까지 의자에 앉아 있었다.

나는 공원 문을 잠그고 조명을 모두 껐다. 그런 다음 정문 앞으로 택시를 불렀다. 두 가지 이유에서 내 신조에 반하는 행동이었다. 내 월간 교통비 예산은 신중하게 계산된 것이었는데, 택시를 타면 그 계산은 확실히 엉망이 될 것이다. 게다가 문에서 문까지 차로 가는 것은 하루 운동량에도 안 좋은 영향을 미칠 것이다. 하지만 메르세데스 벤츠를 타고 싶다는 충동이 훨씬 강했다. 내 안에는 뭔가가 폭발해서 생명체라곤 하나도 남지 않은 커다란 구덩이만 남았다.

26

형의 유골함을 받는 날 아침에는 6시가 되기 전에 일어났다.

내내 집에 있었지만 지난 이틀 반은 안개 속에서 보낸 느낌이었다. 아주 짙고 질식할 것 같은 안개 속에서. 게다가 가장 현실적인 사안들은 내 부엌 식탁 위의 노트북이나 핸드폰으로 처리할 수 있다는 걸 알게 되었다. 심지어 다가오는 빅디퍼의 개조까지도 크리스티안과 기계 판매업자, 도급업자와 하도급자와 이메일을 주고받는 걸로 처리되었다. 크리스티안은 아주 사소한 기회에도 운영 책임자로서의 능력을 보여주려는 것 같았다. 그는 올바른 일을 하고 있다. 기회가 눈앞에 왔을 때 해야 하는 일을 하고 있는데, 기회를 양손으로 잡는 것 말이다. 지금 나의 장래가 그다지 멋지지 않다 해도 그의 잘못은 아니었다.

나는 싱크대에 몸을 기댔다. 주전자가 부글부글 끓었다. 나는 창밖을 쳐다보았다. 어둠과 빛 사이의 시간, 진짜 실물의 윤곽인지 상상 속의 물체인지 알 수 없는 풍경 속의 형체가 보이는 시간이다. 식탁 맞은편에 닫힌 채로 놓여 있는 노트북은 무슨 유독 물질이라도 방출하는 것 같았다. 내가 접근하려 하면 나를 밀어내고, 저항하고, 자기 주위로 보호막을 만들었다. 오늘 아침에는 그 느낌이 유독 강했다.

쇼펜하우어는 밥을 먹었고, 이제는 부엌과 거실 사이에 등을 돌린 채 앉아서 앞발로 성실하게 얼굴 양쪽을 닦는 중이었다. 그동안 녀석이 늘 옳았던 거라면 어쩌지? 지나친 노력은 언제나 무의미하니 가장 중요한 것에만 집중해라. 누군가가 먹고 자고 가끔씩 발코니에서 내다보는 것 말고 다른 걸 제안하면 조용히 지나쳐라. 분투와 패배, 외로움과 궁극적 죽음이라는, 늘 끝나던 방식과 다르게 끝나는 일은 없다.

나는 호밀빵을 잘라서 두 장을 굽고 할인가에 산 칠면조 햄을 얹어서 컵에 뜨거운 물을 부은 후 식탁에 앉았다. 신문을 펼치자 곧장 사진이 눈에 들어왔다. 토베 얀손 각색화 앞에 서 있는 라우라였다. 나는 신문을 넘겨 기사를 찾았다. 사진 세 장에 두 단 전체를 할애한 기사였다. 라우라와 그녀의 작품을 소개하고 있었다. 감옥 이야기는 없다. 나는 비열하게 굴고 있다는 걸 깨달았다. 하지만 요즘 내 감정은 대체로 새롭고, 어느 정도는 통제 불가능하다. 제일 큰 사진에서 라우라는 벽에 기대 있고, 그녀 뒤, 토베 얀손에게서 영감을 얻은 벽화는 영원히 계속되는 것처럼 보였다. 기사를 읽으면 마치 라우라가 이제 막 시작한 초보이고, 1킬로미터나 되는 이 벽화가 그녀의 첫 작품이라는 인상을 받을 것이다. 그녀의 사진을 보는 것만으로도 마음이 아팠다. 안개가 더 짙어져 내 가슴과 배 주위로 응결되어, 차갑고 쿡쿡 찌르는 듯한 공간을 형성했고, 사진을 보면 볼수록 그 공간은 점점 더 커졌다. 나는 신문을 접어놓고 창밖을 바라보며 토스트를 먹었다. 그런 다음 차를 마시고, 식탁 반대편으로 가서 노트북을 켰다.

그리고 잠시 후에 나는 의자에서 떨어지지 않기 위해 식탁에 몸을 기대어야 했다.

정보가 업데이트되었다.

대출을 받은 사람 누구도 돈을 갚지 않았다. 원금도, 이자도. 단 한 명도. 첫 번째 만기 기간에 은행의 이득은 정확히 0이었다. 나는 금액을 노려봤지만 달라지지 않았다. 아무도 우리의 공정하고 합리적인 합의를 지키지 않았다는 뜻이다. 아무도 저금리 소액 대출이 쌍방 간의 협정이라는 걸 생각하지 않은 것 같다. 대출 센스라고 이름 붙인 이 상품이, 이런 기회가 얼마나 드문지 가능한 한 쉽게 설명해주는 축약된 사실 기반의 전단지가 널려 있음에도 불구하고, 사람들은 규칙에 협조하지 않았다. 은행을 시작할 때 아무도 대출금을 갚지 않을 위험을 상정해두었다는 걸 재빨리 상기했다. 하지만 이성과 수학은 사람들 대부분이 제때 상환할 거라고 예측했다. 경쟁사보다 우리의 기간과 조건이 낮고 이자율은 더 낮기 때문이다. 간단한 수학이다. 실제로 증명도 되었다. 그리고 원금은…… 이제 차용인의 주머니에 있다. 아, 거기에도 더 이상 없을 것이다. 아마도 이미 낭비되고, 허비되고, 전 세계의 변기 속으로 빨려 들어갔을 것이다.

정말 비논리적인 일이다.

하지만…….

이제 끝이었다.

비가 오는 우울한 오후가 끝나갈 무렵, 묘지에는 사람이 거의 없었다. 모두 죽었기 때문이지, 형은 이렇게 농담했을 것이다. 분명하다. 하지만 형은 조용했다. 그는 재가 되어 내 품에 있다. 형이 담겨 있는 유골함이 장례식장의 검은 영구차로 묘지에 도착했다. 나는 오른팔 안쪽에 유골함을 끼고 걸어갔다. 놀랄 만큼 무거웠다. 장례식장 직원이 예의 바르게 거리를 두고 나를 따라왔다. 이 날씨에도 모자와 선글라스를 쓴 젊은 남자였다. 걸어가는 길은 상당히 멀었다. 왼손에 든 우산은 나를 비에서 보호해주기보다 바람에 날아가고 싶은 마음이 더 큰 것 같았다.

우리는 몇 번인가 방향을 꺾은 다음에 멈췄고, 젖은 잔디밭 위로 신중하게 몇 걸음 걸어 바닥에 파놓은 작은 구멍 앞에 도착했다. 구멍 주변에 쌓아놓은 새 흙은 질척거렸다. 나는 뒤를 돌아보았고 검은 옷을 입은 조용한 남자가 거의 즉시 내 옆으로 다가왔다. 그에게 우산을 넘기자 그가 나에게 우산을 씌워주었다. 유골함에는 줄이 달려 있어서 나는 그걸 오른손에 감았다. 그다음에 함을 내리기 시작했다. 하지만 아직 아니었다.

그렇게 멈추자 다른 것도 다 함께 멈춘 것 같았다. 나는 고개를 들었다.

수천 개의 무덤, 대각선으로 내리는 비, 높은 돌담, 그 뒤의 고속도로. 비에 젖어 검게 보이는 나무둥치, 빗물 때문에 묵직해진 화환. 세상에 마지막 남은 빛처럼 랜턴 안에 켜진 단 하나의 촛불. 그리고 모든 정적 속에서 움직이는 형상이 있었다. 30미터쯤 앞에, 내 오른쪽으로, 우비를 입은 누군가가 움직이고, 몸을 돌리고, 그 자리에 서 있었다. 그가 우비 후드를 머리 뒤로 젖혔다. 찾고 있던 무덤을 마침내 발견했는지도 모른다. 아니면 혹시……

갑자기 도마뱀 사나이의 등을 보고 있다는 느낌이 들었다. 자세가 똑같았다. 더 멀리서는 사람들 한 무리가 내가 있는 방향으로 걸어오는 게 보였다. 나는 외로운 형체로 다시 시선을 돌렸다. 남자 역시 무리가 오는 걸 알아챈 것 같았다. 그는 자리를 뜨려고 움직였다. 그 서두르는 발걸음이 또다시 도마뱀 사나이를 연상시켰다. 그러나 내가 확신을 갖기 전에 그는 관목 뒤로 사라져버렸다.

사람들 무리는 방향을 바꾸었다. 나는 옆쪽에서 그들을 지켜보았다. 한 명은 유골함을 들고 있었다. 그들이 애도하는 사람이 나를 지켜줬을 가능성이 아주 높았다.

죽은 사람은 산 사람을 구한다.

하지만 그 문제에 더 생각을 쏟을 마음은 없다.

오후는 어둡고 잿빛이고, 내 정장은 푹 젖었다.

나는 형을 묻으러 여기 왔다.

유골함이 차분하게 땅속으로 내려가는 동안 줄이 팽팽해졌다.

유골함이 다시는 돌아올 수 없는 바닥에 도착했다.

나는 잡고 있던 줄을 놓았다. 그리고 다른 것도 놓아주었다. 이 말을 소리 내어 했는지 모르겠지만, 살아 있는 형태로는 다시 만날 수 없는 형에게 적어도 속으로는 말했다. 난 못 하겠어.

나는 탐험공원을 구할 수가 없고, 심지어 나 자신조차도 구할 수가 없다. 불가능했다. 솔직하게, 다른 게 떠오르지 않는다고, 다른 건 견딜 수가 없다고 말했다. 형은 어떻게 내가 간단한 논리를 이용해서 공원을 구할 수 있을 거라고 생각했지…….

거기엔 논리가 없었다.

어떤 것에도 논리가 없었다.

아무 데도 논리가 없는 이유는 아무도 그런 걸 필요로 하지 않기 때문일 거다.

주위를 둘러봐, 형. 거기 지하 말고, 그 컴컴한 유골함이나 점토

벽 말고 좀 더 위를 봐. 형이 어딘가에서 또 다른 형태를 갖게 됐거나 존재의 더 높은 차원에 도착했다면 말이야. 그러면 여기서 일어나는 모든 일은 어떤 방식이나 모양, 형태로도 이득이 되지 않는다는 걸 알 거야.

세상을 봐.

쇼펜하우어는 내내 옳았다. 태어나지 않은 자만이 행복하다.

인생은 대출이 아니다. 결제 사기다. 이 프로젝트는 평균 75년 소요되고, 유일한 목적은 자신의 멍청함을 최대화하는 것이다. 하지만 우리는 바로 그걸 갈망한다. 우리가 선택한 것을 보라. 우리는 건강하면 담배를 피우고 술을 마시고 과식을 해서 건강을 잃는다. 사회적 변화를 일으키고 싶으면 상황을 나쁘게 만들 만한 방향으로 투표한다. 무엇이 합리적인지를 생각해야 할 때 사람들은 자신이 느끼는 감정을 이야기한다. 가장 중요한 건 우연히라도 합리적인 일이 일어나지 않게 하는 것이다. 가장 성공하는 사람들은 논리에 대해 가장 덜 이야기하고, 그런 이야기를 하는 사람을 비난한다. 1 더하기 1은 2가 아니야, 형. 요일과 말하는 사람에 따라서 원하는 빌어먹을 숫자 뭐든 될 수 있어.

그리고 나는 그런 세계에서 성공해야 돼. 그것도 논리를 사용해서.

나는 깊게 숨을 들이마셨다.

내가 소리 내어 말하지는 않았을 거라고 믿는다. 나는 구덩이 옆에 서서 땅속으로 사라지는 빗방울을 응시했다. 그리고 마음을 정했다. 우리는 주차장으로 돌아갔고, 장례식장에서 온 남자는 검은 영구차를, 나는 하얀 택시를 탔다.

🐰

집에 와서 젖은 정장을 옷걸이에 걸고, 구두를 닦고, 차를 끓인 다음 컴퓨터 앞에 앉았다. 그리고 내 IP와 이메일 주소를 드러내지 않아 정체를 감출 수 있는 브라우저를 열었다. 형이 자취를 남기지 않고 웹에서 작업하는 방법을 보여준 적이 있다. 그때는 또 다른 유행일 뿐이라고, 형이 관심을 갖는 수천 가지 것들 중 하나일 뿐이라고 생각했다. 하지만 최근의 사건을 고려하면 익명의 온라인을 이용했던 건 형에게 그저 취미 이상이 아니었을까 싶다.

어쨌든 이 메시지는 나 말고 다른 사람이 보낸 것으로 해야 했다. 연쇄반응을 일으켜 나도 거기 얽히도록. 메시지는 보낼 준비가 됐다. 하지만 아직 '전송' 버튼을 누르지는 않았다. 아침에 할 것이다. 그 일이 일어날 때 거기 있고 싶었다.

메시지 수신자는 헬싱키 조직범죄 및 사기 담당 부서의 펜티 오스말라 경사였다. 나는 아직 그의 명함을 갖고 있었다. 메시지는 탐험공원 카페의 냉동고에 경찰이 관심을 가질 만한 사람의 시체가 있을지도 모른다는 소문이 돈다는 내용이었다.

27

화창한 아침이었고, 지평선에 낮게 걸린 가을 태양이 택시에서 내리는 내 시야를 가리고 얼굴을 따뜻하게 달구었다. 택시는 내가 자진해서 취하는 보안 수단이었다. 주차장은 비어 있고 아스팔트에서는 간밤의 비 냄새가 났다. 탐험공원은 왠지 더 작아 보였다. 물론 여전히 북쪽에서 남쪽까지 내 시야를 전부 채울 정도로 거대한 상자 모양이었지만, 지금은 그렇게 위압적이거나 지배적으로 느껴지지 않았다. 전처럼 나를 휘어잡지 못했다. 더 이상 나는 그 무게를 등에 지고 있지 않는다.

무언가가, 어딘가가 변했다.

그 무언가는 아마도 나 자신이라고 생각한다. 나는 핸드폰으로 시간을 확인했다. 40분 전에 메시지를 보냈다.

건물로 들어가자마자 크리스티안과 부딪혔다. 그는 직원실 쪽에서 현관홀을 향해 걸어오고 있었다. 나를 보자 그는 즉시 미소를 지었다. 나도 마주 미소를 지었다. 그의 미소는 특히 커다랗고, 내 미소는 가볍게 느껴졌다. 뭔가 말을 하려고 입을 벌리느라 그의 미소가 금세 사라졌지만, 내가 먼저 말했다.

"운영 책임자 자리가 크리스티안 씨 생각보다 가까울 수 있을 것 같아요."

내가 말했다. 크리스티안은 걸음을 멈췄다.

"정말로요?"

"아, 그럼요."

눈 깜짝할 사이에 그는 완전히 흥분한 것 같았다.

"엄격한 사랑이네요, 그렇죠? 대표님의 방식은 가혹하지만, 그래도 자신이 뭘 하는지 잘 알고 있어요. 대표님은 훌륭한 상사예요."

나는 그의 어깨를 몇 번 두드리며 그의 눈에 눈물이 고이는 것을 보았다. 그런 다음 나는 다시 걸음을 옮겼다. 굳이 상황에 대한 오해를 바로잡거나 내 미래지향적 리더십은 조만간 경찰 수사를 받을 거라 이야기하지는 않았다.

나는 에사의 제어실로 들어갔다. 공기는 젤리처럼 찐득했고 유황 냄새가 하도 심하게 나서 숨을 쉬면 뇌 속 가장 깊은 곳까지 아플 지경이었다. 에사는 의자를 빙 돌렸고 나를 보자 일어섰다.

"앉으시겠어요?"

그가 물었다.

아뇨, 나는 본능적으로 생각했다. 자리에 앉으면 다시는 걷지 못할 것 같았고, 앞으로 벌어질 일을 생각하더라도 인간이 방출한 기체에 둘러싸여 죽는다는 건 좀…… 많은 면에서 낭비처럼 느껴졌다.

"아니, 됐어요. 그저 내가 에사 씨의 일을 훌륭하게 생각하고 존중한다는 걸 말해주고 싶어서요. 훌륭한 일 처리, 정말 고마워요."

에사는 고개를 저었다.

"감사 인사는 내가 해야 됩니다. 대표님은 공원에 새로운 엄격함을 가져왔어요. 대표님은 책임감 있고, 모범을 보여서 사람들을 이끌죠. 해병대에서 그러듯이 싸움에 앞장서는 타입이에요. 이제야 좀 안심이 돼요. 심지어 자전거를 타고 출근하기 시작했어요. 내 스코다*를 여기 주차장에 뒀는데 괜찮을까요?"

"물론이죠."

내가 재빨리 대답했다. 건물 뒤쪽에 주차해둔 에사의 카무플라주 무늬**의 스테이션왜건은 불법 침입도 아니니까. 얼굴이 녹기 시작하는 듯한 굉장히 불쾌한 느낌이 들었다. 현실적으로 불가능한 일이라는 건 알았지만, 산소를 들이켜고 싶은 갈망은 진짜였다.

---

*　체코에서 설립된 자동차 제조사.
**　군인 등의 위장복 무늬.

"하던 대로 계속해요. 피곤하게 할 필요 없어요. 그럴 필요는 전혀 없죠."

나는 홀로 돌아와서 기묘하게 우울한 기분으로 복도를 걸었다. 미끄럼틀이나 케이퍼캐슬의 유격 코스를 보면서 감정에 짓눌리는 날이 올 거라고는 상상도 못 했다. 나는 삼파에게 손을 흔들었다. 그도 열성적으로 손을 흔들고 양쪽 엄지를 들어 보였다. 어린 이날은 그가 아는 것보다 가까웠다.

나는 민투 K의 사무실로 갔다. 그녀의 이마는 문자 그대로 책상에 닿아 있었다. 그녀는 평소처럼 딱 붙는 검은색 바지 정장을 입었고, 은반지를 가득 낀 구릿빛 손은 머리 옆에 놓여 있었다. 방에서는 진과 담배, 특히 코를 찌르는 남성용 애프터셰이브 냄새가 났다. 이건 절대로 민투 K에게서 나는 향은 아닐 것이다.

"별일 없습니까?"

내가 물었다.

민투 K가 몸을 벌떡 일으켰다. 처음에는 막 새로운 행성에 도착한 사람처럼 보였지만, 2초 후에 원래의 자신으로 돌아왔다.

"대표님이 맞았어요."

그녀는 아침 인사나 가벼운 잡담 없이 책상 위의 담뱃갑에서 담배 한 개비를 뽑아 들었다.

"가끔은 구식이 제일이네요. 인플루언서들에게 일일이 접촉할 필요가 없네요. 게다가 그중에는 그냥 머저리들도 많고요."

"내가 하려던 말은 우리 마케팅 예산이 한정되어 있기 때문에……."

민투 K는 담배에 불을 붙이더니 그걸로 나를 가리켰다.

"우리 깜찍이 대표님……. 바로 그거예요. 난 대표님의 사고방식이 마음에 들어요. 본전 이상을 뽑아내야죠. 유하니 대표가 있을 땐 통제가 안 됐어요. 욕하는 건 아니지만요."

"그렇군요……."

그녀의 목소리는 점점 더 오래된 사슬톱처럼 변했다.

"대표님은 좋은 스타일이 있어요. 그걸 따라가보죠. 자, 이제 다 됐으면 난 전화 몇 통 해서 할인을 좀 받아볼게요."

"그래요. 모든 게 잘 흘러가고 있다니 좋군요."

내가 말했다. 진심으로 그렇게 생각했다. 내가 문밖으로 나가자마자 쉭 하고 캔이 열리는 소리가 들렸다.

나는 컴퓨터를 켰고, 필요한 프로그램을 열어서 빠르게 일을 시작했다. 누가 되든 내 후임에게 세밀한 조사를 견딜 수 있는, 가능한 한 간단하고 쉬운 부기 서류를 남기는 게 내 계획이었다. 전반적인 것들은 어젯밤에 끝내뒀다. 이제 마무리만 좀 해주면 더 이상 할 수 있는 일이 없을 것이다. 시작부터 나는 꼼꼼했다. 더 나은 단어를 쓰자면, 체계적이었다. 그러니까 문제의 이런 부분은 금세 처리됐다. 나는 의자에 기대서 주위를 둘러보았다. 형의 재킷이 여전히 걸려 있었다. 하지만 더 이상은 누군가 나가면서 문을 닫아도 흔들릴 것 같지 않았다. 텅 비었고 운명에 순응했다.

나는 방을 치우고 물건들도 알맞게 정리했다. 누가 이 자리에 앉게 되든 깔끔한 서류 뭉치와 깨끗하고 텅 빈 책상을 보게 될 것이다. 나는 준비됐다.

그리고 마치 계획한 것처럼 요한나가 사무실 문가에 서 있었다. 내가 이미 그녀를 봤는데도 그녀는 문틀을 두드렸다. 나는 기꺼이 일어섰다. 요한나와는 이야기를 나눈 적이 별로 없었다. 컬리케이크 카페는 잘되고 있었고, 요한나는 정확하고 규칙적으로 카페를 운영했다. 가끔 방법을 물어보면 그녀는 언제나 실용적인 관점에서 일을 설명했다. 그리고 그녀 자신도 꽤 실용적인 구석이 있었다. 목적이 없는 일은 절대 하지 않는 것 같았다. 아주 작은 움직임 하나도 신중하게 고려된 거였다. 그녀의 얼굴은 주름이 깊게 패어 약간 엄격해 보이고, 몸은 강하고 근육질이었다.

"카페로 좀 와달라는데요. 정확히는 주방으로요."

그녀가 말했다.

나는 그녀보다 앞장서서 걸었다.

"고맙습니다."

홀의 남쪽 끝을 가로질러 가면서 그녀가 말했다. 나는 어깨 너머를 돌아보았다.

"뭐가요?"

"자유요."

"컬리케이크 카페는 잘되고 있잖아요. 요한나 씨가 훌륭하게 운영한 덕분에."

내가 말했다.

우리는 카페에 도착해서 곧장 주방으로 향했다.

"그런 뜻이 아니에요. 대표님은 이곳에 일어난 일 중에서 가장 좋은 일이에요."

그게 무슨 뜻인지 물어볼 시간은 없었다. 주방으로 들어가자 제복을 입고 하늘색 라텍스 장갑을 낀 경관 두 명과 함께 있는 오스말라 경위가 보였기 때문이다.

28

"안녕하십니까."

오스말라가 그렇게 말하고 파란 손을 흔들었다.

블레이저는 단추를 풀어 열어놓은 채 냉동고를 등지고 서 있어서, 마치 냉동고를 등 뒤로 숨기려는 것처럼 보였다.

"안녕하세요."

내가 대답했다.

"냉동고 안을 좀 봐도 되겠습니까?"

그가 물었다.

당연하게도 별 의미 없는 질문이었다. 오스말라는 원하는 데는 어디든, 언제든 들여다볼 수 있었다. 그게 그의 일이었다. 나는 요한나를 돌아보고 냉동고 자물쇠를 풀라고 말하려다가 자물쇠가 이미 사라진 것을 알아챘다.

"얼마든지요."

내가 대답했다.

오스말라는 오른쪽에 있는 경관에게 고개를 끄덕였다. 미리 대본을 짜둔 게 분명했다. 경관이 냉동고 쪽으로 걸어가서 뚜껑을 열고 그 옆에 섰다. 오스말라가 냉동고 쪽으로 돌아서서 몸을 굽히고 안을 들여다보았다. 차가운 공기가 주방에 퍼졌다.

오스말라는 냉동고 앞에 서 있던 다른 경관에게 고개를 끄덕였다. 그리고 냉동고에서 물건들을 꺼내 경관에게 넘겼고, 경관은 그걸 금속 탁자 위에 분류해서 쌓았다.

"그거 녹지 않게 주의해요."

내 뒤에서 소리가 들렸다.

우리 모두 돌아보았다. 요한나는 지극히 진지해 보였다. 물론 그렇겠지. 그녀는 냉동고 바닥에 내가 뭘 얼려놨는지 전혀 모르니까. 나는 오스말라를 힐끗 보았다. 그는 벨기에 빵 반죽이 30개 들어 있는 봉투를 꺼내고 있었다.

"이건 범죄에 사용되었을 수도 있습니다."

그는 요한나 쪽으로 반죽 봉투를 흔들면서 말했다.

그녀는 그리 납득하는 얼굴이 아니었다. 그녀를 밖으로 내보내야 했다. 여기서 일어날 일은 오로지 나만의 책임이니까.

"저 직원은 고객들을 상대하도록 내보내도 될까요? 카페에 줄을 많이 서고 있어서요."

내가 오스말라에게 물었다.

오스말라는 여전히 봉투를 들고 있었다.

"그러시죠."

그가 마침내 대답했다.

나는 요한나를 돌아보았다. 내 표정이 그녀에게 나가는 게 좋겠다고 말했는지도 모르겠다. 그녀는 마치 모욕을 당한 것처럼 냉동고를 한 번 더 쳐다보고는 밖으로 나갔다. 오스말라와 경관은 계속 냉동고를 비웠다. 나는 한 경관이 꼼짝도 하지 않는 냉동고와는 달리 다리가 두 개 달린 나를 보고 있는 걸 알아챘다. 그는 조용히, 거의 눈치챌 수 없게 움직여서 나와 주방 문 사이에 자리를 잡았다. 놀라운 일도 아니었다.

냉동고에서 차츰 내용물이 사라졌다. 이제는 닭 날개가 카운터 위에 나타났다. 닭 날개 봉지 다음은 두툼한 크루아상 층이었다. 나도 아주 잘 기억하고 있다. 개수는 정확히 기억 못 하지만, 오스말라가 지금 꺼내고 있는 봉지가 마지막이라는 건 알았다. 내 생각이 옳았다. 그가 멈췄다. 그는 지금 폴리스티렌 판자와 하얀색 페인트를 보고 있을 것이고, 그래서 최대 몇 초쯤은 당황할 거라고 추측했다. 하지만 그는 내 추측보다 훨씬 더 오랫동안 같은 자세를 유지했고, 마침내 움직였을 때도 딱히 이상한 걸 발견했다는 티는 전혀 나지 않았다. 그는 냉동고에서 닭 날개 봉지를 더 꺼냈다.

닭 날개 봉지가 얼마나 나왔는지는 나도 모르겠다. 그걸 셀 만한 힘은 없었다. 어쨌든 많았다. 카운터 위에 쌓인 닭 날개의 부피는 거의 청부 살인 업자 한 명의 부피 정도는 될 것 같았다. 오스말라는 앞으로 몸을 기울였고, 어깨가 넓은 커다란 상체가 냉동고 안으로 사라졌다. 그가 냉동고 벽과 바닥을 두드리고 안쪽을 손가락으로 쓰는 소리가 들렸다. 내는 소리로 보아 그는 실망한 것 같았다. 익명의 이메일은 이것이 문제의 냉동고라고 특정했다. 나는 안다. 내가 썼으니까.

마침내 오스말라가 냉동고 밖으로 나왔다. 그의 얼굴은 자줏빛과 소화기 같은 빨간색 사이쯤 되는 빛깔이었다. 몇 분 동안이나 영하 20도의 공간에 완전히 거꾸로 매달려 있었으니까.

"다른 것도 보죠."

그가 말했다.

"얼마든지요."

나는 그에게도, 나 자신에게도 달리 뭐라고 해야 할지 알 수가 없었다. 이건 내 계산에 맞지 않는다는 말은 아마도 지나치게 절제된 표현일 것이다.

다른 냉동고에도 냉동 제품이 가득했다. 다시 말해서 냉동 음식이 가득했다. 내가 냉동고를 착각한 게 아니다.

나는 오스말라가 비웠던 순서대로 냉동고를 다시 채우면서, 무언가 완전히 다른 것이 들어 있을 거라고 생각했던 그 냉동고가 내가 예전에 비웠던 바로 그 냉동고와 똑같다는 사실을 두 눈으로 확인했다. 말 그대로 그냥 단순하게 냉동고였다. 정리를 끝내자 손가락이 냉기로 곱았다. 오스말라는 제복 경찰들을 냉동 벨기에 빵과 수백 개의 닭 날개와 관련된 사건보다 중요한 현장으로 보냈다. 그는 주방을 다시 한번 훑어봤으나 아무것도 건드리지는 않았다. 나는 그가 뭘 찾는지 알았고, 그게 찬장이나 선반에서 발견될 리 없다는 것도 알았다.

"제가 보여드렸던 사진 기억합니까?"

그가 갑자기 물었다.

나는 기억한다고 대답했다.

"우리가 이야기를 나눈 이래로 그 남자를 보신 적 있습니까?"

"아뇨."

나는 고개를 저으며 대답했다.

그는 주방 문 쪽으로 몇 걸음 걸어갔다. 그러다가 돌아서서 블레이저 소매를 제자리로 당기고, 등을 쭉 폈다. 그의 얼굴은 평소의 시체 같은 회색빛으로 돌아왔다.

"우리가 뭘 찾는지 전혀 물어보지 않네요?"

"뭘 찾는지는 경찰이 알 거라고 생각했습니다."

나는 솔직하게 대답했다.

오스말라는 내 대답을 생각해본 다음에 받아들인 것 같았다.

"그렇죠. 더 이상은 저도 이야기할 수 없을 것 같군요."

그가 말했다.

나도 마찬가지였다. 냉동고를 다시 채우면서 그걸 깨달았다.

그때 내 바지 주머니에서 전화가 울리기 시작했다. 오스말라는 이걸 신호로 여기고 돌아서서 문을 열고 카페로 사라졌다. 여닫이문 틈새로 깜박거리는 영화처럼 그가 무겁고 단호한 걸음으로 현관홀과 정문 쪽으로 걸어가는 게 보였다. 나는 핸드폰을 꺼내서 화면을 보았다. 모르는 번호였지만 하루에 두 번이나 이렇게 놀랄 일이 일어날 가능성은 지극히 낮다고 생각하고 전화를 받기로 했다.

하지만 완전히 틀린 생각이었다.

29

에사는 더 이상 자신의 방에 없었지만 자동차 열쇠는 아직 그의 책상 위에 있었다. 나는 그것을 집어 주머니에 넣은 다음, 며칠 동안 공원 일로 그의 스코다를 빌릴 거고, 당연히 기름값은 정산해 주겠다고 메모를 남겼다. 나는 숨을 참은 채 뒷문으로 향했다.

나는 변화를 바로 알아챘다.

공원의 이 구역은 항상 엄격하게 아동 전용 지역으로 관리했다. 하지만 지금은 아이들만큼 어른들도 많았다. 그들은 자리에 서 있거나, 천천히 걸으며 벽화를 가리키거나, 그 앞에 멈춰서 몇 걸음 뒤로 물러났다가 다시 앞으로 다가갔다. 시간이 지나면서 더 많은 사람이 오는 것 같았다. 어떤 벽화 앞에는 작은 인파가 형성될 정도였다. 라우라는 없었지만, 그녀의 작품을 보러 온 이 많은 사람을 그녀가 볼 수 있기를 바랐다. 자랑스러우면서도 슬픈 기분이었다. 기분이 더 안 좋아지기 전에 나는 그 자리를 떠났다.

나는 교통법규를 철저히 준수하고 정기적으로 백미러를 확인했다. 아무도 따라오지 않았다. 총 34분이 걸렸다.

작은 공업용 건물은 회색과 와인색이었다. 회색 부분은 콘크리트, 와인색 부분은 녹슨 철제였다. 벽에는 불이 꺼진 전광판이 붙어 있었다. 색 바랜 딸기 그림과 '남부 핀란드 잼 앤드 베리'라는 약간 기울어진 글자가 보였다. 주변 환경과 마찬가지로 왠지 비문에 미완성처럼 느껴졌다. 길은 공단 바로 앞에서 끝이 났다. 원래는 도로를 계속 이을 생각이었는데, 땅을 계속 팔 이유가 하나도 없다는 걸 문득 깨닫고 중단시킨 듯한 느낌으로 끝나 있었다. 공장으로 이어지는 도로 양옆의 경사면도 텅 비어 있었다. 여기 오는 길에도 다양한 나무가 자란 숲과 들판, 손질이 안 된 빈터를 지났다. 이곳은 혁신의 활기에 둘러싸여 있지는 않았다. 번창하는 신규 중심지가 아니라는 말이다.

짧은 오르막길을 올라 공장 바깥쪽 마당으로 들어가자 차 두 대가 보였다. 비교적 새 차인 검은색 랜드 로버 SUV와 약간 오래돼 보이는 빨간색 아우디였다. 아우디는 연비가 안 좋은 구형이었다. 나는 에사의 차를 그 뒤에 한 줄로 세우고 차에서 내렸다. 작지만 두꺼운 회색 구름 사이로 태양이 나타났다 사라졌다. 그래서 가끔은 밝고 가끔은 거의 밤처럼 어두웠다. 그때 다시 구름이 갈라져서, 마치 갑자기 카메라 플래시가 터지는 것 같았다. 주변이 확 밝아졌다. 자작나무 잎은 이미 많이 떨어졌고, 남은 잎도 노랗게 말라 시들었다. 바닥에 깔린 밝은 회색 자갈에는 빗자국이 남아 있고 여기저기 커다란 진창이 있었다. 건물은 개수하고 새로 페인트를 칠할 필요가 있어 보였다.

짧은 계단 끝에서 문이 열리고 낯익은 남자가 계단참으로 나왔다. 이번에는 빵 굽는 솜씨를 보여줄 생각은 아닐 것 같았다. 커다란 남자는 초록색 헌팅 재킷*에 일종의 등산 바지 같은 것을 입고 튼튼한 아웃도어용 신발을 신었다. 전체적으로 그의 표정과 얼굴색까지 합쳐지니 거의 맨손으로 엘크를 잡으러 가는 사람 같았다. 그는 내가 계단을 올라오기를 기다리며 문을 잡고 있었다. 나는 곧장 공장 안으로 들어갔다.

거대한 감자 팬 같은 높다란 강철 용기, 강철 관과 작은 용기들, 시야 바깥으로 쭉 이어지는 일종의 컨베이어 벨트, 계량기와 측정기가 줄줄이 놓인 조그만 작업대 다수. 강철, 알루미늄, 고무, 플라스틱. 공장 안에서는 화학약품 냄새와 아주 희미한 베리류 냄새가 났다. 건물 옆에 붙어 있던 이름을 떠올리게 했다. 이곳은 남부 핀란드에서 과일이 보존되고 일부 베리가 처리되는 장소인 것이다. 기계 하나는 지금도 돌아가고 있었다. 낮지만 강하게 웅웅거리는 소리가 들렸다.

---

* 사냥 갈 때 입던 수렵복에서 시작된 패치 달린 재킷.

내가 힐끗 뒤를 돌아보자 커다란 남자가 앞쪽을 가리켰다. 나는 건물 중앙으로 추측되는 곳으로 걸어가면서, 그가 아무 말 없이 따라온다면 맞게 가는 거라고 생각했다. 기계 소리가 점점 커졌다.

"문제가 있어."

그가 말했다.

"어떤 문제요……?"

이제는 소리를 내는 기계가 보였고, 또 다른 것도 보였다. 일종의 압착기였다. 많은 사람들이 매일 아침 쓰는 오렌지 착즙기를 커다랗게 만들어 자동화한 것 같았다. 기계에는 한 남자가 묶여 있었고, 머리는 기계 안쪽으로 들어가 있었다. 그가 말했다.

"돌아오셨군요."

그가 기계 안에서 말했다. 그의 목소리는 우물 바닥에서 나는 것처럼 커다랗게 울렸다.

"잘됐어요. 말씀드린 것처럼 지난 분기는 일시적인 문제였을 뿐이고 클라우드베리와 링건베리 철이 되면 잼 작업을 다시 시작할 수 있어요. 빌베리를 점찍어놓은 독일인 구매자도 있는데, 다음 주에 올 거예요. 선생님이랑 저랑 함께 잼으로 독일을 정복하면……."

남자는 굉장히 빠르게 말했지만 울림 때문에 제대로 알아듣기 힘들었다.

"이런 문제지."

커다란 남자는 압착기 안에 묶여 있는 남자를 가리켰다.

나는 이해가 안 된다고 말했다.

"이쪽 시나리오도 너와 아주 비슷해. 이 공장은 현금이 통과하는 라운지 같은 거야. 아니, 최소한 계획은 그랬어. 이자가 내 돈을 받았는데, 돈은 다시 회사로 돌아오지 않았지. 다 써버린 거야. 돈을 돌려받으려고 내 프리랜서 하나를 보냈더니 녀석을 고기 반죽으로 만들어버렸어."

"전부 다 큰 오해예요. 잼은 미래 산업입니다. 모든 게 네트워크화에 달렸어요……."

압착기 안에서 소리가 들려왔다. 커다란 남자는 말을 이었다.

"게다가 난 부하들까지 내보내야 했어. 너도 알겠지만."

그는 무슨 일이 벌어졌는지 다 알고, 자전거도로에서 일어난 익사 사건도 이미 안다는 듯한 눈으로 나를 보았다. 나는 아무 말도 하지 않았다.

"이게 전부가 아니야. 난 현금이 필요해. 당장."

그가 말했다.

나는 두 번이나 이해가 안 된다고 말할 생각은 없었다. 게다가 **사실**은 그가 하는 말을 단어 하나하나까지 이해했다.

"그래서 네가 여기 있는 거야."

그는 옆으로 몇 걸음 걸어가서 장갑 낀 손으로 제어판을 잡고, 뭔가를 돌리고 뭔가를 당겼다. 그러자 압착기 안에서 소음이 더 커지기 시작했다. 그런 다음 그는 다시 내 앞으로 걸어왔다.

"어떻게 돈을 드릴지 저는 잘 모르겠—"

"넌 돈이 있어."

그가 내 눈을 쳐다보며 말했다.

내 안 깊숙한 곳에 있는 냉동고 뚜껑이 열린 것처럼, 냉기가 내 몸을 뚫고 지나갔다.

"사실을 말하자면, 은행이—"

"돌아가고 있지 않지."

커다란 남자가 말했다.

압착기는 여전히 작동하고 있어서 웅웅거리는 소리가 들렸지만, 그 외에는 모든 것이 최소 몇 초 동안은 멈췄다고 나는 확신했다. 나는 아무 말도 하지 않았다.

"아무도 빌려 간 돈을 갚지 않았지."

그의 집에서 나를 권총으로 위협하며 시나몬 빵을 먹게 했을 때와 똑같은 어조였다. 목소리 역시 비슷하게 무덤덤해서 당면한 상황과 문제와 더 안 어울렸다.

"누가 이자라도 갚았다면 난 놀랄 거야. 거짓말을 할 필요는 없어. 거짓말쟁이는 착즙기에 들어가지."

"이건 절대로 착즙기가 아닙니다. 그건 과거의 유물이에요. 착즙 산업은 잼의 성장 가능성에 비교하면 아무것도 아니에요……."

웅얼거리는 목소리가 말했다.

커다란 남자는 몸을 돌려 압착기 옆을 걸어찼다. 아주 빠른 동작이었고, 그만큼 그의 짜증을 보여주었다. 신체 언어 어디에도 그런 기색은 없었지만. 잼 사업가는 힌트를 알아들은 듯했고 더 이상 압착기 안에서 끼어드는 소리는 나오지 않았다.

"나는 채권추심 사업을 시작할 준비가 다 됐어. 난 회사 일부를 소유하고 있지. 현금으로 채권을 사는 곳이야."

"추심 업체를 끼면 이자율이 훨씬 높아질 텐데요."

내가 말했다.

"열 배쯤 높아지겠지."

"그런 일의 합법성에 대해서는 잘 모르겠지만—"

"무슨 생각을 했던 거지? 합리적인 대출이니 합리적인 이자율이니 하는 그 헛소리 말이야."

커다란 남자의 표정은 여전히 무덤덤했다. 이보다 진지한 사람은 본 적이 없는 것 같다. 라우라가 자신의 경제적 상황과 다른 직원들의 상황을 이야기해준 게 떠올랐다. 그들은 모두 대출을 받았다. 저금리이기 때문에. 그들은 열 배는 고사하고 약간이라도 더 높은 이자율은 감당할 수 없으니까. 그런데 이제…….

"이틀 안에 이체해. 돈은 공원을 지나서 나한테 오는 거야. 네가 할 수 있다는 거 알고, 방법을 찾을 거라는 것도 알아. 그건 처음부터 확실히 알고 있었지. 공원의 재정 쪽은 모든 게 말끔해 보이도록 확실히 처리해. 그 자본을 담보로 대출을 아주 많이 받을 거니까."

마지막 말은 커다란 남자의 입에서 무심결에 나온 것 같았다.

나는 확신했다. 그는 그 말을 할 생각은 없었다. 최소한, 지금 단계에서는. 그가 재빨리 돌아서서 잼 업계의 거물을 쳐다보았다.

"그리고 이건 경고의 사례라고 생각해둬. 그게 오늘 여기로 부른 또 다른 이유야."

그가 말했다.

"이 사람은 어떻게 되는 건가요?"

내가 물었다.

"네가 우리의 합의를 지키지 못할 경우 너한테 일어날 일과 똑같은 일이 생기겠지."

나는 어떤 것에도 합의한 기억이 없지만, 그 부분을 갖고 언쟁할 이유가 없다는 인상을 받았다. 이 만남은 끝난 것 같았다. 나는 뒤로 몇 걸음 물러나서 문을 돌아보았다. 다시 커다란 남자를 쳐다보자 그는 우리의 짧은 커피 데이트 때 봤던 것과 똑같은 권총을 쥐고 있었다.

"어딜 가는 거지?"

"일하러 돌아가려고요. 이건 간단한 문제가 아닙니다. 생각해야 할 게 아주 많아요."

전부 사실이었다.

커다란 남자가 고개를 끄덕였다.

"그래, 좋아."

나는 좀 더 기다렸다.

"그리고 전 만남이 이제 끝났다고 생각했습니다."

내가 마침내 말했다.

"물론이야."

그는 그렇게 말하고 권총을 손에 든 채 제어판 앞으로 돌아갔다.

"공식적인 부분은 끝났지. 이제 나는 부하가 없으니까, 유능한 일꾼을 구할 때까지 내가 실무까지 다 해야 돼. 어떤 면에서는 신선하군. 마음이 고결해지는 일이야."

이제 다시 빵 이야기를 할 때와 같은 말투가 됐다고 생각했다. 거의 어머니같이 상냥한 말투였다.

"부하 이야기가 나와서 말인데, 우리 둘 다 아는 친구를 그만두게 했어. 그랬더니 뭐라고 할까, 약간 불만을 표출하면서, 네가 자기 심복 두 명을 어떻게 했는지 안다고 하더군. 내가 이제는 너하고 함께 일한다는 걸 약간 질투하는 것 같던데."

우리는 서로의 눈을 쳐다보았다. 커다란 남자는 고개를 돌렸고 압착기에서 나는 소음은 다시 더 커졌다. 가도 된다는 허가를 받은 건지 알 수 없었다. 커다란 남자는 나에게서 등을 돌렸고 총부리는 바닥을 향하고 있었다. 나는 조심스럽게 돌아서서 문을 향해 몇 걸음 걸었다. 발걸음은 점점 빨라졌고 눈은 문에 뚫린 네모난 창문에 고정되었다. 그 너머로 벌써 어두워지고 있는 오후의 모습이 보였다.

"기억해. 이틀이야."

30

말미 묘지의 금속 벤치는 차갑고 약간 축축했다. 나는 신경 쓰지 않았다. 나는 커다란 참나무 아래 앉아 있었다. 형의 묘비, 그리고 유골함이 땅속으로 사라졌던 곳에 새 흙으로 만든 무덤이 있었다. 꽃 같은 건 가져오지 않았다. 여기 오게 될 줄 몰랐기 때문이다. 그저 차를 몰다 보니 어느새 묘지로 왔다고 할 수도 있을 것이다. 형이 답을 갖고 있을 거라고 생각한 건 아니었고, 설령 그렇다 해도 어떻게 들을 수 있을지도 모르겠다. 상황을 바꿔줄 만한 걸 여기서 찾을 거라고 생각한 것도 아니다. 어쩌면 어디에든 그냥 있고 싶어서 왔는지도 모르겠다. 그리고 생각을 하고 싶어서.

내 문제는 사라진 시체만이 아니었다. 커다란 남자가 어떤 식으로든 죽은 남자가 없어진 원인이라는 건 분명하다 싶었는데, 그가 사라진 시체의 이동과 행방에 대해 알았다면 뭔가 말을 했을 거라는 생각이 이제는 든다. 선의로 사람들을 돕는 건 그 사람 스타일이 아니다. 그 생각을 하니 저절로 그의 채권추심 업체와 사람들의 빚을 거래한다는 아이디어가 떠올랐다.

커다란 남자는 내내 이 계획을 갖고 있었던 거다. 나는 그저 중개인, 전달자였을 뿐이다. 그리고 추심 업체 역시 전달자일 거라는 점은 의심의 여지도 없다. 내 대출을 사들이기 위해서 대출을 받는 추심 업체 형태도 이미 그려졌다. 장부를 통해서 자신들의 돈이 움직이고 나면, 업체의 유일한 자본은 갚지 않은 대출뿐일 것이므로 결국에는 파산할 것이다. 처음부터 그게 핵심이었다. 탐험공원에서 돈을 쪽쪽 다 빨아먹고 나면 파산시킬 생각이었던 것이다. 커다란 남자는 과일 압착기와 자신의 화려한 언변에 심취해서 무심결에 그 비밀을 누설해버린 것이다. 하지만 나는 무슨 일이 벌어지고 있는지, 그게 탐험공원에 어떤 의미인지 바로 이해했다. 공원은 빚과 대출의 무게에 눌려 결국 무너질 것이고, 돈은 공원 운영자금과는 완전히 다른 방향으로 흘러갈 것이다. 나는 한숨을 쉬었다. 방금 전에 저절로 켜진 원형 진입로 조명의 환한 빛 속으로 내 호흡이 하얗게 보였다. 커다란 남자의 사업 모델은 상상의 여지를 남겨놓지 않았고, 그는 헛간에서도, 얼마 전 잼 공장에서도 그 모델이 실제로 어떻게 돌아가는지 보여주었다.

증기 롤러의 브레이크가 고장 나면 나는 찌부러질 것이다. 그건 받아들일 수 있다. 나는 지난 몇 달 동안 여러 가지 실수를 저질렀다. 틀린 판단을 하고 상황을 오인했다. 내가 지금 여기에 있게 된 건 논리적인 결과다. 인생 최고로 공정하다.

하지만 결국 이건 나에 대한 게 아니다.

지금 위험에 처한 건 탐험공원과 직원들 전부다. 그들의 일자리. 내가 합리적이라고 말했기 때문에, 그리고 나를 믿었기 때문에 그들은 대출을 받았다. 나는 삼파와 그의 어린이날 계획을, 라우라와 그녀의 딸 툴리를, 크리스티안과 그가 새로 발견한 공부에 대한 갈망을, 에사와 그의 생활 방식의 변화를, 요한나와 카페테리아에 대한 그녀의 헌신을 떠올렸다. 그들 모두는 깨진 약속과 파산, 경제적 파탄보다 더 나은 걸 가질 자격이 있었다. 나는 형과 그의 꿈, 그의 소망, 그리고 무엇보다도 그의 어린애 같은 열정과 포기할 줄 모르는 독창성을 떠올렸다. 현실에서 이런 것들이 많게든 적게든 뭔가를 할 수 있을지는 모르겠지만, 어쨌든 나는 이 모든 것들이 더 크게 자라나길 바란다. 공원이 번창하기를 바란다. 하지만 그러기 위해서는 우선 살아남아야 한다.

그리고 또 다른 것도 깨달았다. 처음에는 커다란 남자의 말에 담긴 중요한 의미를 놓쳤지만, 이제 알아챘다. 도마뱀 사나이는 자신의 파트너 둘을 내가 어떻게 했는지 안다고 했다. 자전거도로에서의 익사 사고뿐 아니라 냉동고까지 안다는 뜻이다. 이 말이 생각난 게 기쁜 이유는 또 있었다. 덕분에 계획의 시발점이 생겼기 때문이다.

나는 한참 동안 벤치에 앉아 있었다. 주위로 저녁의 어둠이 내려앉았다.

그리고 나는 출발했다.

31

나는 반쯤 어둠에 잠긴 사람 없는 탐험공원을 걸었다. 막 11시
가 넘었다. 나의 순찰은 불필요했다. 이미 공원이 텅 비었고 문이
잠겼다는 걸 알기 때문이다. 지금은.

로비에는 불이 켜져 있고 바깥은 어두웠기 때문에 문밖에 뭐가
있는지 보이지 않았다. 수동 스위치를 올리자 문이 양옆으로 열렸
다. 나는 밖으로 나왔다. 밤공기는 차갑고 맑은 하늘은 별까지 닿
을 것 같았다. 주차장은 비어 있었고 그 너머로 지나가는 차들의
전조등과 후미등이 보였다.

나는 왼쪽으로 가서 모퉁이를 돌아 짧은 거리를 간 다음 다시
돌아서 반대편 모퉁이까지 쭉 걸어 도로로 향했다. 거의 교차로까
지 갔다가 크게 곡선을 그리며 문으로 돌아왔다. 내 저녁 산책이
어떻게 보일지 모르겠지만, 별로 상관은 없다. 핵심은 어떤 각도

에서든 내가 공원 안에 있는 게 보일 거라는 점이다. 그다음에 나는 문을 지나 안으로 돌아왔다.

그리고 등 뒤로 문을 그냥 열어두었다.

빅디퍼의 어두운 구석에는 부모들이 앉는 벤치가 있다. 나는 거기 앉아서 기다렸다. 발목으로 문에서 들어오는 바람이 느껴졌다. 나는 정장 바지에 셔츠, 넥타이 차림이었다. 블레이저는 벗어서 옆에 잘 개켜두었다. 자동차 열쇠는 내 주머니에 있었다.

"네놈은 다른 일을 할 때도 그러더니 매복하는 것도 아주 형편없군. 빅맨이 너한테서 뭘 본 건지 모르겠어."

도마뱀 사나이가 말했다.

그의 형체가 보였다. 그는 겨우 15미터 앞에 서 있었다. 내가 눈치 못 챈 사이에 소리 없이 공원을 지나서 이렇게 가까이까지 온 것이다.

그가 말을 이었다.

"누굴 몰래 기습하려면 말이야, 충고 하나 해주겠는데, 몰래 해야 되는 거라고. 내 말 알겠어, 에멘탈?"

"아인슈타인입니다."

내가 그렇게 말하며 일어섰다.

"뭐?"

"아인슈타인이라고요. 그 사람이 물리학자였죠. 에멘탈은 치즈예요."

"망할. 나도 알아. 문제는, 너도 아느냐는 거지."

그가 소리쳤다.

그의 형체밖에 보이지 않았다. 그는 나에게 다가오면서 고개를 젓고 있는 것 같았다.

"이제 닥치고 내 말 들어."

나는 슬슬 옆 걸음질로 빅디퍼 쪽으로 움직였다.

이제 우리 둘 다 움직이고 있었다. 그는 나에게 똑바로 다가오고 있고, 나는 천천히 빅디퍼 쪽으로 다가가고 있었다.

"정말 그렇게 머리통이 굳었어? 네 딴에는 이게 매복이야? 이 똥통아?"

10미터. 9, 8······.

칼. 그것이 번쩍 빛났다가 그림자 속으로 다시 사라졌다.

"내가 혼자라는 걸 어떻게 압니까?"

내가 물었다.

"잘 들어, 이 좆개 놈아. 네가 아는지 모르겠지만 넌 문을 한 시간도 넘게 열어놨어. 이 쓰레기 같은 놀이공원엔 너하고 나뿐이라고······."

"탐험공원입니다."

나는 강조해서 말했고, 말을 끝내자마자 뛰기 시작했다.

도마뱀 사나이도 뛰는 소리가 들렸다. 우리 둘 다 달렸다. 그는 복수를 직접 하길 원하고 있었다. 나는 미끄럼틀 뒤로 달려가서 케이퍼캐슬과 빅디퍼 사이의 틈새를 지나 입구 쪽으로 뛰었다. 하지만 문으로 가는 건 아니었다. 내 목적지는 훨씬 가까웠다. 사람들이 공원에 오면 반갑고 명랑하게 반겨주는 것. 미소는 늘 커다랗고 밝고, 앞니는 새하얀 노의 끝부분처럼 생겼다. 앞발을 무척 신나게 흔들고 있어서, 금속과 플라스틱으로 만들어진 걸 알면서도 응답해줘야 할 것 같은 녀석.

도마뱀 사나이는 점점 가까워져서 내가 속도를 줄일 필요도 없었다. 내가 밧줄에 닿았을 때 그는 겨우 5미터 정도밖에 떨어져 있지 않았다. 나는 속도를 줄이고 밧줄을 세게 당긴 다음 물리학과 수학을 믿으며 뛰는 방향을 약간 바꾸었다. 도마뱀 사나이와 내가 겨우 2미터 떨어져 있을 때 거대한 토끼가 넘어지기 시작했다.

속도는 질량과 속력에 비례한다. 중력이 모든 걸 알아서 한다.

"너 이 대가리만 크고 숫자만 떠들어대는 머저리 새끼……."

140킬로그램짜리 유쾌한 토끼가 도마뱀 사나이의 얼굴과 정면으로 부딪혔다. 그는 마치 벽에 부딪히듯이 토끼와 충돌했다.

아주 조금밖에 금이 가지 않는 벽.

물론 비유상의 벽이다. 실제로는 그냥 사람과 거대 플라스틱 토끼가 빠르게 충돌했다. 커다란 쾅 소리에 이어 금이 갔고, 그 뒤로는 완벽하게 고요해졌다.

나는 멈춰서 귀를 기울였다.

완전히 멈춰 있는 바다 같은 고요함이다. 사람과 토끼의 충돌을 관찰한 결과 나는 항복한 쪽이 사람이라는 결론을 내렸다. 도마뱀 사나이는 탐험공원 천장을 멍하니 바라보며 누워 있었다. 화가 나서 욕을 하고 협박을 하던 방금 전의 남자와는 전혀 다른 모습이었다.

토끼는 전과 거의 똑같았지만, 귀 하나가 또 떨어져 나갔다.

기하학적 수정을 거치자 도마뱀 사나이는 차 트렁크에 딱 맞게 들어갔다.

나는 시동을 걸고 건물 반대편으로 천천히 돌아 입구로 향했다. 문은 닫혀 있었다. 에사의 보안 카메라는 오래전에 꺼졌다. 토끼는 귀를 제자리에 붙인 채 다시 똑바로 서 있었다. 이전 경험 덕분에 이렇게 빠르게 토끼를 세우고 내 흔적을 없앨 수 있었는지도 모르겠다. 말이 나왔으니 말인데, 이 귀는 더 이상은 싸우기 힘들 것이다. 귀를 깨끗이 닦고, 고치고, 접착제로 제자리에 붙이는 시간이 다른 모든 걸 하는 시간만큼이나 오래 걸렸다. 하지만 다시금 토끼 머리에 단단히 붙은 것처럼 보였고, 힐끗 보면 백병전의 흔적은 아무도 알아채지 못할 것 같았다.

나는 탐험공원을 잠깐 동안 쳐다보았다. 특별히 확인할 게 있어서가 아니라 그저 그게 거기 있기 때문이었다. 일하러 왔던 첫날이 떠올랐다. 공원을 영원히 없애고 싶었고, 매분 매초 거기서 보내는 시간을 낭비라고 여겼다. 내가 완전히 틀렸다. 지금은 전혀 다르게 생각한다. 보호할 가치가 있고 보호해야만 하는 대상이었다. 사람들이 **사랑한다**는 말을 세탁 세제부터 할머니에게까지, 뮤즐리*부터 휴가지에까지, 모든 것에 대해서, 여러 가지 형태로, 가능한 모든 상황에서 쓴다는 건 알고 있다. 누군가가 내 탐험공원을 위협한다고 생각만 해도 심장이 쿵쿵거리고 가슴이 벌떡거리고 머릿속이 활활 타올랐다. 그러니 나 자신에게만이라도 이 말을 해야만 했다.

여기는 내 탐험공원이다. 난 여기를 사랑하고 여기를 구하기 위해서는 뭐든지 할 것이다.

🐇

가는 길은 이제 익숙했다. 차선이 줄면서 차도 뜸해졌다. 밤은 더 어두워지면서 점점 더 강하게 차를 사로잡았다. 전조등은 어두운 모퉁이와 구부러진 길을 밝혀주었다. 비포장도로가 되자 마침내 완전히 혼자서 달리고 있었다. 낯익은 교차로가 나오자 나는

---

*   곡식, 견과류, 말린 과일 등을 섞은 것으로, 주로 우유에 타 먹는다.

속도를 줄였다. 살짝 오르막으로 된 길로 접어들었고, 언덕 꼭대기에서 반대편으로 내려가면서 숲이라는 보호막 밖으로 차를 몰았다. 오래 지나지 않아 오른쪽 앞에 헛간이 모습을 나타냈다.

정말 커다란 남자가 나갔다고 생각해도 될까?

사실, 내가 그의 특별한 농장에 연락도 없이 나타난 건 이번이 처음은 아니다. 그가 집에 있으면 이야기를 하러 왔다고 하면 된다. 몇 시인지는 문제 되지 않을 것이다. 그의 일은 어차피 표준적인 사업체와는 다르고, 그가 업무 시간에 딱히 신경 쓸 것 같지도 않으니까. 그리고 그에게 차의 내용물을 보여줄 이유도 없었다. 도마뱀 사나이는 영원히 정리된 상태로 트렁크에 있었다. 그가 정원으로 도망쳐서 우리를 놀라게 할 가능성은 대단히 낮다.

결국 이것은, 불가능한 것부터 먼저 지운다는 오래된 격언을 보여주는 전형적인 예이다. 이 경우에는 돌아간다는 선택지를 지우는 셈이다. 그런 다음에 남은 선택지를 본다. 전속력 전진밖에 없다. 해결할 수 있는 것에서 시작하면, 앞으로 나아가기 위해 또 새로운 것을 해결할 수 있게 된다.

차를 다시 비포장도로까지 돌렸다.

잠시 후 나는 앞마당으로 이어지는 길을 따라, 갑작스럽게 방문하는 경우에 달릴 법한 속도로 차를 몰았다. 길이 참을 수 없이 길게 느껴졌다. 전조등이 집과 마당을 스치고 지나갔다. 창문을 열고 시동을 껐지만 전조등은 그냥 켠 채로 뒀다. 그리고 귀를 기울였다. 새소리는 고사하고 나무에 부는 바람 소리조차 들리지 않았다. 아주 늦은 가을이라서 모기도 날아다니지 않았다. 축축한 흙 냄새가 났고 약간의 여름 냄새, 늦게 피는 꽃과 꺼진 불의 냄새가 났다.

그리고 다른 것도 있었다.

시나몬 빵 냄새.

한밤중에.

나는 전조등을 끄고 잠시 기다렸다. 집은 어두웠고, 계속 어두운 채였다. 주방이라는 걸 이미 알고 있는 왼쪽 창문의 희미한 빛을 제외하면.

눈에 보이는 것과 냄새의 의미를 깨닫기까지는 몇 초밖에 걸리지 않았고, 나는 다른 선택지는 없다는 결론을 내렸다. 평소라면 자고 있을 시간에 나는 거대한 시나몬 빵을 또 하나 먹어야 할 것이다. 그것도 도마뱀 사나이가 내 차 트렁크에서 영원한 잠을 자는 동안 커다란 남자의 눈길을 받으면서. 바라던 결과는 아니지만, 이 불운한 시간에 탄수화물을 왕창 먹는 게 탐험공원을 구할 수 있는 유일한 일이라면 기꺼이 할 것이다.

나는 깊게 숨을 들이마시고 차 밖으로 나와서, 집으로 걸어가, 현관 계단을 올라간 다음, 문이 열리기를 기다렸다. 그리고 좀 더 기다렸다. 아무 일도 일어나지 않았다. 지난번에는 손도 대지 않았던 현관 벨을 눌렀다. 벨 소리가 어두운 집 안에 울렸다. 나는 다시 기다렸다. 집 안에서는 아무도 움직이지 않았다. 나는 문을 쳐다보다가 손잡이를 잡아보았다. 손잡이가 돌아갔다.

집 안에서는 중간 규모 빵집 수준의 냄새가 났다. 나는 한 발 안으로 들어가고, 두 발 들어간 다음, 가능한 한 목소리를 태연하게 유지하면서, 저기요, 지금 좀 들렀는데 괜찮을까요, 라고 물었다. 답이 없기에, 좀 더 큰 목소리로 다시 물었다. 그래도 답은 없었다. 집은 빈 것 같았다. 나는 신중하게 부엌으로 들어갔다.

빵은 이미 오븐에 들어가 있었다.

내가 빵 전문가는 아니지만, 이 정도는 알았다.

시나몬 빵을 굽는 시간은 대략 13분에서 15분이다. 지금 오븐 안으로 보이는 정도의 크기라면 17분에서 심지어 18분 정도까지도 걸릴 수 있다. 현재 빵 색깔로 보아 이미 4분에서 5분 정도 오븐 안에 있었을 것이다.

탁자 위에 다른 것들도 있었다. 커피 메이커 옆에 빈 커피 포장지가 있었다. 커피 메이커 안에는 이미 물이 들어 있고 깨끗한 새 필터가 위에 올려져 있는데……. 커다란 남자는 커피가 떨어졌다는 걸 깨달은 거다. 그리고 커피 없이 시나몬 빵을 먹을 수는 없다.

나는 이 지역 지도를 떠올렸다. 내가 온 반대 방향으로, 차로 약 5분에서 6분 정도 거리에 주유소가 있다.

나는 머릿속으로 여러 가지 계산을 한꺼번에 하는 데 익숙하다. 복잡하고 까다로운 계산도 할 수 있다. 동시에 여러 가지 변수가 존재하는 것도 익숙하고, 계산을 하면서 다른 계산과 비교도 할 수 있다. 모든 선택지 중에서 내가 도달한 결론이 최선이었고, 최적의 결과로 이어질 가능성이 가장 높았으며, 원하는 다음 결과에 도달할 가능성과 확률도 높았다.

나는 달렸다.

차로 돌아가서 뒷문을 열고 발밑 공간에서 손전등을 꺼냈다. 그것을 켜고 헛간으로 갔다. 헛간은 널찍한 문까지 경사로가 이어지는 낡은 건물이다. 문은 닫혀 있었다. 나는 지난번에 마당으로 나오기 전에 몸을 숨겼던 숲을 마주 보는 헛간 옆쪽으로 돌아갔다. 거기서 잠기지 않은 작은 문을 찾아 안으로 들어갔다. 곰팡이 냄새는 콧구멍을 후비는 칼날 같았다. 하도 날카롭고 강력해서 손전등 불빛에 유독가스가 보이는 것 같았다. 바닥은 울퉁불퉁한 시멘트 코팅이었고 작고 좁은 창문은 감옥을 연상시켰다. 나는 나무와 돌 부스러기, 쓰레기 더미를 넘어갔다. 잠깐 둘러본 후에 계단을 찾아서 위층으로 올라갔다.

천장이 높고 먼지와 곰팡이 냄새로 가득한 공간을 걸어다니자 바닥이 삐걱거렸다. 손전등이 무언가를 비출 때마다 그것이 나한테 달려들거나 어둠 속에서 불쑥 두어 걸음 다가오는 것만 같았다. 거의 모든 것이 지난번에 왔을 때와 정확히 똑같은 곳에 있었다. 나는 헛간의 긴 면을 따라 걸어가서, 첫 번째 만남 때 커다란 남자가 그랬던 것처럼 중심 공간 끝부분으로 나왔다. 나는 커다란 주 출입구를 향해 걸어가서 문을 닫아놓기 위해 빗장으로 걸어놨던 판자를 들어 올렸다. 문을 밀어 연 다음에 가파른 언덕을 내려와서 다시 마당으로 돌아왔다. 그런 다음 차를 언덕 위로 후진시켜서 차가 반쯤 헛간 안으로 들어간 다음에야 시동을 껐다.

나는 내려서 뒤쪽으로 돌아간 다음 트렁크 문을 열었다.

도마뱀 사나이의 팔 밑을 잡고 헛간 안쪽으로 끌고 갔다. 그의 겨드랑이는 축축하고 따뜻했다. 그는 무거웠지만 유연했다. 마침내 우리는 안으로 들어왔다. 나는 그를 기둥에 기대놓고 다시 계단 쪽으로 걸어갔다. 사륜 오토바이는 전에 있던 자리에 있었고 밧줄도 여전히 뒤의 짐칸에 연결되어 있었다. 나는 우선 밧줄을 풀었다. 그리고 도마뱀 사나이에게 돌아와서 그의 목에 밧줄을 두르고 조였다. 밧줄 끝을 서까래 위로 던진 다음 한숨을 쉬고 시선을 돌렸다.

나도 이걸 기꺼이 하고 있는 건 아니다. 사실 나는 이 모든 일을 기꺼이 잊어버리고 싶다.

나는 죽은 남자의 목을 매달았다.

그 과정은 생각했던 것보다 어려웠다.

도마뱀 사나이는 보통 성인 남성 정도로 무거웠고, 그가 딱히 저항한 것도 아니었다. 서까래가 삐거덕거렸고, 당길 때마다 밧줄은 나무에 쓸렸다. 나는 귀를 닫고 불가피한 일이라고, 어쩔 수 없는 일이라고 스스로를 납득시키려고 노력했다. 결국에, 엄청난 노력 끝에 도마뱀 사나이가 확실하게 허공에 매달렸고 밧줄이 사륜 오토바이 뒤쪽에 연결되었다.

나는 차를 마당으로 빼고, 안쪽에서 문을 닫은 다음, 손전등을 주운 뒤 도마뱀 사나이는 거의 쳐다보지 않은 채 1층으로 돌아갔다. 계단을 세 개 남기고, 나는 어깨 너머를 돌아보았다. 다른 사람들의 목을 매달던 남자, 사람들을 이용하고, 협박하고, 위협하고, 나를 죽일 계획을 세웠던 남자. 내가 그였다면, 1 더하기 1은 2라고 했을 것이다.

하지만 나는 그가 아니다. 나는 나다.

그래서 나는 아무 말도 하지 않았다. 그저 계산을 한 번 더 해본 다음 최대한 빠르게 떠났다. 시나몬 빵 냄새는 새카만 밤을 기묘하게도 달콤하게 만들었다.

🐇

8킬로미터를 운전한 끝에 나는 외딴 일시 정차 구역에 차를 세웠다. 그리고 라텍스 장갑을 벗고 신발에서 보호 커버를 벗겼다. 작업복도 벗었다. 헤어네트는 아까 벗었다. 전부 검은색 비닐봉지에 담아 쓰레기통에 넣었다.

나는 차를 타고 탐험공원으로 돌아와서 공항 방향으로 1킬로미터를 걸었다. 그런 다음에 택시를 잡아 탔고 5시가 좀 넘어 집에 도착했다. 핸드폰은 놔둔 자리에 그대로 있었다. 복도 탁자 위에.

쇼펜하우어에게 밥을 주고, 샤워를 하고, 차를 만들었다. 쇼펜하우어에게 오늘 밤 일들을 줄줄이 털어놓는 대신 녀석의 머리와 부드러운 등, 가르랑거리는 옆구리를 쓰다듬고 일출을 보게 발코니로 내보내주었다. 나는 차를 마시고 호밀빵 한 쪽과 버터, 그라블락스*를 먹었다. 먹을수록 배가 고팠다. 샌드위치를 하나 더, 그리고 세 개째 만들었고, 꿀을 잔뜩 뿌린 신 요거트 두 그릇을 먹었다. 내가 얼마나 배가 고픈지조차 눈치채지 못했다. 하루 종일, 저녁에도 내내 움직였고, 오늘 일어난 사건들 때문에 메뉴에 신경 쓰기는 상당히 어려웠다.

차를 또 한 잔 따른 다음에야 마침내 식탁에 앉아서 오스말라에게 또 다른 이메일을 썼다. 이번에는 어조를 고민할 필요가 없었다. 바로 생각났기 때문이다. 시체가 없어 실패했던 지난번의 거짓 경보에도 불구하고 설득력 있는 메시지가 될 거라고, 오스말라가 움직일 만한 메시지일 거라고 믿었다.

나는 죽을까 봐 겁에 질려 있고, 악명 높은 범죄자 두목을 만나러 숲속 어느 농장에 가는 길인데, 만약 이게 나의 마지막 메시지가 된다면 누가 나를 죽였는지 경찰이 알아주길 바란다고 썼다. 그리고 이 메시지의 예상 발신자가 할 수 있을 것 같은 한 자세하

---

* 연어를 절여 만든 음식.

게 헛간 위치를 쓰고, 어떻게 생겼는지도 덧붙였다. 또 이 편지는 예약을 취소할 수 있는 시간 안에 집에 돌아가지 못하면 특정 시간에 자동으로 발송될 거라고도 했다. 그런 다음 '전송' 버튼을 누르고 컴퓨터를 껐다. 내 접시와 쇼펜하우어의 그릇을 식기세척기에 넣고 전원을 켰다. 부엌 싱크대에 기대서 나는 물이 철벅거리는 소리를 들었다. 아주 오랜만에 머릿속이 차분했고, 생각이 텅비었다. 나는 쇼펜하우어를 따라 발코니로 나갔다.

이른 아침이라 드문드문 서 있는 가로등은 앞마당에 커다랗고 어두운 곳들을 남겼다. 쇼펜하우어의 눈은 잎이 거의 없어 너덜너덜한 자작나무와 그 아래로 정글보다 더 우거진 덤불에 고정되어 있다. 나는 거기서 평소와 다른 것은 아무것도 보지 못했지만, 왜 쇼펜하우어가 그걸 그렇게 열심히 보는지는 확실하게 이해할 수 있었다.

녀석은 기습을 당할 마음이 없는 것이다.

32

나는 정오까지 자고 일어나서 면도를 하고, 옷을 입고, 넥타이를 맨 다음 밖으로 나갔다. 날은 화창하고 바람 한 점 없었고, 공기는 건조하고 상쾌할 정도로 차가웠으며, 태양은 가을 한가운데에 온 겨울날처럼 온기가 전혀 없이 거의 하얗게 보였다.

열차를 타고 가는 길은 쾌적했다. 아무도 내 생명을 위협하거나 내 정기권 카드를 훔치려 하지 않았다. 핸드폰으로 타블로이드 신문의 헤드라인을 살펴보았지만, 아직은 이르다는 걸 알고 있었다. 내 계획이 아무 소용 없었다는 생각은 하고 싶지 않다. 어느 쪽이든 나는 전보다 더 경계하고, 절대로 방심하지 않아야 했다. 어쩌면 아직 최악은 아닐지도 모르겠다. 내가 탐험공원으로 오게 되기 전에, 내가 세상에서 가장 신뢰했던 건 누굴까? 쇼펜하우어. 아직까지도 믿는 건 누굴까? 쇼펜하우어. 사실, 둘 다이다. 고양이 쇼펜하우어와 철학자 쇼펜하우어.

나는 뒷문으로 탐험공원에 들어갔다. 복도를 지나가면서 힐끗 보니 고객이 늘었다는 걸 알 수 있었다. 공원에는 어느 때보다도 많은 아이들과 어른들이 있었다. 라우라의 벽화와 그에 대한 관심이 은행이 일으켜주길 바랐던 에너지를 공원에 가져다주었다. 조만간 사라지게 될 은행. 나는 사무실에 도착해서 의자에 앉아 컴퓨터를 켰다. 시스템이 부팅되기를 기다리면서 공원의 소리에 귀를 기울였다. 사무실 문은 열려 있었고, 여기와 홀 사이에 두 개의 모퉁이가 있긴 해도, 소음은 곧바로 들려왔다.

나는 은행 운영 시스템에 들어가서 계좌 잔액이 확실하게 0을 기록하고 있는 걸 확인했다. 대출 승인은 몇 번의 클릭이면 되기 때문에 매표소에서 일하는 사람이라면 누구나 할 수 있었다. 로그인 기록으로 보아 대부분은 크리스티안이 한 것이었다. 솔직히 말해서 그는 1등급 판매 능력을 보여주었다. 어느 날은 오후에만 최대 신용 한도의 대출을 30건 승인했다. 내가 착각한 게 아니라면, 그가 처음으로 강좌 이야기를 하고 자신의 판매 기술을 자랑했던 그날이다.

하지만 내가 옳은 점도 있고 틀린 점도 있다는 건 인정해야겠다. 저금리 대출 시장은 분명히 있지만, 금리가 관계자 양측에게 공정하다고 해도 사람들은 고금리 상품보다 이쪽을 더 열심히 갚아야겠다는 의무감을 느끼지는 않는다. 첫 달 분납금조차도 갚은 사람이 없었고, 이자만이라도 갚는 상환 방식에 관심을 가지는 고객은 단 한 명도 없다. 운영 시스템에서 로그아웃하고 은행용 회계 시스템에 들어가려다가 누군가가 노크도 하지 않고 사무실로 들어오는 것을 보았다.

누가 왔는지는 눈을 들지 않고도 알 수 있었다. 한 발 한 발 다가오는 방식을 알고 있으니까.

라우라는 처음 나에게 공원을 구경시켜주었을 때와 놀랄 만큼 비슷했다. 당연하게도 그녀의 덥수룩한 머리는 여전히 갈색에 숱이 많았고, 검은 테 안경도 똑같았고, 밝고 호기심 많은 눈빛도 마찬가지였으며, 똑같은 노란색 후드티에 검은 청바지, 여러 가지 색이 섞인 운동화 차림이었다. 그녀가 똑같아 보인다고 한 건 머리와 옷에 관한 것만은 아니었다. 그녀의 존재, 그녀가 움직이는 방식, 방 한가운데에 서 있는 태도도 그랬다. 말하자면 처음 그녀를 보았던 그 순간으로 돌아간 것 같았다. 그 순간으로 돌아갈 수 없다는 사실만 제외하면. 돌아갈 수 없다. 현실적으로 불가능하다는 건 둘째 치고, 그 후 일어난 모든 일들, 그녀에 대해 알게 된 모든 것들을 생각하면…… 그냥 그럴 수 없었다.

"잠깐 시간 괜찮으세요?"

"그럼요. 잠깐 앉겠어요?"

다시 말을 할 수 있는 상태로 돌아온 내가 대답했다.

"그러면 좋을 것 같군요."

라우라는 맞은편에 앉았다. 나는 그녀가 대화를 시작해주기를 바랐다. 아마 그녀도 그렇게 생각할 거라고 짐작했다. 어떻게 말할지는 고사하고 뭐라고 말해야 할지도 모르겠으니까. 눈앞의 모습에서 보이는 건 그녀가 우리 사이에 무슨 일이 있었든 이제는 끝이라고 말하던 순간이니까. 그리고 그 순간에 대한 기억은 내 행동, 내 감정을 통제하는 내 일부가 뜯겨 나간 것처럼 물리적으로 마비되는 느낌이었다. 몸도 마음도 전부 차가운 콘크리트 속을 허우적거리는 것만 같았다.

"헨리 씨에게 고맙다는 말을 하고 싶어요."

그녀가 마침내 말을 꺼내고는 잠깐 뜸을 들였다. 내가 이 대화에 여전히 마음을 기울이고 있다는 걸 보여주기를 기다리는지도 모르겠다. 하지만 나는 어떤 말도 꺼낼 수 없었다.

"헨리 씨가 없었다면 벽화는 절대 빛을 못 봤을 거예요. 당신이 그 벽을 쓰게 해줬고, 나를 굉장히…… 독특한 방식으로 격려해줬죠. 난 그냥…… 고맙다고 말하고 싶었어요."

"괜찮습니다."

나는 그렇게 말했다.

그러고 나자 라우라는 확실하게 머뭇거렸다. 전에 수없이 그랬던 것처럼 내 눈을 똑바로 쳐다보았지만, 이번에는 입을 벌렸다가 도로 다물 뿐이었다. 그녀는 두 번째로 시도했고, 이번에는 말을 할 수 있었다.

"일자리 제안을 받았어요."

그녀가 말했다. 나는 아무 말도 하지 않았다.

"그리고 받아들이기로 했어요."

홀의 소음과 고함 소리가 갑자기 더 시끄러워진 걸까? 배경 소음이 더 커진 것 같았다. 내 귀로 들어와서 온몸으로 퍼져갔다.

"사표를 내러 왔어요."

그녀가 말했다.

우리는 침묵 속에, 눈을 내리깐 채 앉아 있었다. 내가 뭔가 말을 해야 한다는 건 안다. 심지어는 적절한 말도 안다.

"새 일자리가 생긴 거 축하해요."

"고마워요."

그녀는 잠깐 동안 조용히 있다가 다시 말을 이었다.

"어떤 일인지 안 물어보나요?"

나는 입을 열려고 했다. 머릿속에서 수천 가지 질문이 빙빙 돌았지만, 그 무엇도 라우라의 새로운 일자리와는 상관이 없었다.

"어떤 일이죠?"

마침내 나는 간신히 물었다.

"여기서처럼 벽화를 그릴 거예요. 벽은 여덟 개이고, 전부 비슷한 크기예요. 의뢰받은 거예요. 회사 쪽에서 강렬한 인상을 주는 입구를 만들고 싶대요."

라우라의 눈에서 빛이 반짝이고 입가에는 내가 아주 잘 기억하는 미소가 어렸다.

"그러니까 내가 하려는 말은, 내내 원해왔던 그런 일을 이제 할 수 있게 됐어요. 이게 내 진짜 천직이고, 늘 꿈꿔왔던 직업이에요. 마침내요. 가끔 꿈은…… 정말로 현실이 되기도 하나 봐요."

그녀는 더 이상 웃고 있지 않았다.

"이게 헨리 씨 덕분이라는 걸 말하고 싶었어요."

"고마워요."

나는 좀 더 말을 이으려고 노력했지만, 내 생각을 제대로 정리할 수가 없었다.

"아마 기억하고 있겠지만, 난 몇 년이나 그림 그리는 게 힘들었어요. 그래서 이건 나한테 엄청난 전환점이 됐어요. 그것 역시 고마워요."

"뭘요. 나도 기쁩니다."

나는 간신히 그렇게 말했다.

"당신은 어떤가요?"

생각지도 못했던 질문이었다. 간단한 대답은 존재하지 않았고, 라우라도 그걸 알아챘다.

"공원은 아주 잘되고 있는 것 같아요. 이렇게 많은 사람이 오는 건 본 적이 없어요."

그녀가 말했다.

"고객 수는 역대 최고예요."

내가 대답했다.

"해냈군요, 헨리 씨."

"내가 뭘 해냈죠?"

나는 미처 깨닫기도 전에 물었다.

잠깐 동안 라우라는 눈이 마주치는 걸 피하며 머리카락 몇 가닥을 부드럽게 쓸어내렸다.

"내가 제대로 이해했다면, 공원은 헨리 씨가 넘겨받았을 때 재정적으로 어려운 상황이었을 거예요. 하지만 이제는 훨씬 나아진 것 같아요, 그렇죠? 손님이 많아졌고, 직원들도 전부…… 행복하고 만족스러워 보여요. 헨리 씨가 이 공원을 구했다고 할 수도 있겠네요. 훌륭하게 해냈어요."

아직 모르는 일이라고 나는 생각했다. 아직 해결되지 않은 상태다. 음, 미결 상태로 붕 떠 있다, 그 정도로 해두자.

"일은 대부분 끝난 것 같긴 해요. 나도 정말로 그렇기를 바라요."

내가 대답했다.

라우라는 뭔가 말하려는 것 같았지만, 곧 입을 꾹 다물고 그 충동이 지나가기만을 기다리는 표정이었다. 그 변화는 아주 작았고 겨우 0.1초 만에 사라졌지만, 어쨌든 나는 알아챘다. 곧 그녀의 눈이 물기로 반짝이기 시작했다. 그녀가 굳은 미소를 지었다.

"오래 잡고 있을 생각은 없어요."

그녀가 조용히 말했다.

"문제 될 거 없어요."

내 말은 어느 모로 보나 시시하게 들렸다. 문제는 아닐지 몰라도 엄청난 고통이긴 하니까.

홀에서 들려오는 난리 법석 소리는 우리 뒤나 옆쪽 어딘가에서 밀려오는 바다 같았다. 우리 둘은 잠깐 동안 그 파도 소리를 듣고 있었는지도 모르겠다. 지금 또다시 내 손가락에는 감각이 없어졌고, 보이지 않는 무게가 내 횡격막을 짓눌렀으며, 차가운 돌덩이가 배 속을 휘젓는 것 같았다. 우리 이야기는 끝난 것 같다. 나는 뭔가 상황에 어울리는 말, 이 엑셀 파일을 마무리해야 한다든지 뭐 그런 말을 하려고 했지만, 라우라가 먼저 입을 열었다.

"물어보고 싶은 게 하나 더 있어요."

나는 궁금하고 기대되는 표정을 지으려고 노력했다. 성공했을까? 솔직히 잘 모르겠다.

"이 일이요. 벽화 의뢰 말이에요. 그쪽에서는 빨리 진행하기를 바라요. 새 건물 공식 오픈이 한 달 반 후래요. 그리고 사직서는 한 달 전에 내야 하니까 난 여기서 한 달을 더 일해야 해요. 그런데 겨우 2주 만에 벽화를 끝낼 수는 없어요. 그래서 다음 달 월급을 포기하려고 해요."

나는 이해하고 있다고 생각했지만, 이해 못 하는 것처럼 보였는지도 모르겠다. 그녀가 말을 이었다.

"그러니까 곧장 여길 그만두고 새 벽화 일을 시작하고 싶어요.

물론 내가 다른 데서 일하고 있으니 월급을 줄 수는 없겠죠. 그러
니까 월급을 포기—"

"그럴 필요 없어요."

"그러고 싶어요."

"그럴 필요는—"

"나는 그게 더 기쁠 거예요."

전혀 기쁜 말투가 아니었다. 사실 그녀는 오랜만에 굉장히 진지
한 말투였다. 그녀 반응의 어떤 면이 나를 가장 놀라게 한 것인지
는 나도 잘 모르겠다. 여전히 콘크리트 웅덩이에 갇힌 것 같은 느
낌이었지만, 덕분에 나는 간신히 움직일 수 있었다.

"따님의 어학원 비용이라든지……."

나는 무슨 말을 하려는지도 모른 채 입을 열었다. 동시에 라우
라는 눈을 내리깔았고 손이 재빨리 올라와 안경의 위치를 고쳤다.
그런 다음 다시 나를 쳐다보았다.

"그건 다 처리됐어요."

그 이야기는 확실하게 끝이라는 듯한 말투였다. 그러고는 입을
다물었다.

나는 정리할 필요가 없는 책상 위의 서류 몇 장을 정리했다. 손
으로 달리 할 수 있는 게 생각나지 않았다. 할 수 있는 거라고는
앉은 채로 라우라의 청록색 눈을 똑바로 쳐다보는 것뿐이었다.

"물론이에요. 당장 떠나도 돼요."

나는 말을 더듬었다.

완벽하게 일상적인 말이었지만, 입에서 내뱉기만 해도 아팠다. 이유는 잘 모르겠다. 라우라의 눈이 빛났고, 그녀는 번개처럼 빠르게 관자놀이와 뺨을 오른손으로 닦은 다음 자세를 바로잡았다. 그녀는 앉아 있는 동시에 서 있는 것처럼 보였다. 마침내 그녀가 의자 팔걸이에 손을 올렸다.

"가볼게요."

그녀가 말했다. 나 아닌 다른 사람, 그녀 아닌 다른 사람에게 하는 말처럼 들렸다.

그녀가 일어섰다. 잠깐 동안 나는 공원에서 불어오는 소음의 돌풍이 강해졌다고 생각했지만, 그 파도는 내 안에서 일어났다는 것을 곧 깨달았다.

"고마워요, 헨리 씨."

33

이틀이 지났다. 그리고 타블로이드 신문은 그 소식을 신나게 떠들어댔다.

"헛간의 시체."

"지하 세계의 결전인가?"

뉴스를 쭉 훑어보다가 내가 찾던 핵심적인 정보를 찾아냈다.

"살인 용의자 한 명이 구속되었다. 용의자는 범죄 지하 세계에 연루된 이력이 있고 경찰에도 잘 알려진 인물이다."

내 계획이 성공한 것 같다. 이제 끝이다. 모든 게 끝났다.

아니, 오늘 아침에 깨달은 것처럼, 거의 모든 게 끝났다.

나는 탐험공원 뒷문을 잠그고 앞마당으로 이어지는 금속 계단을 내려갔다. 11시였고 공기는 차갑고 고요했다. 전등을 켜지 않으면 세상은 거대하고 어두운 지하실 같을 것이다. 나는 쓰레기봉투를 들고 가서 쓰레기통 뚜껑을 열고 봉투를 버렸다. 뚜껑이 쾅 닫히면서 내가 원했던 것만큼 시끄럽게 쩔그렁 소리가 났다. 어떤 식으로든 내가 가는 게 알려지길 바랐다. 탐험공원에서 걸어 나가는 모습을 보여주고 싶었다.

모퉁이를 돈 다음에 주차장을 대각선으로 가로질렀다. 꽤 멀어진 다음에야 오른쪽을 힐끗 보았고, 전과 마찬가지로 건물 벽에 기댄 날씬한 수직의 그림자를 발견했다.

뉴스 헤드라인 덕분에 거기에 주의를 기울일 수 있었다.

오늘 아침 일찍 헤드라인을 읽고 나서는 정말로 신선한 공기를 마셔야 했다. 좋은 소식이었다. 예상할 수 있는 가장 좋은 소식이었지만, 뒤늦게 거대한 스트레스 반응을 불러왔다. 많은 부분에서 라우라와, 모든 일이…… 끝났다는 사실과 관련 있었다.

그래서 나는 탐험공원을 빙 둘러 걸어갔다. 산책을 마칠 무렵 마음이 다시 진정되기 시작했다. 호흡이 안정되자 산소를 더 많이 마실 수 있었고, 배 속도 더 이상 녹아가는 금속으로 꽉 찬 것처럼 느껴지지 않았다. 커다란 너랑나랑공원 간판 앞에 도착하자 태양을 가린 구름이 갈라지고 뭔가가 내 눈가에서 반짝 빛났다.

처음에는 아무것도 보이지 않았다.

벽을 좀 더 자세히 살펴보자 그 반짝임이 어디서 왔는지 알 수 있었다. 적당한 각도에서 보면, 건물을 따라 길게 설치된 가느다란 쇠줄에 태양이 반사됐다. 줄은 아스팔트에 닿은 부분부터 바닥을 따라 차량 진입 방지 콘크리트 기둥 뒤로 이어졌고, 거기서 바닥에 고리 모양으로 얽혀 있었다. 그리고 다시 벽을 따라 올라가서 홈통 너머 지붕 위로 사라졌다. 나는 안으로 돌아가서 실내 계단을 통해 지붕으로 올라간 다음, 줄이 있을 거라고 추측되는 곳으로 걸어갔다. 깨끗한 새 쇠줄은 최근에 너랑나랑공원 간판에 묶어놓은 것 같았다.

이제 나는 도로 쪽 주차장으로 간 다음 오른쪽으로 돌아서 자전거도로를 따라 계속 나아갔다. 평소처럼 나는 버스 정류장 방향으로 갔다. 자전거도로가 바위와 좁은 숲길 사이로 꺾이는 지점, 즉 도로를 돌아볼 방법이 없는 곳에 도착했을 때, 나는 길을 빠져나와 나무로 뒤덮인 작은 등성이를 넘어서, 가구 아울렛 주차장에 도착했다. 가구점을 돌자 곧 반대쪽 탐험공원이었다. 불이 꺼진 도로 옆 싸구려 카페 그림자는 기다리기에 딱 맞는 장소였다. 카페는 영원히 문을 닫았지만, 지난봄의 패스트푸드 냄새는 아직도 공중에 남아 있었다.

내가 공원을 떠나는 모습이 목격되었고, 내가 마지막으로 나온 사람이었다. 그리고 쇠줄은 기다리고 있었다. 모든 준비가 끝났다. 방정식은 단순해서 아름다웠다. 드디어 나의 계산 마법을 되찾고 있다는 걸 깨달았다. 좀 오락가락하고, 여전히 톱니바퀴 사이에 작지만 끈질긴 모래 한 알이 낀 듯한 느낌인데, 어디에 끼었는지를 모르겠다. 조각 퍼즐을 다 맞춘 다음에 마지막 한 조각이 사라졌다는 걸 알게 되는 느낌이었다. 큰 그림은 불만스럽고 불완전하게 느껴진다.

그러다가 마침내 방정식의 사라진 조각이 시야에 들어왔다.

현대 트럭 한 대가 속도를 줄이고 머뭇거리는 것처럼 탐험공원으로 접어들었다. 예상 그대로의 장면이었다. 범퍼 가드*. 나는 속으로 오스말라에게 감사 인사를 했다. 깃대를 쓰러뜨린 차는 신중하게 주차장으로 들어왔다. 아스팔트 위를 대각선으로 가로질렀는데, 나는 그 이유를 이제 알았다. 우선 주차장 안쪽에서 주위를 살펴보고 싶은 것이다. 트럭이 시야에서 사라지자마자 나는 뛰기 시작했다.

나는 길을 건너서 탐험공원으로 들어왔고, 건물 앞을 따라 달리다가 트럭 소리를 들었다. 나는 멈췄다. 모퉁이를 돌자마자 트럭이 가까이, 더 가까이 다가오다가……

멈췄다.

나는 모퉁이 바깥쪽을 슬쩍 내다보았다. 운전자는 차를 돌려 벽쪽으로 후진했다. 나는 핸드폰을 꺼냈다가 다시 주머니에 넣었다. 트럭 후미의 견인봉이 벽 몇 미터 앞에서 멈췄고, 운전석 문이 열렸다. 운전자가 내려서 진입 방지 기둥으로 달려갔다. 운전자는 커다란 재킷에 후드 티셔츠를 입었고, 후드를 아주 깊게 눌러써서

---

* 자동차 범퍼를 보호하는 기구.

얼굴이 그림자에 완전히 가렸다. 운전자는 진입 방지 기둥 뒤쪽에서 쇠줄을 집어 견인봉에 연결하기 시작했다.

나는 줄을 묶고 있는 사람 쪽으로 빠르게 걸어갔다. 트럭 엔진 소리가 내 발소리를 덮어주었다. 운전자는 줄을 묶은 다음 다시 차로 달려가려 했지만, 내가 한 손을 내밀어 어깨를 잡았다.

운전자는 홱 돌아서며 뒤로 휘청거렸다. 순전히 운동 반작용으로 인해 일어난 일이다. 절대 내가 밀거나 때린 게 아니다. 운전자는 뒤로 물러나면서 머리와 어깨를 트럭에 부딪히고는 비명을 질렀다. 꽤 높은 톤의 비명이었다. 후드가 운전자 얼굴 앞으로 흘러내렸다. 후드는 세 사이즈 정도 커 보였다. 방향감각을 잃은 것 같았다. 그리고 이제야 나는 운전자가 키가 작고 몸집이 작다는 걸 인식했다.

나는 후드를 잡아서 뒤로 벗기고…… 나타난 젊은 여자를 쳐다보았다.

"벤라 씨?"

"뭐요?"

여자가 물었다.

내 계산은 정확했던 것 같다. 이 마지막 세부 사항까지. 벤라는 조금 충격받고 굉장히 짜증 난 얼굴이었다. 아주 짧은 탈색 머리에 놀랄 만큼 화가 난 청록색 눈이었다.

"처음에는 깃대를 쓰러뜨렸죠. 그다음에는 코모도 열차 선로에

냉동 닭 다리를 밀어 넣었고요. 그리고 이제는 간판을 떼려고 하
는군요."

"근데요?"

"근데…… 탐험공원이 벤라 씨의 월급을 지급합니다. 공원을 망
가뜨리라고 매달 월급을 주는 게 아니라, 벤라 씨 같은 경우에는
고객 서비스 능력 때문에 주는 겁니다. 전혀 합리적인 상황이 아
니에요. 탐험공원은 곤란한 상황이에요. 당신 아버지 명의로 된
현대 트럭도 곤란할 거고요."

"그걸 어떻게 알죠……?"

"조금 전에 차 번호를 확인해봤습니다. 당신 이름이 테로는 아
니겠죠. 이제 그만하세요."

내가 말했다.

이제 벤라의 얼굴에는 겁먹은 짜증 외에 다른 것이 떠올랐다.
무엇보다 어리둥절한 것 같았다.

"도대체 누구세요?"

나는 내가 누구고 어떻게 이 일을 하게 되었는지 설명했다. 형
이 갑자기 사망한 것, 공원의 현재 상황, 손님이 늘어난 것도 말했
다. 또 매표소에 직원이 절실하게 필요하고, 특히 이미 월급을 받
고 있는 사람이라면 더더욱 필요하다는 점도 이야기했다.

"유하니 씨가 죽었어요?"

"네. 크리스티안 씨가 말 안 하던가요?"

벤라는 고개를 저었다.

"우린 아무 얘기도 안 해요. 그냥 그 사람한테 왓츠앱으로 나 대신 일을 해줄 수 있는지 물어보면, 그 사람은 하트랑 좋아요 이모티콘으로 답을 보내요."

"크리스티안 씨가 벤라 씨를 짝사랑할 가능성이 아주 높군요."

"그걸 어떻게 알아요?"

"내게도 그런 경험이 있고, 딱히 알아채기 어려운 것도 아니라서요."

나는 여러 가지 이유로 빨리 주제를 바꾸고 싶어서 말을 계속이었다.

"하지만 오늘 밤에 우리가 여기 있는 건 그 이유 때문이 아니죠. 오늘 밤에 우리는—"

"저기요, 유하니 씨는 내가 판매 기록을 깨면 앨범을 내준다고 약속했어요. 그리고 난 기록을 깼고요. 하지만 앨범을 안 내줬죠. 그래서 다른 걸 깨줘야겠다고 생각한 것뿐이에요……."

벤라가 무슨 이야기를 하는지 이해하기까지는 약간 시간이 걸렸다. 나는 다시 형을 떠올렸다. 아, 유하니 형. 뭘 기대한 걸까? 뒤치다꺼리할 일이 또 있어? 탐험공원은 또 어떤 비밀을 숨기고 있지? 이젠 화낼 기력도 없었다. 이건 내 걱정거리 중 제일 사소한 것이었다. 최근 몇 주 사이에 우리는 더 심한 일도 겪었으니까.

"형은 앨범 제작자가 아니었습니다."

내가 말했다.

"끝내주는 추리군요, 셜록."

"내 말은, 형이 그런 걸 약속했다면 사과할게요. 그는 사람들에게 온갖 걸 약속했어요. 하지만 그래도 벤라 씨에게 월급은 췄잖아요."

벤라는 왼쪽을, 벽이 있는 쪽을 힐끗 보았다. 쇠줄이 트럭 후미등의 붉은 빛 속에서 반짝였다.

"경찰 부를 거예요?"

경찰을 부르면 오스말라가 다시 올 텐데, 그가 공원 모든 걸 샅샅이 살피지 않은 적이 있긴 했나? 게다가 이제 더 이상의 문제는 필요치 않았다. 이미 있는 문제를 더 길게 끌고 싶지도 않았다. 나는 해결책을, 명확함을 원했고, 자기 말을 지키는 사람이 필요했다.

"내일 합의한 시간에 와서 돈을 받는 만큼 제대로 일할 겁니까?"

벤라는 별로 오래 고민하지 않았다.

"네."

"9시까지?"

"9시까지요."

"좋아요."

벤라가 나를 빤히 살폈다.

"정말로요?"

"정말로요."

"그냥 차를 몰고 가도 된다고요?"

"우선 저 줄부터 풀어야겠죠."

"아, 그렇네요."

그녀도 그제야 생각났는지 견인봉 쪽으로 걸어가서 쇠줄을 풀고 나에게 풀린 끝부분을 보여준 다음 바닥에 떨어뜨렸다. 그녀는 나를 지나쳐서 트럭에 올라탔다. 막 문을 닫으려다가 갑자기 멈췄다.

"내 판매 기록 말인데요……."

"내 깃대는요?"

내가 말했다.

"내일 아침에 봬요."

벤라는 아버지 테로의 차를 몰고 주차장을 가로질러 도로로 나가서 속도를 올렸고, 트럭은 마침내 시야에서 사라졌다.

34

나는 공원 문을 열기 전에 마지막 점검을 했다. 나는 이제 미래를 생존 문제 이상으로 생각하기 시작했다. 오랫동안 그러지 않았는데. 잠시 후 나는 진지하게 빅디퍼 전체를 수리하는 걸 고려해 보았다. 큰 투자이고, 당연히 위험부담이 있다. 아이들용 미끄럼틀은 웃어넘길 문제가 아니다. 하지만 여전히 이런 생각들은 기분이…… 좋았다.

점검 목록을 다 확인하고, 종이에 마지막 메모를 한 뒤 폴더를 덮었다. 주위를 둘러보다가 내 눈이 컬리케이크 카페로 향했다. 요한나와 냉동고 자물쇠에 대해 이야기를 못 했고 왜 그게 잠시 나타났다가 어느새 사라졌는지 물어보지도 못했다. 냉동고 바닥에 있던 시체를 내가 끌어다 놓은 거라고 생각하게 만들 말은 하고 싶지 않았다. 그녀가 시체에 대해 안다면 말이지만. 나를 그 남자와 연결시키는 건 아무것도 없다. 탐험공원의 걱정 많은 관리자인 내가 경찰의 방문에 당황했을 뿐이라고 생각하게 두려고 한다.

그리고 실제로도 그뿐이라고 생각하자 갑자기 또 다른 짐이 어깨에서 사라지는 느낌이었다. 심지어는 이제 라우라의 벽화도 다시 쳐다볼 수 있었다. 그녀를 생각하면 여전히 배 속을 쥐어뜯는 것 같고 눈앞이 흐려지지만, 이상하면서도 아련하게도 내가 그녀를 어떻게 생각하는지 그녀에게 말해서 다행이라고 느꼈다. 그녀는 특별하고, 이전에 몰랐고 거의 존재하지도 않았던 내 안의 뭔가를 일깨웠다고. 사람들이 말하는 사랑이라는 게 정확하게 이런 상황이라는 걸 이제 알겠다. 또 달리 어떤 것이 이런 기분을, 행복하고 슬프고 화사하면서 아주아주 불분명한 감정이 죄다 한꺼번에 느껴지는 이런 기분을 느끼게 할 수 있을지 나는 모르겠다.

공원 전체를 바라보며 라우라가 이 부분에서도 옳았다는 걸 다시금 깨달았다. 그 모든 일에도 불구하고, 나는 성공적으로 해낸 것 같다. 최소한, 거의 성공했다.

탐험공원으로 들어오는 정문을 열기 위해 현관으로 걸어가는 동안 여러 가지 감정을 느꼈지만, 그중에서도 가장 큰 건 승리감과 안도감이었다. 밖에는 찌르는 듯한 10월 초의 태양이 지평선에 낮게 걸려 있다. 창문 모양으로 얼룩덜룩하게 들어온 햇빛이 여러 가지 사각형 모양으로 현관에서 굴절되었다. 문 너머로 오늘의 고객들이 보였다. 문을 열기도 전에 사람들이 줄을 서는 것 역시 새로운 현상이었다.

나는 벽에 있는 수동 개문 장치로 문을 열었고, 사람들에게 아침 인사를 하면서 안으로 안내했다. 튼튼한 체격의 고객이 그림자 속에서 나와 밝은 곳에 섰다. 그를 알아보자마자 안도감이 갑자기 사라졌다.

오스말라는 혼자였다. 자동 반사적으로 이걸 마음속으로 기록한 다음에야 깨달았다. 그가 나를 체포하러 왔다면 도와줄 사람도 데려왔을 것이다. 다른 일이 분명했다.

"제가 방해하는 건 아니겠죠?"

그가 물었다. 기묘한 질문이었다. 헬싱키 경찰의 형사가 정기적으로 방문해서 온갖 불편한 질문들을 던지는데 방해가 아니라고 생각하는 사람이 있을까?

"그럼요."

내가 대답했다. 컬리케이크 카페에서 익숙한 미디엄 로스트 커피 냄새가 풍겼다.

"커피 드시겠습니까?"

"물론 그러면……. 바쁜데 방해하는 건 정말 아니죠?"

"커피 마시는 시간이라고 해두죠. 어쨌든 나는 이 공원 주인이니까요."

나는 내 목소리에 자부심이 어린 것을 깨달았고 오스말라 역시 알아챘다는 걸 알 수 있었다. 형사와 나는 홀을 따라 걸어갔는데,

그가 갑자기 멈춰 섰다. 나는 한 걸음 반을 더 가서야 알아채고 몸을 돌렸다.

"카페로 안 가도 되겠죠? 이 벽을 좀 보고 싶은데요. 집사람이 신문에서 읽었대요."

"얼마든지요."

내가 말했다.

"하지만 우선 이 사진을 좀 보여드리고 싶은데요."

그가 그렇게 말하고 손에 든 커다란 폴더를 펼쳤다. 그리고 A4 종이에 인쇄된 커다란 남자의 컬러 사진을 꺼냈다.

"이 남자가 공원에 찾아온 적 있습니까?"

"내가 아는 한은 없습니다. 그런 남자가 탐험공원에 왔다면 아마 기억할 겁니다. 굉장히 위험한 사람처럼 보이니까요."

내 말에 오스말라는 고개를 끄덕인 다음 사진을 다시 폴더에 넣었다.

"엄청나게 위험하죠. 이 남자가 당신 형님과 함께 있거나 한 것을 본 적도 없는 게 확실합니까?"

"확실합니다. 그 사람 이름이 뭔가요?"

정말로 궁금했다. 나는 그 남자에 대해 거의 아무것도 몰랐다. 심지어 이름조차. 오스말라의 하늘색 눈이 뜨였다가 감겼다.

"페카 코포넨입니다."

그가 대답했다.

"죄송하지만 전혀 생각나지 않아요."

나와 함께 있던 동안에 아마도 처음으로 오스말라가 웃었다. 거의 웃은 것 같았다. 그러고는 고개를 끄덕였다.

"그럴 거라고 생각했습니다."

"그 사람이요, 그 코포넨이라는 사람이 공원에 관해서 무슨 얘기라도 했습니까?"

자연스러운 질문이었고, 당연히 나올 만한 질문이었다. 어쨌든 나는 탐험공원의 소유주이자 운영 책임자니까 알아야 한다. 하지만 오스말라는 왠지 놀란 것 같았다.

"그가 뭔가 얘기했냐고요? 아뇨. 아무 얘기도 안 했습니다. 이런 사람들이 경찰에 아무 얘기도 안 한다는 건 비밀도 아니죠."

나는 기다렸다. 오스말라는 약간 몸을 돌려 내 뒤의 뭔가를 쳐다보는 것 같았다.

"저쪽에 미끄럼틀이 몇 개나 있습니까?"

"열세 개요."

나는 그렇게 대답하고 빅디퍼를 돌아보았다. 아이들이 깍깍거렸다. 중력은 즐거운 것이다.

"직원 중 한 사람이 횡령 전과가 있다는 거 이미 알고 계시죠?"

그가 그렇게 묻고 기다렸다.

나는 이 전략을 기억했다. 오스말라는 명랑하게 이야기를 늘어놓지만, 그건 교란 작전이었다. 그는 골라인 구역으로 다가가는 축구 공격수처럼 상대의 주의를 돌리는 데 능했다.

"그 문제를 인지하고는 있습니다."

나는 솔직하게 대답했고, 이런 상황에서 탐험공원의 주인이 궁금해할 만한 데다 여러 이유로 내가 무척 관심 있는 질문들을 쉽게 할 수 있다는 걸 깨달았다.

"경찰에서 그 직원을 의심하고 있나요?"

오스말라의 걸음은 느리고 무겁다. 나는 그 옆에서 걸었다. 오스말라는 막 역에서 출발하려 하는 코모도 열차를 쳐다보았다.

"아뇨, 내가 아는 한은 아닙니다. 갈까요?"

우리는 프랑켄탈러 벽 앞에 도착해서 그림을 감상했다. 이 그림을 그린 사람을 잘 알면서도 알지 못한다는 사실을 떠올렸다. 다시 한번 나는 정확히 지금의 나 자신, 걱정 많은 탐험공원 소유주 역할을 할 기회를 얻었다.

"나는 모릅니다만, 혹시 공원 직원 중에 누가 이 코포넨이라는 사람과 관계가 있습니까?"

오스말라가 살짝 돌아섰다.

"아뇨. 그런 뜻은 아니었어요. 혹시라도 그 직원에게서 의심스러운 점을 본 적이 있습니까?"

"아뇨."

나는 안도하며 고개를 저었다. 커다란 남자와 라우라가 어떤 식으로든 접촉이 있었다고 하면 어떻게 반응했을지 모르겠다.

"물어볼 게 또 하나 있습니다. 괜찮으면 비밀로 해주면 좋겠어요. 난 여기를 소유하고 있고 모든 게 가능한 한 매끄럽게 돌아가도록 노력하고 있습니다만……."

"걱정이 되겠죠. 이해합니다."

"당연히요. 경찰이 나타나서 온갖 것들을 물어보고, 냉동고를 열고, 뭐 그러고 있으니까요."

"맞습니다."

오스말라는 나를 찬찬히 살피고 다음 벽인 크래스너 쪽으로 걸어갔다. 나는 그를 따라갔다.

"이해합니다. 하지만 지금 수사 단계에서는 자세히 말씀드릴 수가 없습니다. 우리가 모든 연결 고리를 다 살펴봤다는 건 선생님도 반가워할 사실일 겁니다."

"하지만 방금 전 말씀으로는―"

"그리고 두 사람 사이에 어떤 종류의 관계라도 발견했다면 지금 전혀 다른 역할로 여기 왔을 거라는 사실도 잘 아시겠죠."

오스말라는 내 항의를 전혀 못 들었다는 듯이 말을 이었다.

우리는 걸음을 멈췄다.

"솔직하게 말하죠. 선생님과 이 화가도 마찬가지입니다."

오스말라가 크래스너 벽화 쪽으로 고갯짓을 했다.

"선생님도 얼마든지 혼자서 추론할 만한 일입니다만, 이 구성에는 상당히 흥미로운 데가 있어요."

그가 말했다.

"무슨 구성 말이죠?"

"경험 없는 탐험공원 소유주가 업계 밖에서 나타났습니다. 여기서 기다리고 있던 직원은 유능한 사기꾼의 파트너로서 한두 가지 기술을 배웠을 수도 있죠. 제 의견으로는 조금 부당하게 그 사기꾼과 함께 유죄 판결을 받았죠. 물론 그녀가 직접 그 서류에 서명했지만, 교묘한 사기꾼을 상대하고 있었으니까요. 짐작하겠지만 우리는 즉각 이 관계를 살펴봤습니다. 그 직원이 선생님을 속이려 했는지, 코포넨과 공모하고 있었는지 말이죠."

나는 벽화를 쳐다보았다. 오스말라가 설명하는 동안 색깔이 점점 더 선명해지는 것 같았고, 계속 밝아졌다. 오스말라는 어깨를 으쓱했다.

"말씀대로 선생님은 아무것도 알아채지 못했죠. 어떤 접촉이나 관계도 없었으니까요. 개인적으로……."

오스말라가 깊게 숨을 들이켰다.

"아주 기쁩니다. 누군가 살아남아서 방향을 바꾸고 새사람이 되는 걸 지켜보면 정말 기분이 좋거든요. 이 벽화들을 보세요."

크래스너, 태닝, 드 렘피카, 프랑켄탈러, 오키프, 얀손. 마치 처음으로 보는 것 같은 느낌이었다. 오스말라가 재킷 주머니에 손을 넣어 핸드폰을 힐끗 보았다.

"이만 가봐야겠습니다."

그가 말했다.

"네."

나는 그를 쳐다보지 않고 대답했다. 벽화가 빛났고, 이제는 눈이 부실 정도로 밝았다.

"언제나 이런 성공 뒤에는 보이는 것보다 더 큰 헌신이 자리하고 있지요."

그가 말했다.

내 감각은 고조되었고, 더 중요한 것은 오랜만에 처음으로 보험 회사에서 일할 때 마지막으로 했던 방식대로 계산할 수 있었으며 동시에 100퍼센트 확실하게 방정식의 모든 변수를 다 알아냈다는 점이었다.

"사실입니다."

나는 인정했다.

"주말에 아내하고 와서 다시 봐야겠어요."

그는 그렇게 말하고 입구 쪽으로 단호하게 걸음을 내디뎠다.

"문은 언제나 열려 있습니다."

나는 그렇게 말했다.

35

나는 사무실에서 계산을 이어갔다. 소비자신용 대출 관리 시스템을 열었다. 첫눈에는 딱히 눈에 띄는 것이 없었다. 그래서 대출에 관련된 모든 자료를 내 병렬의 엑셀 스프레드시트에 넣은 다음, 한 번에 대출 한 건씩을 살피기 시작했다. 곧 사소한 불일치가 보이기 시작했다.

소비자신용 계좌의 잔고는 대출 금액보다 빠르게 감소하고 있었다. 처음에는 차이가 작았다가 곧 커졌고, 결국 흘러가는 방향이 명확해지면서 잔고는 완전히 뚝 떨어졌다. 대출해준 총액을 계산해서 개시 잔액에서 빼자, 은행의 돈 가운데 절반 정도, 거의 12만 5000유로가 그야말로 공중에서 사라져버렸다는 걸 알 수 있었다.

하지만 돈은 사라지지 않았다. 계좌 밖으로 깔끔하게 이체되었고, 그 후에 이체 내역을 부기에서 삭제하고 잔액을 그에 맞춰 조정한 것이다. 키보드를 몇 번 두드리고 마우스를 몇 번 클릭하면 되는 간단한 일이다. 하지만 알아채기는 어렵다. 정리해야 하는 대출이 아주 많았고 그중 일부는 50유로 수준으로 금액이 굉장히 작아서, 목록의 길이와 범위만으로도 바닥의 커다란 구멍을 감추는 러그처럼 눈을 속일 수 있다. 은행의 대출 관리 시스템에서는 언제 어디서 이 유령 이체가 이루어졌는지 확인하기가 아주 어렵다.

하지만 속임수를 쓰는 게 불가능한 은행의 실제 계좌에서는 비교적 찾기 쉬워서, 나는 돈에 무슨 일이 벌어졌는지 정확히 알 수 있었다. 그 돈은 자문 서비스에 사용된 모양이었다. 메모 영역에 그렇게 적혀 있다. 받는 사람의 계좌 번호는 항상 같았고, 그래서 이 지출을 확인하는 것도 쉬웠다.

12만 5000유로어치의 상담 서비스.

나는 의자에 몸을 기댔다.

누군가는 이걸 알았다. 아마 처음부터, 혹은 거의 그 직후부터 알았을 것이다.

아주 옛날에 찍은 액자 속 사진을 보는 것처럼, 내 머릿속에는 연속된 이미지로 상황이 떠올랐다. 바로 이 방에서, 도마뱀 사나이와의 첫 만남, 마치 나를 구해주려는 듯 한 명씩 차례로 들어왔던 직원들, 서로 시선을 교환하던 모습, 그 인지의 순간. 그리고 은행을 열겠다는 내 선언, 갑작스러운 초기 투자 자본의 등장, 증가한 판매 수익으로 가장했던 돈. 당연히 매일 판매 보고서를 담당하던 사람을 속이지는 못했다. 그다음으로는 대출을 가능한 한 빠르고 쉽게 승인할 수 있도록 설계된 운영 시스템 사용법을 내가 전 직원에게 얼마나 신속하게 교육시켰는지, 잠깐이라 해도 경제적 회색지대에서 살아본 적이 있는 그 특정 인물이 나의 지나치게 간단한 프로그램에서 어떻게 흥미로운 부분을 발견했을지. 그다음에는 최근 카페의 냉동고에서 거기 속하지 않은 뭔가가 발견되면서 내 계획의 명백히 비공식적인 일면이 얼마나 분명하게 드러났는지.

이 시점에서 사건을 바짝 뒤쫓던 그 누군가는 올바른 결론을 내린 것 같다. 그 사람은 내가 오스말라에게 급히 연락하지 않을 것임을 알았다. 또한 내가 결국에는 은행 운영을 조용히 접고, 복식부기같이 이 사람도 잘 알 만한 방법으로 모든 걸 창조적으로 탕감해낼 것임을 알았다. 그리고 설령 알지 못했더라도 대략 이런 식으로 일이 흘러갈 거라고 여겼을 것이다. 하지만 결국 그녀는 자신이 부정하게 얻은 돈, 공식적으로 존재하지 않는 돈을 훔치는 것이기 때문에, 바로 그 이유 때문에 내가 나중에도 이 일을 드러내지 않을 것임을 알고 있었다. 설령 내가 사라진 12만 5000유로와 영원히 떠나버린 그녀 사이의 상관관계를 알아냈다 해도 말이다.

이 계산을 하는 동안, 싸늘한 바람이 몸속에서 휘몰아치는 것처럼 내 심장은 더 크게, 더 세게 뛰기 시작했다. 나는 다시 결과를 확인했다. 수학은 돈으로 매수할 수 없으며, 항상 진실만을 말한다.

내가 계산에서 밀렸다는 것이 진실이다. 그리고 그게 전부가 아니다. 이제는 진실이 나를 할퀴고 찢으려 하는 날카롭고, 차갑고, 굉장히 개인적인 발톱을 가진 것처럼 느껴졌다. 나는 계속 숫자를 응시했다. 바람이 더 강하게 몰아쳤고 발톱은 더 날카로워졌다.

마침내 나는 항복하고 폭풍을 맞이했다.

2주 후

정오인데도 주차장은 꽉 찼다. 공원 안에서 나는 소음과 바쁜 움직임이 오늘이 올해 최고의 일요일, 아니 최고의 날이라는 사실을 암시했다. 판매된 표의 매수가 확실한 증거였다. 오늘은 올해 최고의 날이었다. 개인적으로도, 경제적으로도 보상으로 느껴졌다. 이런 속도라면 내 예상보다 빨리 위험에서 벗어날 수 있을 것이다. 내가 하나의 위기에서 다음 위기로 쏜살같이 넘어가고 있다는 뜻이기도 했다.

지난 한 시간 동안에도 접질린 팔목, 위조 입장권, 미끄럼틀을 막은 풍선껌부터 말다툼을 하다가 밖으로, 그다음에는 서로의 차로 쫓겨난 엄마들까지 온갖 사건이 있었다.

구름 없는 싸늘한 10월 오후, 나는 차 옆에 서 있었다. 컬리케이크 카페로부터 문자메시지를 받았을 때 차 안에서는 여전히 욕설이 들려왔다. 메시지는 짧고 핵심만 들어 있었다. 요한나라면 그게 당연하다. 차 안의 애 엄마는 두 번이나 나에게 중지를 들어 올렸다. 첫 번째는 주차 공간에서 나오면서였고, 두 번째는 속도를 내 빠져나가면서였다.

🐇

요한나는 정신없이 바쁘지만 얼룩 하나 없는 주방에 있었다. 이 자체는 별로 놀라운 일이 아니었다. 요한나는 카페에 헌신적이었고 정확하고 규칙적으로 카페를 운영했다. 그녀는 나를 보고 고개를 끄덕였다. 용감한 철인 경기 참가자이자 믿음직스러운 인물이라는 나의 첫인상은 바뀌지 않았다. 그녀와 여기저기서 한두 마디 나누는 것 이상의 진짜 대화를 나눈 적은 아직 없다. 그럴 필요도 없다. 지금도 주방의 모든 것이 통합된 화음처럼 굴러가는 듯했다. 오븐, 튀김기, 식기세척기 두 대, 작은 시멘트 교반기만큼 커다란 철제 반죽기 등. 내가 도울 일은 아무것도 없는 것 같았다. 내가 뭔가 묻거나 말을 하기도 전에 그녀가 높은 의자를 가리켰다.

"앉으세요. 이야기를 좀 해야 하니까."

그녀가 말했다.

"알겠습니다."

"8분이요."

그녀는 컬링 선수들이 돌을 밀어 보내는 것처럼, 하지만 그들보다 훨씬 빠르고 정확하게 크루아상 쟁반을 밀어 보내면서 말했다. 그녀는 오븐 문을 닫고 스마트워치에 시간을 입력했다.

"이거면 되겠죠."

그녀가 크루아상을 말하는 건지 우리의 대화 시간을 말하는 건지 알 수 없어서 나는 가만히 앉아 기다렸다. 시간을 맞춰야 하고 오븐에 빵이 들어 있는 상황은 최근 들어 두 번째였다.

"없어진 게 있다는 건 대표님도 알겠죠."

그녀가 말했고, 나는 그녀가 냉동고 쪽으로 고개를 끄덕이는 걸 본 듯했지만 확실하지는 않았다.

"거기에 대해서 알아야 할 건, 더 이상 걱정할 필요가 없다는 점뿐이에요."

그녀가 말했다. 이제 나는 확실하게, 100퍼센트 이해했다.

"고맙습니다. 닭 날개 말이에요."

나는 머뭇거리면서 말했다.

"전에도 말했지만 감사 인사를 해야 하는 건 나예요. 하지만 없어진 게 또 있지 않나요?"

모든 게 너무 빠르게 진행되고 있다. 하지만 요한나가 이미 안다면⋯⋯. 냉동고를 생각한다면, 그녀는 나보다도 많은 걸 알지도 모른다. 상황을 번개처럼 빠르게 재평가한 결과 그게 맞는다는 결론을 내렸다.

"12만 5000유로요."

내가 말했다.

"가설은 있나요?"

다시금 너무 빠르게 진행되었지만, 그녀가 이미 기본적인 사실은 알고 있으니 내 가설을 이야기해도 괜찮을 거라 결론 내렸다. 왜냐하면 가설, 그게 내가 가진 전부이니까.

"그 사람이 했어요. 라우라가. 언제 시작되었는지 정확히는 모르겠지만, 어쨌든 대충은 알겠어요. 그 두 남자가 방문했을 때, 내가 도마뱀 사나이라고 부르는 쪽을 라우라는 알아봤어요. 어쩌면 그 남자가 라우라 씨 전남편의 지인일 수도 있겠죠. 그녀가 결국에 감옥에서 합류하게 된 전남편. 라우라 씨는 공원이 재정적으로 어려운 상태라는 걸 알고 있었고, 어쩌면 형이 있을 때 이미 알아챘을 수도 있어요. 그 뒤에 당신은 냉동고에서 내가 잠깐 숨겨둔 시체를 발견했겠죠. 라우라가 당신에 대해 이야기한 방식이나 당신에게 자기 딸을 맡긴 걸 보면 두 사람은 아주 친하겠죠. 당신과 라우라가 언제 어디서 만났는지도 대충 알겠어요."

나는 말을 멈췄다. 요한나는 침묵을 지켰지만, 부인하지도 않았다. 그래서 나는 계속했다.

"둘 중 누군가 냉동고의 남자를 알아봤을지도 모르겠군요. 그 뒤에 내가 라우라에게 은행 설립 계획을 이야기했죠. 공원의 재정을 잘 아는 사람으로서, 그녀는 공원 자체에는 자본이 전혀 없다는 걸 파악하고 있었어요. 돈이 외부에서 들어와야 한다는 걸 알았고, 내가 누구를 상대하고 있는지 알았기 때문에, 그녀는 그 돈이 더러운 돈이라는 사실도 알았죠. 그리고 다들 은행 프로그램을 사용하는 법을 배웠어요. 라우라는 특정 종류의 이체가 당국의 눈에 띄지 않고, 그런 이체는 어떤 기준에만 맞으면 합법적으로 보이게 만들 수 있다는 것도 잘 알았죠. 내가 채권추심 회사는 이자율을 공정하게 매기지 않는다고 생각한다는 것 또한 알았고, 당신이 곧장 알아봤던 오스말라에게 내가 연락하지 않을 거라는 점도 그녀는 알았어요. 확실해요. 그녀는 결국 내가 이 모든 걸 중단시킬 거라 믿었어요. 남은 건 그녀와 공원을 연관 지을 수 없게 만드는 것뿐이었죠. 라우라는 돈을 가져갔고, 이제 사라졌어요."

요한나의 표정은 전혀 변하지 않았다. 그녀는 스마트워치를 쳐다보았고, 어쩌면 그때 그녀의 얼굴에 살짝 움찔하는 기색이 있었을지도 모르겠다. 내가 온 이래 처음으로 그녀는 걱정스러워 보였다. 크루아상이 탈까 봐 걱정하는지도 모르지만, 그 생각은 금방 지웠다. 다른 문제였다.

"아니에요."

그녀가 말했다. 그녀의 눈은 나에게 고정되어 있었다.

"이건 가설이에요……."

"그런 뜻이 아니에요."

그녀가 말했다.

기계가 꾸준하게 웅웅거렸다. 주방에서 들리는 유일한 소리는 그 낮은 웅웅 소리뿐이었다.

"대표님이 맞아요. 라우라는 돈이 어디서 오는지 알았어요. 또 공원이 위험하다는 것도 알았죠. 대표님이 위험하다는 것도 알았고요. 라우라는 공원을 돕고 대표님을 돕고 싶어 했지만, 형사가 나타나자 둘 모두에게서 떨어져야 했어요. 난 그 형사를 알아봤죠. 그 부분도 대표님이 맞았어요."

"하지만 내가 라우라가 돈을 가져갔다고 했을 때는 '아니에요'라고 했잖습니까."

"왜냐하면 대표님 가설이 틀렸으니까요. 라우라는 돈을 가져가지 않았어요."

그녀가 대답했다.

최근에 들었던 온갖 비합리적인 이야기 중에서 이 마지막 문장이 가장 말이 되지 않았다. 나는 다른 시나리오를 생각해보려고, 사건의 연쇄가 다른 방식으로 일어났을 경우를 생각해보려고 했지만, 가능성은 낮았다. 사실 아예 존재하지 않았다. 요한나는 내 뇌 속에서 목적 없이 같은 방향으로만 빙빙 도는 톱니바퀴를 알아챈 것 같았다.

"라우라 자신을 위해서가 아니에요. 공원을 위해서였어요. 돈은 때가 되면 공원을 위해 사용될 준비가 되어 있어요. 내가 아는 한, 특정 세력이 여전히 공원의 재정에 관심을 보이고 있어요."

물론 오스말라를 뜻하는 거였다. 내가 알기로는 경찰이 공원을 조사하고 있었다. 하지만 이것이 내가 세상이 사라져가는 것처럼 느끼는 이유, 더 이상 공원의 소음이나 주방의 웅웅거림이 들리지 않는 이유, 내 귀가 이제 나 자신의 심장과 혈류 소리로 가득한 이유는 아니었다.

"그렇게 된 거라고 가정한다면요……."

"사실이에요."

"그녀가 왜…… 그런 일들을 다 한 거죠?"

요한나는 더 이상 철인 경기 참가자처럼 보이지 않았다. 이제 그녀는 철인 경기 금메달리스트, 그중에서도 가장 강인하고 가장 성실한 사람처럼 보였다.

"내가 꼭 그 말을 하게 만들려는 거군요, 그렇죠?"

"이해하려고 노력 중일 뿐입니다."

"음, 그녀는 당신을 사랑해요."

길은 살짝 오르막이었다. 저녁이라 어두웠고 하늘은 맑았다. 벌써 별이 몇 개 보였다. 점점 더 빠르게 걸으면서, 내가 이런 것들을 알아보는 이유는 그저 당면한 문제에서 주의를 돌리고 싶기 때문임을 깨달았다. 내가 찾는 아파트 구역으로 이어지는 짧은 초승

달 모양 길로 접어들면서 주위를 둘러보았고, 위치와 자연보호 구역과의 근접성, 주택의 전반적인 질을 고려할 때 대단히 잘 고른 동네라고 생각했다. 환상보다는 기능이 주된 설계 원리였던 1950년대에 지어진 집들이었고, 부동산 가격도 꾸준히 오르는 곳이었다.

실제로 내가 찾는 것도 1950년대 건물이었다. 아주 잘 관리된 건물이고, 맞은편으로 만이 근사하게 내려다보이는 언덕 위에 아름답게 자리하고 있으며, 단순한 설계로 공간 활용을 최대로 하고 있는, 방이 한 개에서 세 개까지 있는 집들이었다. 논리적이고, 합리적이고, 아름다웠다…….

그리고 갑자기 더 이상은 1초도 정신을 다른 데 쏟아서는 안 된다는 사실이 저녁 하늘만큼 명료해졌다. 동시에 더 이상 논리적이고 합리적인 것만으로는 부족하다는 사실도 분명했다. 이제는 그 이상이어야 했다. 그게 뭔지는 정확하게 모르지만, 내가 내내 붙잡아왔던 것, 굳은 손가락으로 꽉 쥐고 있었던 것을 놓아줘야 한다는 느낌이 들었다.

나는 헬싱키 동부에 위치한, 어둑하게 불이 켜진 문가에 서서 1층 입구 초인종을 눌렀다. 교외의 일요일 저녁. 새들은 겨울을 나기 위해 남쪽으로 날아갔고, 바람은 불지 않고, 차 소리는 멀리서 들려왔다. 인터폰에서 목소리가 흘러나왔다. 아주 어린 목소리였다.

"누구세요?"

"제 이름은 헨리 코스키넨입니다."

침묵이 흘렀다.

"누구라고요?"

어린 목소리가 다시 물었다.

"헨리 코스키넨이요."

내가 다시 말했다.

"왜요?"

"왜 이름이 헨리 코스키넨이냐고요?"

"네?"

나는 말문이 막혔다. 내가 대화하는 사람은 누구냐고 물으려고 할 때 삐 소리가 나고 현관이 열렸다. 나는 손잡이를 잡고 안으로 들어갔다. 엘리베이터가 없어서 계단으로 4층까지 올라갔다. 현관문은 열려 있었고, 마지막 계단을 올라갈 때 조그만 얼굴이 사라지는 게 보였다. 저건 분명히⋯⋯.

"내 딸이에요. 툴리."

라우라 헬란토가 말했다.

라우라는 복도에, 그녀의 북슬북슬한 머리에 불이 붙은 것처럼 보이게 만드는 조명 아래에 서 있었다. 물론 비유적으로 하는 말이다. 툴리는 오른쪽 문가에 반쯤 숨어 있었다. 내가 안녕, 하고 인사를 건네자 아이는 완전히 사라졌다.

"들어와요."

라우라가 말했다.

나는 몇 걸음 걸어가서 등 뒤로 문을 닫았다. 몸을 돌리자 우리는 거기에, 라우라 헬란토의 집에 서 있었다. 집은 따뜻하고 아늑하게 밝았고, 라사냐 냄새가 났다. 이게 바로 집의 느낌이고 냄새일 거라고, 나는 그렇게 생각했다. 라우라는 서서 나를 쳐다보았고, 조금 후에야 내가 뭔가 말하기를 기다리고 있다는 걸 깨달았다.

"오늘 요한나와 이야기를 나눴어요. 당신이 왜 그랬는지 알려주더군요."

라우라는 어깨 너머를 돌아보고, 다시 나를 쳐다보았다. 빛이 그녀의 안경에 광선처럼 반사되었다. 하지만 나는 이미 상황을 이해했다. 오래전에 이해했다. 툴리가 여전히 말소리가 들리는 거리에 있었기 때문에, 엄마가 은행 사기를 아주 훌륭하게 해냈고, 경찰과 나를 모두 속였으며, 내가 시체를 숨기고 사람을 목매다는 기술을 속속들이 익히고 위험하고 치명적일 정도로 낮은 자제력을 가진 부도덕한 범죄자 무리를 상대하는 동안에 나를 더 이상의 피해로부터 지켜주었다고 소리 내어 말할 수 없었다. 하지만 전부 지나간 일이었다. 이제는 할 일이 딱 하나 남았다.

"그래서 당신에게 고맙다고 말하고 싶었어요."

내가 말했다.

라우라는 감동하지 않은 것 같았고, 나는 그녀가 말을 하기까지 왜 이렇게 오래 걸리는지 알 수 없었다.

"괜찮아요."

마침내 그녀가 말했다.

"그게 전부가 아니에요."

"그래요?"

"그래요."

우리는 거의 영원처럼 느껴지는 시간 동안 거기 서 있었다. 1초가 평소보다 길게 느껴졌고, 마침내 나는 내 가슴을 움켜쥐고 있던 굳은 손가락을 떼어낼 수 있었다.

"우리가 만난 첫날부터 난 당신이라는 존재가 굉장히 불편했어요."

내가 말을 시작했다.

"그리고 그건 내가 느껴본 기분 중에서 최고였요. 난 이게 최소 세 개의 개별 요인 때문이라고 결론 내렸어요. 첫째, 당신은 내가 만나본 사람 중에서 가장 똑똑해요. 당신은 날 속였는데, 지금껏 나를 속인 사람은 아무도 없었어요. 둘째, 당신의 그림은 내가 한 번도 느껴본 적 없는 걸 느끼게 만들어요. 나 자신도 설명할 수 없고, 사실 설명하고 싶지도 않아요. 셋째, 당신은 내가 수학을 잊어버리게 만들어요. 물론 항상은 아니지만요. 그러면 사업에 도움이 안 되고 우리가 경험하고 있는 유망하고 빠른 성장을 망칠 테니까요. 하지만 당신은 새로운 시각으로 사물을 보게 만들어요. 당신은 확률 계산에 조금 덜 신경 쓰면서 살아보고 싶게 만들어요. 그리고 지금 네 번째 요인도 있다고 생각하게 됐는데, 근데 이미 말했듯이 당신은 많은 것들을 잊어버리게 만들어요. 난 그것도 좋아요."

말은 아주 빠르게 흘러나왔고, 대부분은 내 계획과 전혀 달랐다. 또 놀랍게도, 모두 진심이었다. 처음에는 라우라가 웃고 있다고 생각했지만 곧 그녀의 뺨을 따라 흘러내리는 눈물이 보였다. 아니다. 그래. 그녀는 웃는 것과 우는 것, 둘 다 하고 있었다.

"헨리, 솔직히 아무도 나한테 그런 말을 해준 적이 없어요."

"이게 전부가 아니에요."

내가 말했다.

"그래요?"

"그래요."

나는 좀 더 가까이 다가섰다. 그때 툴리가 숨어 있던 곳에서 나왔다. 툴리는 작았고 엄마와 아주 많이 닮았다.

"아저씨가 헨리 코스키넨이군요."

그 애가 말했다.

"넌 툴리구나."

이 말에 아이 얼굴에 미소가 떠올랐다. 나도 미소를 지었다. 그리고 나는 라우라 헬란토를 보고 아직도 처리할 일이 두 개 더 있다는 걸 떠올렸다. 첫 번째는 요한나와 이야기를 나눈 이래로 계속 하려고 기다리던 일이었다.

"당신을 사랑해요, 라우라."

내가 말했다.

그리고 두 번째는……

"나도 당신을 사랑해요, 헨―"

나는 그녀에게 키스했고, 그녀도 나에게 키스했고, 우리는 서로를 껴안았다. 그리고 내가 만약 입을 열 수 있었다면 이게 얼마나 완벽한 방정식인지 말했을 것이다.

토끼 귀 살인사건

1판 1쇄 발행　2023년 6월 14일

지은이·안티 투오마이넨
옮긴이·김지원
펴낸이·주연선

(주)은행나무
04035 서울특별시 마포구 양화로11길 54
전화·02)3143-0651~3 ｜ 팩스·02)3143-0654
신고번호·제 1997—000168호(1997. 12. 12)
www.ehbook.co.kr
ehbook@ehbook.co.kr

ISBN 979-11-979-11-6737-311-3 (03850)